ABIR MUKHERJEE

EINE HANDVOLL ASCHE

KRIMINALROMAN

Aus dem Englischen übersetzt
und mit einem Glossar versehen
von Jens Plassmann

WILHELM HEYNE VERLAG
MÜNCHEN

Die Originalausgabe *Smoke and Ashes* erschien 2018
bei Harvill Secker, an imprint of Vintage.
Vintage i spart of Penguin Random House group of companies.

Dieses Buch ist auch als E-Book erhältlich.

MIX
Papier aus verantwortungsvollen Quellen
FSC® C014496
FSC
www.fsc.org

Verlagsgruppe Random House FSC® N001967

Vollständige deutsche Erstausgabe 06/2019

Printed in Germany
Redaktion: Tamara Rapp
Umschlaggestaltung: © Nele Schütz Design, München,
unter Verwendung von shutterstock
(Kamenetskiy Konstantin, MriMan, Miguel Cabezon,
21MARCH, Lena Serditova)
Foto Innenklappe: Science History Images/Alamy Stock Foto
Satz: KompetenzCenter, Mönchengladbach
Druck und Bindung: GGP Media GmbH, Pößneck
ISBN: 978-3-453-42338-1

www.heyne.de

Forget not, that thou art born as a sacrifice upon the altar of the Motherland

Swami Vivekananda

Für Mum,
hoffentlich entschädigt es dafür,
dass ich es nicht zum Arzt gebracht habe

1

21. Dezember 1921

In einem Bestattungsinstitut auf eine Leiche zu stoßen ist nicht ungewöhnlich. Dass sie kurz zuvor noch aus eigener Kraft durch die Tür marschiert ist, dagegen schon. Ein zweifellos faszinierendes Rätsel, bloß fehlte mir die Zeit, mich damit zu beschäftigen, da ich gerade um mein Leben rannte.

Ein Schuss krachte. Die Kugel zischte an mir vorbei und traf nichts Heikleres als die auf dem Dach aufgehängte Wäsche. Meine Verfolger – allesamt Kollegen der Imperial Police Force – feuerten einfach blindlings in die Nacht. Damit war natürlich keineswegs ausgeschlossen, dass sie mit dem nächsten Versuch einen Glückstreffer landeten, und auch wenn ich mich nicht vor dem Tod fürchtete, sollte die Inschrift auf meinem Grabstein nicht unbedingt lauten: »Beim Versuch zu fliehen in den Rücken geschossen.«

Also rannte ich, benebelt vom Opium, über die Dächer des schlafenden Chinesenviertels, rutschte auf losen Tonziegeln aus, die polternd hinunterfielen und am Boden zerschellten, und kletterte von einem Dach aufs nächste, bevor ich schließlich unter dem Vorsprung einer niedrigen Mauer, die zwei Häuser voneinander trennte, eine schmale Öffnung entdeckte, in die ich mich zwängte.

Die Polizisten kamen immer näher. Während ich darum

bemüht war, meine Atmung so schnell wie möglich zu beruhigen, bellten sich die Stimmen über mir kurze Meldungen zu, die in der Dunkelheit verhallten. Allem Anschein nach hatten sie sich aufgeteilt und suchten jetzt in einem gewissen Abstand voneinander. Das war gut. Es bedeutete, dass sie ebenso ziellos im Dunkeln herumtappten wie ich. Einstweilen bestanden meine besten Fluchtchancen darin, mucksmäuschenstill in diesem Versteck auszuharren.

Würde man mich schnappen, hätte das einige ziemlich unangenehme Fragen zur Folge, deren Beantwortung ich gerne vermeiden wollte. Etwa die, was ich mitten in der Nacht, nach Opium stinkend und mit fremdem Blut verschmiert überhaupt in Tangra zu suchen habe. Und dann war da noch die Sache mit dem sichelförmigen Messer in meiner Hand. Auch dieses Detail würde nicht einfach zu erklären sein.

Meine Haut roch nach Schweiß und Blut, und ich begann zu zittern. Kalkutta war kalt im Dezember, zumindest im Verhältnis zu den sonst hier herrschenden Temperaturen.

Fetzen von Wortwechseln drangen an mein Ohr. Das Jagdfieber meiner Verfolger schien sich in Grenzen zu halten. Wer konnte es ihnen verdenken? Die Wahrscheinlichkeit, über mich zu stolpern, war in etwa so groß wie die, vom Rand des Daches zu taumeln. Und in Anbetracht der Ereignisse der letzten Monate war es um ihre Moral vermutlich nicht zum Besten bestellt. Warum also einem vagen Schatten über die Dächer hinterherhetzen und dabei riskieren, sich das Genick zu brechen, wenn einem sowieso keiner für die Arbeit dankte? Ich beschwor sie stumm, endlich aufzugeben und abzudrehen, aber noch ließen sie nicht locker. Mit ihren Gewehrkolben und Lathis erklopften sie sich weiter den Weg durch die Dunkelheit wie Blinde, die eine Straße überquerten.

Eine bestimmte Folge von Kolbenschlägen wurde plötzlich lauter. Beharrlich schwoll ihr gleichförmiger Rhythmus an. Ich ging meine Optionen durch – beziehungsweise hätte es getan, wären mir welche eingefallen. Weglaufen kam nicht in Frage. Der Mann war bewaffnet und schien inzwischen so nahe, dass er mich selbst im Dunkeln ohne große Probleme treffen würde. Sich ihm entgegenzustellen ergab ebenso wenig Sinn. Ich hatte zwar das Messer, aber damit konnte ich ja schlecht auf einen meiner Kollegen losgehen, mal ganz abgesehen davon, dass bei drei weiteren Beamten in unmittelbarer Nähe die Chancen einer erfolgreichen Flucht schneller sanken als ein Tonkrug im Hugli.

Das Klopfen erreichte die dünne Mörtelschicht über meinem Kopf, und sofort ließ der Hohlraum es voller und tiefer klingen. Der Mann stand jetzt offenbar direkt über mir auf dem Mauervorsprung. Auch er hatte den veränderten Ton bemerkt und war abrupt stehen geblieben. Er tastete die Kante mit seinem Gewehrkolben ab, dann sprang er zu mir herunter. Ich schloss die Augen vor dem, was nun unausweichlich folgen musste, doch dann hörte ich eine Stimme einen Befehl bellen. Eine Stimme, die ich kannte.

»Also gut, Leute, das reicht. Kehrt, marsch.«

Die Stiefelspitzen wandten sich in Richtung des Kommandierenden und verharrten so ein paar endlose Sekunden lang, bis ihr Besitzer zu guter Letzt zurück auf die Mauerkante kletterte. Sobald sie verschwunden waren, atmete ich aus und fuhr mir mit der Hand über das Gesicht. Meine Finger klebten noch immer vor Blut.

Die Stimmen entfernten sich, und über den Dächern kehrte wieder Stille ein. Einige Minuten später waren unten auf der Straße Ausrufe in Englisch, Bengalisch und Chinesisch zu hören, gefolgt von anspringenden Lastwagenmotoren. Ich rührte mich nicht von der Stelle, lag einfach nur zitternd in meinem engen Versteck und versuchte, aus der ganzen Sache irgendwie schlau zu werden.

Begonnen hatte die Nacht eigentlich ganz normal. Wobei »normal« hier zugegebenermaßen ein relativer Begriff war. Zumindest hatte sich die Nacht in nichts unterschieden von all den anderen Nächten, in denen ich eine der unzähligen Opiumhöhlen in Chinatown aufgesucht hatte. Von meiner Wohnung in der Premchand Boral Street war ich auf einem von vielen bereits erprobten Umwegen nach Tangra im Süden der Stadt gelangt. Dort hatte ich eine Adresse gewählt, bei der mein letzter Besuch, wie ich mich zu erinnern meinte, wenigstens einen Monat zurücklag. Die Räume befanden sich im Kellergeschoss einer maroden Häuserzeile, und der nasskalte Treppenschacht, der zu ihnen hinabführte, begann auf der Rückseite eines Bestattungsinstituts, aus dem es nach Formaldehyd und Tod stank. Es war eine meiner Lieblingsadressen, nicht etwa wegen der Qualität des Opiums – das war nicht besser als anderswo in der Stadt, mit anderen Worten: ein Teil Opium auf drei Teilen weiß Gott was –, sondern wegen der schaurig-morbiden Stimmung, die dem Ort anhaftete. Kalkuttas Opium raucht man eben am besten mit einem halben Dutzend Leichen ein Stockwerk über dem eigenen Kopf.

Ich war irgendwann nach Mitternacht angekommen, und der Türsteher hatte bei meinem Anblick ziemlich überrascht gewirkt. Verständlicherweise, obwohl er sich bestimmt nicht über mein Zittern wunderte – dafür hatte er schon zu viele Kunden mit ähnlichen Symptomen erlebt. Überrascht hatte ihn vielmehr meine Hautfarbe. Früher wäre ein Engländer mitten im nächtlichen Tangra nichts Außergewöhnliches gewesen, aber in den vergangenen zwölf Monaten hatte sich viel geändert. Durch die ausgedünnten Personalreihen war die Polizeipräsenz außerhalb der makellos gepflegten Straßen von White Town mittlerweile so schwach, dass man Sahibs nach Einbruch der Dunkelheit in Kalkutta nur noch selten begegnete. Zum Glück jedoch wogen in dieser Gegend der Stadt ökonomische Argumente weiterhin schwerer als Fragen der Rasse und Politik, weshalb mir der Fächer aus Rupienscheinen in meiner Hand auch ohne große Umstände Zutritt zum Keller verschaffte.

Der erste Zug an der ersten Pfeife war eine Erlösung. Als würde der Höhepunkt eines Fiebers überwunden. Bei der zweiten Pfeife hörte das Zittern auf, und bei der dritten beruhigten sich alle Nerven. Ich bestellte eine vierte. Waren die ersten drei rein medizinische Notwendigkeiten gewesen, galt die nächste allein dem Vergnügen. Sie würde mich auf den Weg ins *Nirbōn* führen, wie die Bengalen Nirwana nannten. Mein Kopf ruhte auf der Stütze aus weißem Porzellan, während sich ein samtiger Schleier um meine Sinne legte. Das war der Augenblick, in dem der Ärger losbrach.

Zuerst Geräusche aus tausend Meilen Entfernung, abgehackt und unverständlich. Sie wurden immer lauter, bohrten sich durch den Nebel in meinem Kopf. Ich versuchte, mich davor zu schützen, indem ich fest die Augenlider zusammenpresste, bis plötzlich eins der Mädchen, die das O drehten und die Pfeifen zubereiteten, mich wie eine Stoffpuppe schüttelte.

»Sahib! Sie müssen jetzt gehen!«

Ich öffnete die Augen, und langsam nahm ihr stark gepudertes Gesicht Konturen an.

»Sie müssen gehen, Sahib. Polizeirazzia!«

Ihre Lippen waren blutrot gefärbt, und ein paar Sekunden lang schenkte ich diesem Anblick mehr Beachtung als dem, was sie sagte. Erst als ganz in der Nähe Möbelstücke umgeworfen wurden und Porzellan auf hartem Boden zerschellte, riss mich das aus meinem Bann. Ein Übriges tat die mächtige Ohrfeige, die sie mir verpasste.

»Sahib!«

Sie schlug erneut zu, und ich schüttelte mich wach.

»Polizei, Polizei, Sahib!«

Endlich kamen die Worte an. Ich rappelte mich auf, doch meine Beine waren so wacklig wie die eines frischgeborenen Kälbchens. Die junge Frau packte meinen Arm und zog mich fort von dem sich nähernden Lärm zu einem dunklen Durchgang auf der anderen Seite des Raums.

An der Türschwelle hielt sie inne und deutete mit ihrer freien Hand voraus. »Da lang, Sahib. An Ende sind Stufen. Hoch zu Rückseite.«

Ich sah sie an. Sie war noch kaum dem Kindesalter entwachsen. »Wie heißt du?«, fragte ich.

»Keine Zeit, Sahib«, sagte sie und wandte sich von mir ab. »Schnell gehen!«

Ich folgte ihren Anweisungen und stolperte in die Dunkelheit. Hinter mir konnte ich hören, wie sie versuchte, einen weiteren Kunden aus der Bewusstlosigkeit zu reißen. Blind ertastete ich mir einen Weg an den glitschig feuchten Wänden entlang. Der Steinboden war rutschig, und in der Luft hing der durchdringende Ammoniakgestank von altem Urin. In der Ferne schimmerte schwach irgendein bläuliches Licht über einer schmalen, durchhängenden Holztreppe. Ich hielt darauf zu, während mein Hirn weiter Karussell fuhr. In meinem

Rücken hallten Stimmen durch den Gang. Befehle auf Englisch. Dann das Kreischen einer Frau.

Ich drehte mich nicht um.

Stattdessen taumelte ich weiter bis zur Treppe und sah hinauf. Der Ausgang war mit einer Falltür verschlossen. Zwischen Klappe und Dielenbrettern fielen dünne Lichtstrahlen nach unten. Ich schleppte mich die Stufen hoch, drückte gegen die Luke und fluchte, weil sich das Ding nicht bewegen wollte. Panische Angst erfasste mich, und das Zittern wurde noch heftiger. Ich wischte mir den Schweiß aus den Augen und betrachtete die Klappe genauer. Ein Schloss schien nicht vorhanden, zumindest nicht auf der Innenseite. Ich holte tief Luft, drückte erneut und stemmte zur Verstärkung meine Schulter dagegen. Die Luke öffnete sich ein paar Zentimeter, fiel aber sofort wieder mit einem dumpfen Knall zu. Irgendetwas lag oben auf der Tür. Irgendetwas Schweres. Hinter mir wurden die Stimmen lauter. Ich nahm all meine verbliebene Kraft zusammen und warf mich ein weiteres Mal gegen die Klappe. Diesmal flog sie abrupt auf. Mein eigener Schwung schleuderte mich in einen zerfallenen Raum, durch dessen halb eingestürzte Decke das Mondlicht strömte. Ich landete hart auf dem Boden, inmitten irgendeiner Pfütze. Rasch raffte ich mich wieder auf, schloss die Luke und wollte sie mit dem beschweren, was auf ihr gelegen hatte. Merkwürdigerweise konnte ich nichts in der Nähe entdecken. Nichts außer einer Leiche.

Ich starrte sie an – weder entsetzt noch schockiert, denn Morphin stumpft die Sinne ab, und die Dosis, die durch meine Blutbahnen floss, hätte gereicht, um einen Elefantenbullen zu betäuben. Es handelte sich um einen Mann – oder das, was von ihm übrig war. Den Wangenknochen nach zu urteilen ein Chinese. Vom Rest seines Gesichts war nicht mehr viel zu erkennen. Die Augen lagen ausgestochen auf dem Boden neben ihm, und auf der linken Seite zog sich eine alte Narbe vom Haaransatz hinab bis zum Kiefer. Und dann war da natürlich noch das Messer, das in seiner Brust steckte.

An einer Wand waren Holzkisten aufgestapelt, wie man sie zum Transport von Tee benutzte. Ihre Metallbolzen glänzten im Mondlicht. Ich stolperte zum nächstgelegenen Stapel, um die oberste herunterzukippen. Was auch immer darin steckte, es wog Zentner. Dennoch gelang es mir, die Kiste Zentimeter für Zentimeter zu bewegen, bis sie genügend Überhang bekam und die Erdanziehungskraft den Rest besorgte. Sie schlug mit einem gewaltigen Knall auf, und an einer Seite entstand ein Riss im Holz, doch zum Glück brach sie nicht auseinander. Ich stemmte die Füße gegen die Wand und drückte die Kiste langsam über die Luke. Anschließend ließ ich mich neben sie auf den Boden sinken, da ich hoffte, ein wenig Zeit gewonnen zu haben. Erneut musterte ich den Toten. Er lag auf dem Rücken, und das Messer ragte aus seiner Brust wie der Hebel an einem einarmigen Banditen. Dass der Mann nicht mehr lebte, war von Vorteil. Nicht für ihn, aber für mich. Dann hörte ich, wie er flach und flatternd atmete, und fluchte. Je länger ich mich um ihn kümmerte, desto mehr schwanden meine Chancen zu entkommen. Angesichts des enormen Blutverlusts war er wohl sowieso nicht mehr zu retten, und ich konnte nicht viel für ihn tun, zumal die Ordnungshüter der Stadt gerade den ganzen Laden auf den Kopf stellten. Es drängte mich nicht sonderlich danach, ihnen erklären zu müssen, was genau ich hier zu suchen hatte, von oben bis unten mit dem Blut eines tödlich verletzten Chinesen beschmiert. Außerdem regelten Chinesen solche

Dinge üblicherweise unter sich. Was sie sich gegenseitig antaten, ging mich nichts an.

Andererseits …

Ich holte tief Luft, krabbelte zu ihm und begann sein Hemd aufzuknöpfen, wobei ich sorgsam darauf achtete, das Messer nicht zu bewegen. Dann nahm ich mein Taschentuch und wischte ihm das Blut von der Brust. Soweit ich sehen konnte, gab es zwei Einstichstellen. Die eine, in der das Messer steckte, und eine zweite, fast identische auf der rechten Brustseite. Allerdings konnte es noch weitere geben. In meiner Verfassung und bei den herrschenden Lichtverhältnissen hätte ihm ein Arm fehlen können, ohne dass ich es bemerkte.

Mit einem Mal regte sich der Mann.

»Wer hat das getan?«, fragte ich.

Er wandte den Kopf in meine Richtung und wollte etwas sagen, brachte jedoch nur ein blutiges Gurgeln zustande.

»Der Stich hat Ihre Lunge getroffen«, erklärte ich. »Nicht bewegen.«

Die Warnung war begründet. Er hätte sie beherzigen sollen. Stattdessen griff er nach dem Messer und zog es heraus, bevor ich ihn daran hindern konnte. Das Messer fiel auf den Boden. Ich nahm das Taschentuch, presste es auf die Wunde und versuchte, die nur noch schwach einsetzende Blutung zu stillen, obwohl mir die Sinnlosigkeit dieser Bemühung sofort klar war. Wenn man so oft wie ich dabei gewesen ist, wie aus Menschen der letzte Rest Leben weicht, dann entwickelt man ein Gespür dafür. Tatsächlich war der Mann wenige Sekunden später tot. Ich beugte mich vor, hielt das Ohr an seinen Mund und horchte nach einem Atemzug, aber da kam nichts.

Hinter mir versuchte jemand, die Falltür aufzustemmen. Instinktiv schnappte ich mir das Messer und wirbelte herum.

Auf der Treppe unter mir waren Stimmen zu hören. Zumindest zwei der Verfolger drückten gegen die Klappe, aber die Kiste erfüllte ihren Zweck und bewegte sich nur minimal. Dass die Männer deshalb aufgeben würden, bezweifelte ich jedoch.

Ich sah mich nach einem Fluchtweg um. Es gab zwei Türen. Ich stürmte durch eine davon und gelangte in einen Hof, der an drei Seiten von den Häuserwänden zwei- und dreigeschossiger Gebäude eingefasst war. Die vierte Seite bestand aus einer gut zwei Meter hohen, oben mit Glasscherben gespickten Mauer, in deren Mitte ich eine Tür entdeckte. Da ich annahm, dass sie zu einer Seitengasse führte, wollte ich schon darauf zulaufen, hielt aber unvermittelt inne. Dies war eine Polizeirazzia. Bestimmt standen auf der anderen Seite ein halbes Dutzend bewaffnete Polizisten, die nur darauf warteten, jeden zu ergreifen, der sich auf diesem Weg aus dem Staub machte. Daher entschied ich mich lieber für die Steintreppe, die an einer der Häuserwände zum Dach hinaufführte.

Irgendein Polizist musste mich jedoch von einem Fenster aus bemerkt haben, denn wenig später flog eine Dachterrassentür auf und jemand forderte mich lautstark auf, gefälligst stehen zu bleiben. Ich war dieser Bitte nicht gefolgt und hatte es stattdessen vorgezogen zu türmen … Und so lag ich jetzt zitternd in meinem winzigen Versteck und freute mich darüber, in dieser Nacht wenigstens *eine* richtige Entscheidung getroffen zu haben.

Meine Gedanken kehrten zu dem toten Chinesen und der Razzia selbst zurück. Nüchtern betrachtet hätte es überhaupt keine geben dürfen. Die Einsatzsituation war derzeit viel zu angespannt. Indische Polizeikräfte quittierten in Massen den Dienst. Die Stadt stand kurz davor, ins Chaos zu stürzen. Der

Polizei fehlten schlichtweg die Leute, um sich mit Nebensächlichkeiten wie Razzien in Opiumhöhlen zu beschäftigen.

Und es war auch keine geplant gewesen. Das wusste ich genau, weil ich es mir zur Angewohnheit gemacht hatte, an Tagen, an denen ich einen Abstecher nach Chinatown in Erwägung zog, immer erst in der für Drogenrazzien zuständigen Vice Division vorbeizuschauen. Ich hatte mich sogar mit dem Leiter der Abteilung angefreundet, einem Mann namens Callaghan. Seine Stimme war es gewesen, die eben die Männer zurückbeordert hatte.

Im Verlauf unserer Bekanntschaft hatte ich ihm so manchen Drink spendiert, um stets darüber informiert zu sein, wann er und seine Männer einen abendlichen Ausflug planten. Wenn eine Razzia anstand, war er in der Regel zu beschäftigt für ein kleines Schwätzchen, und in den Fluren herrschte angespannte Betriebsamkeit. Als ich heute dort vorbeigeschaut hatte, war alles im Tiefschlaf und Callaghan selbst nur allzu froh über meine Störung gewesen.

Dennoch hockte ich jetzt hier und versteckte mich vor einem kompletten Einsatztrupp seiner Leute.

2

Ich wartete.

Zwanzig Minuten, die sich länger anfühlten. Ich bewegte mich nicht, bis alle Stimmen und Geräusche verstummt waren. Nach und nach lichtete sich auch der Nebel in meinem Kopf. Schließlich kroch ich aus meinem Versteck und richtete mich langsam auf. Die Leiche noch einmal näher zu untersuchen kam nicht in Frage. Callaghan mochte samt seinem Trupp abgezogen sein, doch bestimmt hatte er Leute zurückgelassen, die sämtliche Zugänge bewachten. Wahrscheinlich ein paar bedauernswerte Constables von der örtlichen Polizei-*Thana*. Ich beneidete sie nicht um den Job. Schon so einigen indischen Streifenpolizisten war im nächtlichen Tangra die Kehle aufgeschlitzt worden.

Nein, meine dringlichste Aufgabe bestand darin, das Messer loszuwerden. Mir war noch immer schleierhaft, warum ich es überhaupt aufgehoben hatte. Dem Drang, Beweismittel zu sichern, war die Aktion ganz sicher nicht geschuldet. Zwar befanden sich womöglich die Fingerabdrücke des Täters darauf, aber meine inzwischen auch. Vielleicht hatte es etwas mit der seltsamen Form der Waffe zu tun. Die Klinge war gut fünfundzwanzig Zentimeter lang und eher angewinkelt als sichelförmig. Das Messer ähnelte denen, die Gurkha-Soldaten im Krieg getragen hatten, bloß dass der Griff in schwarzes Leder gefasst und mit einem kleinen silbernen Drachen verziert war.

Das Intelligenteste wäre gewesen, das Ding in den Hugli zu werfen. Leider lag der Fluss ein paar Kilometer entfernt, und blutverschmiert, wie ich war, würde ich in meinem jetzigen Aufzug nicht weit kommen. Ich brauchte andere Kleidung. Ich ließ meinen Blick über die angrenzenden Dächer streifen, bis ich entdeckte, wonach ich suchte. Wenige Minuten später hatte ich die Strecke so geräuschlos wie möglich bewältigt und durchwühlte die auf der Leine hängenden Wäschestücke wie eine Hausfrau, die bei Chukerbutty's Fine Clothing Emporium im Bow Bazar das aktuelle Angebot prüft. Hindus gingen rituelle Reinigungen über alles, und das betraf nicht nur den Körper, sondern auch die Kleidung. Mit dieser Dauerbeschäftigung schienen sie auch die anderen nichtweißen Bevölkerungsgruppen angesteckt zu haben, sodass halb Black Town zu jeder Tages- und Nachtzeit unter einem Meer an trocknender Wäsche verschwand. Ich zog mein Hemd aus und wickelte es vorsichtig um das Messer. Das Hemd, das ich von der Leine nahm, war alt, verwaschen und eine Nummer zu klein. Ich knöpfte es zu, so gut es ging, und krempelte die Ärmel hoch. Um das Ensemble zu komplettieren, stahl ich noch eins der großen Umhängetücher, die die Einheimischen *Chador* nennen, und schlang es mir wie eine alte Frau um Kopf und Schultern. Ich lief weiter über die Dächer, bis ich eine Stelle fand, die niedrig genug war, und sprang hinunter auf die Straße. Ein kurzer Abstecher nach Norden brachte mich zum Circular Canal, wo ich das Bündel aus Messer und blutverschmiertem Hemd mit einem Stein beschwerte und ins schwarze Wasser hinabließ, wie ein Hindugläubiger, der den Göttern ein Opfer darbringt. Anschließend hielt ich mich Richtung Westen, wusch mir unterwegs an einer Handpumpe Gesicht und Hände und erreichte nach einem halbstündigen Fußmarsch die Tonga-Station am Bahnhof von Sealdah, an der die ganze Nacht Kutschen warteten.

Den gesamten Weg über beschäftigte mich die Frage, warum diese Razzia durchgeführt worden war. Die Antwort darauf musste ich unbedingt herausfinden. Es konnte doch unmöglich Zufall sein, dass der Mord ausgerechnet mit der ersten Razzia zusammenfiel, die Callaghans Vice Division seit Monaten in einer Opiumhöhle durchführte, und das auch noch genau zu dem Zeitpunkt, da ich dort anwesend war.

Die Uhr am College Square zeigte Viertel nach drei, und wenig später war ich zurück in der Premchand Boral Street. Für meine Verhältnisse war das früh. Gewöhnlich kam ich von meinen Besuchen in Tangra nicht vor vier Uhr morgens nach Hause. Wäre da nicht der Tote gewesen, den ich einfach dort liegen gelassen hatte, ich hätte über dieses absurd anmutende Detail lachen müssen.

Ich schleppte mich die Stufen zu meiner Wohnung hoch und schloss vorsichtig auf. Die Wohnung lag im Dunkeln. Trotzdem musste ich mich ganz leise verhalten. Ich teilte mir die Wohnung mit einem jüngeren Kollegen, Surrender-not Banerjee, und der hatte einen leichten Schlaf. In Wirklichkeit hieß er gar nicht Surrender-not, sondern Surendranath, was anscheinend so viel wie »König der Götter« hieß. Aber wie bei so vielen Königen, die ich noch aus den Zeiten meines Geschichtsunterrichts kannte, war ich mit der korrekten Aussprache überfordert. Da es den meisten britischen Kollegen im Lal Bazar ähnlich ging, hatte ihn vor Jahren einer seiner Vorgesetzten einfach in Surrender-not umgetauft. Und dieser Name war haften geblieben, auch wenn der Mann, der ihn damals erfunden hatte, längst nicht mehr lebte.

Natürlich wusste Surrender-not von meiner Opiumsucht.

Wir hatten zwar nie darüber gesprochen, aber der Junge war schließlich nicht blöd. Zu Anfang hatte er seine Bedenken noch in vage allgemeine Fragen über meinen Gesundheitszustand verpackt und dazu stets diesen enttäuschten Gesichtsausdruck aufgesetzt, mit dem einen auch die eigene Mutter angesehen hatte, wenn man mal wieder von einer Rauferei nach Hause kam. Geändert hatte das naturgemäß nichts, und mittlerweile war er die Nachfragen leid geworden. Nur diesen Blick fing ich mir noch von Zeit zu Zeit ein.

Größere Sorgen bereitete mir im Moment daher unser Hausdiener Sandesh. Er schlief ebenfalls in der Wohnung, normalerweise auf einer Matte unter dem Esstisch. Eigentlich sollte er in der Küche schlafen, aber die sei, wie er erklärt hatte, zu groß; bei derart hohen Zimmerdecken könne er einfach nicht schlafen. Ihn aufzuwecken wäre gewöhnlich kein Grund zur Besorgnis gewesen, denn selbst wenn es ihn überhaupt interessierte, wohin ich nachts so häufig verschwand, hätte es ihm das Verständnis seiner Stellung niemals gestattet, darüber eine eigene Meinung zu äußern. Hätte er jetzt allerdings erlebt, wie ich mich im Aufzug einer spanischen Fischverkäuferin in die Wohnung schlich, wäre womöglich sogar seine gigantische Gleichgültigkeit an ihre Grenzen gestoßen.

Ich lief auf Zehenspitzen in mein Zimmer und verriegelte sofort die Tür hinter mir. Durch das offene Fenster strömte das Licht des Halbmonds und legte sich wie ein fahler Schleier über die Einrichtung. Die Dunkelheit fühlte sich an wie ein Schutz, und so verzichtete ich darauf, die Lampe anzumachen. Ich warf den Chador ab, zog ein zerknülltes Päckchen Capstans sowie eine Schachtel Streichhölzer aus der Tasche, zündete mir mit zitternden Fingern eine Zigarette an und nahm einen langen, tiefen Zug.

In der Ecke stand meine *Almirah*, ein großer Holzschrank, wie er in den meisten Schlafzimmern Kalkuttas zu finden war. Auch mit dem Ankleidespiegel in einer der beiden Türen war das Möbelstück nichts Besonderes, sah man einmal von dem verschließbaren Stahlfach ab, das ein Viertel seines Innenraums einnahm. In ihm lagerten die wenigen wertvollen Habseligkeiten, die ich besaß, zusammen mit einer größeren Anzahl eher fragwürdiger Dinge. Ich legte die Zigarette in den alten Zinnaschenbecher auf meinem Schreibtisch, streifte mir das geborgte Hemd über den Kopf und verstaute es gemeinsam mit dem Chador im Stahlfach, das ich wieder sorgsam verschloss. Die Kleidungsstücke mussten verbrannt werden, aber einstweilen waren sie dort am besten aufgehoben. Alle belastenden Spuren waren damit verwischt. Ich ließ mich aufs Bett fallen und vergrub das Gesicht in den Händen, während auf dem Schreibtisch die Zigarette zu Asche verglühte.

3

22. Dezember 1921

Die Tasse Tee auf dem Nachttisch war eiskalt. Vermutlich hatte Sandesh, wie es seine Gewohnheit war, sie dort bereits vor Stunden hingestellt. Ich befreite mich aus dem Moskitonetz, nahm die Tasse und schüttete das Zeug aus dem Fenster. Mit Befriedigung hörte ich das Platschen, mit dem der Inhalt im gepflasterten Hof aufschlug.

In Bezug auf weihnachtliche Festtagsstimmung stellte das für mich bereits einen Höhepunkt dar. Weihnachten in Kalkutta war schon eine seltsame Sache. Die Inder mochten zwar frieren, aber für jeden, der im echten britischen Winter aufgewachsen war, waren die Temperaturen nie und nimmer der Jahreszeit angemessen, und obwohl die Sternsinger in den örtlichen Kirchen mit ständigen Hosiannas und Hallelujas ihr Bestes taten, alle an das freudige Ereignis der Ankunft unseres Herrn und Erlösers zu erinnern, war Weihnachten unter Palmen statt unter Fichten oder Tannen einfach nicht das Gleiche.

Mal abgesehen von Weihnachten kam ich mit der Stadt aber immer besser zurecht. Vielleicht hing es mit der Tatsache zusammen, dass ich in ähnlichem Maße beschädigt und nur eingeschränkt funktionstüchtig war wie Kalkutta – diese Stadt, die man mitten in einem stinkigen bengalischen Sumpf errichtet hatte und die bevölkert war von gesellschaftlichen Außenseitern, die sich darum bemühten, trotz ihrer Chancenlosigkeit zu überleben.

Bis ich mich gewaschen, angezogen und an den Frühstückstisch gesetzt hatte, war Surrender-not längst verschwunden. Ein Frühaufsteher war er schon immer gewesen, aber in letzter Zeit hatte ich den Eindruck gewonnen, dass er sich besonders früh auf den Weg machte, nur um nicht mit mir reden zu müssen. Sandesh trat ein und servierte mir stumm mein Frühstück und die heutige Ausgabe des *Englishman*. Den Fettflecken auf der Titelseite nach zu urteilen, hatte Surrender-not sie bereits gelesen. Ich legte die Zeitung zur Seite und begann, in meinem lauwarmen und großzügig mit grünen Chilistückchen bestreuten Omelette zu stochern. Nach Essen war mir in letzter Zeit selten zumute – und noch viel weniger nach Nachrichten, die von den Spielchen des Herrn Gandhi beherrscht wurden. Das Land glich einem Pulverfass, seit der Mahatma, wie seine Gefolgsleute ihn zu nennen pflegten, vor Monaten alle Inder aufgefordert hatte, das Land mit einer Flut von gewaltfreien Aktionen der Nichtkooperation zu überziehen. Wenn sie das taten – so sein Versprechen –, würde er noch vor Jahresende für die Unabhängigkeit sorgen.

Da die Inder von Mystizismus nie genug bekommen können, genügte ihnen der Anblick dieses Mannes in seinem schlichten Dhoti, um der Aufforderung Folge zu leisten. Millionen von ihnen – nicht nur die Salonrevolutionäre aus Bombay, Kalkutta und Delhi, sondern auch die einfachen Menschen, die Bauern, Tagelöhner und Fabrikarbeiter aus Tausenden über das ganze Land verstreuten Städten und Dörfern –, sie alle folgten seinen Aufrufen, britische Waren zu boykottieren, Arbeitsstellen bei staatlichen Behörden zu kündigen und generell für Störungen zu sorgen, wo es nur ging. Das musste man dem kleinen Kerl lassen: Er hatte die Kongresspartei von einer Quasselbude für Anwälte in eine richtige Volksbewegung verwandelt. Die Massen miteinzubeziehen – das war der geniale Schachzug des Mahatmas gewesen. Er hatte ihnen versichert, dass es allein auf sie ankam, und dafür verehrten sie ihn.

Kalkuttas Bengalen, die von jeher mit Feuereifer dabei waren, wenn es darum ging, den Briten eins auszuwischen, hatten sich mit Freuden zur treibenden Kraft der Bewegung aufgeschwungen – obwohl es so schrecklich viel Bewegung eigentlich gar nicht gab, da die bevorzugte Taktik des Mahatmas darin bestand, seine Anhänger anzuweisen, sich hinzusetzen und nicht von der Stelle zu rühren. Als Protestform war dieses Verhalten geradezu maßgeschneidert für den bengalischen Wesenszug, am liebsten mit kleinstmöglichem Eigenaufwand größtmögliche Unannehmlichkeiten zu verursachen. Der Hang zum Streiken lag ihnen so sehr im Blut, dass die Ansicht, manche würden nur deshalb zur Arbeit erscheinen, um sofort in Streik treten zu können, keineswegs jeder Grundlage entbehrte.

Vor nicht allzu langer Zeit war Kalkutta noch Hauptstadt von Britisch-Indien gewesen. Sollten wir jedoch gehofft haben, die Verlagerung des Machtzentrums nach Delhi würde die Fähigkeiten der angestammten Bevölkerung mindern, für Ärger zu sorgen, dann war dies ein gewaltiger Irrtum gewesen. Die Menschen hier waren dem Aufruf des Mahatmas mit gewohnter Begeisterung gefolgt. Junge Leute verließen Universitäten und Schulen, Staatsbedienstete kündigten reihenweise, und vor Regierungsbehörden zogen Mahnwachen auf. Am besorgniserregendsten aber war die hohe Zahl an Polizisten, die ihren

Dienst quittierten. Es hatte ganz harmlos begonnen. Vereinzelt hatten indische Polizisten unmittelbar nach Gandhis Aufruf ihre Marke aus politischem Prinzip abgegeben. Doch dann kamen die Massenverhaftungen, kam die Einkerkerung von Demonstranten, und mit dem zunehmenden öffentlichen und familiären Druck nahm der Aderlass kontinuierlich zu.

In den Städten war die Situation immer schlimmer geworden. Eigentlich hätte man zwar erwarten können, dass sich die Sicherheitslage eher verbesserte, da so viel Nachdruck auf den friedlichen Charakter der Proteste gelegt wurde, aber der Mahatma hatte Kräfte freigesetzt, die er nicht kontrollieren konnte. So manchem, den seine Worte in glühende Begeisterung versetzten, schien der Sinn nicht ganz so unbeirrbar nach Gewaltfreiheit zu stehen wie ihm. Im Laufe der vergangenen Monate waren die Auseinandersetzungen daher hitziger geworden, und sporadisch hatte es Übergriffe gegeben auf Weiße, Anglo-Inder, Christen, Parsen, Chinesen und so ziemlich jeden, der in Verdacht geriet, von der Idee eines unabhängigen Indien nicht ausreichend verzückt zu sein. Und der Imperial Police Force mangelte es schlicht an Leuten, um wirklich allen Schutz zu gewähren, selbst *wenn* wir das gewollt hätten. Genau darin lag nämlich unser schmutziges Geheimnis: Denen da oben kamen die Übergriffe in Wahrheit eher zupass. Alles, was Gandhis Aura eines Heiligen beschädigen konnte, wurde als hilfreich betrachtet, und Übergriffe durch seine Anhänger lieferten den perfekten Vorwand für hartes Durchgreifen.

Auf dem Papier mochte dieser Plan sogar sinnvoll gewirkt haben, und der Vizekönig samt seiner Beraterclique in Delhi schienen ihn zu billigen, doch die hätten ja auch genauso gut in London oder auf dem Mond hocken können, so weit entrückt waren sie der Wirklichkeit auf der Straße. Bei dieser angespannten Stimmung und den schon jetzt zum Bersten gefüllten Gefängnissen war hartes Durchgreifen in Kalkutta sicherlich kein sehr kluger Gedanke.

Wie es hieß, hatte der Vizekönig, der noch nie durch allzu viel Rückgrat aufgefallen war, ursprünglich zu Kompromissen geneigt, doch ein paar stramm formulierte Telegramme aus Downing Street und zweifellos auch ein paar stramm eingeschenkte Gläser Gin mussten seiner Entschlossenheit so viel Auftrieb geschenkt haben, dass er den Forderungen der Inder am Ende kein Stückchen entgegenkam. Inzwischen blieben nur noch zehn Tage, bis Gandhis Jahresfrist ablief, und da selbst unter seinen leidenschaftlichsten Unterstützern die Disziplin schwand, hegte man höheren Orts die Hoffnung, dass die ganze gewaltfreie Bewegung in sich zusammenbrach, wenn man nur noch vierzehn Tage dem Sturm trotzte – und dass damit zugleich auch die Glaubwürdigkeit des Mahatmas dauerhaft zerstört sein würde.

Doch dann traf plötzlich eine neue Meldung ein: Die Regierung Ihrer königlichen Majestät hatte in ihrer unendlichen Weisheit beschlossen, dass sich der Zusammenhalt des Empire am nachdrücklichsten stärken ließ, wenn Seine Königliche Hoheit Prinz Edward, der Prince of Wales, einen Monat lang das Land bereiste. Die elektrisierende Wirkung dieser Nachricht hatte sich tatsächlich sofort gezeigt, allerdings weniger bei den königstreuen britischen Bürgern der Stadt als bei den Bengalen. Die Kongressführer riefen umgehend zu einem vollständigen Boykott des Besuchs auf, und die Proteste, die sich bereits abgeschwächt hatten, flammten abrupt und mit Macht wieder auf.

Vor ein paar Wochen nun war der Prinz in Bombay eingetroffen und dort von einer Blaskapelle und handfesten Ausschreitungen empfangen worden. Kalkutta hingegen hatte auf seinen bevorstehenden Besuch bislang nur in unerschütterlich friedfertiger Form reagiert, was in manchen Stadtvierteln dennoch eine fast panische Angst auslöste, denn diese Ruhe war nicht von den wackeren Ordnungshütern der Imperial Police Force durchgesetzt worden oder gar von der Armee, sondern von einem ganz neuen Machtfaktor: den ganz in Kaki gehüllten Mitgliedern von Gandhis Congress Volunteer Force. Diese gewissenhaften, idealistischen jungen Männer sollten im Auftrag des Mahatmas sicherstellen, dass der gewaltfreie Protest seinem Namen weiterhin gerecht wurde und nicht in Gewalt umschlug. Trotzdem lief es auch mir eiskalt den Rücken herunter, wenn ich sah, wie sie in der Art einer Bürgermiliz den Strom der demonstrierenden Menschen lenkten. Irgendwie entpuppte sich 1921 mehr und mehr als ausgezeichneter Jahrgang für uniformierte Haufen. In Italien schwoll die Zahl von Mussolinis Schwarzhemden bedrohlich an, während deren braun gekleidete Gesinnungsbrüder in Deutschland langsam ebenfalls zur Plage wurden. Unsere Congress Volunteers mochten zwar ihre Gewaltfreiheit beteuern, aber ich misstraute jeder zivilen Organisation, die es für nötig hielt, ihre Mitglieder in quasimilitärische Uniformen zu stecken. Nicht einmal die Pfadfinder bildeten da für mich eine Ausnahme.

Die Volunteers waren vom Kongress dazu verpflichtet worden, Gandhis Aufruf zum Generalstreik Nachdruck zu verleihen. Zum Zeichen des Protests gegen den Prinzenbesuch sollten Geschäfte, Firmen und Ämter überall lahmgelegt werden. Im Gegenzug hatte der Vizekönig uns den Befehl gegeben, jeden zu verhaften, der das reibungslose Funktionieren der staatlichen Verwaltung zu behindern suchte. Jedem war klar, dass ein Showdown bevorstand, und in der Polizeizentrale am Lal Bazar arbeitete man bereits an Notfallplänen, sollte es zum Schlimmsten kommen.

Währenddessen drehte der Prinz vergnügt seine Runden durchs Land. Sein Besuch in Kalkutta sollte in drei Tagen stattfinden – sinnigerweise am ersten Weihnachtstag.

Ein schöneres Weihnachtsgeschenk hätten wir Herrn Gandhi unmöglich machen können.

Sandesh trat ein und stellte eine frische Tasse Tee auf den Tisch. Ich nahm sie und verdrängte alle politischen Grübeleien. Prompt kehrten meine Gedanken zu den Ereignissen der vergangenen Nacht zurück. Bei meiner Flucht hatte ich viel Glück gehabt, und letztlich verdankte ich sie mehr der raschen Auffassungsgabe einer jungen Chinesin als dem eigenen Geschick. Die Sache kam mir noch immer wie ein Traum vor, und manche meiner Erinnerungen waren womöglich wirklich nichts anderes als vom Opium angeregte Erfindungen meines Unterbewusstseins. *Pipe Dreams* nannte man so etwas. Aber die Leiche hatte real existiert. In diesem Punkt war ich mir absolut sicher.

Wahrscheinlich handelte es sich bei dem Toten um den Fußsoldaten einer Opiumgang. Diese Banden stritten sich seit ewigen Zeiten um die Vorherrschaft in Chinatown. Am ehesten kamen Green Gang oder Red Gang in Frage, die zwei bedeutendsten Spieler im chinesischen Opiumhandel. Beide operierten von Shanghai aus, und Kalkutta war als Tor, durch das Opium weiterverschickt wurde, wertvoll genug, um dafür Blut zu vergießen. In der Vergangenheit war es uns gelungen, ein Ausufern dieser Revierkämpfe zu verhindern. Aber jetzt, da die Zahl unserer Einsatzkräfte so geschrumpft war, mussten wir anderen Dingen Vorrang einräumen, und die Gangs hatten rasch die Gunst der Stunde erkannt und bekriegten einander, um das entstandene Machtvakuum zu füllen.

Die Identität des Toten zu klären wäre eigentlich Aufgabe meiner Abteilung gewesen – zumindest theoretisch. Dem Gesetz nach waren wir nämlich verpflichtet, jeden Mord zu untersuchen, der innerhalb unseres Zuständigkeitsgebiets verübt wurde. Die Praxis sah jedoch anders aus. Sofern das Opfer nicht weiß oder – Gott behüte! – ein hochgestellter Inder war, fand meist nur eine oberflächliche erste Untersuchung statt, bei der ein paar Formulare ausgefüllt wurden, bevor man den Fall an irgendeine kleine Polizeiwache vor Ort übertrug und vergaß.

Dennoch fragte ich mich, auf wessen Schreibtisch diese Angelegenheit wohl landen würde. Da ich im Augenblick nicht gerade in Arbeit ertrank, bestand durchaus die Chance, dass die Wahl zufällig oder gezielt auf mich fiel. Wenn nicht, würde ich alles daransetzen, mich über sämtliche Ergebnisse der Untersuchung auf dem Laufenden zu halten. Wohlgemerkt nicht, weil ich Angst hatte, selbst ins Visier der Ermittler zu geraten – sobald die Kleidung verbrannt war, konnte mich nichts mehr mit dem Tatort in Verbindung bringen –, sondern weil irgendwas an der Sache nicht stimmte.

Ich trank meinen Tee aus und machte mich auf den Weg. Draußen stürmte Kalkutta sofort mit der üblichen Wucht auf alle Sinne ein. Es war eine überwältigende Mischung aus strahlend bunten Farben, durchdringenden Gerüchen und der Kakofonie von Alltagsgeräuschen einer Stadt, in der sich eine Million Einwohner auf einem Gebiet drängten, das schon für ein Zehntel davon zu klein gewesen wäre.

Um halb elf hatte ich es an meinen Schreibtisch im Lal Bazar geschafft. Meine Pünktlichkeit war in letzter Zeit nicht unbedingt vorbildlich, aber noch war es nicht so schlimm, dass die Kollegen angefangen hätten, Bemerkungen darüber zu machen. Zumindest taten sie es nicht in meiner Gegenwart. Schon wahr, Surrender-not hatte ein paar kryptische Anspielungen fallen lassen über Dinge, die ihm zu Ohren gekommen waren, aber ich hatte nicht ganz begriffen, was er damit sagen wollte. Wenn es darum ging, Informationen preiszugeben, äußerte er sich häufig in etwa so verständlich wie das Orakel von Delphi. Abgesehen davon kümmerte mich auch nicht, was meine Kollegen von mir hielten. Es gab nur einen einzigen Mann, dessen Ansichten von Bedeutung waren, und der Nachricht auf meinem Schreibtisch zufolge schien genau der mich sprechen zu wollen. Dringend.

Ich gönnte mir noch ein paar Sekunden, um zur Ruhe zu kommen, dann verließ ich mein Büro wieder, gabelte unterwegs Surrender-not auf und stieg mit ihm gemeinsam hinauf in den obersten Stock zum Büro von Lord Taggart, dem Commissioner der Polizei von Bengalen.

»C. R. Das. Was wissen Sie über ihn?«

Die Frage traf mich überraschend. Ich saß Lord Taggart an dessen Schreibtisch gegenüber. Surrender-not hatte auf dem Stuhl neben mir Platz genommen.

»Sir?«

Der Commissioner schüttelte den Kopf. Er sah müde aus. Alle Polizisten Kalkuttas sahen derzeit so aus.

»Ach, kommen Sie, Sam. Den Namen müssen Sie doch kennen. Oder haben Sie das gesamte letzte Jahr verschlafen?«

Natürlich kannte ich den Namen. Jeder in Indien kannte ihn.

»Gandhis Chefaufwiegler für Bengalen«, erklärte ich. »Sein Bild ist fast täglich in der Zeitung.«

Die Antwort vermochte den Commissioner nicht zu besänftigen.

»Und das ist alles, ja? Die Gesamtheit Ihres Wissen über meinen aktuell ärgsten Quälgeist?«

»Ich neige dazu, meine Nase aus politischen Dingen herauszuhalten, Sir. Sollten Sie jedoch den Verdacht hegen, Mr. Das hätte jemanden umgebracht, werde ich mich selbstverständlich genauer mit ihm beschäftigen.«

Taggart musterte mich misstrauisch. Da unsere Zusammenarbeit bis in die Kriegsjahre zurückreichte, gestattete er mir ein klein wenig mehr Freiraum als den meisten anderen, aber seine Toleranz hatte Grenzen. Für diesmal ließ er mir die Bemerkung durchgehen und wandte sich an Surrender-not. »Vielleicht kann Sergeant Banerjee Ihnen ja aus der Patsche helfen.«

Surrender-not machte den Eindruck, als würde es ihm schwerfallen, ruhig auf seinem Stuhl sitzen zu bleiben. Er konnte dem Drang, mit seinem Wissen zu prahlen, oft nur mit viel Selbstbeherrschung widerstehen, und es hätte mich nicht gewundert, wenn seine Hand in diesem Moment wie die eines übereifrigen Schülers in die Höhe geschnellt wäre. »Chitta-Ranjan Das«, erwiderte er wie aus der Pistole geschossen. »Anwalt am High Court, gilt allgemein als einer der brillantesten Rechtsgelehrten des Landes. Unterstützer der Home-Rule-Bewegung. Größere Bekanntheit errang er vor etwa fünfzehn Jahren mit der Verteidigung des Dichters Aurobindo Ghosh im Prozess um den Bombenanschlag von Alipore, als sich kein anderer Anwalt bereitfand, den Fall zu übernehmen. Mr. Das erreichte einen Freispruch. Sein Name sprach sich herum, und schon bald war er einer der erfolgreichsten Anwälte Kalkuttas. Wie der Captain bereits erwähnte, ist er inzwischen Gandhis rechte Hand in Bengalen und verantwortlich für die Organisation der Nichtkooperationsbewegung und der Congress Volunteers in der gesamten Provinz. Das Volk liebt ihn. Ähnlich wie beim Mahatma hat es Das einen Ehrentitel verliehen. Die Menschen nennen ihn Deshbandhu, was ›Freund der Nation‹ bedeutet.«

»Stimmt«, bemerkte Lord Taggart bitter. »Tja, ein Freund von uns ist er jedenfalls nicht. Und seine verfluchten Volunteers genauso wenig.«

Surrender-not ließ mich schlecht aussehen. Ich machte ihn mit einem vielsagenden Seitenblick darauf aufmerksam, erntete als Reaktion aber nur ein Achselzucken.

Taggart drehte sich mir zu. »Wie Sie wissen, Sam, erwarten wir am Sonntag Seine Königliche Hoheit, den Prince of Wales, und sowohl Delhi als auch London legen größten Wert darauf, dass sein Besuch in unserem hübschen Städtchen ein formidabler Erfolg wird.«

Der Prinz hatte etwas von einem amerikanischen Filmstar. Vielleicht beruhte die Ausstrahlung auf seinem Charme, vielleicht auf diesem natürlichen Selbstvertrauen, das die angeborene Bestimmung, dereinst über ein Sechstel des Erdballs zu herrschen, so mit sich brachte, oder vielleicht waren es lediglich die hervorragend geschnittenen, überaus teuren Anzüge, die er trug. Was auch immer die Ursache sein mochte, überall auf der Welt strömten jedenfalls die Massen zusammen, um sich in der Glorie dieses Mannes zu aalen. Die britische Regierung war nur allzu gern bereit, diese Wirkung zu ihrem Vorteil zu nutzen, und schickte ihn zu Goodwilltouren in alle Ecken des Empires.

Kalkutta war allerdings nicht Kapstadt, und ich fragte mich, ob den Schreibtischstrategen in London und Delhi wirklich klar war, welch immense Aufgabe es für den Prinzen sein würde, hier irgendetwas Positives zu bewirken. Wer Ruhe und Beschaulichkeit suchte, für den war das Ziel Kalkutta ungefähr so lohnend wie die zweite Schlacht an der Marne. Ich war ihm sogar schon einmal begegnet, dem Prinzen Edward Albert Sachsen-Coburg Windsor oder wie immer sein vollständiger Name lautete. 1916 war das gewesen, an der Front. Damals wie heute hatten sie ihn auf eine Rundreise zur Anhebung der Moral geschickt, obwohl mir stets schleierhaft blieb, wie der Handschlag eines Prinzen, der nie am eigenen Leib den Horror eines Krieges erleben würde, die Moral von Männern aufbessern sollte, deren Leben täglich aus kaum etwas anderem bestand, als auf die eine Maschinengewehrkugel zu warten, die ihren Namen trug. Er muss seinerzeit selbst noch ein blutjunger Bursche gewesen sein. Ich erinnere mich noch an die glatten Gesichtszüge und die Uniform, die an ihm eine Nummer zu groß wirkte. An Mut fehlte es ihm allerdings nicht. Gerüchten zufolge hatte er sich 1915 freiwillig für den Fronteinsatz gemeldet, war jedoch von König und Regierung umgehend wieder zurückgepfiffen worden.

»Aus diesem Anlass hat der Vizekönig beschlossen, die Congress Volunteers zur verbotenen Organisation zu erklären«, fuhr Taggart fort. »Und das gerade noch rechtzeitig. Das Verbot wird morgen in Kraft treten. An diesem Punkt kommen Sie ins Spiel, Sam. Ich möchte, dass Sie persönlich zu Das gehen und ihn davon in Kenntnis setzen. Sagen Sie ihm, er soll die Vorwarnung als gut gemeinte Geste betrachten. Was den Prinzen betrifft, so hoffe ich nur, dass er keine große Lust hat, mehr Zeit als unbedingt nötig in unsrer schönen Stadt zu vertrödeln. Angeblich soll er Inder ja eher abstoßend finden und bloß so schnell wie möglich nach London und in die Arme seiner Geliebten zurückwollen. Trotzdem dürfen wir auf keinen Fall zulassen, dass es zu irgendwelchen Aktionen oder Mätzchen kommt, die peinlich für Seine Königliche Hoheit oder die Regierung Ihrer Majestät sind.«

»Plant Das Ihrer Meinung nach denn irgendwelche *Mätzchen*?«, fragte ich.

Taggart nahm einen silbernen Füllfederhalter und trommelte damit auf die Tischplatte. »Da bin ich mir absolut sicher. Sie müssen herausfinden, was genau er vorhat, und ihn dann dazu bringen, es zu unterlassen.«

»Notfalls können wir ihn doch einfach verhaften«, wagte ich zu bemerken. Es schien die naheliegendste Lösung. Immer vorausgesetzt, wir hatten irgendwo in einer Zelle noch Platz für ihn.

Taggart schüttelte den Kopf. »Dazu möchte er uns doch gerade verleiten. Wenn wir ihn wegen Aufwiegelung verhaften, machen wir einen Märtyrer aus ihm, und sofort unterstützen noch zehntausend Menschen mehr seine Sache. Außerdem erwarten wir neben der englischen die gesamte internationale Presse in der Stadt, um über den Besuch zu berichten. Der Vizekönig möchte daher, dass wir unbedingt jede nachteilig aussehende Reaktion vermeiden. Ein Generalstreik ist das eine – mit Bildern von menschenleeren Straßen kann ich leben –, aber wütende Bengalen, die in Massen gegen die Verhaftung ihres beliebtesten Landsmannes protestieren, das hat eine ganz andere Dimension.«

»Ich verstehe noch immer nicht genau, was Sie von uns erwarten, Sir«, sagte ich. »Handelt es sich hier nicht um eine Angelegenheit, die wie maßgeschneidert ist für Section H?

Oder haben unsere Freunde vom militärischen Geheimdienst ihre Versuche eingestellt, politischen Aufruhr jedweder Art zu zerschlagen?«

»Dass sie aufgegeben haben, bezweifle ich stark, Sam«, antwortete er. »Es dürfte eher so sein, dass sie gerade nicht so genau wissen, wie sie vorgehen sollen. Mit ein paar hundert bombenwerfenden Terroristen fertig zu werden, damit kennen sie sich aus. Weit weniger bewandert sind sie im Umgang mit einer landesweiten Massenbewegung, angeführt von einem Heiligen, dessen Strategie darin besteht, sie anzulächeln und dann seine Anhänger aufzufordern, sich hinzusetzen, den Verkehr zu blockieren und so zu tun, als würden sie beten. Und ehrlich gesagt, erstaunt mich diese Ratlosigkeit kein bisschen. Was soll man denn da groß machen? Miese Tricks sind das.« Er legte den Füller auf den Schreibtisch. »Nein«, fuhr er fort, »ich denke, um diese Nuss zu knacken, benötigen wir mehr als den Vorschlaghammer, den Section H so trefflich zu schwingen versteht. Deshalb habe ich ja auch Sie rufen lassen, Sam. Sie haben in London für die Special Branch gearbeitet und Gruppen irischer Unabhängigkeitskämpfer infiltriert.«

»Lang, lang ist's her«, sagte ich. »Das war noch vor dem Krieg. Und einen Iren quer durch London zu verfolgen, ist wohl kaum das Gleiche, wie in Kalkutta auf einen Inder angesetzt zu werden. Um hier irgendwas zu infiltrieren, fehlt mir schon die richtige Hautfarbe, es sei denn, wir sprechen über die Bar des Bengal Club. Wie soll ich überhaupt an Das rankommen?«

»Tun Sie doch nicht so begriffsstutzig, Sam«, erwiderte Taggart seufzend. »Natürlich verlange ich nicht von Ihnen, sich in den Kreis seiner Vertrauten einzuschleichen. Ich möchte bloß, dass Sie zu ihm hingehen, ihm die Entscheidung des Vizekönigs mitteilen und ihn warnen. Anschließend melden Sie sich dann wieder bei mir und berichten mir, wie Sie den Kerl einschätzen. Sie haben mit solchen Typen doch schon zu tun gehabt. Sie wissen, wie die denken. Verschaffen Sie sich ein Gefühl dafür, was er vorhat.«

»Und warum sollte er überhaupt mit mir sprechen?«, fragte ich.

»Aus einem einfachen Grund«, erklärte Taggart und lächelte. »Meines Wissens ist der werte Mr. Das ein enger Freund der Familie von unserem Sergeant Banerjee hier.«

4

»Den Punkt haben Sie aber schön für sich behalten«, sagte ich und nahm hinter meinem Schreibtisch Platz.

Auf der anderen Seite rutschte Surrender-not auf seinem Stuhl hin und her.

»Da hatten wir die letzten zwölf Monate über so viel Ärger – Streiks, Kündigungen, Übergriffe –, und Sie hielten es nicht für nötig zu erwähnen, dass der Verantwortliche für all diese Dinge ein Busenfreund von Ihnen ist?«

Der Sergeant senkte den Blick. »Ich hege große Zweifel, dass er mich als *Busenfreund* betrachtet«, antwortete er. »Mein Vater ist eng mit ihm befreundet. Ich selbst bin Onkel Das schon seit Jahren nicht mehr begegnet.«

»*Onkel* Das?«, stichelte ich. Früher hätte ich geglaubt, dass *Onkel* tatsächlich ein Verwandtschaftsverhältnis bezeichnet, aber im Zusammensein mit Indern begriff man schnell, dass bei ihnen nahezu jeder enge Bekannte gleich Onkel, Tante, Großväterchen oder großer Bruder genannt wurde. Jeder war ein *Kakū*, eine *Masi* oder ein *Dada*, ganz so, als bildeten diese dreihundert Millionen in Wahrheit eine einzige unzufriedene Großfamilie.

»Na, wenn er Ihr Onkel ist, sollten wir die ganze Angelegenheit ja vor der Mittagspause erledigt haben.«

»Sie wissen genau, dass er nicht mein richtiger Onkel ist«, erklärte Surrender-not. »Und selbst wenn er es wäre, würde uns das auch nicht viel helfen. Nicht bei dem Ruf, den ich derzeit in der Familie genieße.«

Da hatte er recht. Der Junge hatte wirklich mehr als genug Opfer gebracht, nur um weiter den Beruf ausüben zu können, der ihm am besten gefiel. Er hatte sich mit Freunden und Verwandten überworfen und mit ständigen Gewissensbissen zu kämpfen, und auch wenn ich darüber nicht unbedingt Buch führte, so dürfte er seine Eltern seit dem vorletzten Kali Puja, dem Fest zu Ehren der Göttin Kali vor über einem Jahr, nicht mehr getroffen haben.

Ich hätte mich entschuldigen sollen, tat es aber nicht – wie gewöhnlich. Ihn konnte das kaum überraschen. Es gab so vieles, für das ich mich bei ihm hätte entschuldigen müssen, dass es auf eine Sache mehr oder weniger auch nicht mehr ankam.

»Mein Vater und er lernten sich zu Beginn ihrer Juristenlaufbahn am Lincoln's Inn kennen«, fuhr er fort. »Mit nur einem Jahr Abstand erlangten sie beide an dieser Anwaltskammer ihre Zulassung. Als ich klein war, kamen er und seine Familie uns häufig besuchen, meist um die Uhrzeiten der *Pujas* herum.« Er lachte bitter auf. »Wenn ich so darüber nachdenke, wird er in letzter Zeit wahrscheinlich häufiger in meinem Elternhaus gewesen sein als ich.«

»Was können Sie mir denn noch über ihn erzählen?«

»Was möchten Sie wissen?«

»Mit wem wir es zu tun bekommen. Was für eine Art Mensch ist er?«

»Die Art, die Ihnen verhasst ist – ein Bengale, der sich mit Gesetzen auskennt.«

»*Verhasst* sind die mir nicht«, widersprach ich. »Zumindest nicht alle. Ich bevorzuge bloß den Umgang mit Menschen, die den Job, den wir machen, ein wenig zu schätzen wissen.«

Er lächelte hämisch. »Von der Art dürfte es allerdings nicht mehr viele im Land geben, Sir.«

»Haben Sie auch irgendwas Nützliches beizutragen?«, wollte ich wissen.

»Ja, Sir, auf jeden Fall«, antwortete er. »Er ist der Spross einer bekannten bengalischen Familie und einer der wohlhabendsten Juristen in ganz Kalkutta. War er wenigstens früher.«

»Warum war?«

»Nach seiner ersten Begegnung mit Gandhi hat er alles der Unabhängigkeitsbewegung gespendet. Selbst sein Haus. Das ist ein glühender Anhänger von der Idee der Gewaltfreiheit. Er zählte zu den Ersten, die einen Boykott westlicher Kleidung propagierten. Was nicht der Ironie entbehrt, da er selbst für seine maßgeschneiderten Anzüge aus Paris bekannt war, bevor er sie alle verbrannte und nur noch in Indien hergestellte traditionelle Kleidung trug.«

Allem Anschein nach ein echter Fanatiker.

»Sonst noch was?«, bohrte ich nach.

»Er hat eine Frau und drei Kinder.«

Ich hatte das deutliche Gefühl, dass Surrender-not noch mehr wusste. »Sind Sie auch der Meinung, dass er etwas plant?«

»Würden Sie das nicht an seiner Stelle?«

»Besorgen Sie mir seine Akte«, sagte ich.

»Ja, Sir.« Er nickte, stand auf und wandte sich zum Gehen.

»Und finden Sie heraus, wo er sich aufhält«, rief ich ihm nach. »Wir werden dem Deshbandhu heute Nachmittag mal einen Besuch abstatten.«

Ein paar Minuten später, als ich mir sicher war, dass Surrender-not in sicherer Entfernung an seinem Schreibtisch hockte, verließ ich das Büro zu einem Ausflug in ganz eigener Sache.

Auf der anderen Seite des Hofs schloss sich ein Nebengebäude an, in dessen erster Etage die Vice Division untergebracht war. Ich stieg hinauf und stieß auf eine ziemlich verschlafen wirkende Abteilung. Am Morgen nach einer Razzia hätte in dem Raum ein Betrieb wie auf dem Londoner Waterloo-Bahnhof zur besten Rushhour herrschen müssen. Stattdessen war gar nichts los. Zwei Sekretärinnen unterhielten sich leise in einer Ecke, und ein paar Nachwuchspolizisten standen sich die Füße in den Bauch, während über ihnen die Ventilatorenblätter auf halber Kraft quietschend ihre Runden drehten. Ich war mittlerweile ein so vertrauter Besucher, dass mir niemand groß Beachtung schenkte, als ich den Raum durchquerte, an dem abgetrennten Büro am anderen Ende klopfte und den Kopf durch die Tür steckte.

Inspector Callaghan studierte gerade mit gezücktem Stift irgendwelche Akten. Er besaß eine stämmige Statur, einen ernsten Gesichtsausdruck, dichtes rotes Haar, trug eine Brille und hatte diesen typisch blassen Teint der Iren, die beim kleinsten Sonnenstrahl sofort hummerfarben anliefen. Da er darüber hinaus eine Todesangst vor fremdartigem Essen hatte, war es wahrhaftig ein Rätsel, warum er sich überhaupt entschlossen hatte, Großbritannien zu verlassen, und warum seine Wahl gerade auf Kalkutta gefallen war. Wie dem auch sei, der Mann war ein angenehmer Zeitgenosse, und ich mochte ihn. Was zu Beginn nur der Versuch gewesen war, sich sein Vertrauen zu erschmeicheln, hatte sich zu einer Art Freundschaft entwickelt, und es wäre wirklich eine Schande gewesen, hätte ausgerechnet einer seiner Männer mich gestern erschossen, denn das hätte er sich womöglich ewig zum Vorwurf gemacht.

Er sah auf. »Ach, Sie sind's, Wyndham.« Er legte den Stift aus der Hand. »Was bringt Sie zu mir?«

»Lust auf Mittagessen?«

Er schüttelte den Kopf. »Sie wissen doch, dass ich mittags nichts esse.«

Das stimmte. Er hatte mir schon früher erzählt, dass mittags zu essen seine gesamte Verdauung verrückt spielen ließ. Verantwortlich dafür machte er ein hartnäckiges Magengeschwür. Zwar hatte kein Arzt es jemals finden können, doch diese Tatsache festigte nur noch seine Überzeugung, dass es da sein musste, und während sämtliche Medikamente sich bislang als wirkungslos erwiesen hatten, linderten ein paar Gläser Guinness die Symptome für gewöhnlich spürbar.

»Und in flüssiger Form?«

Er warf einen Blick auf seine Uhr. »Es ist noch nicht mal zwölf.«

Ich trat ins Büro und setzte mich ihm gegenüber in den Stuhl. »Ist eben ein anstrengender Tag heute.«

Er musterte mich über den Rand seiner Brille hinweg. »Ja, richtig gut sehen Sie wirklich nicht aus.«

»Also, wollen wir?«, drängte ich weiter.

»Kann leider nicht«, sagte er entschuldigend, griff wieder nach dem Stift und klopfte damit auf die vor ihm liegende Akte. »Zu viel Arbeit.«

Ich tat, als würde ich ihm das nicht abkaufen. »Ach was. Sie sitzen doch hier seit Monaten nur herum und drehen Däumchen. Ich kann mich nicht mal daran erinnern, wann Sie das letzte Mal eine Razzia durchgeführt haben. Juni, hab ich recht?«

Der Anflug eines Lächelns breitete sich auf seinem Gesicht aus. »Vergangene Nacht, wenn Sie's genau wissen wollen. Sogar eine richtig große. Unten in Tangra.«

»Tatsächlich?«, sagte ich. »Die Nummer haben Sie aber schön geheim gehalten.«

»Aus einem einfachen Grund«, erklärte er in vertraulichem Tonfall. »Ich habe es selbst erst eine Stunde vorher erfahren. Alles ganz furchtbar geheim. Befehl von Lord Taggart persönlich, der damit anscheinend einer Bitte von Section H nachkam.«

»Section H? Worauf hatten die es denn abgesehen?«

Callaghans Blick wanderte zur offenen Tür. »Machen Sie die doch mal zu«, sagte er leise.

Ich beugte mich nach hinten und ließ die Tür ins Schloss fallen.

»Offenbar haben sie den Tipp erhalten, dass irgendein Oberboss der Green Gang aus Shanghai, ein Mann namens Fen Wang, in der Stadt ist und sich an diesem Abend in Tangra aufhalten soll.«

»Und, hat er?«

Callaghan zuckte mit den Achseln. »Na ja, *wenn* er da war, ist er jedenfalls rechtzeitig vor unserer Ankunft getürmt.«

»Keinerlei Festnahmen?«

»Nur der übliche Abschaum – ein paar Chinesen von hier und ein Belgier, der blöd genug war, sich da rumzutreiben. Wir haben die Namen an Dawson von Section H weitergegeben, aber der hat sofort angeordnet, sie wieder laufen zu lassen. Offenbar waren sie nur an Fen Wang interessiert.«

Callaghan klang gelangweilt. Kein Wort über die Leiche eines Mannes, der kurz zuvor ermordet worden war. So etwas würde er doch wohl nicht unerwähnt lassen?

»Gar nichts, was fürs CID in Frage käme?«, erkundigte ich mich.

Er starrte mich ungläubig an. »Alles in Ordnung mit Ihnen, Wyndham?«

»Doch, ja«, antwortete ich vorsichtig.

»Sind Sie etwa auf der Suche nach Arbeit? Freiwillig Ihre Dienste anzubieten sieht Ihnen gar nicht ähnlich. Bestimmt kein Fieber?«

»Wollte nur behilflich sein«, erklärte ich. »Im Moment schwimme ich gerade so ein bisschen.«

»Ja, hab schon davon gehört«, sagte er und seufzte. »Tja, mein Guter, leider habe ich nichts für Sie. Letzte Nacht war eine Pleite.«

»Also schön«, sagte ich, stand auf und ging zur Tür.

»Und, Wyndham«, rief er mir nach. »Das mit dem Drink holen wir demnächst nach, in Ordnung?«

Ich verließ sein Büro, ging zum Treppenhaus und stieg langsam die Stufen hinab. Unten lehnte ich mich gegen die Wand, zündete mir eine Zigarette an und versuchte, mir einen Reim auf das zu machen, was Callaghan mir eben erzählt hatte. Die Razzia der vergangenen Nacht war also von Section H angeordnet worden, die wiederum auf den Tipp zu einem chinesischen Gangster reagiert hatte? Die Aufgabe von Section H bestand doch eigentlich darin, indische Revoluzzer im Auge zu behalten. Seit wann kümmerten sie sich um chinesische Drogenhändler? Und wenn dieser Fen Wang wirklich so wichtig war, warum überließen sie die Razzia der Polizei, statt sie selbst durchzuführen? Natürlich hatte Gandhis Aufruf, jegliche Posten im Staatsdienst zu quittieren, auch beim Militär dafür gesorgt, dass die Zahl der indischen Soldaten, die sich unerlaubt von der Truppe entfernten, ein Rekordhoch erreichte. Dennoch konnten ihre Verluste nicht höher ausgefallen sein als die der Polizei.

Der Anlass für die Razzia war allerdings nur ein Teilaspekt des Rätsels. Schließlich blieb da noch die Frage, was mit der Leiche des ermordeten Mannes geschehen war. Warum hatte Callaghan ihn mit keinem Wort erwähnt? Hatten seine Leute ihn womöglich schlicht übersehen? Die Opiumhöhle und das darüberliegende Gebäude bildeten ein Wirrwarr an Kämmerchen, Nischen und versteckten Ecken. Hatte sein Trupp den Laden nicht gründlich genug durchsucht? Da sie nach einer ganz bestimmten Person Ausschau hielten und auch meine Verfolgung mit großem Eifer betrieben hatten, erschien mir das eher unwahrscheinlich.

War es nicht eher denkbar, dass jemand die Leiche in der kurzen Zeit zwischen meinem Verschwinden und dem Eintreffen der Polizei aus dem Raum geschafft hatte? In diesem Fall blieb die Frage: Wer? Und wohin?

Das ganze Drumherum wollte einfach keinen richtigen Sinn ergeben, bis mir plötzlich eine weit verstörendere Erklärung einfiel. Vielleicht hatte es ja nie eine Leiche gegeben? Ich war mächtig angeschlagen gewesen vom O. Hatte ich mir die Sache etwa nur eingebildet? Halluzinationen im Opiumrausch waren beileibe keine Seltenheit. Deshalb gab es ja auch diesen Begriff dafür: *Pipe Dreams*.

Aber ich hatte die Mordwaffe doch in meiner Hand gehalten. Das Blut des Toten hatte an meinem Hemd und an meinen Händen geklebt. Unvorteilhafterweise ruhten Messer und Hemd inzwischen auf dem Grund des Circular Canal, und meine Hände waren längst wieder sauber. Sicher verschlossen in meiner Almirah lagen natürlich noch das geborgte Hemd und der Chador, aber die bewiesen gar nichts. Letzten Endes besaß ich keinerlei handfesten Beweis, dass überhaupt etwas geschehen war.

Ich zog lange an meiner Zigarette und bemühte mich, den Gedanken wieder aus meinem Kopf zu vertreiben. Der Mann *war* da gewesen, sagte ich mir. Die naheliegendste Erklärung lautete, dass Callaghan mich anlog. Seine Männer hatten die Leiche entdeckt, bei der es sich vermutlich um Fen Wang handelte, und Section H hatte ihn angewiesen, Stillschweigen zu bewahren. So musste es sein. Alles andere war reine Paranoia.

Auf meinem Schreibtisch wartete bereits eine dicke Akte auf mich. Auf dem Schildchen stand *C. R. Das*, und obenauf lag einen Notiz von Surrender-not. Er hatte herausbekommen, wo Das zu finden war. Der Deshbandhu hatte an diesem Nachmittag offenbar einen Termin am High Court.

5

Surrender-not und ich saßen auf der Rückbank eines Dienst-Wolseleys, ohne uns unserem Ziel zu nähern. Der Wagen stand zwar auf der Spur Richtung Strand Road, doch die letzten zehn Minuten hatten wir uns nicht von der Stelle bewegt. In der Ferne strahlte die helle Turmspitze des High Court in der Nachmittagssonne.

»Und Sie sind sicher, dass er da drin ist?«, fragte ich.

»Wenn er das nicht wäre, würden wir hier nicht feststecken«, antwortete Surrender-not.

Um uns herum wurde laut gehupt und geschimpft. Ich öffnete die Tür und stieg aus. Einige Meter entfernt stand ein indischer Verkehrspolizist, deutlich erkennbar an seinem roten Fez und dem Schirm, der fest an Schulter- und Bauchgurt fixiert war, sodass er die Hände frei hatte, um den Verkehr zu lenken. Viel zu lenken hatte der Mann mit der verzweifelten Miene derzeit allerdings nicht, da alle Straßen in der Umgebung verstopft waren.

Ich ging zu ihm hinüber. »Was ist denn los?«

Er schüttelte den Kopf auf diese eigenartige indische Weise. »Straße blockiert, Sir. Demonstration unmittelbar vor dem Gerichtsgebäude.«

Ich dankte ihm für die Auskunft und kehrte zum Wagen zurück. Surrender-not war inzwischen ebenfalls ausgestiegen und wartete geduldig neben der Beifahrertür.

»Wir laufen das letzte Stück«, sagte ich.

Der High Court war ein neogotischer palastartiger Bau, eingebettet zwischen Town Hall, Fluss und dem Cricketfeld in den Eden Gardens. Angeblich ist seine Architektur den Tuchhallen von Ypern nachempfunden. Ich bin im Krieg durch Ypern gekommen und kann mich nicht daran erinnern, dort ein ähnliches Gebäude gesehen zu haben. Viel zu sagen hat das aber nicht. Zum einen war ich damals nicht unbedingt auf Besichtigungstour gewesen, zum anderen bestand bei solchen Dingen stets die Möglichkeit, dass wir, die Deutschen, die Franzosen oder eine Kombination von uns dreien es zu diesem Zeitpunkt bereits in Schutt und Asche gebombt hatten.

Schon bald erblickten wir den Grund für das Chaos in den Straßen mit eigenen Augen. Ein Stück weiter die Esplanade Row hinunter saßen vielleicht zwei Dutzend Männer mit weißen Gandhi-Kappen und in weißen Dhotis mitten auf der Fahrbahn und verkündeten in Sprechchören und auf Plakaten altbekannte Forderungen: die Freilassung politischer Gefangener, Home Rule für ganz Indien und – als kleine Zugabe – die Wiedereinsetzung des türkischen Sultans als Schutzherr der heiligen Stätten der Mohammedaner. Der letzte Punkt mochte sonderbar klingen, aber die Idee stammte von Gandhi selbst, und sie war verdammt clever. Indem er seinen Aufruf zur Unabhängigkeit um diese Forderung erweiterte, war dem kleinen Mann etwas gelungen, das über viele Jahrhunderte hinweg niemand sonst vollbracht hatte. Er hatte Millionen von Mohammedanern erreicht und dafür gewonnen, mit den Hindus für ein gemeinsames Ziel einzutreten. Diese Entwicklung war höchst unerfreulich, zumindest aus Sicht des Vizekönigs und des India Office, denn eins der Hauptargumente, mit denen die Regierung jede Unabhängigkeit verweigerte, bestand schließlich darin, dass wir die Minderheiten Indiens, allen voran die Mohammedaner, nicht einfach schutzlos der Tyrannei der Hindus ausliefern durften. Wenn die Menschen sich nun plötzlich alle die Hände reichten und bestens miteinander auskamen, verlor das Argument natürlich jede Überzeugungskraft.

Auf dem Bürgersteig hatten sich ebenfalls ein paar Hundert Inder versammelt, wo sie unter ordnender Aufsicht einiger Congress Volunteers den Zugang zum Gericht blockierten. Vorn auf einem Podium stand ein junger Bengale mit Brille, flankiert von zwei weiteren Volunteers in kakifarbener Uniform, und sprach zu der Menge. Der Mann hatte ein rundes Gesicht, und sein ordentlich gescheiteltes schwarzes Haar dünnte bereits aus. Er trug einen weißen Dhoti zu einer weißen Kurta und hatte sich zum Schutz gegen die Kälte einen dicken weißen Chador umgeschlungen.

»Irgendeine Idee, wer das ist?«, fragte ich.

»Sein Name ist Bose«, erwiderte Surrender-not. »Subhash Bose. Kürzlich aus England zurückgekehrt, wohin sein Vater ihn geschickt hatte, um an den Aufnahmeprüfungen für den Civil Service teilzunehmen. Hat angeblich unter den Besten abgeschnitten, dann aber umgehend seine Bestellung abgelehnt. Ist stattdessen nach Kalkutta zurückgekehrt, um sich der Unabhängigkeitsbewegung anzuschließen.«

Plötzlich wusste ich wieder, woher ich den Namen kannte. »Etwa der Kerl, über den der *Statesman* letzte Woche diesen Artikel gebracht hat?«

»Genau, Sir.«

Verlust für Staat ist Gewinn für Kongress – so ähnlich hatte die Überschrift gelautet.

»Wie man hört, soll Das ziemlich angetan sein von ihm«, fuhr Surrender-not fort. »Hat ihn sogar zum Leiter der Congress Volunteers in Bengalen gemacht.«

»Ein Freund von Ihnen, hab ich recht?«

»Wie man's nimmt«, schränkte er ein. »Vielleicht früher mal. Er sieht darin heute vermutlich eher eine flüchtige Bekanntschaft. Sein Vater ist ebenfalls Anwalt.«

»Kennen Sie da drüben eigentlich alles und jeden?«, fragte ich entnervt.

Surrender-not zuckte mit den Schultern. »Nur die Juristen.«

Bose reckte die Faust in die Luft und gab weiter den Einpeitscher. Nach zweieinhalb Jahren in Kalkutta war mein Bengalisch gar nicht so übel – gut genug jedenfalls, um die wichtigsten Drinks in mehreren Dialekten zu bestellen –, aber es langte noch nicht ganz dafür, eine mit Schwung vorgetragene politische Hetzrede zu dechiffrieren.

»Was sagt er?«

»Das Übliche. Wie wichtig es ist, angesichts der britischen Aggression fest und geschlossen zu bleiben.«

Die Menge brach in lautes Geschrei aus und begann dann, den Spruch zu skandieren, den Bose ihnen vorgab. Auch wenn dies die größte Demonstration war, die ich seit einer Weile erlebt hatte, reichte sie weder was die Zahl der Teilnehmer noch was deren Leidenschaft betraf an die Kundgebungen heran, die zu Beginn des Jahres stattgefunden hatten. Es war für beide Seiten ein langer, kräftezehrender Kampf gewesen, und offenbar vermochte nicht einmal die unmittelbar bevorstehende Ankunft des Prince of Wales die Gemüter so in Wallung zu bringen, wie sie es vor Monaten gewesen waren.

Etwa zehn Schritte von uns entfernt hatten sich ein paar Constables postiert, die das Ganze zwar misstrauisch beäugten, aber keinerlei Anstalten machten, sich einzumischen. Das war vernünftig. Erstens gab es wenig, was sie tun konnten, und versuchten sie es dennoch, bestand stets die Gefahr, dass mitten aus der gewaltfreien Menge ein herrenloser Schuh unschuldig angesegelt kam und einen von ihnen ins Gesicht traf. Da wir uns hier allerdings im Herzen von White Town befanden, konnten die Verantwortlichen solch eine dreiste Herausforderung der britischen Autorität nicht auf Dauer unbeantwortet lassen, selbst wenn ihnen das lieber gewesen wäre. Ansonsten wäre den gottesfürchtigen Lesern von *Statesman* und *Englishman* morgen früh ihr Kedgeree im Hals stecken geblieben, und jene der *Daily Mail* in London hätten womöglich eine Dosis Riechsalz benötigt. Tatsächlich näherten sich bereits heulende Sirenen, und kurz darauf dröhnte durch ein Sprachrohr eine Stimme, die ihrem Akzent nach aus einer der idyllischen Grafschaften rings um London stammte, und befahl dem ruhenden Verkehr, sofort eine Gasse frei zu machen. Zwei Pritschenwagen der Polizei hielten am Bordstein, und ein Trupp Lathi schwingender indischer Constables sprang aufs Pflaster. Der Kommandierende, ein erschöpft wirkender hagerer Brite, den ich vom Sehen kannte, ohne seinen Namen zu wissen, stieg aus der Fahrerkabine des ersten Fahrzeugs und bereitete sich darauf vor, zur Menge zu sprechen.

Die Polizisten formierten sich, und ihr Chef hob das Sprachrohr an den Mund. »Diese Versammlung verstößt gegen die Verordnung über anarchistische und umstürzlerische Straftaten von 1919 und ist daher illegal. Entfernen Sie sich umgehend, oder Sie werden verhaftet.«

Er ratterte die Worte wie eine ermüdende Pflichtübung herunter. Im Grunde wirkte die gesamte Aktion fade und lustlos. Beide Seiten hatten dieses Spielchen inzwischen so oft absolviert, dass jeder die Rollenverteilung genau kannte. Die Demonstranten hakten sich also an den Armen unter und skandierten weiter ihre Sprechchöre, als folgten sie einer altehrwürdigen religiösen Liturgie.

Der Einsatzleiter wartete ein paar Minuten, dann setzte er erneut das Sprachrohr an. »Dies ist die letzte Warnung. Räumen Sie sofort die Straße.«

Solche Aussagen, vor allem wenn sie aus dem Mund eines Polizisten kommen, dürften gemeinhin als ernst zu nehmende Drohung verstanden werden, aber in Indien wurden sie in diesem Jahr von den Angesprochenen eher erwartungsvoll begrüßt.

Auf ein Nicken ihres Vorgesetzten hin bildeten die Constables zwei Gruppen. Eine marschierte in Richtung der Menschenmenge auf dem Bürgersteig, die andere in Richtung der Demonstranten, die die Straße blockierten. Bose wurde von seiner Leibwache eilig von der Bühne geführt, und ich verlor ihn aus den Augen.

»Wir sollten los«, sagte Surrender-not, sobald sich die Menge auf dem Bürgersteig aufzulösen begann. Ich widersprach nicht. Die Show war vorbei. Die meisten würden es uns gleichtun und sich entfernen; nur die echten Fanatiker und die Blockierer auf der Straße würden es auf eine Verhaftung anlegen.

Wir schoben uns durch die dünner werdenden Reihen, während sich hinter uns die Constables an die Aufgabe machten, die verbliebenen Demonstranten von der Straße und auf die wartenden Laster zu treiben. Es hagelte Schläge mit den Bambus-Lathis, und überall waren die Schreie der Getroffenen zu hören. Einige der Umstehenden warfen den Polizisten

Beschimpfungen an den Kopf, wurden dafür aber rasch zur Ordnung gerufen, und zwar nicht von den Constables, die sich vor ihnen aufgebaut hatten, sondern von Boses Congress Volunteers.

Wir drängten uns durch die letzten Demonstrantenknäuel und erreichten die offene Straße dahinter.

Der Eingang zum High Court wurde von einer Einheit bewaffneter Soldaten kontrolliert, die so konzentriert über unseren Ausweispapieren brüteten, als wäre es der Lehrstoff fürs Examen. Endlich waren sie zufrieden und bedeuteten uns mit einem Winken, das Gelände zu betreten, dessen Außenanlage an ein College in Oxford erinnerte. Anwälte in schwarzen Roben wandelten in vertrauliche Unterhaltungen vertieft zwischen den Rasenflächen umher, ohne die Ereignisse, die sich nur wenige Hundert Meter entfernt auf der Straße abspielten, auch nur zur Kenntnis zu nehmen.

»Meines Wissens hat Mr. Das bei einer Verhandlung in Saal 3 die Verteidigung«, erklärte Surrender-not.

»Irgendeine Ahnung, worum es dabei geht?«

»Nein, Sir, aber gewöhnlich unterbricht das Gericht etwa um diese Uhrzeit den Prozess für die Mittagspause, also sollten wir nicht lange warten müssen.«

Wir ließen uns im Gang vor Saal Nummer 3 auf einer abgenutzten Holzbank nieder. Wie oft waren wir schon hier gewesen, hatten auf dieser Bank gesessen und beobachtet, wie stets dieselben gehetzt wirkenden Säulen der Rechtspflege mit gesenkten Köpfen und an die Brust gedrückten Schriftsätzen vorbeihuschten, während wir darauf warteten, aufgerufen zu werden, um unsere Aussagen zu machen.

Die Minuten verstrichen, aber die Tür zu Saal drei blieb

beharrlich geschlossen. Stattdessen öffnete sich eine Tür am anderen Ende des Ganges, und heraus trat ein vornehm aussehender Inder in einem dreiteiligen Nadelstreifenanzug und der schwarzen Robe und grauen Perücke eines Anwalts. Er schritt den Gang herab auf uns zu, gefolgt von zwei Referendaren, die ihm schwere Aktenbündel hinterherschleppten.

Der Mann kam mir sonderbar bekannt vor, und ich wollte Surrender-not schon auf ihn ansprechen, da streifte uns sein Blick, und schlagartig änderte sich seine Miene. Ich hatte diesen Gesichtsausdruck schon unzählige Male gesehen.

»Ist das etwa Ihr …«

»Ja«, sagte Surrender-not. »Mein Vater.«

Bevor er noch etwas hinzufügen konnte, war ich bereits aufgestanden und unterwegs. »Kommen Sie«, rief ich. »Stellen Sie mich Ihrem hochgeschätzten Familienoberhaupt vor.«

»Ich bin mir nicht sicher, ob das eine so gute Idee ist«, sagte er und stürzte mir nach.

»Unfug«, erklärte ich. »Das hätten Sie schon vor Ewigkeiten tun sollen.«

»Vater«, sagte Surrender-not, als wir auf gleicher Höhe mit dem Mann und seinen Assistenten waren. »Darf ich dir meinen Vorgesetzten, Captain Wyndham, vorstellen.« Er wandte sich an mich. »Captain Wyndham, das ist mein Vater, Mr. Sasadhar Banerjee, seines Zeichens Anwalt am High Court.«

»Freut mich, Ihre Bekanntschaft zu machen«, sagte ich.

Banerjee senior nahm die Brille ab und erwiderte lächelnd: »Ganz meinerseits, Captain.« Er schob die Brille in seine Brusttasche und streckte mir die Hand entgegen. »Sie sind also der Engländer, der meinem Sohn den Kopf mit imperialistischem Unsinn vollgestopft hat.«

»Ich beschränke mich darauf, ihm etwas über Polizeiarbeit

beizubringen, Sir«, erwiderte ich. »Imperialistischen Unsinn überlasse ich dem Vizekönig. Und ganz ehrlich gesagt, ist Ihr Sohn ein herausragender Polizist und macht seiner Familie alle Ehre.« Selbst in meinen Ohren klang ich wie ein Klassenlehrer, der über die Fortschritte seines Vorzeigeschülers berichtete.

Banerjee Senior nickte weise. »Erfreulich zu hören, dass Surens Verhalten keinen Anlass zur Kritik bietet. Dennoch hätten seine Onkel und ich es vorgezogen, wenn er eine andere Profession gewählt hätte.«

»Das Land braucht gute Kriminalermittler, Sir«, erklärte ich und wiederholte damit sinngemäß etwas, das Surrender-not mir bei unserer ersten Begegnung gesagt hatte. »Ganz egal, ob nun die Briten oder die Inder an der Macht sind.«

»Ärzte braucht das Land ebenfalls, Captain«, entgegnete er. »Und der Arztberuf hat den Vorzug, dass man Gutes tut und zugleich den moralischen Zwiespalt vermeidet, dabei einer feindlichen Besatzungsmacht zu dienen und ihr Vorschub zu leisten.«

»*Baba*, bitte«, sagte Surrender-not. »Dies ist nicht der richtige Zeitpunkt für solche Diskussionen.«

»Ihr Sohn setzt sich für die Achtung der Gesetze in seinem Land ein«, fuhr ich an den Anwalt gewandt fort. »Nicht anders als Sie, könnte man sagen, Sir.«

»Ich verteidige jene, die gegen Ungerechtigkeit aufbegehren«, erwiderte Mr. Banerjee.

»Und Ihr Sohn bemüht sich um Gerechtigkeit für die Angehörigen all der Opfer, für die sich niemand sonst einsetzt.«

Der alte Mann dachte einen Moment darüber nach. »Eins würde mich interessieren, Captain. Wann haben Sie beide das letzte Mal den Mord an einem ganz gewöhnlichen Inder untersucht?«

Ich ging nicht direkt auf die Frage ein. »Ich kann Ihnen versichern, Sir, dass Ihr Sohn mit seinem Verhalten bereits Indern wie Engländern das Leben gerettet hat. Mir ist in meiner gesamten Polizeilaufbahn kein besserer Kollege begegnet.« Hinter uns öffneten sich die Türen von Saal 3. »Ich fürchte, wir müssen das Gespräch ein andermal fortsetzen«, erklärte ich sehr zu Surrender-nots Erleichterung. »Unsere dienstlichen Aufgaben hier können leider nicht warten.«

Wir verabschiedeten uns und liefen zurück zu Saal drei, aus dem ein Schwarm Journalisten und einige seriösere Vertreter der Öffentlichkeit drängten. Geschworene suchte man natürlich vergebens. Sie gab es schon seit 1908 nicht mehr, zumindest nicht bei politisch motivierten Straftaten, da sich in diesem Land mit seinen dreihundert Millionen Einwohnern nicht so einfach die passenden *zwölf Menschen, rechtschaffen und wahrhaftig* finden ließen. Im Grunde stellte bereits die Anwesenheit von Presse und Bürgern eine gewisse Überraschung dar, denn die Behörden besaßen das Recht, derartige Prozesse unter Ausschluss der Öffentlichkeit durchzuführen. Ich vermutete daher, dass in diesem Fall eine öffentliche Berichterstattung im Sinne der Verantwortlichen war.

Surrender-not und ich verfolgten, wie der Saal sich leerte und Das in Begleitung eines nach passioniertem Aktenfresser aussehenden Referendars in den Flur trat. Der Mann, den Surrender-not eine herausragende Figur in indischen Juristenkreisen nannte, war allenfalls eins siebenundsechzig groß und mit dem weißen Ensemble aus Dothi und Kurta genauso gekleidet wie die Demonstranten draußen, was in diesen geheiligten Hallen etwa so fehl am Platze wirkte wie ein Nadelstreifenanzug im Reisfeld. Seiner Akte zufolge war er in den Fünfzigern, besaß jedoch die glatten, jugendlichen Züge eines erheblich jüngeren Mannes. Dieses Phänomen war mir bei den Bengalen schon früher aufgefallen. Sie alterten irgendwie anders als andere Leute. Während die Gesichter jung blieben, wurden ihre Bäuche immer ausladender, sodass man das Alter eines Mannes weniger an seinen grauen Haaren ablesen konnte als am Umfang seiner Taille.

Beim Anblick von Surrender-not leuchteten die Augen von Das auf. Rasch beendete er das Gespräch mit seinem Assistenten und hob die Arme, um den Sergeant zu begrüßen.

»Suren, mein Junge!«, rief er freudestrahlend. »Was führt dich denn hierher?« Ein schwerer Hustenanfall bereitete seinem Lächeln ein abruptes Ende und ließ ihn leicht zusammensacken. Während er sich ein Taschentuch auf den Mund presste, wollten sein Assistent und Surrender-not ihm bereits zur Seite springen, doch er streckte seine freie Hand in die Luft, um sie davon abzuhalten. Der Husten legte sich, und Das richtete sich auf. Seine Augen schimmerten feucht von der Anstrengung.

Surrender-not spielte nervös an seinem Ärmelaufschlag. »Das *kakū*, darf ich Ihnen Captain Wyndham vorstellen? Er kommt mit einer Nachricht von Lord Taggart, dem Polizei-Commissioner.«

Das streckte mir die Hand entgegen. »Ihr Ruf eilt Ihnen voraus, Captain. Sehr erfreut, Sie endlich einmal persönlich kennenzulernen.«

»Ihr Ruf übertrifft meinen bei Weitem, Sir«, erwiderte ich und schüttelte seine Hand. »Es überrascht mich, dass Sie von mir bereits gehört haben sollten.«

»Aber natürlich«, sagte er und setzte ein liebenswürdiges Lächeln auf. »Surens Vater hat mehr als einmal von diesem verteufelten englischen Vorgesetzten seines Sohnes gesprochen, dessen schädlicher Einfluss diesen beharrlich davon abhält, den Dienst zu quittieren. Woraus ich Ihnen allerdings keineswegs einen Vorwurf mache. Und was möchte unser verehrter Commissioner mir nun gerne ausrichten lassen?«

Trotz der Kälte spürte ich, wie mir der Schweiß auf die Stirn trat. Ich nahm mein Taschentuch und wischte ihn ab. »Wollen wir nicht draußen ein paar Schritte laufen?«, schlug ich vor.

»Verstehen Sie es als gut gemeinte Warnung«, sagte ich, während wir durch einen Wandelgang hinaus zu einem mit Palmen gesäumten Weg schlenderten, der durch die Grünanlagen des Gerichts führte. »Mit dem morgigen Tag wird eine Verfügung der Regierung in Kraft treten, nach der sämtliche Volunteer-Organisationen verboten sind. Wer sich in paramilitärischer Uniform oder ähnlichem Aufzug versammelt, dem droht eine vorläufige Festnahme.«

Die Miene von Das verdüsterte sich. Nachdem er eine Weile über meine Worte gegrübelt hatte, erklärte er: »Eine Warnung mag es sein, und ich weiß die vorzeitige Inkenntnissetzung durchaus zu schätzen, aber gut gemeint ist daran sicherlich nichts. Unsere Volunteers tragen dazu bei, die Ordnung aufrechtzuerhalten. Sie können sich gar nicht vorstellen, wie viel Disziplin es erfordert, die gewaltfreien Aktionen wirklich *frei* von Gewalt zu halten. Die Volunteers sorgen dafür, dass die Begeisterung der Massen nicht außer Kontrolle gerät.«

»Ich bezweifle, dass der Vizekönig das ähnlich sieht«, sagte ich. »Meines Wissens stammt die Anordnung direkt von ihm.

Außerdem ist es Sache der *Polizei*, die öffentliche Ordnung aufrechtzuerhalten. Genau dafür werden Sergeant Banerjee und ich schließlich bezahlt.«

Das gluckste amüsiert. »Selbstverständlich, Captain. Aber Sie müssen doch zugeben, dass die Volunteers Ihnen bei der Bewältigung dieser Aufgabe über die vergangenen Monate hinweg erheblich geholfen haben, insbesondere da Ihre Personalsituation derzeit so angespannt ist.«

Nun, dass es uns an Leuten mangelte, lag ja gerade an den von ihm angezettelten Demonstrationen und an den Kündigungen, zu denen Gandhi und er auch die Polizisten aufgerufen hatten. Er verdrehte hier nach Belieben die Fakten. Wundern konnte mich das nicht, immerhin war er Anwalt.

»Ich hoffe nur, Sie werden der Anordnung Folge leisten«, sagte ich.

»Erwarten Sie das etwa von mir?«

Ich hatte nicht das Gefühl, dass er mit einer Antwort rechnete.

»Ich stehe an der Spitze einer Nichtkooperationsbewegung«, fuhr er fort. »Wenn ich jetzt damit anfange zu kooperieren, wäre ich wohl der falsche Mann für diese Position.« Er klopfte mir sacht auf die Schulter. »Eine Frage, Captain: Warum sollte ich einer Anordnung Folge leisten, die ich für ungerecht halte? Würden Sie das an meiner Stelle tun?«

Ich hasste diese neumodischen pazifistischen Revoluzzer, denen man jetzt überall in Indien begegnete. Ständig taten sie wie gute Freunde, die bloß in einem Punkt anderer Meinung waren und mit denen man auch wieder in herzlichster Innigkeit gemeinsam Tee trinken konnte, sobald erst diese eine Streitfrage – natürlich in ihrem Sinne – geklärt war. Solchen Menschen die Faust ins Gesicht zu rammen war moralisch verdammt schwierig. Da war mir ein altmodischer Terrorist allemal lieber. Bei dem wusste man wenigstens, woran man war. Er mochte zwar versuchen, einen umzubringen, aber er zeigte dabei immerhin so viel Anstand, einen zuvor nicht noch in eine Diskussion zu verwickeln.

»Mit Politik habe ich nichts am Hut, Sir«, sagte ich. »Ich erfülle hier bloß meine Pflicht.«

»Pflicht gegenüber wem, Captain? Gegenüber Ihrem König am anderen Ende des Ozeans oder gegenüber den Bewohnern dieser Stadt? Kalkutta die stabilisierende Wirkung der Volunteers zu nehmen ist ein gefährliches Spiel. Wer soll denn dafür sorgen, dass die Demonstrationen nicht außer Kontrolle geraten, wenn sie nicht mehr da sind? Aber womöglich ist das ja gerade, worauf Seine Exzellenz der Vizekönig hofft ... Ein wilder Mob, der randalierend durch die Straßen zieht, und das pünktlich zur Ankunft des Prince of Wales und der Kameras der internationalen Presse. Die öffentliche Meinung würde das ganz in seinem Sinne beeinflussen.«

»Ich darf Sie daran erinnern, Sir, dass nicht die Regierung, sondern Mr. Gandhi all diese Leute aufgestachelt und zu Massenkündigungen bei der Polizei aufgerufen hat«, erwiderte ich. »Und was auch immer der Vizekönig hoffen oder nicht hoffen mag – der Commissioner für seinen Teil will mit Sicherheit jede unnötige Provokation oder missverständliche Handlung vermeiden.«

Wir passierten die Wachleute am Außentor und traten auf die Straße, wo bereits der junge Mann wartete, der zu den Demonstranten gesprochen hatte. Irgendwie war es diesem Mr. Bose gelungen, sich der Verhaftung zu entziehen. Er lehnte rauchend an einem Baum und hatte zweifellos damit gerechnet, jeden Moment Das heraustreten zu sehen. Dass wir ihn begleiteten, schien ihn hingegen stark zu überraschen. Er drückte seine Zigarette aus, schnippte den Stummel in den Rinnstein und kam zu uns herüber.

Das wandte sich an Surrender-not. »Subhash kennst du ja wohl bereits.«

Bevor der Sergeant noch etwas sagen konnte, schüttelte ihm Bose bereits die Hand und sagte: »Na so was, wenn das nicht Surendranath-*da* ist! Mir war doch, als hätte ich dich eben in der Menge bemerkt. Soll das etwa heißen, dass du dich jetzt endlich dazu durchgerungen hast, unseren Kampf zu unterstützen?«

»Nicht ganz, Subhash-*Babu*«, antwortete Surrender-not. »Darf ich dir meinen Vorgesetzten, Captain Wyndham, vorstellen?«

Der junge Inder drehte sich zu mir und streckte die Hand aus. »Bose«, sagte er. »Subhash Bose. Freut mich, Sie kennenzulernen, Captain.«

»Es wird dich nicht ganz so sehr freuen, wenn du erfährst, was der Captain uns zu sagen hatte«, mischte Das sich ein. »Mit Wirkung von morgen sind die Congress Volunteers eine verbotene Organisation, und dir, mein Freund, droht die Verhaftung.«

»Wie schön«, kommentierte Bose sarkastisch. »Wurde auch langsam Zeit. Mittlerweile bin ich schon seit Monaten wieder zurück in Kalkutta, und so ziemlich jeder wurde in der Zwischenzeit verhaftet. Nur ich nicht. Offen gesagt, wird das langsam richtig peinlich. Ich frage mich allerdings, wohin sie mich stecken wollen. Soweit ich weiß, platzen sämtliche Gefängnisse in Indien aus den Nähten.«

»Bleibt immer noch Burma«, sagte ich.

Nur Das fand die Bemerkung witzig und brach in ein

Lachen aus, das fast umgehend in einen weiteren Hustenanfall überging. Bose ergriff den Ellbogen des deutlich älteren Mannes und stützte ihn.

»Verzeihen Sie bitte«, erklärte Das, als der Anfall vorbei war. »Wie Sie sehen, Captain, macht mir das kalte Wetter gehörig zu schaffen.«

Surrender-not trat neben mir nervös von einem Bein aufs andere. »Wenn Sie mir erlauben, eine Bitte zu äußern, *Kakū*. Tun Sie, was immer Sie für richtig halten, aber fordern Sie bitte nicht Ihre Verhaftung heraus. Sie sind nicht mehr in der körperlichen Verfassung eines jungen Mannes, und weder *Calcutta Central Jail* noch *Mandalay Prison* sind Orte, die der Gesundheit förderlich sind.«

Das legte die Hand auf Surrender-nots Schulter. »Unser Schicksal können wir nicht austricksen, Suren. Sollte es meine Bestimmung sein, verhaftet zu werden, dann ist es eben so.« Bevor Surrender-not widersprechen konnte, fuhr der Deshbandhu fort: »Dennoch werde ich deinen Ratschlag in Erwägung ziehen, vorausgesetzt auch du beherzigst umgekehrt einen Rat. Statte deinen Eltern einen Besuch ab. Deine Mutter vermisst dich – und dein Vater mag zwar genauso dickköpfig sein wie du, aber ich kenne ihn, und ihn schmerzt dein Fernbleiben nicht weniger.«

6

»Und, was hat er dazu gesagt?«

Die Hände hinter dem Rücken verschränkt, stand Taggart am Fenster seines Büros und schaute auf die Stadt, die sich unter ihm ausbreitete.

»›Vielen Dank‹ hat er gesagt«, antwortete ich.

»Sonst nichts?« Taggart drehte sich zu uns um.

»Mehr oder weniger. Er bat auch darum, Ihnen die herzlichsten Grüße auszurichten.«

Der Commissioner konnte ein zynisches Grinsen nicht unterdrücken. »Aber sicher doch. Und weiter?«

»Er hält ein Verbot der Volunteers für einen gefährlichen Schritt, Sir«, erklärte Surrender-not.

»Ach, jetzt auf einmal? Inwiefern gefährlich, Sergeant?«

»Er fürchtet, ohne ihre Anwesenheit könnten die Demonstrationen außer Kontrolle geraten. Er ist nicht davon überzeugt, dass wir genügend Leute haben, um einen friedlichen Verlauf sicherzustellen.«

Selbst wenn das Argument kaum von der Hand zu weisen war, widerstrebte mir weiterhin die Vorstellung, dass jemand anders als die Polizei Recht und Gesetz aufrechterhalten sollte.

Taggart kehrte zu seinem Schreibtischstuhl zurück und setzte sich. »Was für eine Unverfrorenheit. Gewiss würde er der Welt nur zu gerne vorführen, wie unfähig wir sind, für

Ruhe und Ordnung zu sorgen. Dabei ist es allein sein Treiben, das den Frieden überhaupt erst gefährdet.«

»Ich fürchte, seine Sichtweise ist in diesem Punkt eine etwas andere, Sir«, sagte Surrender-not.

»Ja, da haben Sie sicherlich recht. Die Frage ist jetzt nur, ob er die Anordnung befolgt.«

Surrender-not und ich tauschten Blicke aus.

»Das bezweifle ich stark, Sir«, sagte ich.

»Tja, schade eigentlich«, kommentierte Taggart düster. »Für ihn wie für uns.«

Die Besprechung wurde von Taggart daraufhin abrupt beendet. Zum Abschluss empfahl er mir noch einmal, mich auf die bei der Special Branch in London und dem militärischen Geheimdienst während der Kriegsjahre in Frankreich gemachten Erfahrungen zu besinnen, um so dahinterzukommen, was genau Das als nächsten Schritt plante, und ihn dann davon abzubringen. Natürlich hätte ich den Commissioner daran erinnern können, dass Hellsehen nicht zu den Fertigkeiten zählte, die ich mir bei Scotland Yard oder an der französischen Front erworben hatte, und dass weder die Observierung eines stämmigen Iren noch die Enttarnung deutscher Spione dazu befähigte, sich in die innerste Gedankenwelt eines alten, gewieften indischen Anwalts mit angeschlagener Gesundheit zu versetzen – aber einen Unterschied gemacht hätte dieser Einwand wohl auch nicht. In seiner gegenwärtigen Stimmung hätte Taggart darin bloß eine bequeme Ausrede gesehen.

Und so waren Surrender-not und ich, bedacht mit der Aufgabe, das Unmögliche möglich zu machen, in mein Büro zurückgeschlichen, um dort unsere Wunden zu lecken und zu überlegen, wie die Sache am ehesten zu meistern war. Mit

Schuldzuweisungen ist es wie mit Wasser, sie wandern stets nach unten weiter, und genau wie Taggart seinen Frust an mir ausgelassen hatte, bekam meinen nun Surrender-not zu spüren.

»Ist mir völlig egal, wie Sie's anstellen«, knurrte ich. »Fordern Sie sämtliche Gefälligkeiten ein, die man Ihnen schuldet, reden Sie mit jedem, der weiterhelfen kann, von Ihrem Vater bis zur Waschfrau von Das, wenn es sein muss, aber finden Sie heraus, was er vorhat.«

Surrender-nots Gesichtsausdruck ähnelte dem, den ich aufgesetzt hatte, als Taggart mich mit dem gleichen bescheuerten Befehl entlassen hatte. Trotzdem schrieb er pflichtschuldig etwas auf die gelben Notizblätter seines kleines Blocks, bevor er sich verabschiedete und ging.

Mir dröhnte der Schädel. Ich sah auf die Uhr. Es war erst kurz nach drei. Für mehr als einen halben Tag Arbeit schien ich derzeit nicht brauchbar.

Ich lehnte mich im Stuhl zurück und sammelte all meine verbliebene Konzentration. Mich in den Kopf von Das hineinzudenken würde mir sowieso nie gelingen, also sollte ich stattdessen vielleicht lieber zu ergründen versuchen, was aus der Leiche des Chinesen geworden war, die ich in der Opiumhöhle zurückgelassen hatte.

Ich machte bei diesem Unterfangen noch dürftige Fortschritte, als das Telefon klingelte. Sicher Surrender-not, der mir melden wollte, dass er nun über die nächsten Schritte von Das Bescheid wusste. Oder den bloß wieder irgendeine bescheuerte Frage beschäftigte, was viel wahrscheinlicher war.

Ich hob ab und wartete.

»Sam?«

Die Stimme einer Frau. Und zwar eine, die ich schon ein paar Monate nicht gehört hatte.

»Annie?«, erwiderte ich. »Was verschafft mir das Vergnügen?«

»Ich störe dich doch hoffentlich nicht, oder …?« Sie brach ab.

»Nein, gar nicht«, sagte ich. »Irgendwas nicht in Ordnung?«

Für einen Detective war die Frage zugegebenermaßen nicht besonders scharfsinnig. Natürlich stimmte etwas nicht. Sonst hätte sie nicht angerufen. Eine Weile war nur das Rauschen der Leitung zu hören. Dann kam die Antwort.

»Es ist da was passiert, Sam.«

Eine halbe Stunde später war ich in Alipore inmitten der Boulevards und Bungalows von White Town. In diesem Viertel Kalkuttas ließen sich nur schwer Anhaltspunkte dafür finden, dass in weiten Teilen der Stadt seit fast einem Jahr chaotische Verhältnisse herrschten. Womöglich war der Rasen in manchen Gärten einen Zentimeter länger als gewöhnlich, oder die Fassade der ein oder anderen Villa war nach dem alljährlichen Monsunregen nicht frisch gestrichen worden, aber damit musste man leben. Derzeit befanden sich einfach so viele Einheimische im Streik, dass es immer wieder mal schwerfiel, den richtigen Handwerker für bestimmte Aufgaben zu finden. Anfang des Jahres war die Lage allerdings noch schlimmer gewesen. Damals hatte auch noch der letzte Inder im hintersten Provinznest den Aufruf des Mahatmas befolgt und war in Streik getreten. Einen *Hartal* nannten sie das. Aber anscheinend unterlagen auch die Hartals den newtonschen Gesetzen. Jede *actio* bedeutete auch eine *reactio*. Jedes Blumenbeet, das nicht gepflegt wurde, bedeutete auch einen Gärtner, der keinen Lohn bekam und dessen Familie noch tiefer in Armut und Hunger rutschte. Streiks sind – genau wie Kriege – Abnutzungskämpfe, und am Ende siegt der leere Magen über die Politik. Nach und nach waren Handwerker, *Malis*, *Durwans*, Eisenbahner und viele andere mehr wieder auf ihre Posten zurückgekehrt, und hinter makellos gestutzten Hecken strahlten die Häuser von Alipore in der Wintersonne wie eh und je.

Der Fahrer hielt am Straßenrand vor Annies Grundstück. Beide Flügel des eisernen Tors waren geschlossen, und direkt daneben hockte ihr Durwan, ein schmieriger kleiner Kerl mit der Figur einer gemästeten Putte und dem Arbeitseifer eines Faultiers. Normalerweise bedurfte es eines Schwalls an Beschimpfungen oder einer mittleren Naturkatastrophe, um ihn dazu zu bewegen, sich schneller als im Schneckentempo aus seinem abgewetzten Stuhl zu erheben, aber heute schoss er aus seinem Sitz wie ein übergewichtiger Windhund aus seiner Box. Er löste einen Schlüssel vom Ring an seinem Gürtel, entriegelte rasch das Tor, stieß die Flügel auf und winkte uns auf die kiesbedeckte Zufahrt, die sich endlos wie der Suezkanal hinzog, bis wir endlich das Haus von Annie erreichten. Mit seinen grünen Fensterläden und den Bougainvillea in kräftigem Rosa, die sich die weiß getünchten Wände hochrankten, hätte man es an einem anderen Tag gewiss als malerisch bezeichnet. Doch heute nicht. Nicht angesichts der mit roter Farbe beschmierten Eingangstür.

Ich sprang heraus, noch bevor der Wagen zum Stehen kam, und eilte die Stufen zur Haustür hinauf. Annies Dienstmädchen Anju öffnete, eine schmächtige Frau mit einem deutlich hervortretenden Buckel und einer Miene, als würden die Sorgen der ganzen Welt auf ihren Schultern lasten. Wir waren uns schon begegnet. Relativ häufig sogar, um genau zu sein. Als ich noch ein regelmäßiger Gast im Haus gewesen war. Bisher hatte sie mich immer mit einem zaghaften Lächeln, einem *Pranam* und einigen gemurmelten Worten begrüßt, aber heute lagen ihr offenbar andere Dinge auf der Zunge.

»Captain Wyndham, Sahib«, sagte sie und überschüttete mich sofort mit einem Redeschwall auf Bengalisch, dem ich nicht zu folgen vermochte. Sobald sie spürte, dass ich nichts verstand, hielt sie abrupt inne und bedeutete mir, ihr zu folgen, wobei sie mich vor Aufregung fast an die Hand genommen hätte. »Kommen Sie«, sagte sie atemlos. »Memsahib ist hier entlang.«

Ich durchquerte hinter ihr die Eingangshalle. Es roch nach Gardenien. Annie liebte Gardenien. Ein paar Vasen in ihrem Haus waren ständig damit gefüllt, und plötzlich wurde mir klar, dass ich Pluspunkte hätte sammeln können, wenn ich ihr einen Strauß mitgebracht hätte, auch wenn dies natürlich kein privater Besuch war. Ihr Dienstmädchen hielt an der offenen Salontür und sah hoffnungsvoll zu mir hoch. Ich verstand nicht recht, was dieser Blick bedeuten sollte.

»Bitte warten hier. Ich hole Memsahib.«

Ich ging an ihr vorbei ins Zimmer. Viel verändert hatte sich seit meinem letzten Besuch nicht. Dieselben wenigen Familienfotos auf dem Walnusstisch, und dahinter noch immer eins dieser mit schwerem Brokat bezogenen Sofas, die man in Kalkutta nur bei den wenigen Menschen fand, die sowohl über das nötige Geld als auch über guten Geschmack verfügten. Das große Panoramafenster wurde zu beiden Seiten von Statuen der Hindugottheit Schiwa flankiert. Der Schöpfer und Bewahrer des Universums, umgeben von einem Ring aus Feuer, vollführte auf einer Lotosblume seinen kosmischen Tanz. Man hätte leicht den Eindruck gewinnen können, die beiden Figuren seien identisch, aber bei genauerem Hinsehen offenbarten sich doch feine Unterschiede. Der Gesichtsausdruck des Gottes und seine Gesten wichen leicht voneinander ab. Annie hatte mich einst darauf hingewiesen.

»Das eine ist Schiwa der Segensreiche«, hatte sie erklärt. »Der Schöpfer, der tanzend das Universum erschafft. Das andere ist seine zornige Gestalt.«

»Shiva der Zerstörer?«

Sie hatte gezögert. »Irgendwie schon, aber nicht wie unser Gott in der Apokalypse, wenn er die Welt zerstört. Hindus glauben an die Wiedergeburt, und zwar nicht nur die der Seele, sondern auch die des Universums. Shiva reißt also das Alte ein, damit es erneuert werden kann. Er zerstört, um neu zu schaffen.«

Damals hatte ich gehofft, darin eine Metapher für unsere Beziehung entdecken zu können. Ein gewisses Muster war darin ganz sicher zu erkennen. Mehr als einmal hatten sich die Dinge zwischen uns aussichtsreich entwickelt, aber ebenso häufig waren uns dann die Umstände in die Quere gekommen. Nicht auszuschließen, dass die Götter diese Umstände gesteuert hatten. Weitaus wahrscheinlicher waren sie jedoch allein durch meine Handlungen verursacht worden.

Es stimmte, dass ich sie einst in Verdacht gehabt hatte, mir Informationen über den Tod ihres Vorgesetzten vorzuenthalten. Ich hatte sie seinerzeit sogar konkret darauf angesprochen. Sie dagegen schilderte die Sache immer so, als hätte ich ihr unterstellt, den Mann eigenhändig erstochen zu haben. In Wahrheit war dies natürlich nie geschehen. Die Variante hatte ich allenfalls vorübergehend in Erwägung gezogen.

Ein Jahr später kam zwischen uns zwar eine Art *Entente* zustande, aber wirklich *cordiale* blieb die nicht lange, was nicht zuletzt an meiner Opiumsucht lag. Dabei hielt ich es damals noch tagelang ohne O aus. Während der Arbeitszeit gelang es mir sogar, eine gewisse Seriosität auszustrahlen. Die nächtlichen Ausflüge ließen sich jedoch einfach nicht verheimlichen, und in Kalkutta gab es nur zwei Gründe, warum ein Mann regelmäßig um diese Uhrzeit ausging, und keiner davon war besonders erquicklich. Annie bemerkte es und konfrontierte mich damit, und ich stritt alles rundweg ab. Ich schob nächtliche Polizeiarbeit als Grund vor, und sie glaubte mir kein Wort. Das war vor etwa sechs Monaten gewesen, und seitdem hatten wir uns nur noch sporadisch gesehen. Zu Anfang hatte ich gehofft, sie würde es sich irgendwann anders überlegen, aber im Grunde war damit nie zu rechnen gewesen. Sie sah blendend aus und war ebenso blendend bei Kasse. Letzteres verdankte sie der geschickten Anlage von Einkünften, die von jemand stammten, den ich tatsächlich des Mordes verdächtigt hatte. Auch in diesem Fall hatte ich mich offenbar auf dem Holzweg befunden, aber ein Detective darf doch wohl mit Fug und Recht ein gesundes Misstrauen an den Tag legen.

Dass sie etwas ganz Besonderes war, hatte ich schon bei unserer ersten Begegnung erkannt. Dabei war sie keineswegs perfekt, immerhin war sie nicht mal eine richtige Engländerin. Doch mich faszinierten ihre Intelligenz und ihr unbedingter Behauptungswille. In einer Gesellschaft, in der Abstammung mehr zählte als Fähigkeiten, würde sie immer eine Außenseiterin bleiben. Ähnlich wie ich hatte sie viel durchgemacht und einen zähen Willen bewiesen, und ihr Geschick als Überlebenskünstlerin hing nicht zuletzt damit zusammen, dass sie schon ihr Leben lang für alles hatte kämpfen müssen. Deshalb konnte ich ihr auch nicht verübeln, wenn sie jede Gelegenheit, die sich ihr zum Aufstieg bot, ohne Zögern beim Schopf packte. Optionen gab es reichlich, denn an Verehrern hatte es ihr trotz der halb indischen Abstammung noch nie gemangelt. Solange sie ihre Anbeter nur dazu benutzte zu bekommen, was sie wollte, hatte ich damit nicht das geringste Problem. Natürlich war unsere Beziehung in meinen Augen etwas völlig anderes gewesen. Und selbst wenn ich an schlechteren Tagen durchaus in Erwägung zog, dass mich von all den anderen Männern, die in ihrem Bannkreis gefangen waren, in Wahrheit rein gar nichts unterschied, so konnte ich auch mit dieser Erkenntnis leben. Echte Angst hatte ich bloß davor, sie könnte irgendwann einem Mann begegnen, in dem sie mehr als ein bloßes Mittel zum Zweck sah.

In letzter Zeit war sie in der Stadt anscheinend häufig am Arm eines amerikanischen Geschäftsmanns gesehen worden, der aus irgendeiner Gegend namens Wisconsin stammte. Von diesem weltentlegenen Fleckchen hatte noch nie jemand etwas gehört, außer Surrender-not natürlich, der ein wandelnder Atlas war und meinte, es sei kalt dort, so kalt, dass kein Mensch bei klarem Verstand freiwillig dort hinzog. Das klang schon mal gut. Demnach bestand Anlass zu der Hoffnung, dass der Mann nicht einen einzigen Sommer in Bengalen überstand. Mit ein wenig Glück würde er einfach dahinschmelzen.

»Sam?«

Ich schnellte herum.

Es spielte keine Rolle, dass ich mit Annies Erscheinen gerechnet hatte; sie dort plötzlich wie eine griechische Göttin in der Durchgangstür stehen zu sehen versetzte mir dennoch einen Schlag in die Magengrube.

Sie schien überrascht. »Ich hatte nicht erwartet, dass du persönlich kommst«, sagte sie beim Eintreten. »Es hätte gereicht, einen Constable zu schicken.«

Ich glaubte ihr kein Wort. Hätte sie einen Constable gewollt, hätte sie auf der nächstbesten Thana angerufen, und innerhalb von fünf Minuten wäre jemand hier gewesen. Stattdessen hatte sie die Polizeizentrale angewählt und sich zu mir durchstellen lassen.

»Kein Problem«, sagte ich. »Was ist geschehen?«

»Hast du die Tür bemerkt?« Ihre Stimme klang ein wenig brüchig.

»Schwer zu übersehen.«

»Na, dann schaut dir mal das an«, sagte sie und ging voraus in den Flur. Ich folgte ihr ins Speisezimmer an der Rückseite des Hauses. Die Scheibe des großen Panoramafensters war zertrümmert, und auf dem Boden lag inmitten unzähliger glitzernder Scherben ein Ziegelstein.

Ich kniete mich hin und untersuchte den Stein mit viel Getue. Die Leute erwarten von einem Ermittler einfach, dass er Dinge genau untersucht. Es ist fester Bestandteil des Jobs, und wie ein dressierter Affe tat ich mein Bestes, sie nicht zu enttäuschen. Wäre es ein neuer Ziegelstein gewesen, hätte er vielleicht sogar einen Ansatzpunkt geboten. Womöglich gab es eine Baustelle in der Nähe, von der ihn jemand mitgenommen hatte. Aber dieser Stein war alt und ramponiert – wie fast alles in Kalkutta. Ein simpler Ziegelstein, orangerot und in nichts zu unterscheiden von Tausenden anderen, die in den heruntergekommeneren Vierteln überall zu finden waren.

»Und der wurde durch die Scheibe geworfen?«, erkundigte ich mich und stand auf.

Die Frage war absolut dämlich, aber es bereitete mir ein sonderbares Vergnügen, sie zu stellen. Annie starrte mich an, als hätte ich den Verstand verloren.

»Nein, Sam. Der kam mit der Post. Natürlich wurde der durch die Scheibe geworfen!«

»Wann ist das passiert?«

»Vor ungefähr einer Stunde. Vielleicht zehn Minuten bevor ich dich angerufen habe.«

Angriffe auf Villen in White Town waren so selten wie heiße Tage auf den Hebriden, und von einem Angriff am helllichten Tag hatte ich noch nie etwas gehört.

»Hast du die Eindringlinge gesehen?«

Sie schüttelte den Kopf. »Im Raum war niemand. Erst der Krach hat Anju alarmiert. Als sie herkam, sah sie zwei Männer, die in Richtung der Bäume liefen.« Annie deutete zum hinteren Abschluss des Gartens.

Ich schaute hinaus. Die Bäume waren fast hundert Meter entfernt.

»Inder?«, fragte ich.

»Sie denkt schon.«

»Hat sie jemanden erkannt?«

»Nein«, sagte sie mit einer gewissen Resignation in der Stimme. »Bei den vielen neuen Leuten, denen man hier in letzter Zeit begegnet …« Sie brach ab, doch sie musste den Satz auch gar nicht zu Ende führen. Vor ein paar Monaten hatte Das zu einem eintägigen Generalstreik aufgerufen, und ein Großteil der Handwerker und Gärtner in Alipore waren seinem Aufruf gefolgt. So mancher Sahib hatte dieses Verhalten seiner Angestellten als persönlichen Affront gewertet, sie umgehend entlassen und durch solche ersetzt, denen die eigene Kurta näher als der Rock war.

»Was ist denn mit deinem Durwan draußen?«, fragte ich. »Gehören Kontrollgänge über das Grundstück nicht zu seinen Aufgaben?«

»Er war am Eingangstor. Seine Runden macht er erst nach Einbruch der Dunkelheit.«

»Und er hat nichts bemerkt?«

»Nein.«

»Nicht einmal, wie jemand einen Eimer Farbe gegen die Eingangstür geschleudert hat?«

»Offenbar nicht.«

Denkbar war das schon. Tor und Haus trennte eine beträchtliche Distanz, und die Wachsamkeit ihres Durwans würde selbst dann nur unwesentlich nachlassen, wenn er tot wäre.

»Alles in allem könntest du genauso gut eine Vogelscheuche einstellen. Die käme dich billiger.«

Sie seufzte. »Und wer würde dann seine Familie ernähren, Sam?«

Ich ließ das Thema fallen. Wenn sie für jeden Inder in Kalkutta die Schutzheilige spielen wollte, war das ihre Sache. Ein paar von ihnen hatte es jedenfalls nicht davon abgehalten, ihr einen Ziegelstein durchs Fenster zu schmeißen.

»Hast du irgendwelche Drohungen erhalten?«, wollte ich wissen.

»Nein. Aber die ganze Nachbarschaft ist mächtig nervös. Ganz in der Nähe wohnt ein Arzt mit seiner Frau. Die beiden sind Parsen, und bei ihnen wurde vor ein paar Nächten das Gartenhaus in Brand gesteckt.«

»Was ist mit dir?«, bohrte ich nach. »Irgendeine Idee, warum es jemand auf dein Haus abgesehen haben könnte?«

Sie bedachte mich erneut mit diesem Blick, der unmissverständlich zum Ausdruck brachte, dass meine Kombinationsgabe sie nicht gerade in ehrfurchtsvolles Staunen versetzte.

»Das liegt doch wohl auf der Hand, oder?«

Anglo-Inder waren ein leichtes Ziel. Im gesamten Stadtgebiet hatten die Angriffe auf diese Gruppe zugenommen. Anfeindungen waren sie schon immer ausgesetzt gewesen, denn wir Briten begegneten ihnen mit Abscheu und die Inder mit Misstrauen. Aber seit dem Sommer hatte sich die Situation noch erheblich zugespitzt. Ursache dafür war die Eisenbahn. Der Schienenverkehr bildete die Achillesferse des Staates. Ohne Eisenbahn wäre das Land gelähmt gewesen, und die Regierenden hätten Zugeständnisse machen müssen. Aber nach ein paar Behinderungen in der ersten Woche der Proteste fuhren die Züge wieder wie zuvor. Die Inder gaben die Schuld daran den Anglo-Indern, da diese nach gängiger Meinung bei der Eisenbahn das Sagen hatten. So vereinfacht stimmte das natürlich nicht. Zwar waren viele Stellen bei der Eisenbahn tatsächlich Anglo-Indern vorbehalten, auf den höchsten Posten saßen jedoch ausnahmslos Briten. Ungeachtet dieser Tatsache gaben die Anglo-Inder allerdings bequeme Sündenböcke ab. Es war immer leichter, eine Minderheit der Sabotage zu beschuldigen, als zuzugeben, dass vielleicht doch nicht alle den Aufruf des Mahatmas zur Arbeitsniederlegung befolgten.

Sollte Das recht behalten und die Verbannung der Volunteers von den Straßen zu mehr gewalttätigen Übergriffen führen, dann bedurfte es keiner besonderen Geisteskräfte, um sich auszumalen, wer die ersten Opfer sein würden.

»Es wäre womöglich besser, wenn du für ein paar Tage das Haus verlassen würdest«, schlug ich vor. »Nur, bis sich die Gemüter ein wenig beruhigt haben.«

»Und wohin würdest du mich gerne verfrachten, Sam?«, fragte sie mit einer gewissen Schärfe.

»In ein Hotel beispielsweise. Das Great Eastern vielleicht?« Der Name rief alte Erinnerungen wach. Dorthin hatte ich sie das erste Mal zum Essen ausgeführt. Aber das lag mittlerweile mehr als zwei Jahre zurück. Damals waren wir noch andere Menschen gewesen.

»Ich werde mich nicht aus meinem eigenen Zuhause vertreiben lassen«, erklärte sie, und ihr Ton machte klar, dass dieser Punkt nicht verhandelbar war. Also nickte ich bloß und folgte ihr zurück in den Flur.

Ich nahm noch kurz die restlichen Räume im Erdgeschoss in Augenschein, überprüfte sämtliche Außentüren und Fenster und bot an, einen Constable am Eingang zu postieren, was ein reichlich tollkühner Vorschlag war, da wir personell viel zu dünn besetzt waren und ich zudem nicht einmal die Befugnis besaß, so etwas anzuordnen. Aber es war nicht das erste Mal, dass ich eine große Klappe riskierte in der Hoffnung, Eindruck bei ihr zu schinden.

Sie lehnte das Angebot ab und begleitete mich noch zur Eingangstür, an der gerade ein paar Männer mit Brettern und Werkzeug eintrafen, um das kaputte Fenster behelfsmäßig zu verbarrikadieren.

Ich sah sie an. Mir war noch immer nicht ganz klar, warum sie mich überhaupt hergerufen hatte. Ein wenig hatte ich das Gefühl, als wüsste sie das selbst nicht ganz genau. Vielleicht hatte sie angesichts der Bedrohung einfach instinktiv gehandelt und bedauerte es längst. Ihrem Gesichtsausdruck nach zu urteilen sprach einiges für diese Möglichkeit.

»Bist du sicher, dass du hier zurechtkommst?«

»Ich komme zurecht, Sam«, erwiderte sie, und in ihrer Stimme klang kein Zweifel mit. »Das alles hat mich nur im ersten Moment ein wenig erschüttert. Ich hätte dich nicht damit belästigen sollen.«

»Ich könnte später noch einmal vorbeischauen«, sagte ich.

»Und die Nacht über hier bleiben – sofern du noch beunruhigt bist.« Die Worte waren mir herausgerutscht, bevor ich es auch nur gemerkt hatte.

Sie stieß ein freudloses Lachen aus. »Meinst du damit die ganze Nacht, Sam, oder nur bis zwei Uhr morgens?«

7

Nebelschwaden senkten sich herab, als ich Annies Haus verließ. In den Straßen *und* in meinem Kopf. Wie üblich durchbohrten die Grillen mit ihrem Zirpen die stille Abenddämmerung. Arme und Beine schmerzten mir, und selbst in den wartenden Wagen einzusteigen zehrte an meinen Kräften. Erschöpft kippte ich gegen die Rückenlehne und zog die Tür zu.

»Lal Bazar, Sir?«, fragte der Fahrer.

»Nein«, sagte ich. »Premchand Boral Street.«

Wieder kündigte sich eine ungewöhnlich kalte Nacht an. In letzter Zeit war das Thermometer nachts bis auf fünf Grad gefallen, was sich für Einheimische geradezu arktisch anfühlen musste. An Tagen wie heute würde so mancher, der in den Armenvierteln von Black Town ohne Dach über dem Kopf und ohne wärmendes Feuer war, die Nacht nicht überleben.

Für diese Menschen war der Winter in erster Linie eine bedrohliche Jahreszeit. Tatsächlich betrachteten die meisten Einwohner Kalkuttas Weihnachten als ein fremdartiges Fest, das von eifernden Missionaren in ihre Stadt eingeschleppt worden war und das nur von den Briten und ein paar fehlgeleiteten Konvertiten aus anderen Landesteilen – vornehmlich aus dem Süden Indiens –, die sich hier angesiedelt hatten, gefeiert wurde. Nicht dass sie sich groß daran störten. Die Hindus in Bengalen konnten äußerst pragmatische Menschen sein, und viele von ihnen hatten gar kein Problem damit, Jesus einfach als ein weiteres Mitglied in ihr universelles Pantheon von Göttern und Heiligen aufzunehmen, vor allem da wir Briten seinen Geburtstag zum arbeitsfreien Tag erklärt hatten.

Dennoch gab es bestenfalls Ansätze von Festtagsstimmung, und das war mir nur recht. Ich zog es vor, nicht von den Bildern vergangener Weihnachten heimgesucht zu werden. Die wenigen glücklichen Erinnerungen, die ich von diesen Tagen hatte, galten der gemeinsamen Zeit mit meiner Frau Sarah. Sie war vor vier Jahren gestorben, und wie ein Mann, der seinen eigenen Schatten fürchtet, hatte ich alle späteren Weihnachten damit verbracht zu flüchten – erst in Single-Malt-Whisky, dann nach Kalkutta –, denn jeder Rückblick auf diese Tage glich dem Aufkratzen einer nie verheilten Wunde.

Dass es seitdem auch schöne Momente in meinem Leben gegeben hatte, lag an Annie Grant. Das Paradoxe an der Sache: Während ich vor meinen Erinnerungen davonlief, hatte meine Unfähigkeit, echte Fortschritte zu machen und die Vergangenheit mit Sarah vergangen sein zu lassen, höchstwahrscheinlich dafür gesorgt, mir alle Chancen auf eine Zukunft mit Annie zu zerstören.

Schon bald näherten wir uns dem Tolly Canal, der die Grenze zwischen dem wohlhabenden Außenbezirk und der Innenstadt bildete, und an die Stelle der Hibiskusdüfte von Alipore trat der Gestank nach Abwässern. Der Fahrer schien sich größte Mühe zu geben, jedes einzelne verfluchte Schlagloch auf der Strecke zu treffen, und mein Schädel dröhnte, als würde die Göttin Kali höchstpersönlich dagegen hämmern in der Hoffnung, ihre Halskette aus Totenköpfen erweitern zu können.

Als der Wagen vor meinem Hause hielt, war es bereits dunkel. Premchand Boral Street mochte nicht den besten Ruf haben, aber die Miete war günstig, und vor allen Dingen erhob der Vermieter keine Einwände dagegen, dass ein Weißer sich die Wohnung mit einem Inder teilte. Um diese Uhrzeit war es noch ruhig in der Straße. Die meisten Mädchen bekamen erst ab acht mehr zu tun, und lauter wurde es allenfalls nach zehn. Davor war die Zeit der gediegeneren Kundschaft, hauptsächlich Geschäftsleute in gestärkten Dhotis und mit geölten und akkurat gescheitelten Frisuren, die auf dem Heimweg mit einer Schachtel Süßigkeiten in der Hand und einem Lächeln auf den Lippen zu ihren festen Terminen vorbeischauten.

Ich schaffte es die Treppe hinauf und schloss die Tür auf. Der Flur lag im Dunkeln, was bedeutete, dass Surrender-not noch unterwegs war. Aber natürlich würde Sandesh zu Hause sein, vermutlich in der Küche, wo er bei Kerzenlicht kochte. Nicht aus Sparsamkeit wohlgemerkt, es war einfach so, dass er der Elektrizität nicht traute.

»Sandesh.« Meine Stimme hallte von den Wänden.

»*Hã*, Sahib.«

Die Antwort kam nicht aus der Küche, sondern aus dem Wohnzimmer. Nach dem kratzenden Geräusch von Möbelbeinen zu schließen, hatte er unter dem Esstisch ein Schläfchen gehalten. Ein scharfes Reiben, dann flammte ein Streichholz auf, und wenig später trottete Sandesh im sanften Schein einer Petroleumlaterne in den Flur.

»Schalt das Licht ein, und bring mir mein Stärkungsmittel«, sagte ich.

»*Hã*, Sahib«, antwortete er mit einem Nicken und betätigte den Schalter an der Wand, bevor er in Richtung Küche verschwand. Ich ging ins Wohnzimmer, zog mein Jackett aus, warf es über die Rückenlehne eines Sessels und steuerte den Barschrank an.

Kurz darauf saß ich mit einem Glas Glenfarclas in der Hand auf der Veranda in einem Korbstuhl, der so bequem war wie ein Sack Steine. Ich führte gerade mit zitternden Fingern den schweren Tumbler zum Mund, als hinter mir Sandesh heraustrat, wortlos einen Emaillebecher sowie ein winziges Stieltöpfchen aus Messing samt Löffel auf dem Tisch neben mir abstellte und sich wieder zurückzog. Der Becher enthielt eine breiige graue Flüssigkeit, mit der verglichen Ganges-Wasser das reinste Ambrosia war. Aber ich beschwerte mich nicht. Weder darüber, noch über den Löffel Butterschmalz, den ich aus dem Messingtöpfchen zum Nachspülen schluckte.

Die Mixtur war mir von einem Wunderdoktor namens Chatterjee verschrieben worden, dessen Behandlungsraum in einer schmuddeligen Seitengasse der Dharmatolla Street lag und aus einer Hütte kaum größer als der Beichtstuhl in einer Kirche bestand. Er selbst nannte sich Doktor der homöopathischen Medizin, und die schiere Anzahl von Diplomen, die hinter ihm an der Wand hingen, sprach dafür, dass er auf seinem Fachgebiet hoch qualifiziert war.

Ich war natürlich äußerst skeptisch, aber da es nun mal nicht anders ging … Mein Suchtverlangen hatte ein Maß erreicht, wo sich die Symptome einfach nicht länger verheimlichen ließen – nicht einmal vor mir selbst. Irgendeinen europäischen Arzt aufzusuchen oder einen dieser Armenier, die oben im Barabazar-Viertel praktizierten, war vollkommen ausgeschlossen, da die Verschwiegenheitsklausel des hippokratischen Eids in Kalkutta viel zu sporadisch Anwendung fand. Außerdem schien die westliche Schulmedizin, was die Behandlung von Opiumsucht betraf, kaum nennenswerten Verfahren neben der Elektroschocktherapie zu kennen, und die klang etwa so spaßig wie Aderlass mittels Blutegel.

Es musste also ein indischer Arzt sein, und es musste unbemerkt bleiben. Schon Erkundigungen einzuholen hätte zu Problemen führen können. Aber wozu war ich Detective mit mehr als zehnjähriger Erfahrung in verdeckten Ermittlungen? Leute aufzuspüren war mein Job. Meine Hoffnung, einen passenden Mediziner ausfindig machen zu können, war daher von Beginn an groß, und sie stieg noch einmal beträchtlich, als ich im Anzeigenteil des *Statesman* auf die Werbung von Dr. Chatterjee stieß.

Dr. Hariprashad Chatterjee
Facharzt für ayurvedische und homöopathische Medizin
Abhilfe bei Infektionen, Suchtkrankheiten, Verstopfung, gestörtem Ehevollzug …

Prompt unternahm ich an einem Dienstagabend im November einen Ausflug zur Behandlungsbude des Arztes, um meine Sünden zu beichten. Wie sich herausstellte, war Chatterjee ein dünner Mann mit dicken Brillengläsern, der einen Dhoti trug und ein halbärmeliges Hemd, an dessen Brusttasche ein Fleck anzeigte, dass dort sein Füllfederhalter ausgelaufen war.

Kommentarlos hörte er sich an, wie ich stockend mein Problem schilderte, und zeigte keinerlei Überraschung darüber, dass ein Weißer in seine Praxis kam und um Hilfe bat. Er folgte meinen Ausführungen mit angemessen ernster Miene und nickte nur bisweilen bedächtig, bis ich zuletzt nicht weiterwusste.

»*Hã, Afeem*-Sucht ist schwerste *Bãpaar*«, erklärte er

schließlich. »Wirksame Behandlung dauert lange und ist sehr intensiv. Außerordentlich unangenehm für westlichen Geschmack …«

»Aber es gibt eine Behandlung?«, bohrte ich nach.

»Natürlich gibt es Behandlung!«, versicherte er aufgebracht. »Sie wissen über Ayurveda?«

»Ein wenig.«

Surrender-not war ein Anhänger der ayurvedischen Medizin, aber wie so viele der hier heimischen Praktiken umgab sie der Nebel des indischen Mystizismus mit all seinen schwer nachvollziehbaren Gebräuchen, und ich hatte mich außerstande gefühlt, diesen zu durchdringen.

»*Reinigung*«, fuhr Chatterjee fort. Die dicken Gläser seiner Brille vergrößerten seine Pupillen wie eine Lupe. »Heilung benötigt Reinigung. Von ganzem Körper und Geist. Dafür Sie werden zu Ashram von Devraha Swami in Assam fahren müssen.«

»Und dieser Swami, der ist gut?«

Chatterjee lächelte. »Auf jeden Fall! Devraha Swami ist über zweihundertsiebzig Jahre alt.«

»Haben Sie ihn mal getroffen?«

»Nein. Aber ich ihm schicke viele Patienten. Prozess dauert fünfundzwanzig Tage. Körper muss sehr viel Gift ausscheiden. Sie müssen Stuhl von Ihnen sehr genau untersuchen.«

Klang ja wunderbar.

Zeit war wie immer das größte Problem. In der gegenwärtigen Situation standen die Chancen, dass Lord Taggart mir fünfundzwanzig Tage Urlaub gewährte, um einen Ashram in Assam zu besuchen, etwa so hoch wie die, dass Kaiser Wilhelm mit dem Kreuz der französischen Ehrenlegion ausgezeichnet wurde.

»Sonst gibt es nichts?«, fragte ich. »Irgendwelche Pillen vielleicht?«

Die Brille schlingerte auf Chatterjees Nasenrücken, als er den Kopf schüttelte. »Nein, tut mir leid. Nicht, wenn Sie volle Heilung wollen.«

Ich ließ mich gegen die Rückenlehne des Stuhls fallen.

»Allerdings gibt es ein Mittel, das vorübergehend nutzt. *Kerdū*. In Englisch es heißt, glaube ich, Wachskürbis. Es bringt nicht Heilung, aber sein Saft kann Symptome von *Afeem*-Krankheit lindern.«

Plötzlich fühlte ich mich wie ein Mann, der auf dem Weg zum Galgen von einem reitenden Boten die Begnadigung erhielt.

Chatterjee kritzelte die genauen Angaben auf ein dünnes Blatt Papier. »Man nimmt halben Kerdū, zerstößt zu Brei und trinkt mit einem Teelöffel *Ghee*. Immer nehmen, wenn Symptome zu stark werden.«

Ich traute der Sache nicht, aber etwas anderes blieb mir kaum übrig, jedenfalls nicht, bis ich die Zeit fand, um mich einen Monat lang konzentriert zu erbrechen und meinen Stuhl zu untersuchen. Also versuchte ich es, zuerst eher zögerlich, doch es schien tatsächlich zu wirken. Nach einem Schluck der Mixtur stellte ich fest, dass die Schmerzen für ein, zwei Tage nachließen, was half, den Abstand zwischen den heftigen Symptomen und dem nächsten nächtlichen Abstecher in eine Opiumhöhle zu überbrücken.

Ich stellte das Whiskyglas ab, griff nach dem Emaillebecher und sammelte all meine Willenskraft. Das Zeug schmeckte widerlich. Ich leerte den Becher in zwei Zügen, schöpfte etwas flüssiges Butterschmalz aus dem Töpfchen und schluckte auch das, wobei ich bemüht blieb, nicht zu würgen. Inzwischen wusste ich aus Erfahrung, dass die Wirkung des Safts erst nach einer Weile einsetzte, daher tat ich das einzig Vernünftige, nahm meinen Whisky, lehnte mich zurück, trank und wartete.

Meine Gedanken kehrten zu den Ereignissen der vergangenen Nacht zurück. Eine Razzia, auf Betreiben von Section H anberaumt, alles ganz heimlich und erst auf den letzten Drücker. Ein Toter, dessen Leiche unentdeckt – oder zumindest unerwähnt – geblieben war, obwohl es im Haus vor Polizisten gewimmelt hatte.

Aber Leichen verschwanden nicht einfach so, nicht ohne das Zutun einer passend dimensionierten Sprenggranate, und da keine auf die Opiumhöhle niedergegangen war, erschien es nur logisch, dass die fehlende Leiche des Chinesen noch dort sein musste – immer vorausgesetzt natürlich, ich hatte mir das Ganze nicht eingebildet.

Es gab nur eine Möglichkeit, das herauszufinden. Ich stand auf, packte mein Sakko und stürmte hinaus in den Nebel, um mir ein Taxi zu suchen.

Die Straßen waren wie ausgestorben. An solchen Winterabenden besaß Kalkutta etwas Gespenstisches. Der Schleier zwischen Lebendigem und Totem, der hier sowieso nie klar auszumachen war, wurde nun eindeutig durchlässig. Eine Rikscha tauchte aus dem Dunst auf. Zum Schutz gegen die Nachtluft hatte der Fahrer sich in Pullover, Schal und Wollmütze gehüllt, als wäre er auf dem Weg, Captain Scott am Südpol abzuholen.

Die Fahrt nach Tangra wurde begleitet von den bellenden Hustenattacken des Rikscha-Wallahs, denen stets ein Fluch und eine Entschuldigung folgten.

»Verzeihen, Sahib. Schlimmer Husten. Viel zu kalt.«

Es war jeden Winter das Gleiche. Sobald das Thermometer in den einstelligen Bereich fiel, erkrankte die halbe Stadt, und schon bald machte der Themenbereich Lungenentzündung und Atemwegserkrankungen dem traditionell beliebtesten Gesprächsstoff der Bengalen – Politik und Verdauungsfragen – den Spitzenrang streitig.

Ich stieg ein paar Straßen früher aus und lief die restliche Strecke zur Opiumhöhle. Von vorne wirkte das Haus wie jedes andere in dieser Gegend des Stadt. Fenster mit Eisengittern oder Holzläden unterbrachen eine fleckige Fassade aus abplatzendem Putz und zerbröselndem Ziegelwerk. Über der mit einem Vorhängeschloss verriegelten Eingangstür hing ein Werbeschild, dessen rote chinesische Schriftzeichen bereits ausgeblichen waren.

Ein einsamer Constable mit dick umgewickeltem Halstuch stand neben einer brennenden Laterne und stampfte mit den Füßen, um sich ein wenig aufzuwärmen. Er schien kaum zwanzig und machte einen nervösen Eindruck. Sobald er meine Schritte hörte, riss er sein Gewehr hoch.

»Wer da?«, verlangte er zu wissen und klang dabei etwa so überzeugend wie ein Priester in einem Bordell.

Dass ich ein Sahib war, beruhigte ihn, um so mehr, als ich noch dazu meinen Dienstausweis zückte.

»Wie heißen Sie, Constable?«

»Mitra, Sir. Von der Thana in Tangra.«

Ich log und erzählte ihm, dass ich der Vice Division angehöre. »Ich benötige Zugang zum Objekt«, erklärte ich.

»Jawohl, Sir«, sagt er und angelte einen Schlüsselbund aus der Tasche. Er fand den passenden, drehte mir den Rücken zu und beugte sich über das Vorhängeschloss. Es sprang auf, und die Kette, die es hielt, glitt rasselnd zu Boden. Mitra schob sie mit der Stiefelseite aus dem Weg und hielt die Tür auf. Ich lieh mir seine Lampe und trat ins stockdunkle Innere.

Es roch anders als in der letzten Nacht. Statt Formaldehyd und Opium lag nun ein schwächerer Geruch in der Luft, den ich zwar nicht festmachen konnte, der mich aber an die Zeit in den Schützengräben erinnerte. Ich tastete mich in den Keller hinab und den Gang entlang zu dem Raum, wo ich keine vierundzwanzig Stunden zuvor in der Gesellschaft von einem halben Dutzend weiterer Opiumsüchtiger völlig benebelt auf einer klapprigen *Charpai* gelegen hatte. Jetzt war der Raum menschenleer, und es herrschte eine Stille wie in der Kammer eines Pharaonengrabs. Anklagende Spuren der vergangenen Nacht waren noch vorhanden: ein zerbrochener Stuhl, eine umgeworfene Liege, ein Opiumtablett, das wie ein nachträglich hinzugefügtes Requisit in einer Ecke stand. Alles stumme Zeugen dessen, was hier stattgefunden hatte.

Im düsteren Licht trat ich auf eine Opiumpfeife aus Bambus, die unter meinem Fuß zerbrach. Ich versetzte ihr einen Tritt und beobachtete, wie sie außer Sicht rollte. Hinter der nächsten Tür folgte der Flur, in den mich das asiatische Mädchen geführt hatte. Ich stieg die Stufen am anderen Ende des Gangs hinauf und durch die Luke in den Raum, wo ich auf den sterbenden Mann gestoßen war.

Der Raum war leer. Das überraschte mich nicht. Selbst wenn die Vice Division knapp an Personal war – eine Leiche, die mitten im Weg herumlag, hätte sie wohl kaum übersehen. Ich kniete mich hin und strich mit dem Finger über die Fliesen. Keine Spuren von Blut. Eigentlich keine Spuren von *irgendwas*. War es denkbar, dass nach meiner Flucht – und während noch Callaghans Leute hier überall herumstöberten – jemand die Leiche beseitigt und den Boden gesäubert hatte? Es klang absurd, dennoch musste es so gewesen sein. Sonst blieb nur die Möglichkeit, dass ich mir die ganze Sache eingebildet hatte.

Ich schüttelte den Kopf. Auf keinen Fall durfte ich damit anfangen, an meinen eigenen Wahrnehmungen zu zweifeln. Das wäre der erste Schritt in Richtung Wahnsinn. »Reiß dich gefälligst zusammen, Wyndham«, zischte ich leise.

Der Tote war kein *Pipe Dream* gewesen. Ich erinnerte mich genau an ihn; wusste noch, wie ich das Ohr an seinen Mund gelegt hatte, um zu überprüfen, ob er atmete; hatte noch sein Blut auf meinem Hemd und an meinen Händen vor Augen und auch dieses merkwürdig gebogene Messer. Bloß, wie ließ sich das beweisen?

Am besten hielt ich mich an konkrete Fakten. Schließlich war ich Detective. Beweismittel zu sammeln war mein Handwerk, und wenn ich derzeit keine besaß, dann sollte ich verdammt noch mal endlich loslegen und welche finden. Ich kehrte kurz in den Gang zurück und fuhr auch dort mit dem Finger über den Boden. Diesmal war er voller Schmutz.

Ich stieg wieder hinauf und überlegte, wo genau die Leiche gelegen hatte. Dort kniete ich mich hin, nahm mein Taschenmesser und führte die kleine Klinge in den Spalt zwischen zwei Fliesen. Ich kratzte ein wenig am brüchigen Fugenzement entlang, zog die Klinge wieder heraus und untersuchte sie. An der Spitze klebten Dreck und irgendein dunkler, pulverartiger Rückstand. Ich kratzte noch einmal ein Stück weiter in den Lücken zwischen den Fliesen, und erneut zeigten sich auf der Klinge dieselben dunkelbraunen Spuren.

Ich wischte die Klinge an meinem Ärmel ab und stand auf. Die Leiche hatte man weggeräumt und den Boden gewischt, aber man hatte es offenbar sehr eilig gehabt. Blut war in die

Risse zwischen den Bodenfliesen gelaufen und dort getrocknet.

Blieb die Frage: Wer hatte geputzt, und was war mit der Leiche passiert? Dass es Callaghans Leute gewesen waren, hielt ich für unwahrscheinlich. Er hatte mir ins Gesicht gesagt, dass sie nichts gefunden hatten, was das CID interessieren könne, und er war nicht der Typ, der log – zumindest nicht so überzeugend.

Damit blieben noch Section H, die örtliche Polizei oder die Chinesen.

Wer von den Chinesen nicht sofort getürmt war, musste geschnappt worden sein. So oder so würde gewiss keiner von ihnen genügend Zeit gehabt haben, um eine Leiche verschwinden zu lassen und den Boden zu wischen. Und was die örtliche Polizei betraf: Welchen Grund sollte sie haben, einen Mord zu vertuschen?

Blieb Section H.

Wenn irgendjemand eine Leiche verschwinden lassen wollte, dann am ehesten sie. Die Razzia war auf ihre Bitte hin durchgeführt worden. Vielleicht handelte es sich bei dem Toten ja tatsächlich um den ominösen Fen Wang, dieses hochrangige Mitglied der Green Gang aus Shanghai. Der Mord an einem chinesischen Staatsbürger in Kalkutta, noch dazu eines Drogenbarons, konnte sehr wohl zu den Dingen zählen, die sie gerne rasch unter den Teppich kehren wollten.

Ich steckte mein Taschenmesser wieder ein und ging langsam zurück zum Eingang des Bestattungsinstituts. Mitra hielt noch immer das Gewehr erhoben in der Hand und wirkte nervös wie ein Erstklässler.

»Stehen Sie bequem, Constable«, sagte ich und zog zwei Zigaretten aus meiner zerknitterten Packung. Eine steckte ich mir lässig in den Mundwinkel, wie ein leitender Beamter der Vice es vermutlich getan hätte. Dann bot ich ihm die zweite an. Seine Schultern entspannten sich, und er nahm sie mit einem dankbaren Lächeln an. Betont umständlich begann ich, in meinen Taschen nach Feuer zu suchen.

»Sie haben nicht zufällig ein Streichholz, oder?«

Seine Miene hellte sich auf. Er setzte das Gewehr ab, fand in einer Tasche seines Uniformrocks eine Schachtel und entzündete ein Streichholz, dessen gelber Lichtschein auch auf seine vernarbten dunklen Wangen fiel. Die Flamme mit der freien Hand schützend, gab er erst mir Feuer, dann sich selbst. Ich dankte ihm mit einem Nicken, was er mit einem Strahlen erwiderte, als hätte ich ihm gerade eine Medaille verliehen.

»Wie lange sind Sie schon auf Posten, Mitra?«, erkundigte ich mich.

»Seit achtzehn Uhr, Sir.«

Die Schicht für einen Wachposten betrug üblicherweise etwa sechs Stunden, konnte in der gegenwärtigen Situation aber durchaus länger ausfallen. Es bedeutete auf jeden Fall, dass seine Ablösung nicht vor Mitternacht erfolgen würde.

Ich zog an meiner Zigarette und blies den Rauch in die Luft. »Waren Sie gestern Nacht auch hier?«

»Ja, Sir«, antwortete er. »Von drei Uhr morgens bis um sieben.«

Demzufolge musste er der erste Polizist gewesen sein, der nach dem Abzug von Callaghans Leuten hier Dienst geschoben hatte.

»Ist irgendjemand während Ihrer Schicht rein- oder rausgegangen?«

Er schüttelte den Kopf. »Nein, Sir. Kein Verdächtiger. Nur

ein paar Officer, die gegen fünf kamen. Kurz bevor es hell wurde.«

»Wie viele Officer?«

»Zwei.«

»Sahibs?«

Sichtlich verwundert über die Frage, starrte er mich an. »Ja, Sir. Ein älterer, hochrangiger und ein jüngerer. Aber ich glaube nicht, dass sie von der Vice Division waren.«

»Haben sie ihre Ausweise gezeigt? Zu welcher Abteilung gehörten sie?«

Er schüttelte den Kopf in der Art, wie Inder es tun, wenn sie eine schlechte Nachricht mitzuteilen haben. »Ich hab die Papiere zwar gesehen, aber nicht genau kontrolliert, Sir.«

Das war normal. Es genügte eben, dass der Officer ein Sahib war. Mehr Autorisierung brauchte es nicht.

»Und woher wussten Sie dann, dass sie nicht vom Vice waren?«

»Wegen ihrer Uniformen, Sir. Sie waren kaki.«

»Ach so, na klar.« Ich musste lächeln. Sämtliche Polizisten in Kalkutta trugen Weiß, selbst die Constables von der Vice Division. Nur außerhalb der Stadtgrenzen gab es Polizisten mit kakifarbenen Uniformen. »Ausgezeichnet kombiniert«, sagte ich. »So jemanden wie Sie könnten wir in Lal Bazar sicher gut gebrauchen.«

Mitra strahlte.

Eine einzige Regierungsorganisation allerdings gab es in der Stadt, die ebenfalls Kaki trug: die Armee.

»Irgendeine Ahnung, was sie hier wollten?«, fragte ich, ohne mir große Illusionen zu machen. Die Officer der Section H neigten nicht dazu, anderen Menschen gegenüber ihr

Handeln zu erläutern, schon gar nicht gegenüber einem indischen Constable, der schlotternd in einer kalten Winternacht in Tangra auf Posten stand.

»Leider nicht, Sir.«

»Kein Problem. Wie lang waren sie denn da?«

Mitra rauchte und überlegte. »Eine Stunde, vielleicht etwas länger.«

»Und haben sie etwas mitgenommen, als sie wieder gingen?«

»Ich glaube nicht, Sir. Allenfalls Dinge, die sie in ihren Taschen hätten verbergen können.«

»Sind sie oder sonst jemand später noch einmal vorbeigekommen?«

»Nicht während meiner Schicht, Sir.«

»Und später? Wer hat Sie abgelöst? Einer Ihrer Kollegen vom Thana in Tangra?«

Mitra nickte. »Constable Grewal. Er war hier seit zehn Uhr vormittags, bis jetzt um sechs wieder meine nächste Schicht anfing. Er hat keinerlei Vorkommnisse erwähnt.«

»Ich möchte, dass Sie noch einmal mit ihm sprechen«, sagte ich. »Fragen Sie ihn, ob jemand während seiner Schicht das Haus betreten hat und ob derjenige vielleicht etwas mitgenommen hat. Finden Sie so viel Einzelheiten heraus wie möglich. Haben Sie Block und Stift?«

»Ja, Sir«, erwiderte er.

»Schön. Dann notieren Sie mal Folgendes.« Ich gab ihm die Nummer der Telefonzentrale von Lal Bazar und wollte ihn schon instruieren, nach mir zu fragen, überlegte es mir dann aber anders. Vielleicht litt ich bloß an Verfolgungswahn, doch ich beschloss, lieber vorsichtig zu sein. Ich hatte ihm bereits vorgemacht, für die Vice Division zu arbeiten. Und wenn

Section H im Spiel war, konnte ein gewisses Maß an gutem altem Verfolgungswahn gar nicht schaden.

»Lassen Sie sich in den *Pit* durchstellen«, sagte ich. So hieß der offene Arbeitsbereich, in dem die indischen Officer diverser Abteilungen ihre Schreibtische hatten. »Und fragen Sie dann den wachhabenden Sergeant nach Banerjee. Bei dem können Sie eine Nachricht für mich hinterlassen.«

Es gab ein halbes Dutzend Banerjees in Lal Bazar. Sollte irgendwer nachbohren, was es mit dem Anruf des Constables auf sich hatte, konnte Surrender-not immer noch behaupten, der sei für einen anderen Banerjee gedacht gewesen und nur aus Versehen zu ihm durchgestellt worden.

»Eine letzte Frage«, sagte ich. »Die beiden Sahibs, die gestern Nacht kamen. Hat einer von denen Pfeife geraucht?«

Mitra dachte eine Weile nach. »Ich glaube nicht … Warten Sie …« Er lächelte. »Als sie wegfuhren. Als sie wieder in ihrem Wagen waren. Der Jüngere saß am Steuer und sein Chef hinten auf der Rückbank. Ich meine, er hätte sich eine Pfeife angezündet beim Wegfahren.«

Klang ganz nach Major Dawson, einem der führenden Köpfe von Section H. Er war nur selten irgendwo ohne Pfeife anzutreffen. Vermutlich betrachtete er sich selbst als eine Art Sherlock Holmes der Subtropen.

Dass Dawson offenbar Stunden nach der eigentlichen Razzia persönlich hier aufgetaucht war, bestärkte mich in meinem Verdacht nur noch. Hinter der Aktion dieser Nacht musste mehr stecken als bloß die erfolglose Suche nach einem chinesischen Drogenbaron. Nie im Leben hätte ein Leiter von Section H den langen Weg bis in dieses Viertel gewagt, nur um eine Runde durch eine geräumte Opiumhöhle zu drehen. Meiner Ansicht nach war er gekommen, um sich etwas anzusehen. Er hatte die Leiche des Chinesen identifizieren wollen. Was wiederum dafür sprach, dass die Leiche noch immer hier irgendwo sein musste. Für den Zeitpunkt von Dawsons Besuch galt dies auf jeden Fall, und der Aussage von Constable Mitra zufolge schien es auch unwahrscheinlich, dass sie später jemand fortgeschafft hatte.

Wo also steckte sie?

Ich machte ein paar Schritte in die Straße hinein, drehte mich um und sah noch einmal zum Bestattungsinstitut zurück. Zwei geschwärzte Stockwerke mit vergitterten Fenstern, dazu ein verblichenes Werbeschild über der Tür und ein Keller mit direkter Verbindung in die Opiumhöhle. Plötzlich fiel es mir wie Schuppen von den Augen. Die Antwort starrte mir blassrot auf Braun entgegen.

Ich drückte meine Zigarette an der Hauswand aus und stürmte zurück durch die Tür. Der Trick war schon uralt. Am besten versteckte man etwas, indem man es ganz offen dort herumliegen ließ, wo es nicht auffiel. Und gab es einen besseren Platz für einen Leichnam als mitten zwischen anderen Toten? Es kostete mich nicht viel Mühe, die Treppe zu finden, die hinunter zur Leichenkammer führte. Ich musste nur dem Gestank nach Formaldehyd und Verwesung folgen.

Der Raum war dunkel, mit einer niedrigen Gewölbedecke und einer Reihe von Metallboxen, die in die Wand eingelassen waren. Ich hielt mir mein Taschentuch vor die Nase, packte den Griff des ersten Fachs und zog vorsichtig daran. Es lag tatsächlich eine Leiche darin, allerdings mit den Füßen voran, weshalb ich die Schublade komplett herausziehen musste, um einen Blick auf Brust und Gesicht werfen zu können. Bei der Leiche handelte es sich nicht um meinen verschwundenen Chinesen. Der Tote schien zwar ebenfalls chinesischer Abstammung, war aber offenkundig nicht an Messerstichen in die Brust gestorben, sondern wohl eher an natürlichen Ursachen. Ich schob das Fach wieder zu und versuchte das nächste, das sich als leer erwies. Im dritten lag die Leiche einer alten Chinesin. Der Gestank wurde langsam unerträglich, und mit einem zunehmenden Gefühl der Panik riss ich die vierte und letzte Lade auf. Sobald ich das blutverschmierte Hemd sah, wusste ich Bescheid. Dennoch überprüfte ich sicherheitshalber das Gesicht des Mannes. Die Narbe war da, die Augen waren es nicht. Es tat gut, die Gewissheit zu haben, dass ich es mir nicht eingebildet hatte.

Ich schloss das Fach und beeilte mich, wieder die Treppe hinauf und nach draußen zu kommen. Am Eingang bedankte ich mich bei Mitra und sagte ihm, dass er sich weitere Nachfragen bei seinem Kollegen, Constable Grewal, sparen könne. Ich schenkte ihm eine zweite Zigarette für seine Hilfe und ging dann in Richtung Hauptstraße und Tonga-Station.

Auf dem Weg versuchte ich, mir alles zusammenzureimen. Zwei Briten in Armeeuniform, von denen einer Major Dawson gewesen sein dürfte, waren einige Zeit nach dem Abzug von Callaghans Männern aufgetaucht und etwa eine Stunde im Haus geblieben, bevor sie wieder verschwanden, ohne etwas von nennenswerter Größe mitzunehmen. In dieser Zeit hatten sie anscheinend den Toten in die Leichenkammer des Bestatters hinuntergebracht und in einem leeren Fach verstaut. Das Eingreifen von Agenten der Section H ließ darauf schließen, dass jemand aus Callaghans Team sie informiert hatte. Vielleicht war der Hinweis sogar von Callaghan selbst gekommen. Schließlich hatte er mir gegenüber bereits zugegeben, dass die Razzia sehr kurzfristig auf Betreiben von Section H durchgeführt worden war. Womit sich nun die Fragen stellten: Warum hatten sie die Leiche versteckt, und was hatten sie mit ihr vor?

Ich hätte mich gewiss eingehender mit diesem Problem beschäftigt, wäre ich in diesem Moment nicht an einer mir bekannten *Gullee* vorbeigekommen. In ihr gab es irgendwo ein Stück weiter eine Opiumhöhle, die ich schon eine Weile nicht mehr besucht hatte. Sie lag direkt neben einer *Shebeen*, deren Kundenstamm ebenso übel war wie der dort ausgeschenkte Fusel. Betrieben wurde der Laden von einem Holländer namens Piet, einem hünenhaften Kerl, den es eines Sommers nach Kalkutta verschlagen hatte und der seitdem wie Treibgut, das bei Flut am Strand angeschwemmt wird, einfach hier hängen geblieben war. Ich mochte den Mann. Er stellte keine Fragen, brachte einem bloß etwas zu trinken und ließ einen in Ruhe. Vielleicht hätte ich sogar einen Abstecher zu ihm riskiert, wenn ich nicht derart in Eile gewesen wäre. So aber marschierte ich geradewegs an Piets Kneipe vorbei zur Opiumhöhle.

8

23. Dezember 1921

Der Tee war lauwarm, was mich überraschte. Entweder ich war früher als gewöhnlich aufgewacht, oder Sandesh hatte ihn später aufgebrüht. Da meine Uhr stehen geblieben war, konnte ich nur Vermutungen anstellen, aber wahrscheinlich traf Ersteres zu, da Sandesh nicht dazu neigte, seinen Tagesablauf zu ändern.

Ich kletterte unter dem Moskitonetz hervor, zog mich an und kippte den Tee aus dem Fenster. Draußen im Flur roch es nach gekochten Eiern.

»Guten Morgen, Sahib.« Sandesh schob sich mit einem Glas Limettensaft an mir vorbei und verschwand im Wohnzimmer. Ich folgte ihm. Am Esstisch war Surrender-not in die Lektüre des *Englishman* vertieft und tunkte dabei die Spitze eines Toastdreiecks in sein Ei. Als Sandesh das Glas vor ihn auf den Tisch stellte, nickte er, ohne den Blick von der Zeitung zu wenden.

Sich die Wohnung mit einem rangniedrigeren Officer zu teilen, vor allem einem indischen, entsprach nicht unbedingt gängiger Praxis, und mein Entschluss, genau dies zu tun, hatte in manchen Kreisen Befremden, in anderen blankes Entsetzen ausgelöst. Mich hatte das nicht abschrecken können. Im Gegenteil, ich fand die Vorstellung, dass dieser Schritt gewissen Leuten ein Graus war, eher reizvoll. Zudem sprachen ganz praktische Gründe dafür. Schließlich ließ man sich das Leben in Paris auch nicht von einem Deutschen erklären, wenn man sich an einen Franzosen wenden konnte. Ein Sohn der Stadt war der beste Vermittler, um Kalkutta und seine Einwohner verstehen zu lernen, und ungeachtet seiner Cambridge-Erziehung und seines geschliffenen britischen Tonfalls war Surrender-not hier geboren und aufgewachsen und vermochte mir nützlichere Einblicke zu geben als jeder Orientalismusprofessor. Hinzu kam die nicht unbedeutende Tatsache, dass er mir das Leben gerettet hatte, was mehr war, als ich von irgendeinem britischen Officer in Kalkutta hätte sagen können.

»Morgen«, grüßte ich.

Er musterte mich so verwundert, als hätte er mich seit Monaten nicht gesehen, was wahrscheinlich, auf die Uhrzeit bezogen, sogar zutraf.

»Guten Morgen«, erwiderte er im Aufstehen.

Ich setzte mich auf den Stuhl gegenüber. Hinter mir drückte sich Sandesh herum, der nicht genug bekommen konnte von meinem Anblick so früh am Morgen. »Was Interessantes in der Zeitung?«

Surrender-not tippte auf die Schlagzeile der Titelseite. »Der Beschluss des Vizekönigs, die Congress Volunteers zu verbieten. Er nimmt drei Spalten ein und wird im Leitartikel vom Chefredakteur kommentiert.«

Ich bat Sandesh, mir Toast und Kaffee zu bringen. »Und welche Meinung vertritt der Herr Chefredakteur?«, fragte ich dann an Surrender-not gewandt.

Der *Englishman* war bekannt für seine überaus scharfen Angriffe auf Das und die Kongress-*Wallahs*. Gazetten dieser

Art hätten sogar John Calvin beschuldigt, zu rücksichtsvoll gegenüber den Katholiken zu sein. Mich interessierte der Unfug nicht sonderlich, doch Surrender-not mochte ihn, wobei ihm die Ironie, die darin lag, völlig zu entgehen schien. Mir kam seine regelmäßige Lektüre dieser betont harten und kompromisslosen Empire-First-Rhetorik, die nahezu alle Inder als arbeitsfaul, heimtückisch und – was das Schlimmste war – undankbar verunglimpfte, eher wie eine ganz eigene Form der Selbstgeißelung vor.

»Er nennt es einen Sieg des gesunden Menschenverstands und sagt, dass es höchste Zeit dafür wurde. Hier, lesen Sie selbst.« Er reichte mir die Zeitung.

Tatsächlich begrüßte der Autor unter der Schlagzeile »Wie wir die Kontrolle zurückgewinnen« die entschlossene Haltung der Regierung, während er zugleich die Polizei für ihren laschen Umgang mit den Aufrührern kritisierte und verlangte, künftig mit allen Mitteln nicht nur gegen die vorzugehen, die das neue Verbot missachten, sondern auch »gegen jene, die mit ihren Aktionen den freien Verkehr von Handel und Waren behindern, der doch die Lebensader dieser Stadt bildet«.

Die Zeitung forderte schon eine ganze Weile mehr Polizeimaßnahmen und ein entschlosseneres Einschreiten gegen die Demonstranten, und ich hatte das Gefühl, dass sie erst der Anblick von gebrochenen Knochen und eingeschlagenen Schädeln zufriedenstellen würde. So ein anständiger Hieb mit dem Lathi hatte eben nichts Lasches an sich.

»Warum lesen Sie diesen Schwachsinn überhaupt?«, fragte ich.

Er machte ein verwundertes Gesicht. »Wäre es Ihnen lieber, wenn ich nur Dinge lese, die meiner Meinung entsprechen?«

»Ja«, sagte ich und warf die Zeitung auf den Tisch, da Sandesh mit dem Toast kam. »Zumindest beim Frühstück. So einen Quatsch gleich morgens auf nüchternen Magen zu lesen führt nur zu Verdauungsbeschwerden.«

Womit ich recht hatte, wie sich zeigen sollte.

Anderthalb Stunden später waren Surrender-not und ich erneut in Taggarts Büro im obersten Stockwerk von Lal Bazar, wo wir ihm wie zwei zum Direktor zitierte Schuljungen gegenübersaßen. Der Commissioner machte den Eindruck, als hätte er noch schlechter geschlafen als ich, was gar nicht so einfach war. Ihn beherrschte nur ein Thema, nur ein einziger Name.

»Das«, rief er aus und hob ein Blatt Papier von seinem in Hektar messbaren Schreibtisch. »Er hat mir diesen Brief geschickt, in dem er mir für die Vorabbenachrichtigung über die neue Verfügung dankt, aber gleichzeitig erklärt, dass es ihm sein Gewissen unglücklicherweise nicht gestattet, meiner Bitte nachzukommen, da dies das Leben vieler unschuldiger Zivilisten in Gefahr bringen würde. *Sein Gewissen* – was für eine Unverschämtheit!« Die Ader an der Schläfe des Commissioners trat deutlich hervor. »Man könnte glauben, *er* wäre für die Sicherheit in dieser Stadt verantwortlich!«

»Irgendwelche Hinweise darauf, was er zu tun beabsichtigt?«, fragte ich.

Taggart starrte mich an. »Wie Sie sich vielleicht noch erinnern werden, Captain, hatte ich Sie damit beauftragt, genau das herauszufinden. Glücklicherweise ist Mr. Das so freundlich gewesen, es mir in diesem verfluchten Wisch höchstpersönlich mitzuteilen. Heute um sechzehn Uhr wird eine Massendemonstration gegen den Beschluss stattfinden.«

»Auf dem Maidan?«

»Seien Sie doch nicht naiv, Sam. Seinen dämlichen Protest mitten im Park abzuhalten würde wohl kaum für die Störung sorgen, die er im Sinn hat. Dafür ist er viel zu gerissen.«

»Wo dann?«

»Da, lesen Sie selbst«, sagte er und schleuderte den Brief über den Tisch.

Ich hob ihn auf und las. Er war in der akkuraten Schrift eines britischen Internatsschülers verfasst und trug die schwungvoll verschnörkelte Unterschrift von Das.

»Auf der Haora-Brücke.«

»Genau«, sagte Taggart. »Oder, um exakt zu sein, auf deren Zufahrtstraßen. Mir scheint, unser guter Freund Das würde einen ganz hervorragenden Militärtaktiker abgeben.«

Tatsächlich hätte der Inder kaum eine bessere Stelle wählen können. Vom Großteil Indiens aus betrachtet lag Kalkutta nämlich im Grunde auf der falschen Seite des Hugli. Diese strategische Merkwürdigkeit mochte Sinn gemacht haben, als die Stadt noch eine wehrlose kleine Handelsstation gewesen war, der Gnade irgendwelcher Mogule und deren Satrapen ausgeliefert. Inzwischen jedoch war die Lage einfach nur ein Dauerärgernis. Ob bei Tag oder bei Nacht – die Brücke erstickte förmlich im Verkehr. Ohne Pause drängten Menschen, Fuhrwerke und Autos über die einzige Flussquerung, die die Stadt nicht zuletzt mit dem zentralen Eisenbahnknotenpunkt in Haora verband.

»Clever«, sagte ich. »Um die Zufahrt auf der Strand Road zu blockieren und damit den gesamten Warentransport zum Erliegen zu bringen, braucht er nicht einmal viele Leute.«

»Und vom Rest des Landes wären wir dann praktisch abgeschnitten«, fügte Surrender-not hinzu.

»So weit werde ich es nicht kommen lassen«, fauchte Taggart, stand auf und trat ans Fenster. Ich spürte eine überhastete Reaktion nahen. »Ich werde nicht zulassen, dass jemand diese Stadt zu seiner Geisel nimmt«, fuhr er fort. »Nicht irgend so ein plötzlich zu Ruhm gelangter Edeladvokat und ganz sicher nicht ausgerechnet zwei Tage vor dem Eintreffen des künftigen Königs von England und Kaisers von Indien. Diese Brücke muss offen bleiben, Gentlemen. Ich möchte, dass Sie Mr. Das davon in Kenntnis setzen.« Er meinte damit gewiss uns beide, doch sein Blick fixierte allein Surrender-not. »Richten Sie ihm aus, dass ich keine Sekunde zögern werde, ihn, seine Familie und jeden einzelnen seiner Unterstützer zu verhaften, sollte er versuchen, mich auf die Probe zu stellen. Machen Sie ihm klar, dass ich notfalls die Armee hinzuziehen werde.«

Surrender-not schluckte sichtbar und machte den Anschein, als hätte er gerade wenig dagegen, wenn sich der Boden unter ihm öffnen und ihn verschlucken würde.

»Bei allem Respekt, Sir, aber ich fürchte, das ist genau, was er beabsichtigt«, sagte ich. »Er will uns zum Handeln provozieren. Die von ihm geführte Kampagne dauert inzwischen fast ein Jahr, und die Leute verlieren die Lust. Viele Anhänger sind demoralisiert. Er braucht irgendeine große Sache, um das Feuer wieder anzufachen, und er spekuliert darauf, dass seine Verhaftung genau das bewirken wird. Jede Überreaktion unsererseits spielt ihm also geradewegs in die Karten.«

Neben mir beugte Surrender-not sich vor. »Erlauben Sie mir, dass ich noch einen anderen Punkt zu bedenken gebe, Sir. Nämlich den Gesundheitszustand von Das. Er ist kein junger Mann mehr. Wenn wir ihn verhaften und sein Zustand verschlimmert sich oder wenn er, Gott bewahre, in Haft stirbt, dann käme es zu einem breiten gesellschaftlichen Wutausbruch, den die Armee niederschlagen müsste, und das würde zahllose Todesopfer fordern.«

Ein Argument, das nicht von der Hand zu weisen war. Kaum jemand in Bengalen genoss so viel Ansehen wie Das. Sein Tod in einer unserer Haftzellen hätte Auswirkungen, über die man gar nicht erst nachdenken wollte.

»Da muss ich dem Sergeant zustimmen«, sagte ich. »Die Gefahr, aus ihm einen Märtyrer zu machen, sollten wir auf jeden Fall vermeiden.«

Taggart kehrte zum Schreibtisch zurück und ließ sich in seinen Sessel fallen. Er wirkte noch erschöpfter als ein paar Minuten zuvor. »Haben Sie eine bessere Idee?«, fragte er und massierte sich das Kinn.

»Womöglich«, erwiderte ich. »Vielleicht sollten wir ihn wissen lassen, dass wir jeden verhaften werden *mit Ausnahme* von ihm. Dem großen *Freund der Nation* stünde es doch gar nicht gut zu Gesicht, wenn alle, die seiner Aufforderung zum Gesetzesverstoß Folge leisten, abtransportiert werden, während er unbehelligt bleibt. Man wird denken, dass er lieber andere den Preis für den Kampf zahlen lässt, als selbst irgendwelche Unannehmlichkeiten zu erleiden. Genau wie auf diesen Flugblättern, die die Boches im Krieg über den französischen Schützengräben abgeworfen haben und auf denen stand, dass die Briten bereit wären, bis zum letzten Mann zu kämpfen – zum letzten französischen Mann.«

Taggart schüttelte den Kopf. »Nein. Er soll wissen, dass seine Aktionen persönliche Konsequenzen für ihn haben werden. Richten Sie ihm aus, wir werden ihn *und* alle anderen verhaften.«

9

Kalkutta war in mehrerer Hinsicht eine geteilte Stadt. Im Norden lag Black Town, wo vor allem Inder lebten, im Süden White Town für die Briten und in der Mitte ein graues, amorphes Gebiet voller Chinesen, Armenier, Juden, Parsen, Anglo-Inder und aller anderen, die nirgends hineinpassten. Es gab kein Gesetz, das die Stadt untergliedert hätte, keine Mauern oder Absperrungen. Die Trennung war einfach eins dieser Dinge, die sich so über die Jahre hinweg entwickelt hatten, ohne dass ihnen jemand Beachtung geschenkt hätte. Natürlich gab es vereinzelt Sonderfälle. Hier eine Anglo-Inderin in Alipore, dort ein englisches Pärchen in Bow Bazar, aber im Großen und Ganzen traf die Regel zu.

Die einzige Ausnahme bildete Bhowanipore. Während die bengalische Elite überwiegend irgendwo in Shyambazar wohnte, hatte es einer beträchtlichen Anzahl wohlhabender Bengalen offenbar Vergnügen bereitet, sich Villen südlich der Innenstadt bauen zu lassen. Und zwar möglichst in den Straßen, die nur einen Steinwurf weit vom durchgängig weißen Alipore entfernt lagen. Diese Häuser waren ebenso groß und die sie umgebenden Mauern ebenso hoch wie die in Alipore, doch während die Weißen lieber zurückversetzt von der Straße und den Blicken entzogen wohnten – als ob die Gebäude sich genau wie deren Bewohner von der Umgebung abgrenzen müssten –, reckten sich die Säulenportale der Stadtvillen in

Bhowanipore stolz am Straßenrand in die Höhe. Dabei hielt ich es keineswegs für Zufall, dass einige der prächtigsten Gebäude von Bhowanipore ausgerechnet dort standen, wo sie von Alipore auf der anderen Kanalseite aus nicht übersehen werden konnten. In einer Stadt, in der die Einheimischen nur Bürger zweiter Klasse waren, wurde die Architektur eines solchen Wohnviertels zum politischen Statement. Bhowanipore waren zwei höhnend ausgestreckte Finger in Richtung der Briten. Und genau dort, in Bhowanipore, wohnte auch Das.

Surrender-not und ich saßen im Fond eines Polizei-Wolseleys, der im dunstigen Wintersonnenlicht die Russa Road hinunterfuhr. Seit wir das Büro von Lord Taggart verlassen hatten, wirkte der Sergeant nervös und angespannt.

»Na, kommen Sie, raus damit«, forderte ich ihn auf.

Er wandte sich um. »Was denn?«

»Was ist los?«, bohrte ich nach. »Sie sehen die ganze Fahrt schon aus, als hätte Ihnen jemand die Lieblingsbonbons geklaut.«

Er schwankte noch einen Moment.

»Lassen Sie mich nicht den Chef herauskehren«, drohte ich.

»Die Anweisungen des Commissioners«, erklärte er schließlich. »Ich werde das Gefühl nicht los, dass er annimmt, ich hätte irgendwelchen Einfluss auf Das, obwohl das in Wahrheit doch gar nicht der Fall ist.«

»Immerhin ist er ein enger Familienfreund von Ihnen«, sagte ich.

»Er ist ein enger Freund der *Familie*. Derzeit ist das etwas völlig anderes als ein enger Freund von *mir*. Auf mich wird er genauso wenig hören wie auf Sie. Wahrscheinlich sogar weniger, schließlich bin ich noch dazu einer dieser Inder …«

Er brach ab. Den Satz zu Ende zu führen war nicht nötig. Er war einer dieser Inder, die auf Seiten der Briten standen. Zumindest in den Augen von Das und seinen Gefolgsleuten. Da spielte es keine Rolle, dass Surrender-not auf seine Weise mindestens ebenso patriotisch dachte wie jeder von ihnen. Er hatte getan, was er für richtig hielt, und das war, auf seinem Posten zu bleiben und weiterhin seinen Job zu machen. Aber er hatte einen hohen Preis dafür bezahlt.

Der Wagen hielt am Eingangstor der Das'schen Residenz.

»Seine Hütte ist ja noch größer als die Ihres Vaters«, bemerkte ich, während ein Hausdiener die Torflügel öffnete.

»Ja«, gestand der Sergeant lächelnd. »Aber dafür ist unser Anwesen in Darjeeling bedeutend weitläufiger und viel besser gelegen als seins.«

»Dachte ich mir schon«, gab ich nur zurück.

Der Wagen setzte sich erneut in Bewegung und rollte langsam bis zu ein paar Marmorstufen, die zu einer von Säulen gesäumten Veranda führten. Wir stiegen aus.

»Wir möchten Mr. Das sprechen«, erklärte ich dem Hausdiener, der herbeigeeilt kam.

»*Hã, Sahib*. Haben Sie einen Termin?«

»Wir sind die Polizei«, stellte ich klar. »Wir brauchen keinen Termin.«

Der freundliche Ausdruck wich aus seinem Gesicht, dennoch antwortete er unvermindert höflich: »Wenn Sie mir bitte folgen würden.«

Wir durchquerten eine hohe Eingangshalle, die ein Kronleuchter von den Dimensionen eines mittleren Eisbergs beherrschte, und traten in einen Salon mit Blick auf einen Innenhof, der flächenmäßig problemlos den Anforderungen zur Austragung regulärer Fußballpartien genügt hätte.

Während Surrender-not es sich auf einem der Sofas bequem machte, schlenderte ich ein wenig durch den Raum. Für einen Mann, der sich vehement für die Unabhängigkeit Indiens einsetzte, hatte Das seinen Salon erstaunlich westlich eingerichtet. Mit all den französischen Möbeln, dem Spiegel im Goldrahmen und den diversen Ölporträts von ernst dreinblickenden Indern an den Wänden entsprach es vom Stil her eher dem, was man bei einem hoch bezahlten Lincoln's-Inn-Anwalt erwartet hätte.

Als Wohnstätte eines Vorkämpfers, der sich nur noch in heimisch gewebtes Tuch kleidete, wirkte das alles jedenfalls reichlich prunkvoll. Den Berichten Surrender-nots zufolge hatte der Mann allerdings dieses Haus inzwischen zusammen mit seinem gesamten Hab und Gut der Kongresspartei und dem Unabhängigkeitskampf vermacht. Offenbar war seine Bekehrung vom Anwalt zum Jünger ebenso plötzlich und drastisch erfolgt wie beim Damaskuserlebnis des heiligen Paulus, bloß dass sein neu gefundener Führer sich nicht Messias nannte, sondern Mahatma.

Die Tür öffnete sich, und eine attraktive Inderin mittleren Alters in einem schlichten blauen Sari trat ein.

Sobald sie Surrender-not erblickte, erstrahlte ihr Gesicht. »Suren, mein Lieber. Viel zu lange haben wir uns nicht mehr gesehen. Wie geht es dir?«

Surrender-not erhob sich vom Sofa. »Mir geht's gut, *Kakima*«, stammelte er, während sie zu ihm ging und seine Hand nahm.

»Und deinen Eltern?«, erkundigte sie sich.

Surrender-not wich der Frage aus. »Gestatten Sie mir, Ihnen meinen Vorgesetzten, Captain Wyndham, vorzustellen«, sagte er stattdessen.

Die Frau lächelte und legte die Handflächen zum *Pranam* zusammen.

»Captain Wyndham, es ist mir ein Vergnügen, Ihnen die Gattin von Mr. Das vorzustellen, Mrs. Basanti Das.«

»Das Vergnügen ist ganz meinerseits«, sagte ich.

Sie war überraschend groß und bewegte sich mit dieser vornehmen Eleganz, die man gewöhnlich bei Frauen antrifft, die kostbare Juwelen tragen. Abgesehen von ein paar Armreifen verzichtete Mrs. Das jedoch völlig auf Schmuck und westlichen Zierrat. In diesem Punkt schien sie dem Beispiel der Protestführer zu folgen.

»Bitte entschuldigen Sie meinen Mann«, sagte sie und sah mir so selbstbewusst in die Augen, wie es indische Frauen bei der ersten Begegnung nur selten taten. »Er hat noch eine Besprechung und wird anschließend sofort zu Ihnen kommen. Nehmen Sie doch bitte so lange schon Platz. Eine Tasse Tee?«

Die Frage war rein rhetorisch. In Bengalen ist Tee, sogar noch stärker als in Großbritannien, eine naturgegebene Selbstverständlichkeit und so gleichbleibend existent wie die Luft zum Atmen. Sie drückte auf einen Messingknopf in der Wand, woraufhin ein Mädchen in weißem Sari erschien, ein paar knappe Anweisungen erhielt und mit einem Nicken wieder verschwand.

Mrs. Das setzte sich auf das Sofa uns gegenüber. »Gehe ich recht in der Annahme, dass es sich hier nicht um einen privaten Besuch handelt, Suren?«, fragte sie, wieder an den Sergeant gewandt. »Wie dein Onkel erwähnte, hast du ihn gestern bereits im Gericht aufgesucht.«

Surrender-not räusperte sich. »Sie müssen mit ihm reden, *Kaki-ma*. Auf Sie hört er. Überzeugen Sie ihn davon, die Demonstrationen abzusagen.«

Die Angesprochene lächelte und schüttelte den Kopf. »Darum könnte ich ihn niemals bitten.«

Surrender-not fuhr sich mit der Hand durch die Haare. »Die Behörden werden zunehmend nervös, *Kaki-ma*. Sie interessiert allein, den bevorstehenden Besuch des Prince of Wales ohne Zwischenfälle hinter sich zu bringen. Der Weltpresse soll das Bild eines friedlichen Kalkuttas gezeigt werden.«

Ihre Armreifen klimperten, als sie seine Hand ergriff. »Aber Kalkutta *ist* doch friedlich, Suren. Die Demonstrationen sind friedlich. Was deine Behörden in Wahrheit zeigen möchten, ist nicht eine friedliche, sondern eine *unterwürfige* Bevölkerung, und dieses Bild werden sie nicht bekommen. Wenn überhaupt, ist jetzt der richtige Augenblick, die Proteste zu verdoppeln. Es beweist, dass die Taktik deines Onkels funktioniert. Die Briten werden sich in ihrer Verzweiflung bereit erklären, seine Forderungen zu akzeptieren.«

»Nein, *Kaki-ma*, das werden sie nicht«, widersprach Surrender-not mit Nachdruck. »Sie werden hart durchgreifen, und sie werden niemanden verschonen. Sie werden ihn verhaften und irgendwo in eine Zelle werfen, womöglich Hunderte von Meilen entfernt von hier. Vielleicht sogar außerhalb von Indien. Was würde es denn helfen, wenn er in einem Gefängnis in Mandalay vor sich hin vegetiert? Und Sie wissen doch selbst, welchen gesundheitlichen Preis der Kampf bereits jetzt von ihm gefordert hat. Er ist kein junger Mann mehr. Ich fürchte, die Haftstrapazen könnten zu viel für ihn sein.«

Ein Schatten von Zweifel huschte über das Gesicht der Frau. Im selben Moment öffnete sich die Tür. Sowohl sie als auch Surrender-not drehten sich erwartungsvoll um, aber statt

Das war es nur das Mädchen, das mit Tee und bengalischem Gebäck zurückkehrte. Sie stellte alles vor die Dame des Hauses auf den Tisch und begann einzuschenken.

»Was soll ich deiner Meinung nach denn tun?«, fragte Mrs. Das. »Dein *Kakū* wird auf mich nicht hören. Bei derartigen Angelegenheiten hört er auf niemanden, den Mahatma vielleicht ausgenommen, und in letzter Zeit nicht einmal auf den.«

Die Qualen, die Surrender-not litt, gruben sich tief in seine Züge und ließen sie geradezu maskenhaft erstarren. Mir wurde bewusst, wie stark er in den letzten zwölf Monaten gealtert war. Der idealistische, bescheidene junge Mann, den ich vor gerade mal zwei Jahren kennengelernt hatte, war rasch erwachsen geworden. Er hatte die Kluft überbrücken müssen, die aufgerissen war zwischen der Liebe zu seiner Familie und seinem privaten Umfeld einerseits und der Liebe zu seiner Arbeit und zu dem, was seiner Überzeugung nach richtig und verantwortungsbewusst war, andererseits. Die Aufgabe hatte sich als Quadratur des Kreises erwiesen. Letztlich war der Konflikt so erbittert geworden, dass ihn die eigene Sippe mehr oder weniger verstoßen hatte. Ironischerweise war er damit in dieser Stadt derzeit genauso auf sich allein gestellt wie ich.

Kein Mensch ist eine Insel, heißt es. In Wahrheit werden manche von uns jedoch durch Umstände, die außerhalb unserer Kontrolle liegen, in dieses Schicksal gezwungen. Ich zumindest war eine, und ich fürchtete, dass Surrender-not gerade in freiem Fall darauf zuraste, ebenfalls eine zu werden.

Das Hausmädchen servierte den Tee. Mrs. Das nahm ihre Tasse und trank. »Wenn Sie ihn umstimmen wollen, reden Sie mit Subhash.«

»Dieser junge Mann namens Bose?«, fragte ich. »Aber ausgerechnet der scheint es doch förmlich darauf angelegt zu haben, verhaftet zu werden.«

»Mag sein«, antwortete sie. »Aber er verehrt meinen Mann. Der brennende Wunsch, ihn vor allem Schaden zu bewahren, wird bei Subhash gewiss schwerer wiegen als das Ziel, selbst verhaftet zu werden.«

»Wer wird verhaftet?«, mischte sich eine bekannte Stimme von der Tür aus ein. Surrender-not und ich standen auf, um Das zu begrüßen, der mit einem koboldhaften Lächeln den Raum betrat. Er trug einen Dhoti und einen grau melierten Chador. Wenn man ihn so sah, konnte man kaum glauben, dass er nicht bloß ein freundlicher alter Onkel war, sondern de facto der Anführer von Millionen Menschen in der gesamten Provinz. In seinem Schlepptau folgte Bose, dessen ganzes Auftreten von jener Ernsthaftigkeit durchdrungen war, wie sie nur junge, noch narbenlose Menschen besitzen. Genauso hatte Surrender-not gewirkt, als ich ihm das erste Mal begegnet war. Und genauso hatte auch ich ausgesehen, bevor der Krieg all diesen Unfug aus mir herausgeprügelt hatte.

»Captain Wyndham ist gekommen, um dich zu bitten, die Proteste abzusagen«, erklärte Mrs. Das ihrem Ehemann. »Vielleicht solltest du dir anhören, was er zu sagen hat.«

Das Leuchten in Das' Augen schwand. Er drückte zärtlich ihre Hand und bedeutete uns, wieder Platz zu nehmen.

»Bitte entschuldigen Sie mich, Gentlemen«, sagte Basanti Das und zog sich zurück, ohne ihren Tee auszutrinken. Ihr Mann nahm den frei gewordenen Platz auf dem Sofa ein, während Bose ein paar Schritte dahinter stehen blieb.

»Nun, Captain Wyndham. Überbringen Sie mir ein weiteres Sendschreiben von Lord Taggart?«

»Ich bin im Auftrag des Commissioners hier, um Sie zu bitten, die für heute Nachmittag angekündigte Demonstration an der Brücke abzusagen, Sir. Und Sie gleichzeitig zu warnen, dass jedem Versuch, den ungehinderten Verkehrsfluss zu stören, mit der größtmöglichen Härte des Gesetzes begegnet wird.«

Der Hausherr lauschte alldem höflich. »Vielen Dank, Captain. Bitte teilen Sie dem Commissioner mit, dass ich seiner Bitte mit dem größten Vergnügen nachkommen werde, vorausgesetzt er widerruft bis heute zwölf Uhr Mittag das Verbot der Congress Volunteers.«

»So etwas kann er doch gar nicht, *Kakū*«, warf Surrender-not ein. »Der Beschluss stammt direkt aus Delhi.«

»Dessen ungeachtet werden wir ihn von Ihrer Forderung in Kenntnis setzen«, fügte ich hinzu.

»Ansonsten befinden wir uns leider in einer Sackgasse«, sagte Das. »Es sei denn, Ihnen fällt noch eine alternative Lösung ein.«

»Vielleicht könntet ihr die Demonstration ja an einen anderen Ort verlegen«, schlug Surrender-not vor. »Einen, wo ihr euer Missfallen über den Beschluss zum Ausdruck bringen könnt, ohne gleich eine so vehemente Reaktion zu provozieren. Etwa auf den Maidan.«

Bose schnaubte verächtlich, und Das brachte ihn mit erhobener Hand zum Schweigen.

»Natürlich *könnten* wir alles verlegen, Suren, aber dem Ziel jeder gewaltfreien Nichtkooperation würde das exakt zuwiderlaufen. Unsere Aufgabe besteht ja gerade darin, eine Reaktion zu provozieren. Welchen Sinn hätte es andernfalls? Wir kommen nicht mit Gewalt zum Ziel, aber wir können auch nicht zulassen, dass uns die Regierung einfach ignoriert und so weitermacht wie bisher.«

Die ganze Situation wirkte irgendwie absurd. Hier hockten wir beide, Das und ich, im vornehmen Salon einer Villa im Süden Kalkuttas beim Tee zusammen und tauschten in aller Seelenruhe Forderungen aus, obwohl uns beiden klar war, dass keiner von uns über den Spielraum für Kompromisse verfügte. Somit konnte auch keiner von uns die verheerende Entwicklung noch stoppen, die in wenigen Stunden zweifellos Gewalt, Massenverhaftungen und womöglich Todesopfer zur Folge haben würde. Es war, als raste man in einem Auto mit durchtrennter Bremsleitung auf eine Klippe zu. Wir wussten beide, was kommen würde, und es war noch genug Zeit herauszuspringen, aber keiner von uns war in der Lage, die Initiative zu ergreifen.

Das zog ein Taschentuch aus den Falten seines Dhoti, hielt es sich an den Mund und hustete.

Neben mir wurde Surrender-not zunehmend unruhiger. Er ballte die Hand zur Faust und schlug sie in die andere Handfläche. »Wenn Sie bei Ihrem Plan bleiben, *Kakū*, wird es eine Verhaftungswelle geben, wie wir sie in diesem Ausmaß seit Jahresbeginn nicht erlebt haben. Väter werden ihren Familien entrissen, Söhne eingesperrt und deportiert werden. Können Sie das wirklich mit Ihrem Gewissen vereinbaren? Hat es nicht bereits genug Leid gegeben?«

»Alle Kämpfe bergen Härten, Suren«, erwiderte er in gütigem Ton. »Nur durch solche Opfer werden wir ein neues, würdiges Indien erschaffen.«

Was Opfer und Leid betraf, so hatte ich davon natürlich an der Front viel zu viel erlebt, um nicht zu wissen, was für einen kompletten Unsinn er da redete, aber der alte Mann schien daran zu glauben. Vermutlich blieb ihm auch gar nichts anderes übrig. Wie sonst hätte er rechtfertigen sollen, was so viele, die dem Aufruf des Mahatmas gefolgt waren, inzwischen durchlitten hatten?

»Denken Sie doch bitte an Ihre Gesundheit, *Kakū*«, beschwor Surrender-not den Anwalt. »Eine Gefängniszelle ist sicherlich der falsche Ort für Sie.«

»Da bin ich mir nicht so sicher, Suren«, erklärte Das mit erhobenem Zeigefinger. »In einem britischen Gefängnis einzusitzen könnte die mächtigste Botschaft sein, die ich aussenden kann.«

Surrender-not wandte sich in seiner Verzweiflung an Bose. »Bitte reden Sie doch mit ihm, Subhash-*Babu*. Welchen Nutzen soll es haben, wenn er im Gefängnis stirbt?«

Bose schnappte scharf nach Luft, antwortete aber nicht.

»Gentlemen«, sagte Das und erhob sich. Seine Stimme hatte plötzlich eine gewisse stählerne Härte gewonnen. »Wenn nichts weiter ist, müssen Sie mich nun entschuldigen. Es gibt noch viel zu tun am heutigen Tag. Für uns wie vermutlich auch für Sie.«

Ich dankte ihm für die Zeit, die er sich genommen hatte, und wandte mich zum Gehen.

»Und, Captain«, rief er mir nach. »Bitte richten Sie Lord Taggart ganz herzliche Grüße von mir aus.«

Wir trotteten nach draußen und weiter zu unserem wartenden Wagen. Der Fahrer lehnte mit abwesendem Gesichtsausdruck am Kotflügel und rauchte. Bei unserem Anblick schreckte er auf und schnippte rasch den Stummel fort. Dann fasste er sich und hielt uns mit der würdevollen Erhabenheit eines Lakaien am Palast des Vizekönigs die Tür zum Fond auf.

In diesem Moment kam ein indischer Polizei-*Peon* in weißer Uniform und rotem Fez auf seinem Fahrrad die Straße heruntergeschlingert und hielt ganz in der Nähe. Er lehnte das Rad gegen einen Baum, lief zu uns herüber und salutierte. »Captain Wyndham, Sir? Eine Nachricht aus Lal Bazar.«

10

Wir fuhren mit hoher Geschwindigkeit über die Grand Trunk Road zur Stadt hinaus. Trotz seines fröhlich unbekümmerten Namens war der »Große Rüssel« in erster Linie eine marode Asphaltpiste, deren Schlaglochdichte die Vermutung nahelegte, sie hätte eine ganze Weile unter deutschem Mörserbeschuss gelegen. Immerhin stand die Sonne inzwischen hoch am Himmel und durchdrang den grauen Dunst so stark, dass ein Engländer es für angenehm warm halten konnte, während jeder Inder weiter über die eisige Kälte geklagt hätte.

Von unserem Besuch bei Das waren wir direkt zur Brücke nach Haora gefahren, hatten den Fluss überquert und in nördlicher Richtung die Stadt verlassen. Durch die Lücken zwischen den Bäumen konnte man rechts noch den Fluss sehen, der sich wie ein Riss durch die flache Ebene Bengalens zog. Unser Ziel, die Kleinstadt Rishra, lag etwa zehn Meilen flussaufwärts, wo der Urwald bereits zurückgedrängt wurde von qualmenden Schornsteinen und all den »dunklen teuflischen Mühlen«, die William Blake seinerzeit im heimischen England so gern niedergebrannt hätte. Der Nachricht des Peon zufolge war hier ein Mord geschehen, für dessen Untersuchung der örtlichen Polizei die entsprechenden Dienstgrade fehlten, weshalb sie sich an Lal Bazar gewandt hatten. Die Vermutung lag daher nahe, dass es sich bei dem Opfer um einen britischen Staatsbürger oder zumindest einen Europäer handelte. Ganz offenbar war die Sache bis zu Lord Taggart durchgedrungen, da ich mir sonst niemanden vorstellen konnte, der den Fall ausgerechnet Surrender-not und mir übertragen hätte.

Der Wagen bremste ab und manövrierte in Schlangenlinien wie ein Besoffener, der nach der letzten Runde seinen Heimweg zu bewältigen sucht, um die nächsten Trichter in der Fahrbahn herum. Kurz darauf stachen die ersten Schornsteintürme durch das Urwalddach aus Palmen und Putranjiva und stießen schwarze Rauchwolken in den rußig-trüben Himmel.

Immer mehr marode Behausungen aus nackten Ziegelstein- und Bambuswänden wurden am Straßenrand sichtbar. Wir fuhren vorbei an winzigen Einkaufsbuden, Teeständen, deren Kundschaft aus trägen, apathischen alten Männern bestand, umherwandernden Kühen und allem, was eine indische Kleinstadt sonst noch an ihren Rand drängt. Die Hütten der Einheimischen hörten auf, und es folgten die Grundstücke der Phosphatfabriken und Jutespinnereien, deren hohe Mauern oben mit langen Reihen Glasscherben bestückt waren, um alles Bösartige und Verleumderische fernzuhalten.

Der Fahrer hielt an und fragte einen hageren Inder, der gerade sein Fahrrad vorbeischob, in barschem Ton nach dem Weg. Der Mann reagierte mit einer ans Unverschämte grenzenden Gleichgültigkeit, deutete die Straße hinunter und nuschelte ein paar unverständliche Worte auf Bengali. Unser Fahrer rang sich die Andeutung eines Nickens ab, legte den ersten Gang ein und fuhr ein Stück weiter geradeaus, bevor er links in eine schmale Gasse bog und vor einem plumpen, rostfarben getünchten Bau parkte, über dessen Eingang ein Schild mit dem Wappen der Imperial Police Force und der handgemalten Aufschrift »Rishra Police Station« hing.

Surrender-not und ich stiegen aus und traten durch die offene Tür.

Das Innere unterschied sich in nichts von zahllosen anderen schmuddeligen Provinzwachen, was bedeutete, dass in trübem Licht ein einzelner Constable teilnahmslos Dienst schob und es offenbar für eine unzumutbare Anstrengung hielt, die Energie aufzubringen, sich gerade hinzustellen und Haltung anzunehmen.

»Wer ist der diensthabende Officer?«, fragte ich.

Der Mann kratzte sich über die Hautfalten unter seinem Kinn. »Sergeant Lamont, Sahib«, sagte er dann. »Allerdings er ist nicht da.«

»Wo kann ich ihn finden?«

Der Mann beugte sich über den mit Papieren beladenen Tresen und sperrte die Augen weit auf. »Lamont-Sahib ist in Medizinklinik von Shanti-*da*«, flüsterte er vertraulich. »Er sehen nach toter Leiche.«

»Ist die Leiche dort gefunden worden?«, fragte Surrender-not.

Der Constable runzelte verwirrt die Stirn. »Nein, Sir.«

»Mit anderen Worten, sie ist vom Tatort wegtransportiert worden?«

Er nickte energisch. »Ganz bestimmt.«

Surrender-not und ich wechselten kurz einen Blick.

»Wo ist diese Klinik?«, fragte ich.

»Ganz nah, Sahib. Auf Kalitala Lane, bei kleinem See. Sie kennen Laden von Gaur-*da*? Dort nicht weit.«

Ich schaute erneut zu Surrender-not, der laut seufzte und den Constable dann mit einem Schwung ausgesuchter bengalischer Schimpfworte bedachte. Zwei Minuten später führte uns der Mann mit der Miene eines geprügelten Hundes im flotten Trab über eine unbefestigte Seitenstraße zu einem weißen Gebäude, neben dessen Eingangstür ein rotes Kreuz und ein paar Worte in indischer Schrift auf ein Schild gepinselt waren. Als wir näher kamen, trat ein britischer Officer in kakifarbener Polizeiuniform aus der Tür und wollte sich eine Zigarette anzünden, hielt bei unserem Anblick aber inne. Er steckte die Zigarette rasch wieder zurück in die Packung und stieg vom Eingangspodest zu uns herunter.

»Sergeant Lamont?«

»Zu Ihren Diensten, Sir«, sagte er mit einem Nicken, bevor er die Hand ausstreckte.

Er sah aus wie Ende zwanzig und machte einen durchtrainierten Eindruck, was sein Händedruck bestätigte.

»Wyndham«, sagte ich. »Vom CID im Lal Bazar. Und das ist Sergeant Banerjee.«

»Freut mich, dass Sie da sind«, sagte er. »Wir haben es in diesem Winkel der Erde nicht häufig mit Mordfällen zu tun.« Sein Akzent klang schottisch, wie nicht anders zu erwarten gewesen war. Schließlich lag Rishra nur einen Steinwurf weit von Serampore entfernt, und Serampore wurde mehr oder weniger beherrscht von unseren schottischen Brüdern.

»Wo ist die Leiche?«, fragte ich.

Lamont deutete hinter sich. »Da drin.«

»Sie haben sie vom Tatort weggebracht?«

»Das mussten wir, Captain. Anordnung aus Serampore. Sie erregte reichlich Aufmerksamkeit, und die Leute hier zählen zur aggressiveren Sorte. Solche Sachen können da leicht zu Unannehmlichkeiten führen.«

In meinen Augen erfüllte zwar bereits ein Mord die Bedingungen einer »Unannehmlichkeit«, aber es machte wohl wenig Sinn, ihn darauf hinzuweisen.

»Bereits etwas über die Identität des Opfers herausgefunden?«

»*Aye*«, bestätigte der Schotte mit fast unmerklichem Nicken. »Eine Frau namens Ruth Fernandes.«

»Ausländerin?«, fragte ich. Das würde erklären, warum man Lal Bazar hinzugezogen hatte.

»Kommt drauf an.«

»Auf was?«

»Was Sie unter *Ausländerin* verstehen.«

Lamont führte uns in das Gebäude. Nach einem beengten Wartezimmer mit Holzbänken zu beiden Seiten, auf denen niemand saß, öffnete sich hinter einem Stoffvorhang ein Vorraum, an dessen Ende ein Constable vor einer Tür Wache hielt.

»In Rishra gibt es kein Krankenhaus«, erklärte Lamont, während der Constable zur Seite trat. »Das nächste ist erst in Serampore. Doch wir hielten es für besser, die Leiche hierher zu bringen.«

»Irgendwie werde ich den Eindruck nicht los, dass Serampore keine große Lust hat, diese Ermittlungen zu führen, Sergeant«, bemerkte ich.

»So kann man das nicht sagen, Sir. Es ist bloß … Na ja, Sie wissen schon, bei der angespannten politischen Lage und allem …«

Die Leiche lag mitten im Raum auf einem Metalltisch und war mit einem weißen Laken bedeckt. Dennoch verströmte sie bereits einen ziemlich unappetitlichen Geruch. Lamont hob den oberen Teil des Lakens an und schlug ihn um. Zum Vorschein kam das Gesicht einer Inderin, oder zumindest das, was von ihm übrig war. Ich hatte das Gefühl, einen Hieb auf den Schädel bekommen zu haben, und wich unwillkürlich einen Schritt zurück. Der Frau fehlten die Augen. Sie waren auf die gleiche Art herausgetrennt worden wie bei dem Toten in Tangra. Auch hier waren nur noch zwei blutverschmierte Höhlen übrig. Eine dicke Blutkruste überzog ihre Lippen. Ich trat näher, wappnete mich und streifte das Laken herab, bis der gesamte Oberkörper zu sehen war. Die Frau trug keinen Sari, sondern eine blutgetränkte Bluse. Auf ihrer Brust waren die Eintrittsstellen von zwei Messerstichen auszumachen, eine links und eine rechts. Ich taumelte ein Stück zurück und musste mich an einer Stuhllehne festhalten, da der Raum sich zu drehen begann.

Zwei Morde, zehn Meilen und vierundzwanzig Stunden voneinander getrennt. Bei beiden exakt die gleichen Verletzungsmuster, die für sich allein bereits höchst ungewöhnlich gewesen wären. Und ich der Einzige, dem diese Verbindung bewusst war. Als bloße Zufälle ließen sich so viel Parallelen nicht abtun, dafür waren es einfach zu viele.

»Alles in Ordnung, Sir?«, erkundigte sich Banerjee.

»Geht schon wieder«, sagte ich.

Lamont wirkte amüsiert. »Und ich dachte immer, Ihr Jungs vom CID wärt an solche Anblicke gewöhnt.«

Ich konnte mir nicht verkneifen, ihn zusammenzustauchen, auch wenn ich mich damit mehr von den Gedanken abzulenken versuchte, die in meinem Kopf herumwirbelten. »Finden Sie irgendwas lustig am Anblick einer zerstückelten Frau, mein Junge?«, fragte ich ihn.

»Nein, Sir«, stammelte er. »Ich w-w-wollte doch nur …«

»Eins sage ich Ihnen, Sergeant. Ich hoffe inständig, mich *niemals* an so einen Anblick zu gewöhnen.«

Es heißt, Opiumsucht und Verfolgungswahn gingen Hand in Hand. Wahrscheinlich schoss mir deshalb als Erstes der

Gedanke durch den Kopf, jemand würde sein Spielchen mit mir treiben. Warum war ausgerechnet ich von all den Detectives in Lal Bazar damit beauftragt worden, den Tod dieser Inderin zu untersuchen?

Lamont brummelte eine Entschuldigung, die ich kaum zur Kenntnis nahm.

»Warum sind wir hier?«

Mit dieser Frage hatte Lamont offenkundig nicht gerechnet.

»Wie bitte?«

»Die Frau ist Inderin, keine Europäerin, trotz ihres Namens«, erklärte ich. »Dies ist eine Angelegenheit für die Polizei in Serampore, nicht für Kalkutta.«

»Einen Moment, Sir.«

Er ging zu einem metallenen Rollwägelchen hinüber, auf dem ein Tablett mit den – wie ich annahm – persönlichen Gegenständen der Frau lag. Er griff nach etwas und hielt es hoch. Ein goldener Anhänger in Kreuzform glänzte im Licht.

»Sie mag keine Europäerin gewesen sein«, fuhr er fort. »Aber sie stammte aus Goa, was sie rein formal zur Portugiesin macht. Und sie war eine Christin.«

Neben mir stieß Banerjee einen Pfiff aus.

Die Portugiesen hatten früher ein beträchtliches Gebiet an der Westküste Indiens unter ihrer Kontrolle gehabt. Inzwischen war davon im Grunde nur noch Goa übrig, ein Fleckchen Land, das sie und ihre Priester auf eine – meiner Meinung nach – reichlich widerliche Art verwalteten, indem sie nämlich so viele Einheimische wie nur irgend möglich zum Katholizismus bekehrten.

»Und laut Dienstvorschrift sollen sämtliche Angelegenheiten, die mit den aktuellen Spannungen in Verbindung stehen, nach Lal Bazar weitergeleitet werden«, schloss Lamont.

»Hat irgendjemand ausdrücklich mich oder den Sergeant angefordert?«, fragte ich.

Lamont zuckte mit den Achseln. »Ich denke nicht, Sir. Die Angaben wurden per Telefon nach Lal Bazar durchgegeben, und die Entscheidung, Sie herzuschicken, dürfte dann dort gefallen sein.«

Ich trat noch einmal an den Tisch, um mir den Leichnam genauer anzusehen. Neben den Verletzungen an Kopf und Brust fiel mir auf, dass ein Finger der linken Hand merkwürdig nach hinten gebogen war, so als wäre er kürzlich gebrochen.

»Schauen Sie mal hier«, sagte ich zu Surrender-not.

Er untersuchte den gekrümmten Finger. »Sonderbar.«

»Was wissen wir denn noch über die Frau?«, fragte ich.

Lamont zog ein kleines Notizbuch zurate, das er aus einer Rocktasche kramte. »Ruth Fernandes, eine Krankenschwester, Alter vierunddreißig, verheiratet mit George Fernandes, einem Maschinenwärter in Hastings Jutefabrik hier in Rishra.«

»Und wo hat sie gearbeitet? In dieser Klinik? Oder im Krankenhaus von Serampore?«

Lamont schüttelte den Kopf. »Weder noch. Sie war Krankenschwester im Militärhospital drüben in Barrackpore auf der anderen Seite des Flusses.«

»Hat schon jemand ihre Vorgesetzten informiert?«

»Noch nicht, Sir.«

Dass sie Militärangehörige war, konnte zu Komplikationen führen. Würde der militärische Geheimdienst Wind von ihrer Ermordung bekommen, war damit zu rechnen, dass er sich einmischte und den Fall an sich riss. Letzten Endes mochte mir das zwar durchaus recht sein, einstweilen jedoch wollte ich mir noch alle Optionen offenhalten.

»In Ordnung«, sagte ich. »Dann belassen wir es bis auf Weiteres auch dabei. Irgendeine Idee, warum sie ermordet wurde?«

»Die naheliegendsten Motive haben wir bereits ausgeräumt. Weder wurde sie ausgeraubt, noch … wurde ihr Gewalt angetan.« Er deutete auf die Leiche. »Ihre Unterwäsche ist vollständig und offenbar unberührt. Daher auch unsere Vermutung, dass es mit den aktuellen Spannungen in Zusammenhang stehen könnte. Die Mistkerle reden zwar dauernd von Gewaltlosigkeit, aber in Wahrheit wird doch jeder, der ihre Meinung nicht teilt, unweigerlich zur Zielscheibe.«

»Wie kommen Sie denn auf so etwas?«, fragte Banerjee.

Die Frage überraschte Lamont. »Auf was?«

»Was führt Sie zu der Annahme, sie wäre eine Gegnerin der Unabhängigkeitsbewegung?«

»Nun ja, sie arbeitete für die Armee, sie war Christin, und sie stammte nicht von hier. Ich denke mal, das sollte genügen, um sie für viele dieser selbst ernannten Milizionäre zur Zielscheibe zu machen.«

Ich betrachtete die Leiche aufmerksam. An den Seiten des Halses waren schwache Verfärbungen zu erkennen. Es konnte sich um Hämatome handeln, aber das war auf so dunkler Haut oft schwer zu sagen. Ich hob ihren rechten Arm, drehte ihn und untersuchte die hellere Haut auf der Innenseite ihres Handgelenks. Auch dort gab es Verfärbungen, und diesmal war ich mir sicher, dass es blaue Flecken waren.

»Haben Sie eine Obduktion beantragt?«

»Ich hielt es für besser, damit bis zu Ihrem Eintreffen zu warten«, sagte Lamont.

»Benachrichtigen Sie Dr. Lamb«, wies Surrender-not ihn an. »Er ist Pathologe am Medical College Hospital in Kalkutta.«

Lamont notierte sich den Namen.

»Ich möchte, dass die Leiche so rasch wie möglich dorthin überführt wird«, sagte ich. »Und was verschlägt eine Frau aus Goa überhaupt ins tiefste Bengalen?« Die Frage war eigentlich rhetorisch gemeint, aber Lamont machte sich dennoch daran, sie zu beantworten.

»Wie bereits erwähnt, arbeitet ihr Mann als Maschinenwärter in einer der örtlichen Jutespinnereien. Wahrscheinlich hat er hier einen Job bekommen und sie dann später nachkommen lassen. So machen das jedenfalls viele dieser Leute.«

»Und wo finden wir den Mann jetzt?«

»Wir haben ihn nach Hause geschickt. Er hat sie heute Morgen vermisst gemeldet. Ist vor Schock vollkommen zusammengebrochen, als wir ihn zur Identifizierung herbrachten. Armer Teufel.«

»Ich muss mit ihm reden. Und mit allen anderen Zeugen. Wer hat die Leiche eigentlich gefunden?«

»Und wo?«, fügte Surrender-not hinzu.

»Sie wurde ein paar Hundert Meter von dem Ghat, wo die Fährleute anlegen, mit dem Gesicht nach unten in einem Graben gefunden. Wir haben die Bootsführer befragt. Einer von ihnen erinnert sich daran, sie etwa um fünf Uhr morgens übergesetzt zu haben.«

»War er es auch, der sie gefunden hat?«

Lamont entfuhr eine Art Lachen. Kopfschüttelnd antwortete er: »Nein. Das war jemand anders. Eine heilige Frau, die hier alle Mataji nennen. Das heißt offenbar *ehrwürdige Mutter*, allerdings hat sie keinerlei Ähnlichkeit mit den normalen Nonnen, die man so kennt. Sie ist noch in der Thana, falls Sie mir ihr sprechen wollen.«

11

Lamont hatte recht. Die Frau uns gegenüber hatte nur wenig von einer Mutter Oberin. So zog sie beispielsweise gerade an einem *Shillum*, und dem Geruch nach zu urteilen war es kein Tabak, der darin brannte.

Obwohl drei tadellos benutzbare Stühle in Lamonts Büro vorhanden waren, hockte Mataji im Schneidersitz auf dem Boden. Sie war jünger, als ich es erwartet hatte, wahrscheinlich irgendwo in den Vierzigern, hatte einen mächtigen Schopf aus schwarzen, ungekämmten Haaren und trug einen safrangelben Baumwollsari. Ihre Stirn war mit Asche beschmiert, und um ihren Hals baumelte eine Kette mit kleinen Schädeln, die aus Knochen geschnitzt waren.

»Sie ist eine *Sadhvi*«, erklärte Surrender-not, als wir ihr gegenüber Platz nahmen. »Eine umherziehende heilige Frau. Ähnlich wie die christlichen Einsiedler bei Ihnen hat sie sich von der irdischen Welt abgewandt und richtet all ihre Aufmerksamkeit auf den rechten Pfad zu Gott.«

So wie ihre Augen aussahen, bezweifelte ich stark, dass sie im Moment in der Lage war, ihre Aufmerksamkeit auf *irgendetwas* zu richten. Sie hockte nur da und grinste uns an. Vor allem Surrender-not.

»Spricht sie Englisch?«, fragte ich Lamont.

»Ich spreche Englisch«, warf die Frau ein. »Auch Französisch.«

»Dann fangen wir doch damit an, dass Sie mir Ihren Namen nennen.«

»Ich habe viele Namen. Welche wollen Sie?«

»Wie wäre es mit dem, den Ihre Eltern Ihnen gegeben haben?«

»Sie nannten mich Mala.«

»Und Sie haben die Leiche gefunden?«

»*Hã*«, antwortete sie und nickte. »In der *Gullee*, die zum Fluss führt. Auf dem unbebauten Stück zwischen Fähr-Ghat und Fabriken.«

»Wann war das?«

»Heute.«

»Geht es vielleicht etwas genauer? Um wie viel Uhr?«

Sie schüttelte den Kopf, als würde die Frage keinen Sinn machen. »Mit Zeit-Leid kenn ich mich nicht aus. Vor drei oder vier Stunden vielleicht.«

»Und wie haben Sie sie entdeckt?«

»*Hãin?*«

»Wie sind Sie auf die Leiche gestoßen? Konnte man sie von der Straße aus sehen?«

»Nein.«

»Woher wussten Sie dann, dass sie da war?«

»Vögel haben es mir gesagt.«

»Vögel?«

»*Hã*.« Sie nickte entschieden. Dann starrte sie mich an, und ein eisiges Gefühl breitete sich zwischen meinen Schulterblättern aus. Wieder zu Surrender-not gewandt nuschelte sie irgendetwas auf Bengali.

»Was hat sie gesagt?«

Surrender-not warf einen raschen Seitenblick auf Lamont. »Nichts, Sir«, versicherte er dann. »Nur dass Geier sie auf die

Stelle aufmerksam gemacht hätten. Sie lebt in Einklang mit der Natur, sagt sie.«

»Haben Sie noch jemand in der Nähe bemerkt?«

Die Sadhvi schloss die Augen und ließ den Kopf auf den Schultern kreisen. »Niemand von Bedeutung. Nur ein paar Frauen, die mit ihrer Wäsche zum Dhobi-Ghat runtergingen.«

»Sonst niemand? Nichts Ungewöhnliches?«

Sie öffnete die Augen. »Nur den Sahib Sergeant-Wallah da«, sagte sie und zeigte auf Lamont. »Und jetzt Sie.«

»Wohin waren Sie denn um diese frühe Uhrzeit schon unterwegs?«, fragte Surrender-not.

Die Frau zog die Stirn in Falten. »Unterwegs? Unterwegs?«

»Wohin sind Sie gegangen?«

»Wohin? Ich war auf der Suche nach Gott. Doch ich fand das Böse.«

Kurze Zeit später war der Quell der Weisheit von Mala der heiligen Frau dann auch erschöpft, und Lamont brachte sie nach draußen.

»Was halten Sie davon?«, fragte ich Surrender-not.

»Ihre Geschichte ergibt Sinn, finde ich. Sie bemerkte die Geier, und die lenkten ihre Aufmerksamkeit auf die Leiche. Ich hatte nicht den Eindruck, dass sie lügt.«

Ich auch nicht, aber die Begegnung hatte mich irgendwie verstört.

»Und was hat sie eben tatsächlich zu Ihnen gesagt?«

»Wann?«

»Nachdem sie mich angesehen hatte. Sie haben behauptet, sie hätte davon gesprochen, im Einklang mit der Natur zu sein.«

Surrender-not zögerte. »Sie sagte, sie erkennt sofort, wenn

die Schöpfung aus dem Gleichgewicht ist … Und auch wenn Menschen es sind.«

»Etwas nicht in Ordnung, Sir?«, fragte Surrender-not.

Wir hatten die Thana mittlerweile verlassen und folgten einem von Lamonts Constables durch das Gassengewirr der Siedlung, deren Lehmhütten sich von den Fabriken längs des Ufers bis zur Eisenbahnlinie eine gute halbe Meile landeinwärts hinzogen. Hier wohnte das Heer an indischen Arbeitern, das in den Fabriken und Werkstätten Rishras beschäftigt war.

»Ich habe mich gefragt, woher eine Einsiedlerin Englisch kann.«

»Und Französisch«, fügte Surrender-not hinzu.

»Und Französisch.«

»Womöglich eine Witwe«, spekulierte er. »Aus einer oberen Kaste, denke ich. Von klein auf in Englisch unterrichtet und wahrscheinlich schon früh verheiratet. Als ihr Ehemann starb, hat sie den Weg einer *Sadhvi* eingeschlagen. Ein solcher Schritt ist gar nicht ungewöhnlich. Immer wieder entscheiden sich Frauen dafür. In unserer Gesellschaft haftet jungen Witwen eben ein gewisses Stigma an. Wen dieses Schicksal trifft, der gerät sowieso ins gesellschaftliche Abseits – warum dann nicht gleich die Sache auf die Spitze treiben und den Weg zu Gott einschlagen?«

»In der Tat, warum nicht?«, wiederholte ich.

Wir bogen in eine *Gullee* aus primitiven einstöckigen Häusern ab, deren Dächer mit roten Ziegeln gedeckt waren und allesamt durchhingen. Kuhfladen klebten an den Außenwänden, wo sie in der Wintersonne trocknen sollten. Vor einem der Lehmbauten blieb der Constable stehen. Der blaue Anstrich war inzwischen verblichen, und auf dem schiefen Dach fehlte hier und da ein Ziegel. Fenster gab es keine, nur die niedrige Eingangstür stand offen, um Licht einzulassen. Surrender-not klopfte und trat mit gebeugtem Kopf ein, ohne auf eine Reaktion zu warten.

Zuerst hörte ich nur die Kinderstimmen. Als sich meine Augen an die Dunkelheit gewöhnt hatten, sah ich drei von ihnen – das älteste höchstens zehn, das jüngste, das nur ein Leibchen trug, vielleicht ein oder zwei – auf einem großen, fast den ganzen Raum einnehmenden Bett sitzen. Eine alte Inderin in einem abgetragenen gemusterten Kleid bemühte sich gerade um das Kleinste, sang ihm leise einen Reim vor und spielte dabei mit seinen Fingerchen. Als sie uns bemerkte, brach sie ab und schaute auf. Der Raum war nur spärlich eingerichtet. Außer dem Bett gab es eine Almirah aus grobem Holz sowie Tisch und Stühle, was in einem solchen Haushalt verwunderte, da Bengalen dieser sozialen Schicht sich zum Essen gewöhnlich auf den Boden hockten. Neben dem Tisch saß ein Mann, der unsere Gegenwart nicht wahrzunehmen schien.

»Mr. Fernandes?«

Er schrak aus seinem entrückten Zustand hoch.

»George Fernandes?«

Der Mann nickte.

»Sprechen Sie Englisch?«

»Ja.« Seine Stimme war kaum mehr als ein Flüstern.

»Ich bin Captain Wyndham, das ist Sergeant Banerjee. Wir sind vom Lal Bazar und würden Ihnen gerne ein paar Fragen stellen, sofern es Ihnen nichts ausmacht.«

»Lal Bazar?«, fragte er.

»Die Polizeizentrale in Kalkutta.«

»Ich weiß nicht, was ich Ihnen noch erzählen kann. Ich habe bereits alles gesagt zu Sergeant Lamont. Er wird Ihnen …«

»Ich bin mit der Untersuchung des Falls beauftragt worden«, unterbrach ich ihn. »Können wir uns vielleicht unterhalten, ohne dass die Kinder anwesend sind?«

Es dauerte einen Moment, bis er die Bitte verstanden hatte. Doch dann gab er der alten Frau ein Zeichen und deutete auf die Tür am anderen Ende des Zimmers. Die Frau erhob sich, nahm das Kleinkind auf den Arm und dirigierte die anderen vor sich her in den angrenzenden Raum, der vermutlich als Küche diente.

»Unser aufrichtiges Beileid«, sagte Surrender-not.

Fernandes bedankte sich mit einem Nicken. »Bitte, stellen Sie Ihre Fragen.«

»Sie selbst waren derjenige, der sie als vermisst gemeldet hat. Ist das richtig?«, fragte ich.

»Ja, das ist korrekt. Sie kam nicht nach Hause. Ich habe mir Sorgen gemacht.«

Der Mann starrte mit ausdruckslosem Blick an uns vorbei auf einen Wandkalender, von dem wiederum die Jungfrau Maria mit mildem Lächeln zu ihrem Sohn hinübersah, der an der gegenüberliegenden Wand am Kreuz hing.

»Wann ist Ihnen denn bewusst geworden, dass etwas nicht stimmt?«

Fernandes rieb sich mit einer Hand über die Stirn. »Sie hatte Nachtschicht … Sie arbeitete als Krankenschwester im Krankenhaus in Barrackpore. Ihre Schicht ist aus um sechs Uhr morgens … dann nimmt sie immer ein Boot und ist zu Hause um halb sieben. Ich bin angestellt bei der Hastingsfabrik, gleich da drüben.« Er deutete mit dem Finger vage in Richtung Haustür. »Meine Schicht beginnt halb neun … Als meine Frau da noch nicht zurück ist, fang ich an, mir Sorgen machen … Ich gehe, um nach ihr zu suchen … bis runter zum

Fluss, aber da ist sie nicht … Also ich warte am Ghat … auf den Fährmann. Der kommt gerade von der anderen Seite … Ich denke, sie vielleicht von Notfall aufgehalten und kommt jetzt mit diesem Boot … Aber dann erzählt mir der Fährmann, dass sie heute bereits viel früher übergesetzt … Da ich bin zur Polizei.«

»Um wie viel Uhr war das?«

»Um neun. Ich warte auf Wache, und nach knapper Stunde sie erzählen mir, dass sie sie gefunden.«

Eine Träne lief seine Wange herab, bevor er sie mit dem Handballen wegwischte.

»Irgendeine Idee, warum jemand ihr aufgelauert haben könnte?«

»Nein.«

»Vielleicht weil sie für die Armee arbeitete?«

Fernandes starrte auf den Boden und schüttelte den Kopf. »Es stimmt, sie arbeitet für Briten, aber sie ist Krankenschwester. Sie hilft allen. Sie bringt Medikamente mit für die Kinder in der *Para*. Jeder mag sie.«

»Wie steht's mit Ihnen?«, sagte Surrender-not. »Gibt es jemanden, der Ihnen gerne Schaden zufügen würde?«

»Mir?« Er stieß einen halbherzigen Seufzer aus. »Keine Ahnung. So viele Menschen sind wütend gerade.«

»Irgendjemand Bestimmtes?«

»Nein.«

»Wie sieht's bei der Arbeit aus? Sind die Arbeiter bei Ihnen in den Streik getreten?«

»Es ist eine Jutefabrik. Da treten Arbeiter gern in Streik. Aber sie sind schon seit über zwei Monaten wieder zurück bei Arbeit.«

»Und haben Sie sich an dem Streik beteiligt?«

»Das kann ich nicht«, sagte er. »Ich habe Familie, die ich ernähren muss. *Mã* braucht Medikamente. Wenn ich nichts verdiene, wir können nicht dafür bezahlen.«

»Was bringt denn einen Mann aus Goa in eine Jutefabrik im fernen Bengalen?«, fragte ich.

Fernandes zeigte die leiseste Andeutung eines Lächelns. »Auch das war wegen Streik. Vor ungefähr zehn Jahren gingen Arbeiter gleichzeitig bei Hastings und bei Wellington in Streik. Nicht nur Arbeiter, auch Mechaniker für Wartung der Maschinen. Damals Sahibs haben viele Leute rausgeschmissen. Einfache Arbeiter ersetzen ist kein Problem. Viel schwerer bei Mechaniker. Engländer zu teuer, Bengalen zu sehr Hitzköpfe, daher haben Fabrikbesitzer in Bombay und Delhi inseriert. Ich habe gearbeitet in Bombay, habe Anzeige in Zeitung gesehen, Bewerbung geschrieben und bekam Einladung zu Gespräch. Sie boten mir Stelle an, also zog ich nach Bengalen und ließ Familie später nachkommen. Meine Frau war Krankenschwester in Klinik in Goa, und sie schnell gefunden Stelle in Krankenhaus von Barrackpore.«

»Sie haben die Leiche Ihrer Frau selbst identifiziert?«, fragte ich.

»Ja.«

»Haben Sie irgendeine Idee, warum jemand ihr ausgerechnet solche Verletzungen zufügen sollte?«

Fernandes schwieg eine Weile, bevor er leise zu schluchzen begann. »Wer kann ihr bloß so etwas Schrecklichen antun?«

Eine gute Frage.

Wir setzten die Vernehmung noch etwa zehn Minuten fort, aber es wurde schnell klar, dass er sonst nichts Nützliches zu berichten wusste. Ich sprach ihm noch einmal unser Beileid aus und überließ ihn seiner Trauer.

Draußen kramte ich meine Capstans hervor und fingerte die letzten beiden Zigaretten aus der Packung. Eine reichte ich Surrender-not, eine steckte ich mir zwischen die Lippen, dann zerknüllte ich die leere Schachtel und warf sie in den Rinnstein, der mitten auf der Gasse verlief. Mit seinem Feuerzeug gab Surrender-not uns beiden Feuer.

»Was meinen Sie?«, fragte ich.

Surrender-not zuckte mit den Achseln. »Offenkundig enorm verzweifelt, der Mann.«

»Offenkundig«, pflichtete ich ohne große Überzeugung bei.

Dem Sergeant blieb meine Zurückhaltung nicht verborgen.

»Denken Sie, er könnte etwas mit der Sache zu tun haben?«

»Ich denke gar nichts«, sagte ich. »Zumindest noch nicht. Wir wissen bislang bloß, dass es weder Raubmord noch Vergewaltigung war. Damit fallen die Hauptmotive bei einem Zufallsopfer aus.«

»Und was ist mit Jack the Ripper?«, fragte er. »Er vergewaltigte seine Opfer nicht, und er raubte sie nicht aus. Er richtete sie bloß grauenhaft zu.«

Die Ripper-Morde übten auf den Sergeant eine ganz besondere Faszination aus, eine Faszination, die ich noch angestachelt hatte, als ich ihm erzählte, dass ich einige der Ermittler in dem Fall kennengelernt hatte. Seit diesem Moment konnte ich so oft erklären, wie ich wollte, dass die Morde bei meinem Eintritt in die Polizei schon Jahre zurücklagen – er hielt dennoch unnachgiebig an der Überzeugung fest, ich wäre so eine Art Experte zu diesem Thema.

Ich schüttelte den Kopf. »Nicht vergleichbar«, sagte ich. »Seine Opfer waren alle Prostituierte.«

Der Einwand schien ihn nicht zu beeindrucken. »Vielleicht hat unser Killer eine Abneigung gegen Krankenschwestern.«

Natürlich wusste er, im Gegensatz zu mir, nichts von dem Toten in Tangra.

»Unwahrscheinlich. Krankenschwestern mag jeder.«

Wir machten uns auf den Weg durch die Siedlung zurück zur Thana. Der köstliche Tabakrauch half, sowohl den Gestank in den Gassen als auch mein flatterndes Nervenkostüm zu kaschieren. Für Letzteres sorgten diesmal nicht nur die vertrauten Entzugserscheinungen, die an mir zu nagen begannen, sondern auch das Gefühl, dass da jemand sein Spielchen mit mir trieb. Da traf die erste Razzia seit Monaten genau die Opiumhöhle, in der ich mich gerade aufhielt. Da geschah ein Mord, den niemand meldete und bei dem die Leiche verschwand. Dann wurde diese arme Frau ermordet aufgefunden, und sie wies exakt dieselben Verletzungen auf wie der Chinese. Und von allen verfügbaren Detectives in Lal Bazar wurde der Fall am Ende ausgerechnet mir übertragen.

Ich hatte enorme Schwierigkeiten, mich mit der Vorstellung zu beruhigen, dass es sich bloß um das kuriose Zusammentreffen einiger in Wahrheit voneinander unabhängiger Ereignisse handelte. Konnte das alles letztlich nur Zufall sein? War ich nur zur falschen Zeit am falschen Ort gewesen? Aber wenn nicht, was steckte dann dahinter? Warum wollte man mich in die Sache verwickeln?

Die Versuchung war groß, das Ganze auf wachsenden Verfolgungswahn zu schieben, und jeder richtig handfeste Kerl hätte mein Misstrauen für überzogen gehalten – genau wie es richtig handfeste Kerle in der Vergangenheit bereits getan hatten. Bloß waren die meisten von ihnen inzwischen tot, während es mich und meine Neurosen weiter gab.

Im Thana von Rishra saß der schottische Sergeant an seinem Schreibtisch und beendete gerade ein Telefongespräch.

»Captain Wyndham«, rief er und legte den Hörer zurück auf die Gabel. »Entsprechend Ihren Anweisungen habe ich die Überführung des Leichnams von Ruth Fernandes zum Medical College Hospital in die Wege geleitet. Und für Dr. Lamb habe ich eine Nachricht hinterlassen wegen der Obduktion.«

»Schön«, sagte ich. »Wollen wir hoffen, dass der Alte uns weiterhelfen kann bei den Ermittlungen. Ist eigentlich ein Eingangsbericht erstellt worden?«

»Eine Vermisstenanzeige wurde angefertigt, als George Fernandes heute Morgen hier erschien. Wo wir gerade davon sprechen, was haben Sie eigentlich aus ihm herausbekommen?«

»Nicht viel. Seine Frau soll bei allen sehr beliebt gewesen sein. Und er wirkte ziemlich mitgenommen.«

»Und was nun?«

»Nun …«, wiederholte ich, »nun werden wir dem guten Charon einen Besuch abstatten.«

Lamont machte ein verdutztes Gesicht. »Wem?«

»Wir werden uns mit dem Fährmann unterhalten, dem anscheinend die Aufgabe obliegt, die Toten über den Hugli in den Hades zu befördern.«

So weit aufwärts wirkte der Fluss geradezu geruhsam. Geruhsamer jedenfalls als in Kalkutta. Die meisten großen Frachter und hochseetüchtigen Handelsschiffe kamen nicht bis hierher und überließen den Strom den Lastkähnen, die die Jute flussabwärts brachten, sowie der Unzahl kleiner Wasserfahrzeuge, die den Hugli seit ewigen Zeiten mit Waren und Menschen befuhren.

An einem maroden Anlegesteg waren ein paar dieser kleinen Boote vertäut. Andere saßen derzeit im weichen Uferschlamm fest und warteten darauf, von der einsetzenden Flut wieder flottgemacht zu werden. Die Fährmänner hockten barfuß und mit kaum mehr als Unterhemd und *Lungi* am Leib um einen Teestand herum. Eingehüllt in den grauen Qualm ihrer Bidis, diskutierten sie lautstark. Bei unserem Anblick erstarb der erregte Wortwechsel so abrupt, als wären ihre Stimmen von einer herabsausenden Guillotine gekappt worden. Ein wachsamer Ausdruck trat stattdessen in die Gesichter der Männer, die Gespräche mit Fremden gerne vermieden.

Ich blieb ein Stück zurück, während Surrender-not zu ihnen ging, um sie zu befragen. Ihre Antworteten erfolgten nur widerwillig und zögerlich. Nach einer Weile kehrte Surrender-not zurück.

»Der Fährmann, der Mrs. Fernandes heute Morgen übergesetzt hat, heißt Kanai Biswas. Er ist im Moment nicht hier. Offenbar bringt er gerade irgendwelche Waren rüber nach Khardah. Aber er sollte bald zurück sein.«

Also warteten wir. Surrender-not ging noch zwei *Bhars* mit gesüßtem Milchtee holen, mit denen wir uns auf die Ecke einer niedrigen Mauer setzten und die Gegend betrachteten.

Ein *Dinghi-nauka* mit gewölbtem Rumpf und spitz zulaufendem Bug, von dem auch unsere Bezeichnung für Beiboote stammt, schaukelte träge auf den Wellen des sich zurückziehenden Flusses. Im Heck war ein Fischer mit ebenholzfarbener Haut dabei, mit der Sorgfalt einer säumenden Näherin sein Netz auszubessern. Bestimmt fischte er Hilsa, diesen silbrigen Hering, der bei den Bengalen so beliebt war, der mir aber nur aus unzähligen, in Schuppenhaut gezwängten Gräten zu bestehen schien.

Am Ufer raschelten die Blätter der Kokospalmen im leichten Mittagswind. Surrender-not schaute nervös auf seine Uhr.

»Immer mit der Ruhe, Sergeant«, sagte ich. »Die Demonstration von Das fängt erst um vier an. Uns bleibt noch genügend Zeit, in die Stadt zurückzukommen.«

»Ja, Sir«, erwiderte er wenig überzeugt.

Endlich näherte sich eines der Boote, die von den Einheimischen *Chandi-nauka* genannt werden. Im Grunde handelt es sich dabei um ein übergroßes, mit losen Planken ausgelegtes Kanu, in dessen Mitte ein Verdeck aus Sackleinen aufgespannt ist. Der Bootsführer stand in Unterhemd, kariertem Lungi und mit lose gewickeltem blauem Turban im Heck und stemmte sein Gewicht gegen die lange hölzerne Stake. Sein hagerer Körper sah genauso knorrig aus wie die Banyanstämme, die gelegentlich vorbeitrieben.

Kurz vor dem Ghat sprang der Mann ins hüfthohe Wasser und schob das Boot zum Ufer. Ein paar seiner Kollegen kamen vom Teestand herüber und halfen ihm, es an Land zu ziehen. Einer von ihnen deutete in unsere Richtung. Der Bootsführer richtete sich auf, schaute herüber und wischte sich das Wasser aus dem Gesicht.

Sobald er trockenen Boden unter den Füßen hatte, wrang er seinen Wickelrock aus und ging zum Teestand. Surrendernot und ich standen auf und erreichten ihn, als er sich gerade mit einer *Bhar* Tee auf einer der abgenutzten Holzbänke niederließ.

»Kanai Biswas?«, fragte Surrender-not.

Das Mann trank von seinem Tee und hob den Kopf. Seine Augen lagen tief wie schwarze Höhlen in einem Gesicht, dessen lederne Haut von grauen Bartstoppeln überzogen war. »*Hã.*«

»Sagen Sie ihm, dass wir ihm gerne ein paar Fragen zu der Frau stellen würden, die er heute Morgen mitgenommen hat«, bat ich Surrender-not.

Der Sergeant übersetzte. Die Antwort des Mannes fiel knapp aus.

»Er hat bereits alles, was er weiß, der hiesigen Polizei erzählt, meint er.«

»Wenn das so ist, fragen Sie ihn doch mal, was er für eine Überfahrt nach Barrackpore verlangt.«

Surrender-not musterte mich verdutzt, kam dann aber meiner Aufforderung nach.

»*Du'i tākā*«, erklärte der Mann.

»Zwei Rupien …«

»*Prati ta*.«

»Pro Person«, fügte Surrender-not hinzu. »Das ist Wucher. Er versucht, uns auszunehmen, weil Sie ein Sahib sind.«

»Sagen Sie ihm, wir zahlen fünf – für die Überfahrt *und* ein paar Antworten.«

Damit war der Mann einverstanden. Während er seinen Tee austrank, schickte ich Surrender-not zu unserem Wagen, um den Fahrer anzuweisen, ohne uns nach Lal Bazar zurückzukehren.

Fünf Minuten später kletterten wir vom Steg in das kleine Boot. Kanai Biswas lehnte sich gegen die Stake und drückte uns in die Strömung hinaus. Zwischen dem Platz, an dem wir saßen, und seiner Position im Heck schirmte das kleine Verdeck ein Fleckchen ab, auf dem seine Habseligkeiten lagerten: eine rote Schilfmatte, eine Wasserflasche und ein kleiner Schrein mit den Gottheiten Kali und Durga. Surrender-not lehnte sich etwa in der Mitte zwischen Biswas und mir gegen die Backbordseite des Rumpfs.

»Fragen Sie ihn, wie lange es dauert«, sagte ich und machte es mir auf den losen Sitzplanken so gemütlich wie möglich.

»*Bis minit prãi.*«

»Zwanzig Minuten ungefähr.«

Ich tauchte eine Hand ins kühle Wasser des Hugli und ließ sie dort. Schon merkwürdig. Vom Ufer aus schien der Fluss fast goldbraun zu sein, doch so von Nahem wirkte er eher grün. Da die Flut eingesetzt hatte, konnte Biswas sich darauf beschränken, das Boot mit seiner Stake auf Kurs zu halten.

»So eine Fahrt müsste Sie doch an Ihre Studentenzeit erinnern«, sagte ich zu Surrender-not. »Im Stocherkahn auf dem Cam. Vielleicht können Sie Mr. Biswas ja noch ein paar Tipps geben.«

»Wohl kaum«, antwortete der Sergeant. »Beim Cam ist man mit einem großen Satz schon fast drüben.«

Da hatte er recht. Auch wenn der Hugli hier noch nicht so breit war wie in Kalkutta, mussten es gut fünfzehnhundert Meter von einer Seite auf die andere sein.

»Na, dann machen Sie sich doch nützlich, indem Sie ihm ein paar Fragen zu Ruth Fernandes stellen.«

Surrender-not feuerte eine Salve an Fragen ab, auf die der Bootsführer mit einem eher einsilbigen Gebrumm antwortete.

»Er hat sie angeblich ganz gut gekannt, da sie regelmäßig mit ihm fuhr. Eine freundliche Frau, obwohl sie keine Bengalin war – und noch dazu Christin. Sie ist fast täglich mit ihm gefahren, egal ob sie Tag- oder Nachtschicht hatte.«

»Wann macht er denn Feierabend?«

»Gar nicht. Er wohnt auf dem Boot und liegt abends entweder am Ghat in Rishra oder in Khardah. Er meint, heute Morgen sei sie nur besonders früh dran gewesen.«

»Wie früh?«

»Etwa eine Stunde früher als sonst, denkt er. Normalerweise geht die Sonne gerade über den Bäumen auf, wenn sie zur Anlegestelle in Barrackpore kommt. Heute war sie schon beim ersten Tageslicht da. Er sagt, gewöhnlich pfeift das Signal zum Schichtwechsel in der Wellington-Jutefabrik, wenn er die Flussmitte erreicht. Vermutlich ist es dann sieben. An diesem Morgen war er mit den nächsten Fahrgästen schon wieder auf dem Rückweg, als es pfiff.«

»Ist noch jemand mit ihr eingestiegen?«

Surrender-not stellte die Frage. Der Mann schüttelte den Kopf und brummte eine knappe Antwort.

»Sie war allein«, sagte Surrender-not.

»Weiß er, warum sie so früh war?«

»Fragen zu stellen stehe ihm nicht zu, sagt er.«

»Wirkte sie vielleicht irgendwie anders an diesem Morgen? Nervös oder besorgt?«

»Kann er nicht sagen. Sie saß da, wo Sie jetzt sitzen, und hielt ihm den Rücken zugewandt, und er stand auf seinem Platz im Heck.«

Ich hörte, wie der Bootsführer sich räusperte und etwas hinzufügte, das Surrender-nots Aufmerksamkeit erregte. Schlagartig änderte sich das Verhalten des Sergeants, der nun mehrfach energisch nachbohrte.

»Was ist?«, fragte ich. »Was sagt er?«

»Er meint, ihm sei doch etwas Ungewöhnliches aufgefallen.«

Ich spitzte die Ohren. »Und was?«

»Als sie am Anleger in Rishra ankamen, hat er einen Mann bemerkt, der sich an der Straße herumtrieb. Er sagt, er schien auf sie zu warten.«

»Kann er den Mann beschreiben?«

»Kurzes schwarzes Haar … mittelalt, etwa in den Vierzigern. Viel mehr fällt ihm nicht ein. Er konnte ihn nicht genau sehen. Es war noch dunkel und die Entfernung recht groß, aber es war niemand, den er schon einmal gesehen hatte, ganz sicher jedenfalls keiner von hier.«

»Könnte es ihr Ehemann gewesen sein, George Fernandes?«, fragte ich.

Surrender-not gab die Frage an den Bootsführer weiter.

»Er weiß, wie Mr. Fernandes aussieht, und der sei es nicht gewesen. Aber seiner Meinung nach war der Mann auch kein Bengale. Er trug zwar einen Chador, aber dazu keinen Dhoti, sondern normale Hosen. Ihm kam er ›asiatisch‹ vor. Ein Assamese vielleicht.«

Die Überlegung klang durchaus plausibel. Assam grenzte direkt an Bengalen, und in Kalkutta lebten viele Assamesen, die es auf der Suche nach Lohn und Brot in die Stadt getrieben hatte.

»Wie kommt er darauf, dass der Mann auf Schwester Fernandes gewartet hat?«

Surrender-not übersetzte die Frage.

»Nachdem sie ausgestiegen war, schlug sie den Weg nach rechts ein, in seine Richtung, und nicht ihren gewöhnlichen Heimweg.«

Ich überlegte, wie das alles zusammenpasste. Schwester Fernandes hatte früher als üblich ihre Arbeit beendet und war nach Rishra übergesetzt, vermutlich um dort einen Mann zu treffen, den sie gekannt haben dürfte, der dem Bootsführer zufolge aber nicht von hier stammte. Ein paar Stunden später war sie tot, und ihr Gesicht von Schnitten zerstückelt wie ein Gemälde von Picasso.

Sollte sie den Mann, der am Ufer auf sie gewartet hatte,

tatsächlich gekannt haben, lag der Verdacht einer Liebschaft nahe, was uns wiederum zwei potenzielle Hauptverdächtige lieferte: den Mann, den sie treffen wollte, und den, mit dem sie verheiratet war.

Inzwischen waren wir in der Mitte des Stroms angekommen. Es ging weiter flussaufwärts. Das gegenüberliegende Ufer zeichnete sich jetzt schon genauer ab. Die Seite von Barrackpore sah ganz anders aus als die von Rishra. Statt Lagerhäusern und Fabriken mit riesigen Schornsteinen standen hier im Quartiersbereich des Stützpunkts hübsche weiße Offiziersbungalows, deren Gärten bis ans Wasser hinunterreichten.

»Barrackpore ist übrigens der Ort, an dem der Aufstand von 1857 seinen Anfang nahm«, bemerkte Surrender-not.

»Ich dachte immer, der hätte in der Nähe von Lucknow angefangen«, erwiderte ich. »Irgendeine Geschichte von Gewehrpatronen, die mit Kuh- und Schweinefett eingerieben waren?«

»Richtig, aber der erste Schuss wurde bereits ein paar Monate davor an diesem Ort hier abgefeuert. Und zwar von einem Sepoy namens Mangal Pandey. Den haben sie dann natürlich gehenkt und sein Regiment aufgelöst.«

Wie ein Ort, an dem Revolutionen ausbrechen, sah Barrackpore nun wirklich nicht aus. Es war eher fraglich, ob sich in Indien irgendwo etwas Britischeres finden ließ. Selbst der Vizekönig unterhielt hier eine Residenz, die er allerdings kaum noch benutzte, seit die Hauptstadt nach Delhi verlegt worden war.

Wir erreichten die Anlegestelle, und Biswas drehte das Boot mit einem Ruderschlag geschickt bei, sodass es exakt längsseits zum Stehen kam. Ich warf einen Blick auf die Uhr.

Kurz vor zwei. Die Demonstration an der Brücke begann um vier. Damit blieb nicht viel Zeit für das, was ich in Barrackpore zu erledigen hatte. Vor allem nicht, wenn ich zwischendurch noch zu Hause auf eine Portion *Kerdū*-Saft vorbeischauen wollte.

12

Am Straßenrand wartete eine lange Schlange von Fahrrad-Rikschas. Surrender-not und ich stiegen die niedrige Uferböschung hinauf und nahmen uns zwei davon.

»Wohin, Sahib?«, fragte der Rikscha-Wallah.

Verständigungsprobleme würde es hier nicht geben, so viel stand fest. Die Wahrscheinlichkeit, auf einen gut Englisch sprechenden Rikscha-Fahrer zu treffen war bestimmt nirgends im Land höher als unter den Wallahs, die auf der Militärbasis in Barrackpore ihrer Arbeit nachgingen.

»Zum Krankenhaus«, sagte ich. »Und schnell.«

Wie sich herausstellte, musste er gar nicht besonders stark in die Pedale treten, da das Krankenhaus nur zwei Querstraßen entfernt lag. Wir hätten die Strecke bequem in weniger als fünf Minuten zu Fuß bewältigen können, aber ich bin noch nie einem Rikscha-Wallah begegnet, der mit der Auskunft, dass das gewünschte Ziel direkt um die Ecke ist, sein Fahrgeld riskiert hätte.

Als wir ausstiegen, marschierte gerade eine Abteilung Sikhs in olivgrünen Uniformen und Turbanen taktsicher zu den gebrüllten Schwüren ihres Sergeants vorbei. Diese Männer aus dem Punjab tausend Meilen weit weg von ihrer Heimat auf dieser Basis anzutreffen überraschte keineswegs. Viele der hier stationierten Soldaten entstammten weit entfernt lebenden Volksgruppen wie den Jats oder Pathanen, denn es hatte sich erwiesen, dass indische Truppen eher bereit waren, widerspruchslos nach unserer Pfeife zu tanzen, wenn sie weit von zu Hause weg waren. Und dafür sorgten wir eben. Wir beorderten sie aus ihrer Heimatgegend an Orte, zu denen sie möglichst keine Verbindung hatten: Sikhs nach Bengalen, Gurkhas in den Punjab – bloß damit sie nicht dazu neigten, sich im Falle irgendwelcher Unruhen auf die Seite der örtlichen Bevölkerung zu schlagen. Wohin wir allerdings die Bengalen schickten, wusste ich auch nicht.

Das Krankenhaus war ein unscheinbares dreistöckiges Gebäude, abgetrennt von der Straße durch eine gepflegte Rasenfläche, die ein palmengesäumter Weg durchschnitt. Über die gesamte Länge der weiß getünchten Front zog sich eine Veranda, und grüne Holzläden rahmten die Fenster. Im Krieg hatte ich kein annähernd so idyllisches Krankenhaus gesehen, und wie um diesen Eindruck zu unterstreichen, stellten die wenigen Militärangehörigen, die zur Genesung durch die Außenanlage wandelten, auch alle die vollständige Zahl an Armen und Beinen zur Schau und ließen die blutverschmierten Bandagen vermissen, die ich aus meiner Zeit in der Obhut der Militärlazaretts kannte. Allerdings lag das mittlerweile fast fünf Jahre zurück, und seinerzeit war es auf der Welt, zumindest außerhalb von Bengalen, noch erheblich irrsinniger zugegangen.

In der Lobby klopfte Surrender-not am Empfang auf eine Klingel, die jemand stundenlang poliert haben musste, und eine indische Militärkrankenschwester in blauer Dienstkleidung erschien.

»Wer leitet diese Einrichtung?«, fragte ich im nicht unbedingt allerhöflichsten Ton, was ich auf meine Entzugssymptome zurückführte.

»Leitender Stabsoffizier ist Colonel McGuire.«

»Und wo kann ich den finden?«

Die Frage brachte sie aus dem Konzept. »Den Colonel?«

»Vorausgesetzt, er ist da.«

»Ja, schon, aber er empfängt Besucher nur nach vorheriger Anmeldung.«

Ich zog meinen Dienstausweis heraus und hielt ihn ihr unter die Nase. »Für die Polizei wird er Zeit haben.«

Wenige Minuten später stiegen wir hinter McGuires persönlicher Assistentin, einer attraktiven Schwester mit französischem Akzent, eine Treppe hinauf. Der Name der Schwester lautete Rouvel – zumindest dem Schild an ihrer Uniform nach –, und ich konnte mir gut vorstellen, dass man sich als Kranker unter ihrer Betreuung viel Zeit mit der Genesung lassen würde.

Ich bezwang den Drang, mich danach zu erkundigen, was denn ein hübsches Mädchen wie sie an einen solchen Ort gebracht hatte. Ich war mittlerweile lange genug in Bengalen, um zu wissen, dass diese Frage nicht immer gut ankam. Dieses Fleckchen Erde übte auf Sonderlinge aller Art eine magische Anziehungskraft aus, und viele von ihnen – darunter auch ich – verspürten keine große Lust, die eigene Lebensgeschichte preiszugeben. Tatsächlich hätte ich darauf gewettet, dass mehr Menschen nach Kalkutta kamen, als in die französische Fremdenlegion eintraten, um ihre Vergangenheit zu vergessen. Noch entscheidender aber war, dass sie den Spruch bestimmt schon tausendmal gehört hatte, und kein Mädchen ließ sich beeindrucken, indem man bloß wiederholte, was schon der letzte Kerl gesagt hatte. Nicht dass die Bemerkung, die ich stattdessen wählte, bedeutend origineller gewesen wäre.

»Da hat es Sie aber weit von zu Hause weg verschlagen, Schwester Rouvel«, sagte ich.

»Nicht wirklich«, antwortete sie. »Gerade mal fünfzehn Meilen.«

Surrender-not neben mir bemühte sich, ein Lachen zu unterdrücken.

»Aber Sie klingen so französisch«, sagte ich.

»Ich bin auch Französin. Aufgewachsen in Chandannagar. Kennen Sie das?«

Natürlich hatte ich schon von Chandannagar gehört. Eine französische Siedlung, von Kalkutta aus fünfundzwanzig Meilen den Hugli aufwärts. Selbst nach Jahrhunderten anglofranzösischer Feindseligkeiten, darunter so Belangloses wie die Napoleonischen Kriege, war die Stadt noch immer französisches Hoheitsgebiet – mit frischem Baguette und allem.

Wir folgten ihr durch einen Flur, in dem es nach Jod roch. Auf der einen Seite gingen Krankenstationen ab, auf der anderen hatte man einen Blick über die Militärbasis. McGuires Büro lag am Ende des Gangs.

»Der Colonel beendet gerade seine Visite«, erklärte Schwester Rouvel und öffnete uns die Tür. »Bitte nehmen Sie doch Platz. Er wird jeden Moment zu Ihnen kommen.«

Das Büro des Colonels entsprach dem, was man erwartete bei einem Arzt, der zugleich Offizier war. Eine Wand schmückte ein Bücherregal, auf dem medizinische Wälzer in strenger Regimentsordnung nach Farbe und Größe sortiert standen. Eine andere war mit gerahmten Fotografien gepflastert. In der Mehrzahl handelte es sich um Gruppenbilder von Offizieren und Soldaten, wie sie als Erinnerung an gemeinsame Kameradschaft während des Krieges beliebt gewesen waren. In einer

Zeit, da der Tod überall jäh und wahllos zuschlug, dienten sie aber in erster Linie als Zeugnis, dass man – sollte der schlimmste aller Fälle eintreten – tatsächlich existiert hatte und mehr als bloß ein weiterer Name auf dem Ehrenmal der Gefallenen war.

Die Mitte des Raums beherrschte ein großer mit Leder bezogener Schreibtisch. Ein paar braune Aktenmappen klemmten unter einem gläsernen Briefbeschwerer. Daneben stand die Aufnahme einer ernst dreinblickenden Frau, die ziemlich gelungen die Miene von Queen Victoria traf, wenn Ihre Majestät *not amused* waren, und eine weitere von einem jungen Mann in Militärkluft. Hinter dem Schreibtisch gab ein Fenster den Blick frei auf ein Gebäude, dessen enorme Ausmaße auf die alte Residenz des Vizekönigs schließen ließen. Entweder das – oder dort wohnte der Kommandant der Basis ganz im Stile eines venezianischen Dogen.

Die Tür öffnete sich, und ein gut aussehender Offizier mit blonden Haaren und leicht rötlichem Teint marschierte herein. Über seiner Offiziersuniform trug er einen weißen Arztkittel.

Ich wandte mich von der Fotogalerie ab. »Colonel McGuire?«

»Ganz richtig«, antwortete er. »Wie kann ich Ihnen helfen?«

»Mein Name ist Wyndham, von der Imperial Police Force«, sagte ich und streckte die Hand aus. »Und das ist Sergeant Banerjee. Ich fürchte, wir bringen traurige Nachrichten, was eine Mitarbeiterin von Ihnen betrifft.«

Während ich ihn über den Mord an Ruth Fernandes unterrichtete, saß er hinter dem Schreibtisch und tupfte sich mit einem Taschentuch die Schläfen. Es war zwar nicht sonderlich warm, dennoch schien ihm die Neuigkeit den Schweiß auf die Stirn zu treiben.

»Schrecklich«, murmelte er gleich zweimal. »Schwester Fernandes ist schon sehr lange bei uns gewesen. Seit vor dem Krieg, wenn ich mich nicht irre. Ich habe sie erst gestern noch gesehen.« Er schüttelte ungläubig den Kopf, als ließe sich auf diese Weise etwas an der Tatsache ihres Todes ändern.

»Wirkte sie irgendwie besorgt, als Sie sie das letzte Mal trafen?«

McGuire blies seine Backen auf, nahm einen Füller vom Schreibtisch und begann, ihn zwischen den Fingern hin und her zu rollen. »Ich denke nicht, aber ich habe sie auch nur ganz kurz gesehen. Das Beste wird sein, Sie sprechen mit Schwester Rouvel. Ihr war Mrs. Fernandes unmittelbar unterstellt.«

»Ja, das werden wir ganz sicher tun«, sagte ich. »Wie wir erfahren haben, hat Schwester Fernandes ihre Schicht heute Morgen vorzeitig beendet. Irgendeine Idee, warum?«

»Auch hier würde ich vorschlagen, diese Frage besser Miss Rouvel zu stellen. Und ehrlich gesagt, wüsste ich nicht, womit ich Ihnen sonst noch weiterhelfen könnte.«

»Mrs. Fernandes wurde das letzte Mal lebend gesehen, als sie heute in den frühen Morgenstunden am Fähranleger von Rishra aus einem Boot stieg«, sagte ich. »Wir haben Grund zu der Annahme, dass sie sich dort mit einem Mann treffen wollte. ›Asiatisches‹ Aussehen, womöglich Assamese oder Nepalese, zwischen vierzig und fünfzig Jahre alt. Sie kennen nicht zufällig jemanden, auf den diese Beschreibung passen würde?«

Die Frage schien ihn zu verunsichern.

»Halten Sie ihn für den Mörder von Schwester Fernandes?«

Ich hatte keine Lust, ihm mehr zu erzählen, als unbedingt nötig war.

»Denkbar«, sagte ich. Sollte tatsächlich eine Liebesbeziehung bestanden haben, sprach mein Bauchgefühl zwar eher dafür, dass der Ehemann der Täter war, ausgeschlossen aber war die andere Variante damit natürlich nicht. Einen besseren Vorwand für einen Mord als eine aufgekündigte Liebesaffäre konnte ich mir kaum vorstellen. Dennoch, die Chancen, dass ein geschasster Liebhaber oder ein gehörnter Ehemann beschloss, seine Wut auf genau die gleiche Art in ihr Gesicht zu meißeln, wie es keine dreißig Stunden zuvor bei einem ermordeten mutmaßlichen Drogenbaron in Chinatown geschehen war, waren ziemlich gering. Wie dem auch sei, bevor wir den Mann nicht verhören konnten, wusste ich im Grunde gar nichts.

»Zum gegenwärtigen Zeitpunkt möchten wir uns mit diesem Mann nur gerne unterhalten«, sagte ich. »Um ihn von den weiteren Ermittlungen ausschließen zu können. Haben Sie vielleicht jemand in Ihrem Mitarbeiterstab, auf den die Beschreibung passt?«

McGuire legte den Füller aus der Hand, setzte seine Brille ab und begann, die Gläser mit demselben Taschentuch zu putzen, mit dem er sich zuvor die Stirn gewischt hatte. »Ich wüsste nicht, dass unter unseren Mitarbeitern Assamesen sind, aber ich werde Miss Rouvel das noch einmal überprüfen lassen. Was Nepalesen betrifft, so ist derzeit ein ganzes Regiment Gurkhas in unserem Lager stationiert.«

Ich hatte im Krieg an der Seite von Gurkhas gekämpft. Eisenharte Kerle. Nachfahren jener nepalesischen Bergbewohner, an denen sich 1812 die britische Armee die Zähne ausgebissen hatte. Da wir sie nicht bezwingen konnten, hatten wir sie einfach gebeten, sich uns anzuschließen, und dafür bezahlt, dass sie in die Dienste der British Army traten. Ganz gleichgültig, ob man ihre Todesverachtung für heroisch oder töricht hält – Tatsache ist, dass man auf der Welt kaum erbitterter streitende Soldaten finden wird. Im letzten Krieg hatten sie in einigen der blutigsten Schlachten an vorderster Front gekämpft, und als britischer Soldat war ich heilfroh gewesen, sie auf unserer Seite zu wissen.

McGuire blickte nervös auf seine Uhr. »Sonst noch etwas, Gentlemen? Ich habe am Nachmittag einen Termin in Kalkutta und müsste jetzt los, wenn ich nicht zu spät kommen will.« Er machte sich daran aufzustehen.

»Eine Sache wäre da noch, die uns weiterhelfen würde, Sir«, sagte Surrender-not. »Könnten Sie uns eine Kopie der Dienstakte von Schwester Fernandes zur Verfügung stellen?«

McGuire starrte ihn an.

»Eine reine Routineangelegenheit«, ergänzte der Sergeant. »Wir entwerfen gern ein möglichst genaues Bild des Opfers.«

»Da muss ich erst Rücksprache mit meinen vorgesetzten Stellen halten«, erwiderte McGuire. »Zivilen Behörden Militärakten auszuhändigen entspricht nicht gängiger Praxis. Fallen diese Ermittlungen nicht sowieso eher in den Zuständigkeitsbereich der Militärpolizei? Schließlich war sie bei der Armee angestellt und arbeitete in einer militärischen Einrichtung.«

»Sie selbst war aber Zivilistin«, warf ich ein. »Und sie wurde auch nicht hier auf dem Militärstützpunkt ermordet, sondern am anderen Flussufer auf öffentlichem Gebiet. Damit fällt die Sache in die Zuständigkeit der Polizei. Ich muss Sie ja wohl nicht daran erinnern, dass wir hier den Mord an einem Menschen untersuchen, der dienstlich Ihrer Verantwortung unterstand. Wir wären Ihnen also für Ihre Kooperation dankbar und möchten Sie nochmals bitten, uns Einblick in die Dienstakte von Schwester Fernandes zu ermöglichen.«

Der Colonel zögerte. »Wie gesagt, ich muss das erst mit meinen vorgesetzten Stellen abklären. Aber ich werde sehen, was ich tun kann. In der Zwischenzeit sollten wir vielleicht besser Miss Rouvel über den schrecklichen Vorfall informieren.«

Mit diesen Worten stand er auf, marschierte zur Tür und rief in den Nebenraum: »Schwester Rouvel, würden Sie bitte mal kommen?« Bei ihrem Eintreten fuhr er fort: »Mathilde, diese Gentlemen haben mir eine furchtbare Nachricht überbracht. Bitte nehmen Sie doch Platz.«

Surrender-not sprang von seinem Stuhl auf und bot ihn ihr an. Viel zu verwirrt, um etwas zu sagen, setzte sie sich.

»Ich muss Ihnen leider mitteilen, dass Ihre Kollegin Ruth Fernandes heute Morgen unweit ihres Hauses tot aufgefunden wurde, Schwester Rouvel«, sagte ich.

Die junge Frau schlug sich die Hand vor den Mund.

»Ein oder mehrere bislang noch unbekannte Angreifer müssen sie attackiert haben, kurz nachdem sie ihre Arbeitsstelle verlassen und mit der Fähre nach Rishra übergesetzt hatte.«

Miss Rouvel schüttelte den Kopf. »*C'est pas possible*. Ich habe sie doch vor ein paar Stunden noch gesehen.«

McGuire legte ihr beruhigend eine Hand auf die Schulter, und sofort versteifte sie sich kaum wahrnehmbar. »Na, na, Mathilde. In solchen Zeiten müssen wir alle stark sein. Die Officer hier haben noch ein paar Fragen, die ich Sie bitten würde zu beantworten. Sind Sie dazu in der Lage?«

Die Schwester nickte mit abwesendem Blick.

»Ich muss jetzt wirklich gehen, Captain«, wandte sich McGuire an mich. »Aber Sie können gerne in meinem Büro bleiben und Schwester Rouvel Ihre Fragen stellen.«

Ich stand auf, schüttelte ihm die Hand und bedankte mich für seine Mithilfe. Während McGuire die Tür hinter sich schloss, schlenderte ich zum Fenster, lehnte mich an die Fensterbank und fuhr mit der Befragung fort.

»Hätten Sie gern ein Glas Wasser, Miss Rouvel?«

Meine Worte rissen sie aus ihrer Trance. »Danke, nein«, sagte sie und sah mich an. »Nicht nötig.«

»In welcher Gemütsverfassung war Schwester Fernandes denn bei Ihrer letzten Begegnung? Schien sie irgendwie verärgert? In gespannter Erwartung oder vielleicht aus irgendeinem Grund nervös?«

Miss Rouvel verknotete die Finger ineinander. »Sie wirkte müde, als ich sie das letzte Mal sah. Aber sie hat in den vergangenen Tagen auch viel um die Ohren gehabt.«

»Gab es etwas Bestimmtes, das ihr Sorgen bereitete?«

»Keine Ahnung«, antwortete sie achselzuckend. »Schon möglich, aber mir ist nicht bekannt, was es war.«

»Unseren Ermittlungen zufolge hat Schwester Fernandes ihre Schicht heute Morgen vorzeitig beendet. Wahrscheinlich gegen vier Uhr. Klingt ziemlich sonderbar. Wussten Sie davon?«

»Daran ist nichts Sonderbares, Captain«, antwortete sie. »Sie hat mich um Erlaubnis gebeten, früher gehen zu dürfen. Sie sagte, sie hätte heute um acht einen Termin in Kalkutta. Ihre Schwiegermutter müsse irgendeinen Spezialisten aufsuchen, und sie würde sie hinbringen.«

Alarmglocken schrillten in meinem Schädel. George Fernandes hatte ausgesagt, erst um halb acht nach seiner Frau gesucht zu haben, kurz nach der Zeit, zu der sie gewöhnlich nach Hause kam. Wenn sie ihre Schwiegermutter zu einem Acht-Uhr-Termin nach Kalkutta bringen wollte, hätte er doch gewiss früher mit der Suche begonnen, oder? Irgendjemand log hier. Aber ob George Fernandes mir Märchen erzählte oder ob Mathilde Rouvel von Ruth Fernandes angelogen worden war oder ob sie selbst mich belog – darüber ließ sich einstweilen nur spekulieren. Gut möglich, dass alle drei nicht die Wahrheit sagten.

Um mir meine Grübeleien nicht anmerken zu lassen, drehte ich mich um und schaute aus dem Fenster. Unter mir lief Colonel McGuire gerade aus dem Gebäude. Ich beobachtete, wie er sich nach links wandte und den Weg in Richtung Flussufer einschlug. In übertrieben wirkender Eile stürmte er davon, und ich verlor ihn aus den Augen, als er um eine Ecke bog.

Ich schaute wieder zu Miss Rouvel.

»Hat Schwester Fernandes gesagt, in welcher Klinik der Termin ist?«

»Danach habe ich mich gar nicht erkundigt.«

»Hätte sie ihre Schwiegermutter nicht hierher bringen können? Warum den weiten Weg nach Kalkutta auf sich nehmen, wenn Sie vermutlich hier erstklassig ausgestattet sind?«

Sie schüttelte den Kopf. »Hierher hätte sie niemanden bringen dürfen. Das Krankenhaus ist ausschließlich Militärpersonal und Angehörigen der auf dem Stützpunkt wohnenden Offiziere vorbehalten.«

»Und da wird keine Ausnahme gemacht für die engen Verwandten einer langjährige Mitarbeiterin?«

»Nein, Captain. Zumindest nicht bei Indern.« Miss Rouvel senkte den Blick zu Boden. »Ich sollte jetzt die anderen

Schwestern informieren. Kann ich sonst noch etwas für Sie tun?«

»Wir würden gerne einen Blick in die Personalakte von Schwester Fernandes werfen, wenn das möglich ist«, sagte ich.

»Selbstverständlich. Allerdings brauche ich dafür erst die Genehmigung von Colonel McGuire.«

Ich spielte mit dem Gedanken, ihr vorzumachen, dass McGuire sein Einverständnis bereits erteilt hatte. So verwirrt, wie sie im Moment war, standen die Chancen gut, dass sie meiner Behauptung einfach Glauben schenken würde. Anständigen Bürgern wird von Kindesbeinen an eingeimpft, dass Polizisten nicht lügen – eine leichtgläubige Annahme, die sich unsereins gerne zunutze macht –, aber sie wollte ich nicht auf diese Weise betrügen. Zum einen würde es ihr Scherereien einbringen, sobald sie es gegenüber McGuire erwähnte, zum anderen hatte ich mich schon immer schwer damit getan, Frauen zu belügen. Eine meiner vielen Schwächen.

»Wir haben ihn bereits darum gebeten«, sagte ich. »Es ist eine reine Formalität, und er klärt es mit seinen Vorgesetzten ab. Für unsere Ermittlungsarbeit wäre es bloß aus Zeitgründen von Vorteil, wenn wir vorab schon mal einen Blick hineinwerfen könnten.«

»So gern ich Ihnen helfen würde, aber ich fürchte, da müssen Sie warten, bis der Colonel mich befugt, die Akte auszuhändigen«, sagte sie. »Tut mir aufrichtig leid.«

»Halb so schlimm«, sagte ich, schlenderte wieder zurück und nahm hinter McGuires Schreibtisch Platz, sodass ich ihr jetzt gegenübersaß.

»Sonst noch etwas?«, fragte sie.

Ich betrachtete erneut die Fotos von der Frau und dem

jungen Soldaten. Mir fiel auf, dass die Frau jünger war, als ich im ersten Moment gedacht hatte. Jetzt schätzte ich sie auf Anfang vierzig. Es war nur ihre Haltung, die sie älter aussehen ließ. Diese müden Augen und der hasserfüllte Ausdruck. Der junge Soldat auf dem zweiten Foto trug die Rangabzeichen und Insignien eines Lieutenants der Coldstream Guards.

»Die Frau auf dem Foto. Ist das die Frau des Colonels?«

Die Frage verschlug ihr kurz die Sprache. »*Oui*«, bestätigte sie schließlich. »Das ist Madame McGuire.«

»Und der junge Mann?«

»Das ist George, sein Sohn. Er ist im Krieg gefallen. Bei Ypres.«

Der letzte Zusatz wog schwer. Er bedeutete, dass es nicht einmal einen Leichnam zum Beerdigen gegeben hatte. Nichts, wovon eine Mutter sich hätte verabschieden können.

»Captain«, unterbrach sie meine Grübeleien. »Wenn es sonst nichts gibt, müsste ich jetzt wieder auf Station.«

»Sicher«, sagte ich. »Könnten Sie uns vorher vielleicht noch einen Wagen besorgen, der uns in die Stadt zurückbringt?«

Sie lächelte. »Ich werde sehen, was sich machen lässt.«

Schwester Rouvel stand auf und verließ den Raum, und ich kehrte zu meinem Beobachtungsposten am Fenster zurück. Surrender-not studierte derweil die Auswahl in McGuires Bücherregal.

»Und?«, fragte er. »Was meinen Sie, Sir?«

Um ehrlich zu sein, wusste ich das selbst nicht. Die Parallelen zu dem ermordeten Mann in Tangra waren kaum von der Hand zu weisen. Dennoch hatten wir in Barrackpore nicht den kleinsten Anhaltspunkt dafür gefunden, dass hinter dem Tod von Schwester Fernandes etwas anderes steckte als Eheprobleme. War es trotzdem möglich, dass die beiden Fälle miteinander in Verbindung standen und dass entweder George Fernandes oder der Unbekannte, den Ruth Fernandes in Rishra am Fluss getroffen hatte, sowohl die Krankenschwester als auch den Drogenbaron in Tangra umgebracht hatte? Eine solche Verbindung schien bestenfalls unrealistisch und schlimmstenfalls absurd.

Ich starrte einfach weiter stumm aus dem Fenster, in der Hoffnung, so irgendwie schlau aus der ganzen Sache zu werden. Ein paar Minuten später hielt ein olivgrüner Armeewagen unter mir vor dem Haupteingang.

Kurz darauf klopfte es an der Tür, und Mathilde Rouvel kehrte zurück.

»Ihr Wagen wartet unten«, sagte sie.

Ich dankte ihr und sagte, wir würden gleich runterkommen. Als sie fort war, sagte ich zu Surrender-not: »Merkwürdig, nicht?«

»Was?«, erwiderte der Sergeant und blickte von dem Buch auf, das er aus dem Regal genommen hatte.

»Dieser Termin von McGuire in Kalkutta.«

»Warum? Was ist damit?«

»Er behauptete doch, spät dran zu sein, und betonte, wie wichtig der Termin ist …«

»Und?«

»Wenn das stimmt, dann frage ich mich, warum unten kein Wagen auf ihn gewartet hat.«

»Wie bitte?«

»Ich habe verfolgt, wie er aus dem Gebäude kam und den Weg hinunterlief. Wenn er wirklich so dringend nach Kalkutta musste, warum hat er dann nicht einfach einen Dienstwagen zum Krankenhaus beordert? Schwester Rouvel hat für uns doch gerade einen in Nullkommanichts organisiert. Sehen Sie …« Ich deutete nach unten auf die Straße. »Er ist schon da.«

Surrender-not überlegte eine Weile. »Vielleicht musste der Colonel erst noch irgendwo anders hin?«

»Möglich«, sagte ich. »Oder er wollte einfach nicht länger mit uns sprechen.«

13

Die Fahrt dauerte länger als erwartet, da die Chitpore Road von der ungewaschenen, barfuß laufenden Volksmehrheit verstopft war, die mit ihren Protestplakaten wie zu einem großen Sonntagsausflug Richtung Süden pilgerte. Derweil wurden meine Entzugsschmerzen immer heftiger, und für meinen Plan, auf dem Weg nach Lal Bazar noch zu Hause auf eine Dosis Kerdū vorbeizuschauen, blieb keine Zeit mehr. Ich befahl also dem Fahrer, stattdessen direkt die Polizeizentrale anzusteuern. Nachdem ich Surrender-not an seinem Schreibtisch zurückgelassen hatte, um dort schon einmal mit dem Papierkram anzufangen, folgte ich Lord Taggarts Sekretär, einem Officer namens Daniels, hinauf ins Büro des Commissioners.

Taggart saß mit einem Stift in der Hand am Schreibtisch und studierte irgendwelche Unterlagen. »Was haben Sie für mich, Sam?«, sagte er, ohne sich die Mühe zu machen, den Kopf zu heben, während ich die unendlichen Weiten zwischen der Doppelflügeltür und seinem Schreibtisch hinter mich brachte.

»Nichts von Das, Sir. Er wird seinen Demonstrationsaufruf nicht zurückziehen, und er wird die Proteste auch nicht verlegen, obwohl wir ihm den Ernst der Situation und die möglichen Konsequenzen seines Handels vor Augen geführt haben.«

»Wie schade«, sagte er und bedeutete mir, mich zu setzen.

»Andererseits können wir offenbar sowieso nichts mehr ändern. Der Vizekönig hat die Armee ausrücken lassen. Eine allgemeine Ausgangssperre wurde verkündet, die heute Abend um sechs in Kraft tritt.«

Für mich klang das alles wie der sichere Weg, ein weiteres Schlückchen Öl ins Feuer zu gießen, ein Schlückchen, in etwa so explosiv wie eine Tonne bester Sprengstoff. Für besonnene Einsatzmethoden gegenüber Menschenaufläufen war die Armee nämlich nicht unbedingt berühmt.

»Meinen Sie das ernst?«

»Todernst«, antwortete er. »Ist das alles, was Sie für mich haben?«

»Nein, Sir«, sagte ich und ließ mich auf den Stuhl fallen. »Ich bin auch oben in Rishra gewesen.«

»Ach ja?« Taggart strich in dem maschinengeschriebenen Bericht einige Wörter durch und kritzelte etwas an den Seitenrand.

»Eine aus Goa stammende Frau wurde ermordet. Eine Krankenschwester, die von ihrer Schicht im Militärkrankenhaus von Barrackpore nach Hause kam. Sie wissen nicht zufällig, warum ausgerechnet Banerjee und ich mit dem Fall betraut wurden?«

Endlich bequemte sich Taggart, den Kopf zu heben. »Tun Sie nicht so begriffsstutzig, Sam. Die Masche ist ermüdend. Der Fall wurde Ihnen übertragen, weil ich *angeordnet* habe, dass er Ihnen übertragen wird. Und angeordnet habe ich das, weil der Vizekönig derzeit vor allem daran interessiert ist, Gandhi, Das und all die anderen Scheinheiligen der Kongresspartei in Misskredit zu bringen.« Seufzend legte er den Stift beiseite. »Sehen Sie, Sam, natürlich habe ich etwas gegen Mord, insbesondere wenn er dort verübt wird, wo ich die

Verantwortung trage. Aber wie es ausschaut, könnte dieser Fall sich als nützlich erweisen. Ich möchte, dass er geklärt wird und zwar schnell. Damit könnte ich mir den Vizekönig für eine Weile vom Hals halten.«

Vielleicht lag es an den Entzugserscheinungen, aber ich verstand noch immer nicht, was das Ganze mit mir zu tun haben sollte. Ein vernünftigerer Zeitgenosse hätte gewiss geschwiegen, aber ich zog es vor, meiner Ignoranz Ausdruck zu verleihen.

»Soll das heißen, Sie wollen, dass die Sache mit Das und seinen Anhängern in Verbindung gebracht wird?«, fragte ich.

Die Ader an seiner Schläfe trat hervor. »Seien Sie nicht albern, Sam. Glauben Sie im Ernst, ich wollte hier etwas kaschieren? Wenn ich das vorhätte, würde ich wohl kaum Sie damit beauftragen. Mir stehen reihenweise rückgratarme Officer zur Verfügung, die das erheblich besser erledigen können als Sie. Ich will die Wahrheit herausfinden, Sam. *Das* will ich. Ich will dem Vizekönig sagen können, dass ich meine besten Männer auf den Fall angesetzt habe. Und so erschreckend das auch sein mag, aber das sind nun einmal Sie und Banerjee.«

»Und was ist, wenn gar nicht Anhänger von Das dahinterstecken?«

Er musterte mich misstrauisch. »Haben Sie irgendeinen Anlass, daran zu zweifeln?«

Ich konnte ihm schlecht erklären, dass mein Bedenken auf den Parallelen gründeten, die es zwischen den Entstellungen im Gesicht der Frau und denen an einer männlichen Leiche gab, die in einer Opiumhöhle in Tangra versteckt lag.

»Nicht wirklich. Allerdings besteht die Möglichkeit, dass es sich um eine Beziehungstat handelt. Der Ehemann könnte darin verwickelt sein.«

»Irgendwelche Indizien, die das belegen?«

Ich schüttelte den Kopf. »Nur eine Theorie.«

Er musterte mich einen Moment lang. »Sie stammte nicht aus Bengalen, arbeitete für das britische Militär und lebte in Rishra, dem vermutlich größten Bolschewistenzentrum östlich von Moskau«, sagte er. »Solange keine eindeutigen Beweise dafür vorliegen, dass ihr Mann sie umgebracht hat, würde ich vorschlagen, Sie konzentrieren Ihre Ermittlungsarbeit auf Sympathisanten der Kongressleute. Sonst noch was, Captain?«

»Nein, Sir.« Nichtsdestotrotz nahm ich mir vor, Surrendernot damit zu beauftragen, in Rishra anzurufen. Sergeant Lamont sollte die Angaben von George Fernandes dazu, was er zur Zeit ihres Verschwindens getan hatte, noch einmal überprüfen und sich mit einigen ihrer Freundinnen und Nachbarn unterhalten. Klatsch gab es überall, in Bengalen genauso wie in England, und wenn Ruth Fernandes tatsächlich hinter dem Rücken ihres Mannes eine Affäre hatte, stand zu erwarten, dass irgendjemand etwas bemerkt hatte.

»Dann sollten Sie und Sergeant Banerjee jetzt mal besser zur Haora-Brücke aufbrechen. Der Vizekönig hat zwar das Militär mit der Sache betraut, ich hätte aber dennoch gern, dass Sie sich vor Ort ein Bild machen.«

Das Bild vor Ort zeigte Stillstand in Perfektion. Überall auf der Strand Road steckten Lastwagen, Autos und Busse fest und ragten unbeweglich wie Felsen aus einem Meer braunhäutiger Menschen in weißen Kurtas, Dhotis und mit weißen Gandhi-Schiffchen auf dem Kopf. Einen Moment dachte ich schon, Das hätte unsere Warnung beherzigt und die Congress Volunteers angewiesen fortzubleiben, aber dann entdeckte ich sie: Studenten und blutjunge Burschen, einige noch halbe Kinder, schmalbrüstig und mit dünnen Beinen, die in viel zu großen kakifarbenen Hemden und Shorts steckten und in den Augen der Welt aussehen mussten wie ein Pfadfindertrupp, der sich beim Wanderausflug in der Hampstead Heath verlaufen hatte. Dies also war das Freiwilligenheer, das die Leserschaft und Redaktion des *Englishman* dermaßen in Angst und Schrecken versetzte, dass dem Vizekönig keine andere Wahl blieb, als es zu verbieten.

Ich bezweifelte stark, dass hier ernsthaft ein Grund zu Befürchtungen bestand. Nie und nimmer waren diese Jungspunde dazu in der Lage, uns aus Indien hinauszuwerfen. Vermutlich würde bereits ein Platoon des Frauenhilfskorps der britischen Armee genügen, um sie in die Flucht zu schlagen. Und wenn die Probleme, die Surrender-not bei Gesprächen mit dem anderen Geschlecht zeigte, einen allgemeinen Aussagewert besaßen, würden die Damen wahrscheinlich nicht einmal Gewalt anwenden müssen. Sie brauchten die Jungs bloß in einen harmlosen Plausch zu verwickeln, und schon würden sie vor Schreck die Beine in die Hand nehmen.

Ich schüttelte den Kopf angesichts all dieser Absurdität. Allerdings schien ich mit dieser Einschätzung ziemlich alleine dazustehen. Die Volunteers jedenfalls nahmen sich selbst offenkundig sehr ernst, und die diskret verteilten Armeeeinheiten sprachen dafür, dass das Militär diese Meinung teilte. An den Straßenecken standen auch nicht die jungen Frauen des Hilfskorps, sondern kampferprobte Gurkhas, die unter breitkrempigen Hüten hervor die Menschenmenge mit steinerner Miene beobachteten und dabei die Gewehre schussbereit in der Hand hielten. Sie strahlten etwas Lauerndes, Bedrohliches aus, wie Löwen, die ihre Beute taxierten und nur auf den richtigen Augenblick warteten. Sie waren unmissverständlich bereit, jederzeit loszuschlagen und dieses Meer von Weiß auf Befehl blutrot zu färben.

Ich betete dafür, dass es nicht so weit kommen würde. Im Interesse aller. Die Menschenmenge war riesig, die größte seit Monaten, und wenn diese Demonstration in einem Blutbad endete, war weder garantiert, dass ausschließlich indisches Blut floss, noch dass es auf diesen Straßenzug oder überhaupt auf Kalkutta beschränkt blieb. Denn dem *Englishman* entging ebenso wie seinen Lesern und dem Vizekönig, dass nicht die Kongresspartei die eigentliche Bedrohung darstellte und auch nicht die Volunteers. Die wirkliche Gefahr waren die Abermillionen geknechteter Menschen, die das wahre Indien bildeten. Zum ersten Mal hatten sich die armen, ungebildeten und bislang stummen Massen, die neun Zehntel der Bevölkerung dieses Landes ausmachten, in Bewegung gesetzt, und wenn man diese Menschen in Rage brachte, dann würde es ihnen allein schon aufgrund ihrer gewaltigen Zahl mit Sicherheit gelingen, sämtliche Gurkhas und Engländer von sich abzuschütteln wie lästige Fliegen.

Im Grunde konnten sie das tun, wann immer sie wollten. Das Verblüffende war, dass sie es bislang noch nicht getan *hatten*. Stattdessen hielten sie Demonstrationen ab und beteten. Mir war es durchaus recht so. Ich hatte überhaupt nichts dagegen, dass sie lieber protestierten als revoltierten, schließlich würde es ungeheuer viele Menschen das Leben kosten, nicht zuletzt wohl auch mich, sollten sie es sich irgendwann anders überlegen.

Blieb die Frage, *warum* sie es bislang nicht getan hatten. Schenkte man dem Gerede in den verrauchten Salons des Bengal Club Glauben, lag es letztlich immer an der Ängstlichkeit der Inder und an ihrer Unfähigkeit, es mit den Weißen aufzunehmen. Doch ich hatte im Krieg erlebt, wie indische Truppen durch einen Bleihagel aus Maschinengewehrfeuer geradewegs in die Schützengräben der Hunnen stürmten und die Mistkerle dort allein mit ihren Gewehrkolben zusammenknüppelten. Daher schied Ängstlichkeit als Begründung aus.

Es musste etwas anderes sein, etwas in der Psyche dieser Menschen. Was es war, wusste ich nicht, aber ich war verflucht froh darüber.

Surrender-not und ich schoben uns durch die Menge. Vorne, nicht weit von der Zufahrt zur Brücke, hatte man ein behelfsmäßiges Podest errichtet, es in die weiß-grün-roten Flaggen des Nationalkongresses gehüllt und mit Girlanden aus Ringelblumen geschmückt. Daneben ragte ein fast zwei Meter hoher Berg aus Altkleidern in die Luft. Auf der Bühne stand ein ziemlich fetter Inder mit Brille und brüllte in ein wuchtiges Metallmikrofon, von dem Kabel hinabliefen zu zwei großen schwarzen Lautsprechern und zu etwas, das wie eine überdimensionierte Autobatterie aussah. Der Mann verzog sein schweißgebadetes Gesicht zu theatralischen Grimassen, die der Bühnenbretter am Haymarket würdig gewesen wären. Mit der Geschwindigkeit einer Gatling Gun ratterte er seine Sätze herunter, gestikulierte dazu ausladend und reckte schließlich einen knubbeligen Zeigefinger himmelwärts. Es war ein Rednerstil, wie ihn vorwiegend Menschen benutzen, die herzlich wenig mitzuteilen haben, die aber dennoch finster entschlossen sind, dieses Wenige jedem Einzelnen mit aller Macht einzutrichtern. Der Stil bedient sich bevorzugt griffiger Slogans, mit denen sich das Publikum aufheizen und jede Diskussion plattwalzen lässt. Das Traurige an dieser Technik ist die Tatsache, dass sie funktioniert.

Er riss seine Faust hoch und begann, eine Parole zu skandieren, die von der Menge rasch aufgegriffen wurde. Viele der Demonstranten ahmten seine Geste nach. Ich verstand nicht genau, was sie riefen, aber die letzten beiden Worte waren eindeutig »Cholbé nã«, was so viel hieß wie »Unannehmbar« oder »Das lassen wir uns nicht bieten«. Die Bengalen benutzten diese Wendung gerne. Wenn eine Formulierung die Widerspenstigkeit, die dieses Volk auszeichnete, auf den Punkt brachte, dann »cholbé nã«. Manchmal hatte man das Gefühl, dass für sie so ziemlich alles unannehmbar war und dieser Widerstreit gegen alles und jeden ihr ganzes Wesen definierte. Zugleich wurde man aber – wie bei diesem Redner auf der Bühne – nie den Eindruck los, dass ihre Entrüstung gekünstelt war, eine Inszenierung für all jene, die gerade zuschauten. Und es stellte längst keine große Überraschung mehr dar, wenn man die Erbosten kurze Zeit später dabei antraf, wie sie genau das taten, was sie vorher als »cholbé nã« verdammt hatten.

»Was sagt er, Sergeant?«

Surrender-not hielt den Blick weiterhin konzentriert zur Bühne gerichtet. »Sie protestieren gegen die von der Armee verhängte Ausgangssperre.«

»Geht's vielleicht auch ein wenig präziser?«

Er starrte mich an, und seine Miene verfinsterte sich. »Er sagt, die letzte Maßnahme des Vizekönigs beweist nur, wie sehr er die Macht des Volkes fürchtet, und dass die Herrschaft der Briten wie ein Joch auf unseren Schultern lastet und jeder, der mit den Versklavern seines eigenen Volkes kollaboriert, ein Verräter ist.«

Es war dämlich von mir gewesen nachzubohren. Seine Vagheit hatte nur dem Selbstschutz gedient.

Ich sah auf die Uhr. Halb sechs, und die Sonne stand bereits tief am Himmel. Ihre letzten Strahlen spiegelten sich auf dem Fluss, verliehen dem Wasser einen Karmesinton und sorgten dafür, dass die Soldaten, die am Ufer eine Kette gebildet hatten, zusammen mit ihren erhobenen Gewehren lange Schatten warfen. Die Ausgangssperre sollte um sechs in Kraft treten. Wir würden also in Kürze erleben, wie weit die Ablehnung der Demonstranten gegenüber der Maßnahme tatsächlich ging.

Der Mann auf der Bühne verstummte, tupfte sich die Stirn mit einem Taschentuch und fuhr dann in einem milderen, fast ehrfurchtsvollen Ton fort. Die Menge brach in Jubel aus.

»Er bittet den Deshbandhu auf die Bühne«, erklärte Surrender-not.

Hinter einem Wandschirm trat Das hervor. In weißem Dothi und dem über die Schulter geschlungenen Schal gab er das Musterbild eines erlauchten bengalischen Großbürgers ab. Langsam bestieg er die Bühne, schüttelte dem Dicken die Hand, ging zum Mikrofon und wartete darauf, dass der Applaus verebbte. Am Ende hörte sogar das allgemeine Gemurmel auf, und völlige Stille breitete sich aus, was in Kalkutta einem Wunder der Kategorie Wasser in Wein oder Brot- und Fischvermehrung gleichkam.

Mit sanfter Stimme begann Das auf Bengali zu sprechen. Surrender-not bemühte sich, mir die wichtigsten Punkte fortlaufend zu übersetzen.

»Er redet über *Swaraj*«, sagte er.

So lautete einer von Gandhis Lieblingsbegriffen. Wörtlich übersetzt hieß das so viel wie Selbstregierung, aber bei ihm und Das bedeutete es nicht nur politische, sondern mindestens ebenso sehr wirtschaftliche Unabhängigkeit.

»Er sagt, dass Inder heute als Sklaven leben … Dass unsere wirtschaftliche Versklavung noch größer ist als unsere politische … Dass Indiens Reichtum letztlich bloß in Londoner Handelshäusern und den Textilfabriken von Manchester und Leeds landet.«

Plötzlich bemerkte Das mich in der Menge. Er lächelte und wechselte, wie um mir einen Gefallen zu tun, mühelos von Bengali ins Englische.

»Allein von Manchester trifft jedes Jahr Tuch im Wert von sechzig Crore, also sechshundert Millionen Rupien, bei uns ein. Warum aber sollen wir den Briten sechshundert Millionen Rupien aus Indiens Kassen geben? Jeder, der ein oder zwei Stunden am Tag sein eigenes Tuch webt, wird am Ende des Jahres genug haben, um seine Familie mit allem Notwendigen zu versorgen.«

An dieser Stelle fiel er ins Bengali zurück. Seine Stimme wurde lauter, sein Tempo schneller, dennoch unterschied sich sein Ton von dem seines Vorredners. Geplärrte Schlagworte gab es hier keine. Dies war die Rede eines nachdenklichen Mannes, der Einsicht erzielen wollte, und nicht eine mit Phrasen erbrüllte Zustimmung.

Zehn Minuten später endete das Ganze in stürmischem Beifall. Das nickte der Menge zu und stieg von der Bühne. Am Fuß der Treppe erwartete ihn Subhash Bose, sein junger Gefolgsmann, der die Uniform der Volunteers trug und einen Holzstab in der Hand hielt, um dessen Spitze ein ölgetränktes Tuch gewickelt war. Wie auf Absprache reichte jemand aus dem Publikum Das ein Feuerzeug. Der Anwalt ließ es aufspringen und hielt die kleine Flamme an den Stofffetzen, der sofort Feuer fing. Das nahm die brennende Fackel, ging damit zum Kleiderberg und hielt sie an die untersten Lagen.

Einen Moment lang geschah gar nichts. Dann züngelte eine gelbe Flamme hoch, erfasste die benachbarten Kleidungsstücke, und wenig später brannte der gesamte Haufen lichterloh. Orangefarbene Flammen schossen in den immer dunkler werdenden Himmel, und bald war von dem mannshohen Berg nichts als eine Handvoll Asche übrig. Ich rechnete schon halb damit, dass die Armee sofort einschreiten würde. Tatsächlich erfasste die Reihen der Gurkhas eine gewisse Anspannung. Sie wirkten wie Windhunde, die sich bereit machten, jeden Moment aus der Starterbox zu preschen. Die Menschen um mich herum schienen es ebenfalls zu spüren. Aber Das hatte seine Aktion strategisch geschickt getimt. Bis sechs Uhr fehlten noch ein paar Minuten, und die Truppen orientierten sich an den Vorgaben der Ausgangssperre und warteten einstweilen ab. Den Umstand, dass im Grunde die gesamte Demonstration illegal war, blendeten alle Beteiligte lieber aus. Wie gewöhnlich glich das Ganze einem Spiel, bei dem beide Seiten auch ohne Absprache wussten, welche Regeln gerade galten und welche missachtet werden konnten. Dabei waren Regeln natürlich wichtig. Ohne Regeln kein Spiel, und glücklicherweise besaßen die Inder die gleiche Schwäche für Regeln wie wir. Wie sonst ließe sich die Liebe beider Völker zum Cricket erklären, einem Spiel, in dem kaum etwas passiert und ein derart schwer durchschaubares Regelwerk herrscht, dass eine korrekt ausgetragene Partie durchaus fünf Tage dauern kann und selbst dann noch häufig in einem Unentschieden endet? Tatsächlich machte dieser ganze gewaltfreie Kampf bisweilen den Eindruck eines endlos sich hinziehenden *Test Match*, bei dem wir uns zäh an der Schlaglinie festbissen, während die Inder uns aus dem Rough die schrägsten Bälle um die Ohren bowlten.

Punkt sechs kletterte Das, flankiert von ein paar Volunteers, zurück auf die Bühne. Er sprach die Menge auf Bengali an, doch diesmal hielt er keine Rede, sondern erteilte eher eine Anweisung. Prompt erhoben sich die Congress Volunteers unter den Zuhörern und setzten sich Richtung Brückenzufahrt in Bewegung. Dort ließen sie sich nieder und verhakten die Arme. Viele der weiß gekleideten Demonstranten folgten ihrem Beispiel. Wollten die Soldaten einschreiten, war jetzt der logische Zeitpunkt, und genau darauf musste Das spekuliert, wahrscheinlich sogar gehofft haben. Eine trügerische Stille legte sich über die Menge. Alle schienen die Luft anzuhalten. Qualvoll langsam verrannen die Sekunden, aber die Gurkhas blieben mit ausdruckslosen Gesichtern an ihren Plätzen, rührten sich nicht von der Stelle. Reglos wie Fels. Mir war es bislang nicht gelungen, den kommandierenden Offizier auszumachen, aber wer immer es auch sein mochte, ich bewunderte seine gelassene Vernunft. Die ganze Protestaktion von Das hatte nur dann Bedeutung, wenn wir seinen Köder schluckten und ihr diese Bedeutung *verliehen*. Ignorierten wir hingegen seine Provokationen, würde sich die Menge irgendwann von allein zerstreuen. Schließlich dämmerte es bereits. Schon bald würden die Temperaturen rapide sinken, und wenn etwas die Willensstärke eines Bengalen schneller schwinden ließ als die eines Franzosen in einem Weinkeller, dann war das Kälte. Wir brauchten also nichts weiter zu tun, als die Füße stillzuhalten und zu warten.

Selbstverständlich war Das sich dessen ebenso bewusst. Ich schaute zu ihm hinüber und hoffte, wenigstens einen Hauch von Zweifel in seinen Augen aufblitzen zu sehen, aber er strahlte nichts als selbstgewisse Zuversicht aus. Er wirkte wie ein General, der ein Schlachtfeld in Augenschein nahm, auf dem alles exakt nach Plan lief, und bei seinem Anblick wurde mir klar, dass ich ihn von Anfang an unterschätzt hatte. Der Ton seiner Stimme schlug nun unvermittelt um. Er rief einige Wort auf Bengali in den Menge, und alle erhoben sich. Dann begann er zu singen, und im Nu fielen Hunderte von Stimmen in seinen Gesang ein.

»Scheiße«, entfuhr es Surrender-not, der gewöhnlich nie fluchte. »*Vande Mataram*«, erklärte er dann. »›Ich verneige mich vor dir, Mutter‹.«

Ich kannte das Lied. Wir alle kannten es, selbst wenn wir den Text nicht verstanden. Es war die inoffizielle Hymne eines freien Indien und folgerichtig natürlich verboten. Wer sie sang, dem drohte Haft – und das meiner Meinung nach vollkommen zu Recht, allein schon weil das getragene Pathos dieses Klagelieds einfach so schaurig war, dass sich einem unwillkürlich die Nackenhaare sträubten.

Mir kam in den Sinn, was Das ein paar Stunden zuvor zu uns gesagt hatte.

»Unsere Aufgabe besteht doch gerade darin, eine Reaktion zu provozieren …«

Und was Provokationen anbelangte, so war *Vande Mataram* eine verdammt gute.

Seit Lord Curzon 1905 letztlich erfolglos versucht hatte, die Provinz in einen West- und einen Ostteil aufzuspalten, vereinte dieses Lied die Bengalen in ihrem Kampf und besaß inzwischen eine politische Bedeutung, die das Militär unmöglich ignorieren konnte. Das Absurde an der Sache war, dass man das Lied in den vergangenen fünfzehn Jahren ausschließlich in Kreisen der Armee ohne Angst vor Bestrafung hatte singen dürfen, insbesondere auf den Schlachtfeldern der Westfront. Dort hatten sich die Verantwortlichen nämlich nur zu gerne taub gestellt, wenn bengalische Regimenter es sangen, bevor sie gegen die Stellungen der Hunnen anrannten. Aber das waren eine andere Zeit und ein anderer Ort gewesen. Hier und jetzt würde die Reaktion anders ausfallen.

Mir dämmerte erst jetzt, was Das sich da ausgedacht hatte. Provokationen lassen sich nicht endlos ignorieren. Ab einem gewissen Punkt wird das Ausbleiben einer Reaktion eher als Zeichen von Schwäche gedeutet.

Und noch etwas hatten Das und Gandhi begriffen: auf welch wackligem Grund unsere Position letztlich fußte. Allein Waffengewalt verlieh uns die Kontrolle über Indien, und wenn militärische Überlegenheit die einzige Trumpfkarte war, die man in der Hand hatte, musste man sie früher oder später ausspielen.

Ob es nun das Lied war, die Kleiderverbrennung, die unverhohlene Missachtung der Ausgangssperre oder eine Kombination aller drei, der Armee riss jedenfalls der Geduldsfaden. Ein schriller Pfiff ertönte, und im nächsten Moment stürzten sich die Gurkhas mit gezückten Lathis auf die Demonstranten. Ein Hagel von Schlägen prasselte auf Rücken und Schultern, während die Schreie der Getroffenen die Luft zerrissen.

Aufzuckende Magnesiumblitze verrieten den etwas seitlich gelegenen Standort der Reporter, und umgehend schwenkte ein Trupp Soldaten in ihre Richtung ab. Es musste sich um Vertreter der Auslandspresse handeln, denn die lokalen britischen Blätter wären gar nicht erst auf die Idee gekommen, solche Bilder zu machen, da sie wussten, dass ihre Leser so etwas nicht sehen wollten. Indische Zeitungen wiederum waren zum Großteil geschlossen worden, oder man hatte ihren Besitz wegen Verletzung der Pressegesetze beschlagnahmt.

Und die wenigen, die noch übrig waren, mieden wohlweislich solch waghalsige Aktionen.

Minuten später hatten die Soldaten bereits den Rand der Bühne erreicht, wo Bose seine Volunteers verzweifelt aufforderte, die Arme unterzuhaken. Die Gurkhas durchbrachen die Kette wie ein Papierband beim Zieleinlauf und stürmten die Stufen hinauf, um zu Das und seinen beiden Helfern zu gelangen. Das Mikrofon kippte um, und ein ohrenbetäubend lauter und schriller Ton drang aus den Lautsprechern. Die Schreie in der Menge nahmen zu. Überall um mich herum waren Soldaten damit beschäftigt, Demonstranten in Richtung der wartenden Armeetransporter zu schleppen. Zu ihnen würden sich demnächst wohl auch Das und Bose gesellen, denen auf der Bühne gerade die Arme auf den Rücken gedreht wurden.

Als die Gurkhas den Anwalt kurz darauf unsanft die Stufen hinunter abführten, wollte Surrender-not neben mir schon losstürzen und einschreiten, aber ich bekam ihn im letzten Moment zu packen. Nach Luft schnappend schnellte er herum und funkelte mich so wütend an, wie ich ihn noch nie gesehen hatte.

»Wir müssen etwas tun«, schrie er über den Lärm hinweg.

Ich legte ihm beruhigend eine Hand auf die Brust. »Da können wir nichts tun«, erwiderte ich. »Wenn Sie sich einmischen, werden Sie bloß ebenfalls verhaftet. Dann ist mit Ihrer Karriere Feierabend, und als kleine Zugabe brechen die Gurkhas Ihnen wahrscheinlich auch noch den Kiefer.«

Während Das und Bose in einem geschlossenen Wagen der Armee verstaut wurden, rissen andere Soldaten auf der Bühne die rot-grün-weißen Wimpelketten herunter. Die Trikolore der Kongresspartei fiel vor uns auf den Boden, wo sie von den

Stiefeln der Soldaten und den Füßen der fliehenden Demonstranten in den Dreck getrampelt wurde.

»Ich möchte, dass Sie nach Lal Bazar zurückkehren, Sergeant«, sagte ich. »Das ist ein Befehl.«

»Um dort was zu tun?«

»Keine Ahnung. Finden Sie heraus, ob mittlerweile die Obduktionsergebnisse zu Ruth Fernandes vorliegen.« Ich wandte mich zum Gehen.

»Was ist mit Ihnen?«, fragte er. »Kommen Sie nicht mit?«

»Ich komme nach, sobald ich kann«, sagte ich. »Erst muss ich noch nach Alipore.«

14

Am Ende von Annies Auffahrt stand ein großer roter Hispano-Suiza. So einem Wagen begegnete man auf Kalkuttas Straßen nur selten, zum einen weil es eine spanische Marke war, zum anderen weil er mehr als ein Rolls-Royce kostete. Ich selbst hatte noch nie zuvor einen gesehen, und sein Anblick vor dieser Tür war in etwa so beruhigend wie der eines Hais, der im Londoner Serpentine seine Bahnen zieht.

Mir war selbst nicht ganz klar, was mich schon wieder hergetrieben hatte. Vielleicht wollte ich mich davon überzeugen, dass bei ihr alles in Ordnung war. Gut möglich aber auch, dass ich hoffte, ein Besuch bei ihr würde meine Gedanken ablenken von der Szene, die ich soeben erlebt hatte, als Gurkhas über unbewaffnete Zivilisten herfielen.

Die Eingangstür war frisch gestrichen, und im Haus rumorten Handwerker, die offenbar die letzten Arbeiten an der ersetzten Scheibe abschlossen. Wie gewöhnlich erschien Anju, Annies Hausmädchen, und führte mich in den Salon. Sie wirkte heute deutlich besser gelaunt als am Vortag.

»Wem gehört denn das Auto?«, erkundigte ich mich auf dem Weg durch den Flur.

»Mr. Schmidt, Sahib«, hauchte sie atemlos, als würde sie vom Papst sprechen.

Das hörte sich gar nicht gut an.

»Deutscher?«, fragte ich.

»Nein, nein, Amerikaner«, erklärte sie strahlend.

»Noch schlimmer.«

Sie öffnete die Tür zum Salon und ließ mich eintreten. Am Fenster stand ein großer blonder Kerl mit einem Schnurrbart im Gesicht und einem Drink in der Hand. Er trug kakifarbene Hosen mit Aufschlag und einer Bügelfalte, die scharf genug war, um damit Brot zu schneiden, dazu ein Hemd, dessen blendendes Weiß allenfalls noch vom Strahlen seiner unwirklich perfekten Zähne übertroffen wurde.

»Memsahib wird gleich nach unten kommen«, sagte Anju.

Eine Wolke Eau de Cologne kündigte den Mann an, der herüberkam und mir eine manikürte Hand entgegenstreckte.

»Schmidt«, sagte er, wie als Antwort auf eine Frage, die ich gar nicht gestellt hatte. »Stephen Schmidt. Und Sie sind?«

»Wyndham.« Misstrauisch schüttelte ich seine Hand. »Captain Wyndham.«

»Freut mich, Sie kennenzulernen, Wyndham. Miss Grant hat Sie schon mal erwähnt.«

»So? Hat sie das?«

»Yep. Erzählte, Sie seien Polizist. Ich bin froh, dass Sie hier sind. Mich würde interessieren, was Sie wegen des Angriffs auf die Dame unternommen haben.«

»Sie meinen das kaputte Fenster?«

»Ganz richtig. Ich hoffe doch, Sie bringen gute Neuigkeiten.«

»Eigentlich nicht.«

Schmidt schüttelte den Kopf, als hätte ich ihn auf irgendeiner elementaren Ebene enttäuscht. Vielleicht hatte ich auch bloß seine niedrigen Erwartungen in mich bestätigt.

»Sie müssen die Verantwortlichen schnappen und ihnen so

richtig die Hölle heißmachen. Ich möchte, dass sie die volle Schärfe des Gesetzes zu spüren bekommen.«

Was den Angriff auf Annies Haus betraf, hatte ich in Wahrheit herzlich wenig unternommen – im Grunde gar nichts. Nachdem sie mein überhastetes Angebot, einen Constable vor ihrer Tür zu postieren, ausgeschlagen hatte, war ich schlichtweg mit wichtigeren Dingen beschäftigt gewesen. Aber das würde ich Schmidt ganz sicher nicht auf die Nase binden.

»Wir arbeiten an der Sache«, erklärte ich. »Und keine Bange, wir werden ihnen sämtliche Höllen heißmachen, die sich finden lassen.«

»Schön«, sagte er und zog ein handgraviertes silbernes Zigarettenetui aus der Tasche. »Aber nicht vergessen!« Er ließ den Deckel aufschnappen und bot mir eine Zigarette an.

»Und was führt Sie nach Kalkutta?«, fragte ich und bediente mich.

»Geschäfte«, sagte er und gab uns beiden Feuer.

»Welcher Art?«

»Tee«, verkündete er mit viel Verve. »Zwei Fünftel des gesamten Tees, der im nördlichen Teil des Mittleren Westens getrunken wird, stammen von mir.«

»Ist das denn viel?«, fragte ich. »Bislang habe ich immer gedacht, dass Amerikaner das Zeug lieber in den Bostoner Hafen kippen, als es zu trinken.«

»Es ist sehr viel, das können Sie mir glauben.«

»Und, planen Sie, länger zu bleiben?«

Die Tür schwang auf, und Annie kam herein. Sie trug ein blaues Seidenkleid und um den Hals eine kunstvoll gefertigte, diamantenbesetzte Silberkette. Der Aufmachung nach zu urteilen, war sie für den Abend verabredet.

»Eine gute Frage«, sagte sie. »Wie lange planst du zu bleiben, Stephen?«

»Bis auf Weiteres«, antwortete er lächelnd.

Das war entschieden länger, als ich gehofft hatte.

Annies Blick wanderte von ihm zu mir. »Na, wie ich sehe, versteht ihr euch auf Anhieb.«

»Absolut«, bestätigte Schmidt.

»Blendend«, bestätigte auch ich.

»Kann ich dir etwas zu trinken bringen, Sam?«, fragte sie. »Stephen trinkt Bourbon.«

»Nein, danke, nicht im Dienst«, erwiderte ich steif.

»Und was genau führt dich her, Sam?« Sie schlenderte zum Barschrank, vermutlich um sich einen Pink Gin zuzubereiten. »Habt ihr die Vandalen erwischt, die mein Haus beschädigt haben?«

»Wie ich gerade schon zu Mr. Smith hier …«

»*Schmidt*«, korrigierte er mich.

»Verzeihung … zu Mr. Schmidt hier gesagt habe, arbeiten wir daran. Ich bin nur vorbeigekommen, um nachzusehen, ob alles in Ordnung ist.«

»Alles wunderbar, Sam.« Sie drehte sich um und nippte an ihrem Drink. »Vielen Dank für die Nachfrage.«

»Hast du etwa vor, heute Abend in die Stadt zu fahren?«, fragte ich. »Ich fürchte, in diesem Fall wäre eine Änderung der Pläne ratsam. Die Straßen sind nämlich dicht.«

»Wirklich?«, sagte Schmidt. »Und weshalb diesmal?«

»Wieder eine Demonstration.«

»Bekommen diese Inder denn nie die Nase voll davon?«

»Sie möchten eben gern den König von England loswerden«, sagte ich. »Ich dachte, gerade Sie als Amerikaner würden dafür Verständnis aufbringen.«

Schmidt schüttelte den Kopf. »Nicht wenn es mir ein Dinner Date mit Miss Grant zu versauen droht.« Er stürzte den Rest seines Bourbons herunter. »Auf geht's, Annie. Wenn Wyndham recht hat und kaum ein Durchkommen ist, sollten wir vielleicht etwas früher los.«

So war »Änderung« der Pläne nicht gemeint gewesen. Vielleicht hätte ich besser eindeutig zur »Absage« raten sollen.

Annie sah mich an. »Es macht dir doch nichts aus, Sam, oder?«

»Ich müsste nur kurz mit dir reden«, erwiderte ich und fuhr zu Schmidt gewandt fort: »Wenn es Ihnen recht ist, würde ich Miss Grant gern kurz unter vier Augen sprechen. Ich muss sie über gewisse Entwicklungen in Kenntnis setzen.«

Schmidt schenkte mir einen skeptischen Blick und sagte dann zu Annie: »Wir haben einen Tisch reserviert.«

»Was der Captain mir zu berichten hat, wird nicht lange dauern.« Sie ging in Richtung Tür.

»Bestimmt nicht«, pflichtete ich bei und folgte ihr. »Fünf Minuten, allerhöchstens.«

»Ein Dinner Date«, sagte ich, sobald wir im Flur außer Hörweite waren. »Ich hoffe, du hast dir was richtig Teures ausgesucht.«

»Was wolltest du mir mitteilen?«, fragte sie, ohne auf meinen Kommentar zu reagieren.

»Es hat einen Überfall gegeben«, erklärte ich. »Oben in Rishra. Eine Christin, die aus Goa stammt, wurde ermordet. Der Commissioner glaubt, radikale Inder könnten dafür verantwortlich sein.«

Sie machte ein verständnisloses Gesicht. »Und was hat das mit mir zu tun?«

Die Frage stellte ich mir auch gerade. Im Grunde genommen wenig, womöglich sogar überhaupt nichts, aber nach dem Angriff auf ihr Haus und der gewaltsamen Auflösung der Demonstration vorhin wurde ich das beängstigende Gefühl nicht los, dass die Dinge immer stärker außer Kontrolle gerieten. Als Anglo-Inderin war Annie sowieso ständig irgendwelchen Anfeindungen ausgesetzt, und vielleicht fürchtete ich einfach, sie, wenn es richtig schlimm kam, nicht retten zu können. Genau wie ich meine Frau Sarah nicht hatte retten können.

»Die Sache wird langsam hässlich«, sagte ich. »Gandhis Ankündigung, zum Jahresende die Unabhängigkeit Indiens zu verkünden, hat in beiden Lagern einen enormen Erwartungsdruck erzeugt, und dieser bescheuerte Besuch des Prince of Wales macht das Ganze nur noch schlimmer. Ich möchte dich gern in Sicherheit wissen, bevor sie auch noch anfangen herumzuballern.«

Sie legte mir sanft die Hand auf den Arm. »Sei nicht gleich so melodramatisch, Sam.«

»Ich meine es ernst.«

Sie schwieg einen Moment und spielte an dem Diamantstecker in ihrem Ohrläppchen. »Wenn sonst nichts ist, Sam, dann müsste ich jetzt zu Stephen zurück.«

»Bist du dir sicher bei ihm?«, fragte ich.

»Wie bitte?«

»Ist er wirklich ein Chai-Wallah? Yankees haben keinen blassen Schimmer von Tee, das weiß doch jeder. Mein Bauchgefühl sagt mir, dass er eher ein *Bootlegger* ist, der sich hier in der Stadt Ausrüstung für seine Schwarzbrennereien besorgen will.«

Sie betrachtete mich ungläubig. »Nicht wieder dein berühmtes Bauchgefühl, Sam. Stephen ist Teehändler, nicht irgendein amerikanischer Mafioso. Eine arglosere Seele hat Kalkutta noch nicht erlebt, das sieht man doch auf den ersten Blick. Und dass er nicht alles und jeden mit so viel Zynismus betrachtet, gehört ja gerade zu den Dingen, die mir an ihm gefallen. Er hat tatsächlich Freude am Leben. Nicht so wie du. Du verstehst die Gegenwart mehr als eine auferlegte Strafe, mit der du für irgendwelche Sünden aus einem vergangenen Leben büßt. Wie irgend so ein hinduistischer Mystiker.«

Unsere Stimmen mussten lauter geworden sein, denn plötzlich stand Schmidt im Flur.

»Alles in Ordnung?«, fragte er.

»Völlig«, antwortete Annie. »Captain Wyndham wollte eben gehen.«

»Ich muss zurück ins Präsidium«, fügte ich überflüssigerweise hinzu.

»So spät abends?«, fragte er.

»Es gibt noch einiges zu erledigen«, sagte ich. »In zwei Tagen steht der Besuch des Prince of Wales an.«

Schmidts Augen leuchteten auf. »Sind Sie etwa an der Organisation beteiligt?«

»Ja«, log ich. »Die Vorbereitung der Sicherheitsmaßnahmen muss noch abgeschlossen werden. Und was noch viel wichtiger ist, ich muss den Übeltäter finden, der Miss Grant das Fenster eingeschmissen hat.«

15

Ich fuhr nicht nach Lal Bazar. Stattdessen ließ ich mich zu Hause absetzen. Der Besuch bei Annie hatte mir gründlich die Stimmung verdorben. Außerdem brauchte ich dringend meine Portion *Kerdū*-Brei.

Bei meiner Ankunft lag die Wohnung erneut in tiefster Dunkelheit, doch Sandesh hatte offenbar meinen Schlüssel in der Tür gehört und schaltete rasch das elektrische Licht im Wohnzimmer an.

Seine Miene wirkte besorgt.

Ich forderte ihn auf, mir einen Whisky und *Kerdū*-Saft zu bringen, und ließ mich in einen Sessel fallen.

»Ja, Sahib«, erwiderte er, machte aber keinerlei Anstalten, sich in Richtung des Barschranks zu bewegen. Stattdessen drückte er sich unbehaglich ein paar Schritte hinter mir herum. Irgendwas stimmte hier nicht. Um das zu erkennen, brauchte es keinen Detektiv.

»Was ist los?«

»Die *Kerdū*-Kürbisse, Sahib.«

»Was ist damit?«

»Sie sind schlecht geworden«, erklärte er nervös.

»*Was*?«

»Zwei waren noch da, Sahib, aber heute Nachmittag bemerke ich, dass sie sind faul. Also ich bin zum Markt, um neuen Vorrat zu kaufen, aber der Gemüsehändler hat keine.«

»Hast du es woanders versucht?«, fragte ich und bemühte mich, mir meine steigende Unruhe nicht anmerken zu lassen.

»Ich war auf drei verschiedenen Märkten, Sahib. Heute gab es kaum etwas überall. Die meisten Bauern und Markthändler kommen gar nicht erst in die Stadt oder schließen früh wegen *Hartal* an Brücke.«

Ich spürte, wie mir der Schweiß auf die Stirn trat. »Kannst du nicht einfach die fauligen Stellen rausschneiden und den Rest benutzen?«

Sandesh schüttelte den Kopf. »Alte habe ich schon weggeschmissen.«

Unser Müll landete gemeinsam mit dem der anderen Wohnungen auf einem Sammelplatz neben der Straße, wo die städtische Müllabfuhr ihn in unregelmäßigen und völlig beliebig wirkenden Intervallen abholte. Einen kurzen Moment spielte ich schon mit den Gedanken, ihn loszuschicken, um die fauligen *Kerdū*-Kürbisreste aus dem Müll zu klauben, aber das war zu albern. Dass ich jede Selbstachtung verloren hatte, war schon schlimm genug; jetzt auch noch in den Augen meines Hausdieners so tief zu sinken durfte ich nicht zulassen.

»Dann bring mir nur den Whisky.«

Mit einem gewissen Stolz auf meine Willensstärke nahm ich wenig später das Glas entgegen. So ist das eben im Spiel zwischen Sucht und Entsagung: Ein kleiner Sieg hier und da reicht bereits aus, um weit gravierendere Niederlagen erfolgreich zu verdrängen. Dabei war angesichts der heftigen Entzugserscheinungen, die meinen Körper inzwischen schüttelten, doch längst klar, wie kurzlebig meine Entschlossenheit sein würde. Schneller als der Morgennebel im Hochland von Dekkan würde sie sich verflüchtigen.

Ich kippte den Whisky auf ex und rief Sandesh zu, mir noch einen zu bringen. Die Wanduhr draußen im Flur schlug Viertel vor. Eine erdrückende Schwermut befiel mich und verfinsterte meine Stimmung weiter. Die vergangenen achtundvierzig Stunden hatten es ganz schön in sich gehabt. Neben zwei Morden, die zwar scheinbar nicht miteinander in Verbindung standen, bei denen die Leichen jedoch auf exakt dieselbe Weise zugerichtet worden waren, hatte ich erleben müssen, wie das Militär die friedliche Demonstration von Das gewaltsam beendet und den alten Mann Gott weiß wohin verschleppt hatte. Mir selbst war es lediglich gelungen, Surrender-not davon abzuhalten, sich auf die Soldaten zu stürzen und seine Karriere zu zerstören. Und zur Krönung des Ganzen speiste Annie gerade in Gesellschaft eines amerikanischen Millionärs, dessen Gesicht die Seiten der *Vanity Fair* und dessen Lächeln das Cover der *Dentistry Weekly* schmücken sollte, während ich hier hockte und ernsthaft darüber nachdachte, verfaultes Gemüse aus dem Müll zu fischen.

Sofern es etwas wie Festtagsfreude in Kalkutta überhaupt gab, musste sie an der Premchand Boral Street vorbeigegangen sein. Nur gut, dass ich dem Geist des Weihnachtsfests noch nie viel hatte abgewinnen können. Die letzte Ausnahme war 1913 gewesen, das Jahr vor dem Kriegsausbruch.

Ein paar Monate zuvor war ich Sarah begegnet und hätte zu diesem Zeitpunkt nicht einmal zu träumen gewagt, dass wir ein gutes Jahr später heiraten würden. Dennoch tat ich seinerzeit mein Bestes, sie zu gewinnen. So besorgte ich Karten für Marie Lloyd im Pavilion und ging mit Sarah auf dem zugefrorenen Teich im Victoria Park Schlittschuhlaufen. Inzwischen lag das alles acht Jahre und ein ganzes Menschenalter zurück.

Genau wie Annie hatte es auch Sarah, als wir uns kennenlernten, nicht an Verehrern gemangelt. In ihrem Fall hatten die mir jedoch nie Sorgen bereitet. Ich war damals noch ein anderer. Ein junger Mann, von sich selbst überzeugt. Auch die Rivalen unterschieden sich. Statt Millionären und Maharadschas, wie sie um Annies Zuneigung buhlten, waren es eher Intellektuelle und politische Hitzköpfe gewesen. Doch obwohl diese Männer Welten trennten, unterschied sich ihr Vorgehen nicht sehr voneinander. Sarahs Verehrer versuchten, einen mit ihrem scharfen Verstand einzuschüchtern, während die von Annie dasselbe mit ihrem Geld erreichen wollten. Ich hätte nur schwer sagen können, welche Gruppe ich widerlicher fand.

Sarah starb in den Nachwehen des Kriegs. Sie zählte zu den ersten Opfern der großen Grippeepidemie, die damals so viele dahinraffte. Ich war nicht an ihrer Seite gewesen, als sie erkrankte, hatte von ihrem Tod sogar erst Monate später erfahren, denn auch ich hatte in dieser Zeit im Lazarett gelegen. Vollgepumpt mit Morphium, erholte ich mich von Kriegsverletzungen, an denen ich, gäbe es wirklich einen Gott, sofort gestorben wäre. So aber überlebte ich und musste weitermachen, auch wenn mir der Tod verlockender und gerechter erschien.

Vielleicht hatte Annie recht. Vielleicht büßte ich dafür nun lebenslänglich.

Sarahs Tod hatte mich fortgetrieben nach Kalkutta, und Annies Anwesenheit hatte mich bleiben lassen. Doch die Erinnerung an Sarah lebte weiter in mir, und sie beschämte mich Tag für Tag. Ich hasste die Vorstellung, was sie wohl heute von mir halten würde. Von diesem whiskydurchtränkten Opiumsüchtigen. Würde sie bei meinem Anblick noch irgendetwas an den Mann erinnern, dem sie das Jawort gegeben hatte? Die Frage bohrte sich wie eine glühende Nadel in meine Schläfe, und ich tat mein Bestes, sie wieder hinauszuzwingen.

Ich sah auf die Uhr. Es war schon spät. Wo Surrender-not nur blieb?

Inzwischen hätte er längst von Lal Bazar zurück sein müssen. Ein wenig hegte ich den Verdacht, dass er herausfinden wollte, wohin die Armee Das brachte. Womöglich hat er sogar den Versuch unternommen, ihn zu begleiten, was natürlich ein vollkommen aussichtsloses Unterfangen war. Die Armee hatte nicht die Angewohnheit, Polizisten einzubeziehen – schon gar keine indischen.

Ich stand auf, packte meine Jacke und lief zur Tür, mehr um meinen eigenen Gedanken zu entrinnen, als um nach dem Sergeant zu suchen. Ich stieg die Treppe hinunter, trat durch die Haustür und ließ mich auf dem Rand der Vortreppe nieder. Dort steckte ich mir eine Zigarette an und wartete auf Surrender-not.

Der Abend war kühl, und wie ein wechselwarmes Tier brauchte auch die Straße eine Weile, bis Leben in sie kam. In den Zimmern der Bordelle waren nur wenige Fenster erleuchtet, und statt des üblichen Stroms an Freiern tröpfelte es heute nur. Womöglich schmälerten Frostbeulen an der Libido bei so einigen den Tatendrang. Als ich meine Zigarette bis zum letzten Stummel aufgeraucht hatte, schnippte ich sie aufs Pflaster und zündete mir eine neue an. Es machte nicht den Eindruck, als würde Surrender-not in nächster Zeit nach Hause kommen. Ich hoffte bloß, dass er noch in Lal Bazar saß und die Berge an Papierkram erledigte, die unsere Nachforschungen in Rishra verursacht hatten. Schließlich war er stets pflichtbewusst bei der Sache – umso mehr, seit er es vorzog, mir abends aus dem Weg zu gehen. Verübeln konnte ich es ihm nicht. Ich hätte selbst keine Zeit mit mir verbracht, wenn es sich irgendwie hätte vermeiden lassen.

Hinter mir öffnete sich die Haustür, und gelbes Licht fiel auf den zementierten Absatz. Ich wandte mich um und erkannte im Eingang die Silhouette eines Mädchens aus dem Bordell direkt neben uns.

»*Ki korchho*, Captain, Sahib?«, sagte sie in diesem aufgesetzt scheltenden Ton, den Frauen gerne bei Männern benutzen, die sie nicht einfach anschreien können. Ich erkannte die Stimme. Wir hatten gelegentlich ein paar freundliche Worte gewechselt, auch wenn das schon eine Weile her war und mir im Moment ihr Name nicht einfallen wollte.

»Wonach sieht's denn aus? Ich sitze hier und rauche.« Ich hob die Hand mit der brennenden Zigarette.

Die junge Frau im Sari schüttelte energisch den Kopf. »Hier können Sie nicht rauchen.«

»Und ob ich das kann«, sagte ich und nahm einen Zug. Manchmal fragte ich mich wirklich, was mit den Leuten los war. Wozu war man als Brite Kolonialherr in ihrem Land, wenn man nicht mal in Ruhe eine Zigarette rauchen durfte?

»Sie vertreiben uns Kundschaft, Mr. Polizist Sahib«, erklärte sie und machte einen Schritt nach vorn, als wollte sie mir gleich wie einem Straßenköter einen Tritt verpassen. Jetzt fiel mir auch ihr Name wieder ein. *Purnima*. Surrender-not hatte sich ziemlich von ihr angetan gezeigt, wenn ich mich recht erinnerte. Bei ihm hieß so etwas, dass er sie – wie jede hübsche Frau – einfach betörend fand, was ihn wiederum veranlasste, ein paar Tage lang so viel wie möglich über sie in Erfahrung zu bringen. Er forschte nach, mit wem sie verkehrte, überprüfte Polizeiakten und unternahm so ziemlich alles, außer sie tatsächlich anzusprechen. Natürlich kam er auf diese

Weise nie einen Schritt weiter, und das war – so mein Verdacht – auch exakt das von ihm bezweckte Ergebnis.

Er hatte mir sogar erklärt, was ihr Name bedeutete, aber ich wusste es nicht mehr. Wahrscheinlich irgendwas mit Sonne oder Mond oder irgendeiner Gottheit. Aus einer dieser drei Quellen schienen in Indien fast alle Frauennamen abgeleitet.

»Welche Kundschaft?«, konterte ich. »Seit ich hier sitze, hab ich noch nicht einen Mann in die Straße biegen sehen.«

Sie kam heraus, hockte sich neben mich und bat stumm mit einer Handbewegung um eine Zigarette. Ich gab sie ihr.

»Ist doch auch verständlich, oder?«, sagte sie und hielt ihre Zigarettenspitze an das Streichholz, das ich entzündet hatte. »Da sitzt direkt in unserem Eingang ein Sahib. Und noch dazu ausgerechnet ein Polizei-Wallah. Wenn die Sie hier sehen, fordern sie doch sofort den Rikscha-Wallah auf weiterzulaufen.«

»Um mich aus dieser Distanz in der Dunkelheit zu erkennen, müssen sie aber verdammt gute Augen haben. Und ein paar übersinnliche Kräfte natürlich auch, um sofort zu wissen, dass ich Polizist bin. Damit dürften Sie über die scharfsinnigste Kundschaft der Stadt verfügen. Wobei mir gerade einfällt, dass Aufforderung zur Unzucht in Kalkutta gegen das Gesetz verstößt. Ich könnte Sie also verhaften lassen.«

»Also bitte«, sagte sie und verdrehte die Augen. »Jeder hier weiß doch, dass die Polizei niemals Mädchen verhaftet, die arbeiten. Die Polizei wartet lieber hinter der nächsten Ecke auf deren Kunden und droht, sie einzusperren, wenn sie ihnen kein Geld geben.«

Da hatte sie recht. Neben Drogenhandel fiel auch Prostitution in den Zuständigkeitsbereich von Callaghans Vice Division. Aber dem Gunstgewerbe ließ sich ebenso wenig Einhalt gebieten wie den Gezeiten – oder der gewaltfreien Nichtkooperation. Wenn man heute Nacht sämtliche Nutten der Stadt verhaftete, wären die Bordelle morgen schon wieder mit neuen Mädchen gefüllt. Ab und an führte die Polizei mit reichlich Tamtam Razzien durch, in erster Linie der Presse zuliebe. Ansonsten konzentrierten sich Callaghans Leute eher auf Drogengeschäfte, weshalb tatsächlich häufig Officer der lokalen Thanas in die Bresche sprangen und in irgendwelchen Seitengassen lauerten, um sich der Kundenschaft der Mädchen als zusätzliche Einkommensquelle zu bedienen.

»Wenn Sie mich verhaften *würden*, hätten Sie gleich drei Probleme«, fuhr sie fort.

»Drei?«

»Drei.« Sie nickte bestätigend. »Erstens müssten Sie alle anderen Mädchen in der Straße auch verhaften, weil es ansonsten aussehen würde, als wären Sie von denen bestochen worden. Zweitens sind die Gefängnisse bereits jetzt überfüllt, wie jeder weiß, und Sie wüssten gar nicht, wohin mit uns.«

»Und drittens?«

»Drittens würde aus diesem Viertel eine vornehme *Para*, wenn alle Mädchen von der Straße sind, und der Hausbesitzer würde Ihnen die Miete verdreifachen«, erklärte sie strahlend.

Ihre Logik war bestechend. Überhaupt verfügten bengalische Frauen häufig über eine enorme Durchsetzungsfähigkeit. Hatten sie sich einmal etwas in den Kopf gesetzt, waren sie unmöglich wieder davon abzubringen. Meine persönliche Theorie darüber, warum bengalische Männer so viel Zeit damit verbrachten, über Politik zu reden und gegen die britische Herrschaft zu wettern, lief folglich darauf hinaus, dass es für sie schlicht einfacher war, sich gegen *unsere* Tyrannei aufzulehnen als gegen die, der sie zu Hause unterworfen waren.

Eine These, die zumindest eine eingehendere Untersuchung verdient hätte.

»Und jetzt los«, schloss sie knapp und stand auf. »Machen Sie einen Ihrer nächtlichen Ausflüge. Gehen Sie dahin, wo Sie auch sonst die halbe Nacht verbringen.«

Ich wollte schon protestieren, aber dann dachte ich: Warum eigentlich nicht? Es war zwar noch immer früh, aber es war bereits dunkel, und bevor ich hier noch länger auf der Premchand Boral Street herumhing, Freier verscheuchte und meinen gesamten Zigarettenvorrat vernichtete, konnte ich genauso gut losziehen und in Tangra mein Glück versuchen.

Also stand ich auf, verabschiedete mich mit einem Nicken und verschwand in der Nacht.

Ohne mir viel Umstände zu machen, steuerte ich die nächste Tonga-Station ein paar Straßen weiter an. Früher hatte ich diesen Warteplatz gemieden, stattdessen lieber Tongas von weiter weg genommen und meine Route regelmäßig geändert. Inzwischen jedoch ersparte ich mir das ganze Versteckspiel. Ein solch übermächtiges Verlangen nach einem Schuss O fegte jeden Gedanken an Vorsicht hinweg. Genau das sollte ich schon bald bedauern. Hinter der Ecke zur College Street stand ein kräftig gebauter blonder Mann im Lichtschein einer Straßenlaterne und las Zeitung. Dem Schnitt seines Anzugs nach ein Engländer. Er schaute auf, als ich mich näherte, und irgendetwas an seinem Gesichtsausdruck kam mir bekannt vor.

»Entschuldigung«, sagte er. »Hätten Sie vielleicht zufällig Feuer?«

Mechanisch griff ich nach dem Streichholzmäppchen in meiner Tasche, riss eins ab und zündete es an. Der Gentleman streckte seine Hand aus, in der er allerdings keine Zigarette hielt, sondern einen Revolver. Hinter mir hörte ich einen Wagen am Bordstein halten. Ich wandte den Kopf und sah, wie die hintere Tür sich öffnete.

Die Flamme des Streichholzes war heruntergebrannt und versengte mir die Finger. Ich schleuderte es in den Rinnstein.

Der Mann gestikulierte mit seiner Waffe Richtung Wagen. »Einsteigen«, sagte er.

Ich wollte schon widersprechen, aber es mangelt einem irgendwie an Argumenten, wenn die Mündung eines Revolvers direkt auf den eigenen Bauch zielt. Also kam ich der Aufforderung nach und kletterte in den Wagen. Mein neuer Freund mit dem Revolver folgte mir. Da auf der Rückbank bereits ein weiterer Schlägertyp wartete, hatten wir es dahinten zu dritt richtig gemütlich. Vorne gab ein indischer Fahrer Vollgas, sobald die Tür ins Schloss fiel.

Ich atmete tief durch und versuchte, Ruhe zu bewahren, indem ich mir einredete, dass meine Entführer viel zu höflich wirkten für Leute, die mir bloß eine Kugel in den Kopf jagen wollten. Außerdem sagte ich mir, dass der Auftraggeber bei einer geplanten Erschießung für den Job mit Sicherheit indische Handlanger geschickt hätte, keine Engländer. Auf diese Weise ließ sich so etwas einfach sauberer erledigen.

Und billiger.

Weit heftigere Sorgen bereitete mir ein ganz anderer Aspekt. Wo auch immer sie mich hinbrachten, ich bezweifelte stark, dass es eine Opiumhöhle sein würde. Ich fieberte bereits jetzt nach einem Schuss, und nun war vollkommen unklar, wie lange es dauern würde, bis ich einen bekam. Meine neuen Freunde schienen nicht von der gesprächigsten Sorte zu sein, daher blieb es an mir hängen, das Eis zu brechen.

»Wo geht's denn hin? Irgendwas Hübsches?«

»Das sehen Sie noch früh genug«, antwortete der, der mich um Feuer gebeten hatte. In Wahrheit hatte ich bereits eine bestimmte Ahnung, wohin der Ausflug ging. Schließlich begegneten mir Männer wie diese nicht zum ersten Mal. Typen mit soldatischem Auftreten, Stiernacken und einer gewissen physischen Ausstrahlung, mithin genau solche Typen, wie sie der militärische Geheimdienst gerne anstellt, um die Schmutzarbeit für ihn zu erledigen, etwa an Türen zu hämmern oder auf Schädel.

Der Wagen raste durch den Maidan, und schon bald tauchten die dicken Mauern von Fort William vor uns auf wie ein böser Traum. Hier residierte das Eastern Command der Armee und deren Geheimdienstabteilung, die Section H.

Der Fahrer wurde schnell durch das Tor gewinkt und fuhr weiter, ohne merklich abzubremsen. Dies war keineswegs mein erster Besuch an diesem berühmt-berüchtigten Ort, und trotz der späten Uhrzeit stand mir gewiss ein freundlicher Plausch mit einem der leitenden Offiziere von Section H bevor, eine Aussicht, die an Attraktivität ungefähr einer Wurzelbehandlung gleichkam. Wie der gleichnamige Titelheld in Bram Stokers »Dracula« neigte Section H dazu, ihre eigentliche Arbeit erst nach Einbruch der Dunkelheit zu verrichten.

Aber statt vor der Zentrale des Geheimdiensts anzuhalten, raste der Wagen einfach weiter. Die Strahlen der Scheinwerfer schnitten durch die Nacht, und plötzlich spürte ich, wie mir Schweißperlen den Rücken hinabliefen.

Minuten später hielten wir schließlich vor einem niedrigen länglichen Bau. Der Gorilla neben mir öffnete die Tür und stieg aus. Als ich keine Anstalten machte, ihm zu folgen, beugte er sich herunter und schaute mich an.

»Los jetzt«, brummte er gelangweilt, und für den Fall, dass mir abweichende Gedanken durch den Kopf gehen sollten, hob der Kerl, der noch links von mir saß, seine etwa tennisschlägergroße Pranke und versetzte mir einen heftigen Stoß. Ich stolperte aus dem Wagen, richtete mich auf und sah mich um. Das Gebäude besaß eine Stahltür, neben der jeweils statt Fenstern drei Schächte in die Frontwand eingelassen waren. Ein eisiges Gefühl beschlich mich.

Mein Aufpasser klopfte hart gegen die Metalltür, und wenig später wurde ein Sehschlitz aufgeschoben. Es folgte ein kurzer Wortwechsel, dann hörte man, wie schwere Riegel zurückknallten, bevor die mächtige Tür langsam aufschwang. Das Ding war richtig massiv und bestand aus einer überbreiten Panzerplatte, die aus dem Rumpf eines alten Schlachtschiffs hätte stammen können. Steinstufen führten in ein dunkles Kellergeschoss.

»Wer sitzt denn da unten?«, fragte ich.

Eine Hand schob mich voran. »Warten Sie's ab«, sagte eine Stimme hinter mir. »Sie sind gerade dabei, das Schwarze Loch von Kalkutta zu betreten.« Die Stimme lachte.

Die Geschichte war mir bekannt. Die Truppen des Nawabs von Bengalen sperrten einst im Schwarzen Loch des Forts eine größere Anzahl britischer Männer und Frauen ein, die darin qualvoll erstickten. Wie es hieß, suchten ihre Seelen den Ort bis heute heim. Natürlich war das Unsinn. Nicht weil ich nicht an Geister glaubte, sondern weil dieses Gefängnis zum alten Fort William ganz in der Nähe des Dalhousie Square gehört hatte, und das war kurz darauf zerstört worden.

Eingekeilt zwischen den beiden stieg ich die steilen Stufen hinab in die Tiefen des altertümlichen Gemäuers.

Kalter, nackter Stein löste die oben noch grob verputzten

Wände ab, und der beißende Geruch nach Desinfektionsmitteln begann mich im Hals zu kratzen. Am Fuß der Treppe erhellten ein paar schwächliche Glühbirnen einen Flur bis auf Dämmerlicht. Vorbei an einer Reihe von Zellen ging es weiter, bis meine Begleiter anhielten und der Wärter eine Tür aufzog. Mit einer knappen Handbewegung forderte er mich auf einzutreten.

Offenbar sollte hier unten mein Verhör stattfinden. Doch wenn sie glaubten, mich durch diese Gruselumgebung einschüchtern zu können, dann irrten sie sich gewaltig.

»Na schön, bringen wir es hinter uns«, sagte ich, ging hinein und drehte mich sofort verwirrt wieder um, als ich erkannte, dass die Zelle leer war. Der Wärter stand nur grinsend da und schüttelte kurz den Kopf, bevor er mir die Tür vor der Nase zuknallte. Schreiend warf ich mich gegen das kalte Eisen.

Der Sehschlitz wurde zurückgeschoben.

»Was zum Teufel soll das?«, brüllte ich.

»Major Dawson wird sich gleich um Sie kümmern«, erklärte die Stimme auf der anderen Seite. »Bis dahin: Schnauze halten und die Aussicht genießen.«

Der Schieber flog wieder zu, und ich hörte den Klang von Stiefeln, die sich entfernten.

Eine Woge der Angst durchströmte mich. Indische Gefangene zu verprügeln war das eine, aber einen britischen Police Officer zu behelligen und einzusperren war eine weitaus ernsthaftere Angelegenheit. Besaß Section H tatsächlich die Macht, um mit so etwas davonzukommen?

Ich wollte schon erneut gegen die Tür hämmern, doch das wäre bloß Kraftvergeudung gewesen. Zudem setzte der Entzug meinen Körper schon schmerzhaft genug zu. Mir bei einem unkontrollierten Wutausbruch noch zusätzlich wehzutun, war wirklich das Letzte, was mir fehlte.

Ich blickte mich um und nahm mein neues Heim in Augenschein. Die Zelle war klein, kalt und wurde von einer einzelnen Glühbirne erleuchtet, die in einem Maschendrahtkäfig hoch oben an einer Wand hing. Gegenüber der Tür stand eine niedrige Pritsche mit einer dünnen Matratze und einer löchrigen Decke, die vermutlich noch aus den Zeiten des Krimkriegs stammte.

Während sich draußen die Ereignisse überschlugen und die Stadt immer stärker außer Kontrolle zu geraten drohte, hockte ich nun hier in einer Zelle tief unter Fort William und fror mir den Hintern ab. Jede Minute, die ich weggesperrt blieb, war eine verlorene Minute, in der die Spur zu demjenigen, der Ruth Fernandes und womöglich auch den Chinesen in Tangra umgebracht hatte, kälter wurde.

Ich ließ mich auf die Pritsche fallen und überlegte, was ich Dawson sagen würde, wenn er kam. So wie ich den Mann kannte, zog er wahrscheinlich großes Vergnügen daraus, mich eine Weile schmoren zu lassen. Ich betete nur darum, dass es nicht zu lange sein würde.

16

Quälend langsam kroch die Zeit voran, während das Verlangen nach Opium mein Nervenkostüm mehr und mehr zum Flattern brachte. Die Kunst bestand darin, diese nagende Gier auszublenden, indem man sein Gehirn mit etwas Konstruktivem beschäftigte. Ich versuchte, meine Aufmerksamkeit auf Ruth Fernandes und den Mann zu richten, den sie vor ihrem Tod getroffen hatte, aber es wollte mir nicht gelingen. Ständig wanderten meine Gedanken zurück zu Dawson und der Frage, warum er mich hier unten festhielt. Wusste er etwa, dass ich die Leiche von Fen Wang im Keller eines Beerdigungsinstituts gefunden hatte, wo sie jemand in eins der Schubfächer gesteckt hatte? Oder waren seine Leute bei der heutigen Demonstration von Das vielleicht in irgendeine verdeckte Aktion verwickelt gewesen, von der er fürchtete, ich könnte sie beobachtet haben? Sollte das der Fall sein, würde ich ihm liebend gerne wahrheitsgemäß versichern, dass ich absolut nichts davon mitbekommen hatte, obwohl es mich grundsätzlich einige Überwindung kostete, Dawson über irgendetwas die Wahrheit zu sagen. Doch selbst wenn sich mein Innerstes instinktiv dagegen sträubte, hätte ich diesen Preis bezahlt, um aus der Zelle herauszukommen.

Nach einer Weile mischte sich unter die Suchtqualen eine schleichende Angst. Was, wenn Dawson vorhatte, mich hier bis zum Morgen festzuhalten? Was, wenn er überhaupt nicht kam? Ich wusste aus eigener Erfahrung, wie echte Entzugserscheinungen aussahen. Mehrmals schon hatte ich versucht aufzuhören, immer erfolglos, und die Angst vor dem, was mir bevorstand, wenn Dawson nicht auftauchte, machte mir nicht weniger zu schaffen als die Schmerzen, die ich bereits spürte.

Gegen Mitternacht blieb meine Uhr stehen, und ab da verging etwa eine Stunde, bis mir die Augen zu tränen und die Nase zu laufen begannen. Die Leute nennen diese Symptome Opium-Grippe. Es sind die Vorboten der eigentlichen Tortur. Für diesen Moment hatte ich mir die letzte Zigarette aufgehoben. Mir war klar, dass ich schon bald nicht mehr in der Lage sein würde, sie auch nur an die Streichholzflamme zu halten. Daher durfte ich nicht länger warten. Vorsichtig zog ich die Zigarette aus der Packung und zündete sie mit bebenden Händen an. Ich inhalierte und spürte dankbar, wie die Schmerzen nachließen und der Strudel an Schreckensbildern in meinem Schädel sich verlangsamte. Allerdings war die Atempause nur von kurzer Dauer; die Symptome kehrten zurück, bevor ich zu Ende geraucht hatte. Das unkontrollierbare Zittern war nun so stark, dass mir die Zigarette aus den Fingern fiel. Gänsehaut überzog meine Unterarme. Auch das ein Anzeichen, dass ich in den kalten Entzug rutschte.

Ich schlang die Decke fest um meine Schultern und kauerte mich zusammen in der Hoffnung, so ein wenig Körperwärme zu erzeugen. Alles vergeblich. Da hatte sich sogar die Westfront im Dezember wärmer angefühlt. Ich fürchtete, jeden Moment zu erfrieren, dabei waren Kleidung und Decke nass von Schweiß. Das Gefühl zu sterben war jetzt so konkret, dass ich in meinem Kopf bereits vor mir sah, wie Dawson morgen früh nur noch meinen kalten Leichnam antraf. Zu schwach, um zur Tür zu kriechen, rief ich von der Pritsche aus mit letzter Kraft nach dem Wärter. Keiner hörte mich. Oder es kümmerte keinen.

An diesem Punkt tat ich etwas, das ich seit den Kriegstagen nicht mehr getan hatte. Ich murmelte ein Gebet.

Danach muss ich in eine Art Kältestarre gefallen sein, denn als Nächstes erinnere ich mich erst wieder daran, von einem Wachposten in Uniform geschüttelt zu werden. Hinter dem Mann stand offenbar noch jemand, doch zu Anfang nahm ich alles nur sehr verschwommen wahr. Nach und nach erst gewannen die Konturen an Schärfe. Nach hinten gestriegeltes braunes Haar, Schnurrbart und die unvermeidliche Pfeife, die zwischen seinen Kiefern klemmte.

»Wyndham«, sagte Major Dawson. »Mann, sehen Sie beschissen aus.«

Ich hielt das für eine durchaus treffende Beobachtung. Im nächsten Moment geriet der Pfeifenrauch in Kontakt mit meinem Geruchssinn. Prompt drehte sich mir der Magen um, und ich erbrach mich direkt vor seine Füße.

Dawsons Miene nahm einen derart angewiderten Ausdruck an, dass ich dachte, einige Spritzer von dem, was ich von mir gegeben hatte, müssten auf seinen Schuhen gelandet sein. Zumindest hoffte ich das. Schließlich sind es doch diese kleinen Siege, die uns weitermachen lassen.

»Sehen Sie zu, dass Sie ihn sauber bekommen«, knurrte er seinen Untergebenen an. »Und dann bringen Sie ihn hoch zu mir.«

Zehn Minuten später hatte man mir einen Eimer kaltes Wasser ins Gesicht geschüttet, und der blonde Officer, dem ich am Abend auf der Straße in die Arme gelaufen war, führte mich zu einem unscheinbaren Bau im Verwaltungsteil des Stützpunktes. Er schleifte mich eine Treppe hoch und lud mich auf einem Stuhl in Dawsons Büro ab. Es stank penetrant nach Pfeifenqualm, und ich musste all meine Selbstbeherrschung aufbringen, um den erneut einsetzenden Brechreiz zu unterdrücken. Ich beglückwünschte mich zu dieser Leistung, insbesondere da es wirklich zu schade gewesen wäre, das Büro des Majors vollzuspucken, bevor der überhaupt anwesend war.

Hinter mir wurde die Tür aufgerissen, und Dawson trat ein. Mit einem kurzen Wink beorderte er den Blonden auf Abstand und nahm mir gegenüber Platz. Ein paar Minuten herrschte Stille, da der Geheimdienstchef erst mit reichlich Getue ein maschinenbeschriebenes Blatt studieren musste, das ihm jemand auf den Schreibtisch gelegt hatte. Psychospielchen, wie sie in jedem Handbuch für Verhörtechniken stehen. Viel Wirkung ließ sich damit bei mir allerdings nicht erzielen. Nicht weil ich das Handbuch ebenfalls gelesen hatte, sondern weil mir inzwischen schlicht alles egal war.

Endlich schaute Dawson von dem Schreiben auf.

»Also, Wyndham«, sagte er. »Entschuldigen Sie die Art und Weise, wie Sie hergebracht wurden, aber ich muss Ihnen ein paar Fragen stellen.«

»Ihnen ist doch wohl klar, dass es eine Straftat darstellt, einen Polizisten ohne rechtliche Handhabe festzuhalten.«

Er blickte mich an und seufzte. »Ich kann Sie die ganze Nacht hierbehalten, wenn ich will. Sogar die ganze Woche. Kümmert keinen auch nur die Bohne. Stecken Sie sich Ihre Beschwerden also an den Hut, und zeigen Sie sich stattdessen lieber ein wenig kooperationsbereit.«

»Was wollen Sie denn wissen?«

»Wie ich höre, wurden Sie mit den Ermittlungen im Fall einer toten Krankenschwester in Rishra betraut.«

»Na, das hat sich aber schnell herumgesprochen«, erwiderte ich, ohne davon wirklich überrascht zu sein. Bezahlte Informanten von Section H lauerten schließlich überall. In einer Stadt, in der jemand für hundert Rupien seinem Bruder die Kehle durchschnitt, ohne mit der Wimper zu zucken, lockte der Geheimdienst mit seinen tiefen Taschen nicht nur die üblichen Speichellecker an. »Wie dem auch sei«, fuhr ich fort, »was geht Sie das an?«

»Sie arbeitete in einem Militärkrankenhaus.«

»War aber Zivilistin.«

»Die Frau besitzt einen portugiesischen Pass. Jeder Mord an ausländischen Staatsangehörigen, selbst wenn sie indischer Abstammung sind, fällt in *meinen* Zuständigkeitsbereich.«

»Zu berichten gibt's da sowieso nicht viel. Sie kam von der Nachtschicht und war auf dem Heimweg, da hat jemand sie wie einen Hilsa-Hering aufgeschlitzt.«

»Verdächtige?«

Ich hätte ihm vom Ehemann erzählen können oder von dem zwielichtig wirkenden Inder mit den assamesischen Zügen, der sich in der Nähe herumgetrieben hatte, aber ich war nicht in Stimmung, ihm zu helfen. »Bislang nicht.«

Dawson nickte und warf noch einmal einen Blick in den Bericht. »Es ist uns auch zu Ohren gekommen, dass Sie in einer Opiumhöhle in Tangra herumgeschnüffelt haben. Und zwar in einem Laden, der erst vor wenigen Tagen Ziel einer Razzia der Vice Division gewesen ist.« Er legte eine kurze Pause ein. »Irgendeine Bemerkung dazu?«

»Keine Ahnung, wovon Sie sprechen.«

Er hob den Kopf. »Kommen Sie mir nicht blöd, Wyndham. Inzwischen sollten Sie doch wissen, dass ich darauf allergisch reagiere. Sie waren gestern Abend in Tangra und haben einen Constable ausgefragt.«

Ich hätte mich selbst ohrfeigen können. Callaghan hatte mir erzählt, dass die Razzia auf Wunsch von Section H durchgeführt worden war. Da lag es natürlich nahe, dass sie den Laden auch anschließend noch im Auge behielten. Ich hätte vorsichtiger sein müssen.

Dawson ließ nicht locker. »Ich möchte wissen, was Sie da zu suchen hatten.«

»Es handelte sich um eine reine Polizeiangelegenheit«, sagte ich. »Nichts von Belang für Sie.«

Dawson wirkte nicht überzeugt. »Eine reine Polizeiangelegenheit? Und all Ihre anderen Ausflüge nach Tangra? Auch rein dienstlich?«

Ich bemühte mich nach Kräften, mir nichts anmerken zu lassen, spürte aber, wie mein Gesicht mich verriet.

Der Geheimdienstchef stieß ein hämisches Lachen aus. »Ganz recht, Captain. Wir wissen alles über Ihre hässliche kleine Angewohnheit. Ich selbst hab schon lange den Überblick verloren, in wie vielen Opiumhöhlen Sie so verkehren. Um ehrlich zu sein, waren ein oder zwei darunter, von deren Existenz selbst wir bis dahin nichts gewusst haben. Jetzt erzählen Sie mir bitte nicht, dass dieser Laden mit der Razzia ihre Lieblingsadresse gewesen ist. Also, noch einmal. Was hatten Sie dort gestern Abend zu suchen?«

Im Grunde überraschte es mich nicht, dass Dawson meine Sucht bekannt war. Vermutet hatte ich das bereits, seit ich vor ein paar Jahren beim Verlassen einer Opiumhöhle überfallen und um ein Haar umgebracht worden war. Damals hatte ich das zwar als bloßen Verfolgungswahn abgetan, war aber das Gefühl nie losgeworden, dass Section H dahintersteckte. Mein Hirn überlegte fieberhaft, welche Lügen in seinen Ohren plausibel genug klingen mochten, um mich vom Haken zu lassen. Der Major hingegen schien mein Schweigen misszuverstehen.

»Nicht bockig sein, Wyndham. Wie bereits gesagt, kann ich Sie im Rahmen des Ausnahmezustands problemlos die ganze Nacht oder noch länger hierbehalten. Wenn ich Sie mir so anschaue, dürfte das allerdings gar nicht nötig sein. Erzählen Sie mir einfach, was ich wissen will, und Sie können gehen, wohin immer Sie möchten. Ich besorge Ihnen sogar einen Wagen, der Sie umgehend an jeden gewünschten Ort in der Stadt bringt, ganz gleich, auf welches stinkende Opiumloch Ihre Wahl fällt.«

Ich versuchte, mich zu konzentrieren, um wenigstens ein oder zwei zusammenhängende Sätze zustande zu bringen, aber der stechende Schmerz hinter meinen Augen lähmte meine Gedanken. Dawson nahm einen Federhalter in die Hand und begann, etwas an den Rand des Berichts zu schreiben. Das Kratzen der Spitze über die Oberfläche des Papiers klang hundertfach verstärkt in meinen Ohren, und plötzlich vernahm ich ein heimtückisches Flüstern in meinem Kopf: *»Warum nicht einfach die Wahrheit erzählen? Was hast du denn zu verbergen?«*

Meine Willenskraft schwand dahin wie Sand in einer Eieruhr, bis der Drang, sich ihm zu widersetzen, nichts weiter als kindische Dickköpfigkeit zu sein schien. Je länger ich darüber nachdachte, desto verständlicher klang sein Interesse. Ich hatte den Mord an dem Chinesen bislang niemandem gegenüber erwähnt, weil ich meine Anwesenheit in der Opiumhöhle nicht offenlegen wollte. Aber Dawson wusste ja bereits von meiner Sucht. Was konnte es da noch groß schaden, ihm alles zu erzählen? Immerhin standen wir angeblich beide auf der gleichen Seite. Und wie mein Gegenüber gesagt hatte: Je schneller ich reinen Tisch machte, desto schneller kam ich hier raus.

»Ich war da«, sagte ich. »In der Opiumhöhle. In der Nacht, in der Sie die Razzia anordneten.«

Er legte den Federhalter aus der Hand und schaute auf. Sein Gesicht war ausdruckslos wie eine Maske. »Fahren Sie fort.«

»Eins der chinesischen Mädchen half mir zu fliehen, kurz bevor Callaghans Männer den Raum stürmten.«

»Und warum haben Sie sich von all den unzähligen Opiumläden in Kalkutta ausgerechnet den ausgesucht?«

»Blöder Zufall, sonst nichts«, antwortete ich. »Wie Sie wissen, wechsele ich regelmäßig. Und in dieser Nacht hatte ich mich einfach für den entschieden.«

Ich versuchte, seinem Blick standzuhalten, aber mein Schädel wollte jeden Moment explodieren.

»Sie erwarten doch wohl nicht, dass ich Ihnen das abnehme?«, sagte er.

»Es ist die Wahrheit.«

»Und warum gestern Abend der erneute Abstecher dorthin? Wenn Sie tatsächlich nur rein zufällig da waren und mit viel Glück entwischen konnten, woher dann dieses fortdauernde Interesse an dem Laden?«

»Wegen der Leiche.«

Ein Schatten huschte über Dawsons Miene. »Welche Leiche denn bitte?«

Bevor ich antworten konnte, spürte ich ein Würgen im

Hals. Ich beugte mich vor und erbrach mich auf den Boden. Während Dawson angeekelt aufstöhnte, packte mich von hinten die Hand des Aufpassers an den Haaren und riss meinen Kopf zurück.

Dawson stand auf, stemmte die Hände auf die Tischplatte und lehnte sich vor.

»Schluss mit den Spielchen, Wyndham. Was für eine Leiche?«

»Ein Chinese«, sagte ich. »Auf meiner Flucht bin ich über ihn gestolpert.«

»Und was haben Sie getan, als Sie diesen Chinesen entdeckten?«

»Nichts. Was hätte ich denn tun sollen? Er war tot. Ich ließ ihn liegen und rannte fort.«

Der Major schüttelte den Kopf. »Sie wissen doch genau, dass bei der Razzia keine Leiche gefunden wurde, Wyndham.«

»Richtig, das hat Callaghan mir erzählt. Aber ich habe sie gesehen. Deshalb bin ich ja auch zurück.«

»Haben Sie sie gefunden?«

Einen winzigen Moment lang war ich versucht, ihm alles zu sagen. Schließlich soll beichten gut für die Seele sein. Aber letztlich bleibt doch immer entscheidend, wer der Beichtvater ist.

»Nein«, antwortete ich.

Er grübelte eine Weile. »Ich bin mir nicht sicher, ob Sie lügen oder ob Sie tatsächlich der Überzeugung sind, eine Leiche gesehen zu haben. Eine Schande für Ihren Berufsstand sind Sie so oder so. Und jetzt zu dem, was Sie gefälligst tun werden: Sie werden mich über alles auf dem Laufenden halten, was Sie im Fall der toten Krankenschwester in Rishra herausfinden, und Sie werden aufhören, weitere Nachforschungen über die Opiumhöhle in Tangra anzustellen. Sollte ich erfahren, dass Sie trotzdem noch einmal hingegangen sind, wird Ihr Leben in dieser Stadt nicht mehr lebenswert sein, das garantiere ich Ihnen.«

Ich nickte brav, auch wenn seine Drohung in meinem Fall nicht viel taugte, denn besonders lebenswert kam mir mein Leben sowieso nicht mehr vor.

Dawson warf seinem Untergebenen, der mich noch immer an den Haaren hielt, einen Blick zu.

»Lassen Sie ihn los, Allenby.«

Allenby – immerhin kannte ich nun seinen Namen.

»Schaffen Sie ihn weg«, knurrte der Major. »Schmeißen Sie ihn an irgendeiner Drecks-*Gullee* in Tangra raus.«

Allenby ließ meine Haare los, zerrte mich umstandslos auf die Beine und schleifte mich zur Tür. Hinter mit hörte ich Dawsons Stimme.

»Und schicken Sie jemand rein, der die Sauerei hier wegmacht.«

17

24. Dezember 1921

Dawsons Männer befolgten seine Anweisungen minutiös. Sie fuhren nach Chinatown und warfen mich in einer Gasse raus, wie sich dreckiger keine denken ließ, was angesichts der Auswahl in Tangra schon einiges an Ortkenntnissen voraussetzte. Ich schleppte mich in die nächstbeste Opiumhöhle, kroch auf eine *Charpai* und versank in der wohligen Geborgenheit der ersten von einem Dutzend Opiumpfeifen. Endlich ließ dieses qualvolle Verlangen nach, und ich glitt in eine dumpfe Benommenheit, aus der ich erst wieder erwachte, als im Osten bereits die Sonne aufging.

Wankend schaffte ich es bis zu einer größeren Straße, wo ich eine Fahrrad-Rikscha anhielt, die mich zur nächsten Tonga-Station brachte. Von dort fuhr ich mit der Droschke zurück in die Innenstadt. Ich wies den Fahrer an, mich ein paar Straßen vor unserer Wohnung abzusetzen, ein schon unter normalen Umständen höchst armseliger Kniff, der heute eigentlich vollkommen unsinnig war. Aus irgendeinem Grund tat ich es dennoch. Macht der Gewohnheit, heißt es dann oft, aber vielleicht hielt ich diese heuchlerische Fassade auch nur mir zuliebe aufrecht. Vielleicht weigerte sich irgendein Teil von mir selbst jetzt noch zu akzeptieren, dass ich ohne *Kerdū*-Saft ein lupenreiner Opiumsüchtiger war.

Ich stieg die Treppen hinauf und schob den Schlüssel so leise wie möglich ins Schloss. Mit ein wenig Glück würde es mir gelingen, mein Zimmer zu erreichen, ohne dass Sandesh oder Surrender-not mich bemerkten.

Mit einem metallischen Klicken schnappte der Riegel zurück. Ich drückte die Klinke herunter, öffnete vorsichtig die Tür – und stand Auge in Auge mit Surrender-not. Offenbar hatte er gerade nach Lal Bazar aufbrechen wollen, und einen Moment lang starrten wir einander nur wortlos an. Sein Gesichtsausdruck spiegelte ein Wechselbad der Gefühle.

»Ich wurde von Dawsons Leuten entführt«, erklärte ich. »Die Nacht habe ich in Fort William zugebracht.« Die Ausrede klang selbst in meinen Ohren dürftig.

Nun lag nur noch Kummer in seinem Blick. Ich schob mich an ihm vorbei, um in mein Zimmer zu gehen.

»Sam«, sagte er leise. Dass er mich mit Vornamen ansprach, geschah nur äußerst selten, und ich blieb erschrocken stehen. »Ich kann das *Afeem* doch riechen.«

Und plötzlich überfiel mich eine Woge von etwas, das Schuldgefühl oder Selbstekel sein mochte, das sich aber vor allem wie Überdruss anfühlte. Ich hatte das Ganze einfach satt. Die ständigen Täuschungen, dieser alberne Zwang, Indern gegenüber stets den Anschein von Normalität zu wahren, sich nie etwas anmerken zu lassen, getreu dem ungeschriebenen Gesetz, demzufolge es einer Erniedrigung gleichkam, jemandem eine persönliche Schwäche einzugestehen, nur weil derjenige eine andere Hautfarbe hatte. Darin bestand für mich die wahre *Bürde des weißen Mannes*, nicht in irgendeinem Unfug, den dieser Schwachkopf von Kipling in lausige Knittelverse gefasst hatte. Ganz egal ob Indien oder nicht, auf dieser Welt kam für mich niemand einem Freund so nahe wie

Surrender-not. Wenn es irgendjemand verdient hatte, ins Vertrauen gezogen zu werden, dann er.

Er drehte sich um und wollte schon zur Tür hinaus.

»Warte«, rief ich ihm nach. Es war an der Zeit, die Bürde abzuschütteln. »Ich … muss mit dir reden.«

Sandesh tat im Wohnzimmer sehr beschäftigt und rieb mit einem nach Desinfektionsmittel riechenden Lappen auf dem Couchtisch herum. Der Aufwand war eigentlich vollkommen überflüssig, aber das Wischen aller Möbelflächen zählte nun einmal fest zu seinem täglichen Pensum. Vor allem schien er regelrecht Freude daran zu haben, und weder Surrender-not noch ich hatten bislang Anlass gesehen, ihm sein kleines Vergnügen zu nehmen. An diesem Morgen jedoch war alles anders, und mit einem strengen Wort sorgte Surrender-not dafür, dass er davonflitzte und seine Hausarbeiten in den hinteren Räumen fortsetzte.

Ich ging zum Barschrank und goss mir einen Whisky ein. Es war zwar erst sieben Uhr morgens, aber in den vergangenen vierundzwanzig Stunden hatte Zeit für mich ihre Bedeutung weitgehend eingebüßt. Außerdem brauchte ich einen ordentlichen Schluck, um durchzustehen, was ich im Begriff war zu tun. Keinem Engländer fällt es leicht, mit jemandem seine persönliche *Situation* zu besprechen, und Surrender-not reinen Wein einzuschenken bereitete mir ungefähr so viel Vergnügen, wie ein Bein zu verlieren. Aber manchmal kommt man eben an einen Punkt, an dem es heißt: nachgeben oder zerbrechen. Ich kippte den Whisky hinunter, schenkte mir nach und bemerkte, dass Surrender-not noch immer in der Nähe der Tür stand. Ich ließ mich in meinen Sessel fallen und wartete, bis er mir gegenüber Platz genommen hatte. Nach einem weiteren Schluck Whisky begann ich, ihm meinen

Niedergang zu schildern. Ich erzählte alles. Von meiner Morphiumabhängigkeit, hervorgerufen durch die Behandlung meiner Kriegsverletzungen, über die Leiche mit dem Messer in der Brust, die ich in einer Opiumhöhle entdeckt hatte, bis zu dem Moment, da ich gestern Abend im Schwarzen Loch von Kalkutta in einer Zelle landete.

»Du musst dir Hilfe suchen«, sagte er schließlich.

»Ja, der Gedanke ist mir auch schon gekommen«, erwiderte ich trocken. »Aber dafür fehlt im Augenblick die Zeit. Wichtig ist jetzt vor allem die Frage, was Section H im Schilde führt. Woher kommt dieses plötzliche Interesse an unserem Mordfall oben in Rishra?«

»Du bist derzeit wirklich nicht in der Verfassung, dich mit solchen Fragen zu beschäftigen. Oberste Priorität hat jetzt die Suche nach einer Heilungsmöglichkeit für …«

»Ich gebe dir mein Wort, dass ich mich darum kümmern werde, sobald wir diesem Fall auf den Grund gekommen sind.«

»Dein Wort?«

»Genau.«

Surrender-not rieb sich die Stirn und protestierte noch eine Weile, aber jedes Mal lenkte ich das Gespräch sofort wieder zurück auf die ermordete Krankenschwester in Rishra.

»Mir scheint die viel drängendere Frage zu sein, woher deren Interesse an dieser Opiumhöhle in Tangra rührt, und nicht, warum sie sich für unseren Fall in Rishra interessieren«, sagte er schließlich.

»Was?«

»Sie wollen doch bloß, dass du sie über die Entwicklungen da oben auf dem Laufenden hältst«, fuhr er fort. »Sie haben überhaupt nichts dagegen, dass wir unsere Ermittlungen fortsetzen, während sie im Falle der Opiumhöhle nicht nur darauf hingewirkt haben, dass eine Razzia durchgeführt wird, sie haben das Gebäude auch anschließend weiter observiert. Es scheint sich also alles irgendwie um deinen toten Chinesen zu drehen. Warum sonst würden sie die Leiche verstecken?«

Ich starrte ihn durchdringend an. »Vielleicht sollten wir noch einmal hin, damit du sie dir selbst ansehen kannst.«

Vor Schreck entglitten ihm die Gesichtszüge. »Nein«, stieß er aus.

»Warum nicht?«

»Weil Section H die halbe Nacht damit verbracht hat, dich genau davor zu warnen. Und sie haben den Laden bestimmt noch immer unter Beobachtung.«

»In diesem Fall«, antwortete ich, »müssen wir einfach nur einen Weg finden, sie auszutricksen.«

Ich schickte Surrender-not an seinen Schreibtisch in Lal Bazar und Sandesh auf sämtliche Basare, um so viel *Kerdū*-Kürbisse aufzutreiben, dass meine Versorgung für wenigstens eine Woche gesichert war. Ich hatte keine große Lust auf eine Neuauflage der traumatischen Erfahrung, unvermittelt ohne Nachschub dazustehen. Sobald die beiden verschwunden waren, ging ich in mein Zimmer und fiel voll angekleidet auf mein Bett.

Als ich eine gute Stunde später wieder aufwachte, duschte und rasierte ich mich und war um zehn Uhr vormittags zurück auf der Straße. Ich trank eine Tasse Tee an einem Stand und machte mich auf den Weg ins Büro.

Surrender-not erwartete mich bereits. Seine Miene ließ auf schlechte Nachrichten schließen.

»Lord Taggart möchte uns sprechen«, sagte er.
»Weshalb?«
»Das.«

Wieder einmal saßen wir dem Commissioner an seinem Schreibtisch gegenüber.

»Ist er jetzt nicht das Problem der Armee?«, fragte ich. »Schließlich haben die ihn doch verhaftet.«

Taggart nahm die Brille ab und massierte seinen Nasenrücken.

»Nein, wie's aussieht, ist er wieder unser Problem. Die Journalisten hören nicht auf nachzubohren. Anscheinend haben die Londoner Zeitungen in ihrer Berichterstattung die Verhaftung aufgegriffen. Sogar in der heutigen Ausgabe der *Times* stand ein Artikel darüber. Der Vizekönig und seine obersten Stempelschwinger in Delhi zeigen sich nun besorgt über mögliche Auswirkungen auf den Besuch des Thronfolgers. Ich muss Sie beide ja wohl nicht daran erinnern, dass Seine Königliche Hoheit in weniger als vierundzwanzig Stunden hier eintrifft.«

»Wollen Sie etwa sagen, Das kommt auf freien Fuß?«

Taggart schüttelte den Kopf. »So einfach nun doch nicht. Ihn zu entlassen würde die falsche Botschaft senden.«

»Was dann?«

»Er und seine rechte Hand, dieser Bose, werden den Zivilbehörden übergeben und unter Hausarrest gestellt. Und Sie beide hier« – er deutete über den Schreibtisch auf Surrender-not und mich – »haben die Ehre, sich darum zu kümmern. Ich möchte also, dass Sie die beiden in Fort William in Ihre Obhut nehmen und ins Haus von Das bringen.« Er wandte sich direkt an Surrender-not. »Und unterwegs werden Sie,

Sergeant, dem Herrn in aller Entschiedenheit klarmachen, dass dies die letzte Warnung ist. Sollte er irgendwelchen Ärger verursachen, im Vorfeld des Besuchs oder während der Prinz hier ist, wird er schon bald den Blick aus einer Gefängniszelle auf den Andamanen genießen.«

»Ja, Sir«, murmelte Surrender-not.

Ich rutschte unbehaglich auf meinem Sitz hin und her

»Mit Verlaub, Sir, aber da ist auch noch der Fall der ermordeten Frau in Rishra. Wäre es nicht sinnvoller, sich darauf zu konzentrieren, statt hier den Taxiservice für Das zu spielen?«

»Oh, einen simplen Taxiservice würde ich das nicht nennen, Sam«, erwiderte Taggart. »Der Fahrdienst, den Sie den beiden gewähren, wird als Sonderleistung auch das Anlegen von Daumenschrauben umfassen.«

18

In den Bäumen hing noch immer der Morgennebel, als wir durch den Maidan auf Fort William zufuhren. Ein Schwarm Krähen verfolgte aus den Kronen wachsam, wie Surrender-not und ich vorbeirollten. Im Wagen herrschte Schweigen, und ich grübelte vor mich hin. Auf ein Wiedersehen mit Major Dawson konnte ich liebend gern verzichten. Die Vorstellung, ihm erneut über den Weg zu laufen, so kurz nachdem ich sein Büro vollgekotzt hatte, war wirklich nicht verlockend. Was Surrender-not betraf, der musste wohl noch die Dinge verarbeiten, die ich ihm am Morgen gebeichtet hatte. Mit seinem Vorgesetzten Small Talk zu machen, nachdem der einem gerade erst gestanden hatte, opiumsüchtig zu sein, war sicher nicht ganz einfach.

Um die Situation ein wenig zu entspannen, beschloss ich, ihm von Annies neuem amerikanischen Freund zu erzählen, diesem Stephen Schmidt. Wenn es eine Sache gab, die seine Laune garantiert hob, dann Berichte über meine unbeholfenen Versuche, die Zuneigung dieser Dame wieder stärker in meine Richtung zu lenken.

»Haben Sie ihn kennengelernt?«

»Ja.«

»Wann?«

»Gestern Abend. Er war bei Annie zu Hause, als ich kam.«

»Er soll extrem reich sein, wie man hört.«

»Woher haben Sie denn das?«, wollte ich wissen.

»So etwas spricht sich eben herum.« Er zuckte mit den Achseln.

»Seinem Auto und seinem Eau de Cologne nach zu urteilen dürfte das stimmen«, sagte ich.

»Und wie ist er so?«

»Amerikanisch.«

Surrender-not sah mich gespannt an. »Ist er ein Cowboy?«

»Nein. Eher so eine Art Chai-Wallah.«

»Ein reicher Chai-Wallah«, staunte Surrender-not. »Da ist er der erste.«

»Er verkauft einfach nur Riesenmengen davon«, erklärte ich, als die Befestigungsmauern von Fort William sichtbar wurden.

Trotz unserer Polizeiausweise dauerte die Abfertigung am Kontrollposten deutlich länger als einige Stunden zuvor in Gesellschaft von Dawsons Gorillas. Wir zeigten die von Lord Taggart persönlich unterzeichnete Anordnung einem plattnasigen Wachposten mit der Charaktertiefe eines Pflastersteins. Er nahm sie entgegen und verschwand damit in seinem Wachhäuschen. Nach etwa fünf Minuten, die sich erheblich länger anfühlten, kehrte er zurück und winkte uns durch.

»Geradeaus Richtung St.-George-Kaserne«, sagte er.

»Hält man darin die Demonstranten fest?«, fragte Banerjee.

Der Wachposten schüttelte den Kopf. »Nee, aber keine Bange, die werden Sie ganz sicher nicht verfehlen.«

Wir passierten das Gebäude mit den Diensträumen der Section H, dann die St.-Peter-Kirche im Zentrum des Forts und fuhren weiter Richtung St.-George-Kaserne. Wie sich herausstellte, genügten die Angaben des Wachpostens tatsächlich. Ein kleines Stück von den Unterkünften entfernt hatte man mit Stacheldraht ein Areal abgegrenzt, in dem mehrere Hundert Inder, einige kakifarben gekleidet, die meisten jedoch im Weiß der Kongresspartei, umherschlenderten.

Surrender-not befahl dem Fahrer anzuhalten. Wir stiegen aus und gingen zu dem Gefangenenlager hinüber. Der Eingang, der lediglich aus einer kleinen Lücke zwischen den Stacheldrahtspiralen bestand, wurde von zwei gelangweilt aussehenden Sikhs bewacht. Ich reichte dem, der einen Streifen auf dem Schulterstück hatte, den Überstellungsbefehl und erklärte, dass wir wegen Das kämen.

Er studierte die Papiere, marschierte zu den Kasernen und erschien nach einer Weile in Begleitung eines jungenhaft wirkenden rothaarigen Offiziers, der sich als Captain MacKenzie von den Highlanders der Black Watch vorstellte.

»Irgendwie logisch, oder?«, witzelte er. »Black Watch mit der Aufgabe zu betrauen, den Haufen da im Auge zu behalten.« Er nickte in Richtung Lager. »Ihr Mann muss irgendwo in diesem Gewimmel stecken. Wo genau, ist mir so schleierhaft wie Ihnen.«

Er führte uns durch die Lücke im Stacheldraht mitten unter die eingesperrten Inder.

Surrender-not war die Situation sichtlich unangenehm. »Was geschieht denn mit all den Menschen?«, fragte er.

»Die werden nacheinander abgefertigt«, erklärte MacKenzie. »Wir identifizieren die Rädelsführer und separieren sie von den Mitläufern. Wer Uniform trägt, wird unter Anklage gestellt, so lautet der Befehl. Und was den Rest angeht …«, er zuckte kurz mit Händen und Schultern, »… das zu entscheiden ist Sache von Menschen, die besser bezahlt werden als ich.«

Ein intensiver Geruch nach Schweiß und Urin erfüllte die Luft. In graue Armeedecken gehüllte Männer hockten um uns herum auf der Erde und drängten sich gegen die Kälte in Gruppen zusammen. Weiter im Innern lagen Verwundete, zum Teil bandagiert, unter dem dürftigen Schutz einer aufgespannten Zeltplane. Einige von ihnen wurden gerade von überlastet wirkenden Sanitätern versorgt. Die unrasierten Gesichter ringsum untermalten das Ganze mit rauen Hustenattacken. Die sanitären Anlagen beschränkten sich auf eine eilig ausgehobene Grube an einem Ende des Geländes, wo eine Reihe von Gefangenen unter Anleitung eines britischen Sergeants damit beschäftigt war, ungelöschten Kalk auszustreuen und zu verteilen.

»Das!«, brüllte MacKenzie. »Die Officer hier suchen einen C. R. Das!«

Zu einer Seite hin entstand Bewegung in der Menge.

»Da lang«, sagte MacKenzie und steuerte die Stelle an wie ein Fischer, der die Position eines Fischschwarms am Kräuseln der Wellen erkannt hatte.

Die Menschentraube vor uns löste sich auf und gab die Sicht auf Das frei, der mit verschränkten Beinen auf einer Armeedecke saß. Einige junge Männer standen oder hockten bei ihm, unter denen ich auch sofort das bebrillte Gesicht von Subhash Bose entdeckte.

Das lächelte und bedeutete seinem Adjutanten Bose, ihm auf die Beine zu helfen. Dann begrüßte er uns wie lang vermisste Freunde.

»Captain Wyndham, Suren«, sagte er erstaunlich heiter für einen Mann seines Alters, der gerade eine Winternacht im Freien verbracht hatte. »Ich muss gestehen, eine Überraschung ist es schon, Sie beide hier zu sehen, allerdings eine höchst erfreuliche. Ich hoffe, Sie sind gekommen, um mir mitzuteilen, dass der Vizekönig in unsere Forderungen eingewilligt hat und Indien verlässt.«

»Dass er bereits Vorkehrungen zur Räumung der Viceregal Lodge trifft, wage ich zu bezweifeln«, sagte ich. »Zumindest haben meine Anweisungen nichts damit zu tun. Ich bin einstweilen nur beauftragt, Sie und Mr. Bose zu Ihnen nach Hause zu bringen.«

»Sie lassen uns frei?«

»Nicht ganz. Sie stehen beide unter Hausarrest.«

»Und was ist mit meinen Freunden hier?«, fragte er mit einer ausladenden Bewegung in die Menge.

»Was die betrifft, habe ich keine Anweisungen.«

Das dachte nach. »Und wenn wir uns weigern zu gehen?«

»Zu verhandeln gibt es hier nichts«, sagte ich. »Entweder Sie kommen mit uns, oder das Militär schleppt Sie bei Nacht und Nebel in Handschellen rüber. Es würde ein wenig länger dauern und etwas würdeloser ausfallen, aber das Ergebnis wäre gleich.«

»Um meine Würde mache ich mir keine Sorgen«, antwortete er.

»Bitte, *Kakū*«, beschwor Surrender-not ihn. »Weitere fünfzehn Stunden hier zu hocken bringt doch nichts.«

Der alte Anwalt schaute Surrender-not an, dann Bose, dann mich.

»Wenn Sie gestatten, würde ich mich gerne einen Moment mit Subhash-*Babu* besprechen.«

Ich nickte, woraufhin er und Bose ein paar Schritte zur Seite gingen und sich leise auf Bengali unterhielten.

Wenig später kam Das wieder zu uns, während Bose zögernd zurückblieb.

»Also gut, Gentlemen«, sagte Das. »Wir stehen zu Ihrer Verfügung.«

»Wie lauten denn die Bedingungen meines Hausarrests?«, wollte Das wissen, als wir das Fort verließen. Ich saß zwischen ihm und Bose, Surrender-not vorn beim Fahrer.

»Die sind ganz unkompliziert«, sagte ich. »Sie unterlassen alles, was weiteren Ärger vor und während des Besuchs des Prince of Wales verursachen könnte.«

»Und wenn ich mich weigere?«

Eine gute Frage. Unter normalen Umständen wanderte man ins Gefängnis, wenn man sich gesetzwidrig verhielt. Aber Gandhi, Das und ihre Gefolgsleute hatten diese Methode irgendwie unterminiert. Sie *wollten* ins Gefängnis geworfen werden, um zu demonstrieren, dass eine Drohung mit britischer Haft – oder allgemein mit britischer Gerichtsbarkeit – sie nicht weiter kümmerte. Sie schienen eher einen moralischen Sieg darin zu sehen, eingesperrt zu werden. Dieser Effekt wiederum führte zu der absurden Situation, dass wir verzweifelt darum bemüht waren, sie *nicht* ins Gefängnis schicken zu müssen, natürlich ohne dabei zuzugeben, was für eine Farce das Ganze inzwischen geworden war. Zum Glück hatte Lord Taggart im Fall von Das bereits eine Notfalloption erwähnt.

»Dann werden Sie nach Darjeeling verfrachtet«, sagte ich. »Soweit ich weiß, haben Sie ja da ebenfalls ein Haus.«

Einen Mann zu verhaften, der wie Das gleich diverse Häuser bewohnte, brachte eben auch Vorteile mit sich. Wollte man ihn unter Hausarrest stellen, hatte man fast schon die Qual der Wahl.

»Werden wir Zugang zu Zeitungen haben?«, fragte er.

»Vermutlich nicht«, sagte ich. »Allerdings gibt's in denen derzeit auch nicht viel zu lesen. Über die gestrige Demonstration werden Sie zumindest in der englischsprachigen Tagespresse nichts finden. Und in der bengalischen wahrscheinlich auch nur sehr wenig.«

Ich unterließ es, die Auslandspresse oder die Londoner Gazetten zu erwähnen. Schließlich bestand mein Job nicht darin, ihm den Stand der Dinge möglichst akkurat wiederzugeben, sondern ihm auszureden, erneut Aktionen zu starten, die der Imperial Police Force – und damit letztlich eben auch mir – das Leben noch schwerer machten, als es sowieso schon war.

Das starrte aus dem Fenster. Ich hatte so eine vage Ahnung, was ihm durch den Kopf ging. In den Straßen sah es im Grunde genauso aus wie gestern. Die Läden waren geöffnet, die Straßenbahnen fuhren. Kalkutta ging seinen täglichen Geschäften nach, als ob die Demonstrationen am gestrigen Abend überhaupt nicht stattgefunden hätten. Die Menschen waren der Proteste einfach müde. Dahinter verbarg sich das gleiche Prinzip wie beim Opiumkonsum: Mit jeder Wiederholung lässt unvermeidlich die Wirkung nach. Je häufiger man es tut, desto unbefriedigender das Resultat. Die Nummer mit dem brennenden Kleiderberg war allen längst bekannt. Das und seine Leute hatten sie schon viele Male aufgeführt, und irgendwann kam der Punkt, an dem die Menschen die Parolen nicht länger mitschrien und sich zu fragen begannen, was sinnvoll daran war, Kleidungsstücke zu verbrennen, die sie in diesen kalten Winternächten doch wunderbar wärmen konnten. Und was die Festnahmen betraf, so fielen angesichts von Zehntausenden bereits Inhaftierter ein paar Hundert mehr auch nicht mehr groß ins Gewicht.

»Vielleicht sind entschiedenere Schritte nötig«, murmelte Das vor sich hin. »Vielleicht sollte ich in den Hungerstreik treten.«

Surrender-not wirbelte auf dem Beifahrersitz herum, als hätte man ihm eine Ohrfeige verpasst.

»Bitte nicht, *Kakū*«, protestierte er. »Einen Hungerstreik würden Sie womöglich nicht überleben. Und was wird dann aus *Kaki-ma* und Ihren Kindern? Sie können ihnen doch nicht zumuten, auf Ehemann und Vater zu verzichten.«

Das lächelte ihn an wie ein Heiliger, der seinem seligmachenden Stelldichein mit den Löwen im Kolosseum voll idiotischem Verzücken entgegensah.

»Nichts von Wert ist je ohne Opfer erreicht worden, Suren«, erwiderte er.

Die meisten Bengalen hatten einen gewissen Zug zum Märtyrertum, da bildete Das keine Ausnahme. Offenbar blieb es an mir hängen, ihm diese Hirngespinste auszutreiben.

»Für so etwas bräuchten Sie aber erst Gandhis Einverständnis. Und ich kann mir nicht vorstellen, dass er seinem führenden Mitstreiter in Bengalen erlaubt, sein eigenes Todesurteil zu unterzeichnen.«

Die nüchterne Logik meiner Anmerkung brachte Das wieder auf den Boden der Tatsachen zurück – wenn auch eher unsanft. Surrender-not dagegen machte den Eindruck von jemandem, der gerade mit knapper Not dem Zusammenstoß mit einem heranbrausenden Bus entgangen war.

Eine Handvoll Polizisten war diskret um das Haus von Das herum postiert. So diskret jedenfalls, wie das bei bewaffneten Polizisten möglich war, die zugleich eine sichtbare Abschreckung bilden sollten.

»Und was jetzt?«, fragte Das, als der Wagen bremste.

»Jetzt werden wir Sie in die liebevolle Obhut unserer Kollegen von der Bhowanipore Thana übergeben, und solange Sie nicht gegen die Auflagen Ihres Hausarrests verstoßen, liegt kein Grund für weitergehende Maßnahmen vor.«

Ich hoffte nur, dass er meine Worte beherzigte. Den alten Mann mitten im Dezember nach Darjeeling zu verfrachten war wirklich das Letzte, was ich wollte. Schon Kalkutta war um diese Jahreszeit kalt genug für jeden Bengalen, aber Darjeeling am Fuße des Himalayas würde sich für ihn eisig wie der Nordpol anfühlen.

Irgendetwas jedoch sagte mir, dass die Hoffnung reichlich naiv war. Wie er selbst erklärt hatte, bestand die Absicht der gewaltfreien Nichtkooperation darin, eine Reaktion zu provozieren. Daher war es viel wahrscheinlicher, dass er seine nächsten Schritte planen würde, bevor er auch nur gefrühstückt hatte.

Am Tor kam uns Basanti Devi, die Frau von Das, in Begleitung einer jungen Frau in weißem Sari entgegen. Die Erleichterung beim Anblick ihres Mannes im Fond des Wagens war ihr deutlich anzumerken.

Das wandte sich zu mir. »Kommen Sie doch noch auf eine Tasse Tee herein.«

»Ein andermal vielleicht«, sagte ich.

Ein schmächtiger indischer Constable eilte hastig herbei, öffnete Das die Tür und half dem alten Mann beim Aussteigen, als wäre der irgendeine Berühmtheit, die gerade am Londoner Savoy vorgefahren war. Das bedankte sich, tätschelte seinen Arm, und der Constable strahlte wie ein Pilger, der endlich den ersehnten Segen eines Heiligen erhält.

Was mich betraf, spiegelte der Gesichtsausdruck des Constables unverkennbar die Zukunft. Wir würden den Kampf, in den wir hier verstrickt waren, dieses verzweifelte Ringen um ein Indien unter britischer Herrschaft, zwangsläufig verlieren. Wenn selbst unsere eigenen Leute den Feind wie einen Heiligen behandelten, welche Chancen hatten wir da noch? Vieles sprach dafür, dass die meisten Inder, die in unseren Diensten standen und irgendwo bei der Polizei, der Armee oder der Verwaltung arbeiteten, ähnlich dachten wie dieser Constable. Sie arbeiteten für uns, weil sie unser Geld brauchten, um ihre Familien zu ernähren. Ihre Herzen jedoch schlugen für die Ziele der anderen.

Ich konnte es ihnen nicht verdenken. Wie sollte ich auch, wenn sogar auf Das gemünzt ein Wort wie »Feind« einfach nicht passen wollte? Wir hatten ihn für eine Rede verhaftet, in der er für den Gleichheitsgrundsatz eingetreten war, und hatten ihn in ein provisorisches Gefangenenlager gesteckt, wo er eine der kältesten Nächte des Jahres unter freiem Himmel verbringen musste, und dann stand der Mann hier und lud uns in sein Haus zu einer Tasse Tee ein. Es fiel wirklich schwer, so jemand nicht zu mögen, geschweige denn, ihn als Todfeind zu betrachten.

Plötzlich wurde mir klar, dass darin das eigentliche Problem lag. Um jemand als Feind zu betrachten, muss man ihn hassen, und während es leicht war, jemanden zu hassen, der einen mit Bomben und Gewehrsalven eindeckte, so fiel es verdammt schwer, einen Mann zu hassen, der seine konträre Haltung mit Werten begründete, die dem eigenen moralischen Kompass durchaus verwandt waren.

Und wir Briten liebten es doch, uns als Volk mit hohen Moralvorstellungen zu betrachten. Was war denn der viel gepriesene britische Fair-Play-Gedanke anderes als eine Manifestation unser Moralität? Dass sie dies erkannt hatten, war das Geniale an Gandhi und Das. Und sie begriffen es besser als wir selbst. Sie begriffen, dass die Briten und Inder letzten Endes gar nicht so verschieden waren und dass man uns am besten bezwang, indem man uns mit unserem eigenen moralischen Anspruch konfrontierte und so zur Einsicht brachte, wie stark unser Auftreten in Indien von diesem Anspruch abwich.

Unsere Herrschaft über Indien gründete allein auf Waffengewalt. Gegen Menschen, die sich nicht wehren, Gewalt auszuüben, funktioniert aber nicht, da man solche Menschen nicht töten kann, ohne damit auch einen Teil seiner selbst zu töten. Aus dieser Zwickmühle würden wir nie herausfinden. Die indische Unabhängigkeit war unausweichlich. Britisch-Indien war ein kranker Mann, der auf dem Sterbebett lag, und alles, was wir derzeit taten, verzögerte lediglich das Unabwendbare. Blieb nur die Frage, wie lange wir noch brauchten, um das zu erkennen und unseren Laden hier dichtzumachen.

19

Auf meinem Schreibtisch in Lal Bazar wartete ein Umschlag auf mich. Er trug das Datum vom 23. Dezember und die Handschrift einer Frau.

Ich riss ihn auf und zog den Inhalt heraus. Es handelte sich um ein paar hauchdünne, mit dichter Maschinenschrift gefüllte Blätter, auf deren Kopf in fetten Großbuchstaben die Worte *Barrackpore Military Hospital* prangten und darunter der Name *Ruth Fernandes*.

»Was ist drin?«, fragte Surrender-not.

»Irgendjemand hielt es für angebracht, uns die Personalakte von Schwester Fernandes zukommen zu lassen.«

»Wer? Colonel McGuire?«

Ich durchforschte den Umschlag nach einem Begleitschreiben, fand aber keins. Mir war allerdings auch so klar, wer ihn geschickt hatte. Die Datumsangabe auf der Vorderseite verriet mir alles, was ich wissen musste. Eine französische Handschrift weist feine Unterschiede zu einer englischen auf, insbesondere in der Art, wie bestimmte Zeichen geschrieben werden. Am augenfälligsten ist dies bei der Zahl »1«, die ein Franzose mit einem viel ausgeprägteren Schrägstrich schreibt.

»Der nicht«, sagte ich und durchblätterte die Seiten.

»Woher wollen Sie das wissen?«

»Es fehlt ein Anschreiben«, sagte ich. »Würde der Brief auf eine Anweisung von McGuire zurückgehen, gäbe es gewiss eins. Da hier aber jeder Hinweis auf den Absender fehlt, hat das wohl jemand ohne sein Einverständnis geschickt. Ich denke, dass Schwester Rouvel die Absenderin ist und McGuire überhaupt nichts davon weiß.«

Ich setzte mich in meinen Stuhl und begann zu lesen. Furchtbar viel Neues schienen die Seiten nicht zu beinhalten. An den Namen und die Adresse schloss sich eine kurze Beschreibung ihrer Qualifikationen an sowie ihre Gehaltsstufe. Danach kam ein chronologischer Überblick über ihre Dienstzeit im Militärkrankenhaus. Er begann im November 1912, vermutlich kurz nachdem sie ihrem Ehemann nach Bengalen gefolgt war.

Im Oktober 1915 war sie zur Stationsleiterin ernannt worden. Gewiss hatte das Krankenhaus ein Jahr nach Kriegsausbruch einen starken Zustrom an verwundeten indischen Soldaten erlebt, die zur Genesung und Rehabilitation hierher zurückgeschickt worden waren. Dass Fernandes nach den ersten Dienstjahren in Barrackpore und aufgrund ihrer Berufserfahrung als Krankenschwester in Goa damals zur Beförderung anstand, klang also ganz normal.

Der nächste Eintrag lautete kurz und knapp: *September 1917 – Überstellung RAWALPINDI.*

Rawalpindi war eine Garnisonsstadt im Punjab, über eintausend Meilen von Bengalen entfernt in der Nähe der Grenze im Nordwesten gelegen. Im November des Folgejahres war sie jedoch schon wieder in Barrackpore gewesen und zurück auf ihrem alten Posten als Stationsleiterin, den sie bis zu ihrem Tod vor weniger als achtundvierzig Stunden innegehabt hatte.

Die nächste Seite nahmen die alljährlichen Beurteilungen ihrer Arbeitsleistung ein. Zwischen 1917 und 1918 fehlten Eintragungen, was logisch erschien, da sie in diesem Zeitraum nach Rawalpindi versetzt war.

Ich warf die Seiten zu Surrender-not hinüber und wartete ab, bis er sie gelesen hatte.

»Na, was halten Sie davon?«, fragte ich, als er aufsah.

»Insgesamt nicht viel von Belang, würde ich sagen. Bloß …«

»Ja?«

»Warum versetzt man eine fest angestellte Krankenschwester vorübergehend von Barrackpore nach Rawalpindi?«

»Es herrschte Krieg«, erklärte ich. »Überall mussten Menschen von einem Ort zum anderen ziehen. 1917 war die Lage besonders schlimm, und viele unserer indischen Soldaten stammten aus dem Punjab. Vielleicht fehlte es an Krankenschwestern, um die dorthin zurückgeschickten Verwundeten zu betreuen.«

»Kann sein«, erwiderte Surrender-not ohne große Überzeugung. »Nur seltsam, dass ihr Ehemann nichts davon erwähnte.«

Der Einwand war berechtigt. Der Mann hatte Frau und Familie vom fernen Goa bis nach Bengalen umziehen lassen. Wobei es in Indien nichts Ungewöhnliches war, dass ein Mann seine Familie verließ, um viele Hundert Meilen weit weg nach Arbeit zu suchen. Für eine Frau dagegen war es absolut unvorstellbar, so etwas zu tun. Dass George Fernandes seiner Frau einfach so erlaubt hatte, für ein Jahr in den Punjab zu gehen, hielt ich für extrem unwahrscheinlich. Womöglich war Surrender-not da über etwas gestolpert. Polizeiarbeit bestand zum großen Teil aus nervtötendem Brüten über Papieren und Unterlagen, und meist fielen die Ergebnisse dieser Anstrengungen reichlich mager aus. In aller Regel saß man am Ende mit mehr Fragen da als zuvor. Aber Fragen waren nicht schlecht. Fragen waren wie lose Fäden. Wenn man fest genug an ihnen zog und ihrem Verlauf beharrlich genug folgte, konnte das zur Lösung des gesamten Rätselknäuels führen.

Meine Theorie von der Beziehungstat unterstützte der Hinweis mit Rawalpindi jedoch nicht. Blieb die Frage, warum George Fernandes nie etwas von der Überstellung seiner Frau erwähnt hatte. Genauso wenig passte die Spur zur Theorie vom Hassverbrechen radikaler Anhänger der Kongresspartei, auf die Taggart und sämtliche Politiker sich offenbar versteift hatten. Für sie war die tote Ruth Fernandes wichtiger, als es die lebendige je gewesen war. Sollte sich der gewünschte Zusammenhang am Ende aber nicht bewahrheiten, scherte sie das alles so wenig wie Fliegenschiss auf einem Kuhfladen.

Die Hindus glauben, dass eine Verbindung besteht zwischen dem Schicksal eines Menschen und der Stellung der Himmelskörper zum Zeitpunkt seiner Geburt. Die Zukunft eines jeden steht quasi in den Sternen geschrieben. Auch wenn Ruth Fernandes als Christin zur Welt gekommen war, so war ihr Schicksal dennoch von der ersten Minute an besiegelt. Drei Faktoren hatten ihr den Weg von diesem Moment an dauerhaft erschwert: Sie war arm, sie war Inderin, und sie war eine Frau. In diesem Land zählte ihr Leben damit wenig, und sofern er sich nicht in größerem Zusammenhang als dienlich erwies, war ihr Tod noch belangloser.

Der Fall war jedoch auf meinem Schreibtisch gelandet, und selbst wenn ihr herzlich egal sein mochte, wie es weiterging, hatte ich noch nie zu denen gehört, die hoffnungslose Fälle einfach aufgaben – vermutlich weil ich selbst einer war. Solange es offene Fragen gab, die gestellt werden mussten, und lose Fäden, an denen man ziehen konnte, so lange würde ich weitermachen. Und das nicht etwa, um Surrender-nots Vater zu widerlegen, der behauptet hatte, dass wir uns nicht um gewöhnliche Opfer kümmerten, sondern nur, weil mein Leben darüber hinaus verdammt wenig Verdienstvolles aufzuweisen hatte.

»Irgendwas Neues von Sergeant Lamont, was das Alibi von George Fernandes betrifft?«, fragte ich.

»Nicht viel«, antwortete Surrender-not. »Er hat die Nachricht hinterlassen, dass er sich bei den Nachbarn umgehört hat. Die bestätigen, dass Fernandes etwa um halb acht gestern Morgen herumlief, überall klopfte und nach seiner Frau fragte. Zu seiner Geschichte passt das zwar, aber trotzdem könnte er vorher an den Fluss gegangen sein und sie getötet haben. Lamont setzt seine Nachforschungen fort.«

»Und wie weit sind wir in puncto Obduktion?«

»Der Leichnam ist in die Pathologie des Medical College überführt worden. Dr. Lamb hat die Untersuchung für morgen angesetzt.«

»Versuchen Sie doch mal, ihn zu überreden, sie auf heute Nachmittag vorzuziehen. Sagen Sie, Taggart wünsche absolute Priorität in dieser Sache.«

Surrender-not warf mir einen fragenden Blick zu. »Was erhoffen Sie sich davon?«

»Keine Ahnung. Vielleicht erzählt uns Lamb, dass ihr diese Verletzungen mit irgendeinem asiatischen Ritualdolch zugefügt wurden, oder er entdeckt etwas anderes, das eine Verbindung von ihr zum Toten in der Opiumhöhle herstellt.« Was das sein sollte, war mir allerdings selbst schleierhaft. In Wahrheit wusste ich überhaupt nicht, was ich zu finden hoffte. Aber die Obduktion würde wieder ein wenig Bewegung in die Sache bringen, und solange eine klare Ermittlungsrichtung fehlte, fühlte sich jede Bewegung wie Fortschritt an.

»Genaueres werden wir erst wissen, wenn der Bericht vorliegt«, sagte ich.

»Und es kann wirklich nicht sein, dass Sie sich irren hinsichtlich der Parallelen zu der Leiche, die Sie in Tangra gefunden haben?«

Ich musterte ihn aufmerksam. »Es gibt nur einen Weg, das herauszufinden.«

»Darüber haben wir doch schon gesprochen, Sam. Wenn Sie zurückgehen, sind Sie Ihren Posten hier los.«

Wahrscheinlich lag er mit dieser Einschätzung richtig, was aber nicht hieß, dass wir es deshalb unterlassen sollten. Bevor ich noch antworten konnte, platzte unser *Peon* Ram Lal – ein Strich in der Landschaft mit blauem Hemd und einem Dhoti so grau wie sein Haar – in den Raum. Er hechelte wie ein erschöpfter Terrier und hielt einen Zettel fest umklammert. Surrender-not schimpfte sofort los, weil er vor dem Eintreten nicht geklopft hatte, aber das hätte er sich genauso gut sparen können. Der Mann war bereits in den Sechzigern, und die Zeiten, in denen man Gewohnheiten noch änderte, lagen längst hinter ihm. Merkwürdigerweise gab es auch Tage, an denen er übertrieben korrekt anklopfte, dann aber alle Aufforderungen einzutreten ignorierte und wartete, bis jemand die Tür öffnete und ihn einließ. Warum er sich wann wie verhielt, blieb ein Rätsel.

Ram Lal entschuldigte sich vielmals und wollte schon wieder verschwinden, um erst zu klopfen und dann erneut einzutreten, als ich der Farce eine Ende bereitete.

»Gib mir einfach die Nachricht«, sagte ich und deutete auf den halb zerknüllten Zettel in seiner Hand.

»*Hã*, Sahib«, sagte er, legte ihn auf den Schreibtisch und strich ihn glatt, bevor er mehrmals nickte und im Rückwärtsschritt den Raum wieder verließ.

Ich griff nach dem zerknitterten Papier. Auf der Vorderseite stand mein Name, auf der Rückseite eine handschriftliche Nachricht von Lord Taggart. Ich überflog sie und sah Surrender-not an.

»Es hat einen weiteren Mord gegeben.«

20

Diesmal mussten wir nicht weit fahren. Kaum fünf Minuten dauerte es, dann hatten wir das elegante Town House im pseudogeorgianischen Stil ein Stück abseits der Park Street erreicht. Einige Treppenstufen führten hinauf zu einer offen stehenden Haustür und dem obligatorisch dort postierten Uniformträger, der das Stalltor bewachte, nachdem der Gaul längst durchgebrannt war, beziehungsweise in diesem Fall: nachdem man den Hausherrn in seinem Bett ermordet hatte.

Bei dem Opfer handelte es sich um einen Engländer namens Dunlop, der, wie Taggart in seiner Nachricht erwähnt hatte, offenbar ein renommierter Wissenschaftler gewesen war. Ob renommiert oder nicht, gehört hatte ich noch nie von ihm, dafür war ich mir aber sicher, dass sein Bekanntheitsgrad in den nächsten Tagen abrupt steigen würde. Schließlich kam es nur selten vor, dass in Kalkutta ein Engländer ermordet wurde, noch dazu auf diese Weise, und der *Englishman* würde in seiner morgigen Ausgabe diesen Mord garantiert in allen blutigen Details auf seiner Titelseite ausbreiten.

Das Schlafzimmer des Opfers lag ganz oben. Also ging es zwei Stockwerke eine schmale, nur schwach beleuchtete Treppe hinauf, wo vor einer Tür ein weiterer Polizist der örtlichen Thana Wache stand. Mit einem Nicken trat er zur Seite und öffnete die Tür mit fast militärisch zackigem Schwung.

Der Raum selbst war spartanisch eingerichtet. Ein Kleiderschrank, ein Schreibtisch, ein Aquarell, das die Rückeroberung von Lucknow zeigte, und ein toter, etwa fünfzigjähriger Mann, der auf blutverschmierten Laken im Bett lag. Dunlop hatte fahle Haut, kantige Gesichtszüge und eine lange, dünne Nase. Über die Augen ließ sich nicht viel sagen, da jemand es für angebracht gehalten hatte, sie auszustechen und den Mann wie einen Sonntagsbraten zu tranchieren. Auf seiner Brust hatten zwei Stichwunden die blaue Pyjamajacke ruiniert.

»Was halten Sie davon?«, fragte ich Surrender-not.

»Die gleichen Verletzungen wie bei Ruth Fernandes.«

»Aber sehen Sie sich seine Hände an. Kein ausgerenkter Finger.«

Aus dem Flur hinter uns war ein Hüsteln zu hören. Ich wandte mich um und fand mich einem indischen Officer mit Chaplinbärtchen und vom Betelkauen verfärbten Zähnen gegenüber, der sich als Constable Mondol vorstellte.

»Leiten Sie den Einsatz?«, fragte ich.

»Ja, Sir. Ich bin von der zuständigen Park Street Thana.«

»Na, dann schießen Sie mal los.«

»Um kurz nach acht wurden wir vom Dienstmädchen zu dieser Adresse gerufen«, begann er. »Der Sahib wurde genauso hier in dem Raum vorgefunden, wie Sie ihn jetzt sehen.«

Er sprach leise, als fühlte er sich geehrt, im Heim eines Engländers zu stehen, und der Mord wäre bloß eine nebensächliche Unannehmlichkeit wie ein vorübergehender Regenschauer bei einer Gartenparty.

»Wer hat ihn entdeckt?«

»Die Memsahib des Hauses«, erwiderte er. »Mrs. Anthea Dunlop. Sie wollte nachschauen, was mit ihm ist, als er nicht zum Frühstück erschien.«

Aus dieser Information ließen sich bereits erste Rückschlüsse auf den Zustand ihrer Beziehung ziehen. Wenn sie selbst nachschauen ging und nicht das Mädchen damit beauftragte, sprach das dafür, dass die beiden sich noch immer gut verstanden hatten.

»Wo ist sie jetzt?«

»Unten, Sir. Im Salon. Möchten Sie mit ihr sprechen?«

»Alles zu seiner Zeit«, erklärte ich. »Irgendeine Idee, wie der Mörder sich Zutritt verschafft hat?«

»Vermutlich übers Dach«, antwortete Mondol. Er deutete nach oben für den Fall, dass mir nicht klar sein sollte, wo genau sich hier das Dach befand. »Die Tür wurde aufgebrochen. Wahrscheinlich ist er auf demselben Weg wieder raus.«

Nur allzu häufig gaben Hausbesitzer in Kalkutta ein kleines Vermögen für Sicherheit aus, investierten in vergitterte Fenster, dicke Vorhängeschlösser und noch dickere Durwans. Was sie jedoch regelmäßig übersahen, waren die Türen zu ihren Dächern, die meist nur aus ein paar verwitterten und von Würmern zerfressenen Brettern bestanden. Da wir den Großteil unseres Lebens auf horizontalen Ebenen verbrachten, vernachlässigten es viele, an die vertikalen zu denken. Wobei ich der Letzte war, der sich über diese Tatsache beklagt hätte. Immerhin war mir drei Nächte zuvor die Flucht aus der Opiumhöhle nur gelungen, weil auch Callaghans Leute dem Dach so wenig Aufmerksamkeit geschenkt hatten.

Ich nahm den Raum noch einmal in Augenschein. Irgendetwas passte hier nicht, wie eine falsche Note inmitten eines Musikstücks. Aber ich kam einfach nicht dahinter, was es war. »Hat jemand am Tatort etwas verändert?«, fragte ich.

Mondol schüttelte den Kopf. »Seit unserem Eintreffen nicht. Und das Hausmädchen versichert, dass niemand etwas angefasst hat, nachdem die Leiche gefunden wurde.«

»Na, dann wollen wir mal einen Blick aufs Dach werfen«, sagte ich und bedeutete ihm mit einer Handbewegung, voranzugehen.

Wir folgten Mondol aus dem Zimmer und eine Treppe hinauf bis zum Dach.

Die Tür war von innen zwar nur mit einem einzelnen Schieberiegel gesichert, der wirkte jedoch recht massiv und hatte auch nicht nachgegeben. Unglücklicherweise war stattdessen allerdings der Bügel, in den der Riegel einrastete, vollständig aus dem Türrahmen gerissen. Der morschen Holzkonstruktion nach zu urteilen hatte das nicht einmal besonders viel Anstrengung erfordert.

Ich trat hinaus aufs Dach und ging bis zur Seitenkante. Das Gebäude war das vierte oder fünfte in einer Reihe identischer Wohnhäuser, die diese kleine Seitenstraße bildeten. Jedes Dach war lediglich durch ein niedriges Mäuerchen vom Nachbardach getrennt. Surrender-not stellte sich neben mich.

»Meinen Sie, er ist über die Dächer gekommen?«, fragte er.

»Schauen wir doch mal nach«, sagte ich und stieg über die Begrenzung auf das angrenzende Gebäude. Surrender-not folgte, und wir überquerten noch zwei weitere Dächer, bis wir das Ende der Reihe erreichten. An der Kante dort ging es drei Stockwerke tief senkrecht nach unten auf die Straße. Wir machten kehrt und marschierten bis ans andere Ende der Häuserzeile, wo die abschließende Fassade genauso tief senkrecht nach unten abfiel.

»Bequem geht's hier nirgends hoch«, sagte ich. »Er hat sich also entweder Zutritt durch eins der anderen Gebäude verschafft, oder er ist am Regenrohr hochgeklettert.«

Wir stapften wieder zurück zu Dunlops Haus und nahmen den Abfluss auf der Rückseite in Augenschein. Ein dickes

Bleirohr lief von einem Loch im Dach bis auf den Erdboden hinunter und vereinigte sich unterwegs noch mit Rohren aus den unteren Stockwerken.

»Möglich ist es schon«, erklärte Surrender-not über den Sims gebeugt.

Früher wäre ich vermutlich skeptisch gewesen. Abgesehen von den Verzweigungen mit den anderen Rohren gab es wenige Stellen, an denen man sich festhalten konnte. Aber in Indien hatte ich erlebt, wie Menschen dreißig Meter hohe Kokospalmen hochkletterten allein mit Hilfe ihrer nackten Arme und Beine und einer geflüsterten Fürbitte an die Götter. Für diese Leute besaß ein Regenrohr in etwa den Schwierigkeitsgrad einer Sprossenleiter.

»Überprüfen Sie den Boden am Ende des Fallrohrs auf Fußspuren«, sagte ich. »Und Mondol soll sich bei den Nachbarn umhören, für den Fall dass er zuerst woanders eingebrochen ist.«

»Ja, Sir.« Surrender-not nickte.

»In der Zwischenzeit werde ich mit Mrs. Dunlop sprechen.«

21

Anthea Dunlop saß auf einem geblümten Sofa in einem Salon, der aussah, als hätte man ihn aus einem Tea Room im Lake District hierher verpflanzt, samt Holzbord mit Schmucktellern und gestickten Bibelversen an den Wänden. Die Frau starrte ins Leere, ohne den grauen Haarsträhnen, die sich aus ihrem streng geknoteten Dutt gelöst hatten und ihr nun ins Gesicht hingen, die geringste Beachtung zu schenken.

Ich umkurvte einen Beistelltisch mit Zierdeckchen, um ihr gegenüber Platz zu nehmen. Auf dem Büfett neben ihr standen eine Reihe von Fotos, darunter eins mit einem festlich gekleideten Brautpaar.

»Mrs. Dunlop?«

Sie schaute auf. Ihre Finger umklammerten einen Rosenkranz.

»Ich bin Captain Wyndham von der Imperial Police Force. Ihr Verlust tut mir sehr leid. Dennoch muss ich Ihnen leider ein paar Fragen stellen.«

»Ich habe bereits mit dem indischen Officer gesprochen«, erwiderte sie.

»Gewiss haben Sie das«, bestätigte ich in möglichst rücksichtvollem Ton. »Aber ich bin damit beauftragt, die Ermittlungen zum Tod Ihres Mannes zu leiten, und es wäre von Vorteil, wenn ich die Einzelheiten noch einmal von Ihnen persönlich hören könnte.«

Sie schwieg einen Moment und nickte dann. »Selbstverständlich, Captain.«

»Wie es heißt, waren Sie es, die ihn gefunden hat. Ich wäre Ihnen dankbar, wenn Sie mir die Situation mit Ihren eigenen Worten schildern könnten.«

Sie begann, den Rosenkranz zwischen den Fingern zu drehen. »Ich bin gegen halb sieben aufgewacht«, berichtete sie ruhig. »Nachdem ich mich angezogen hatte, bin ich hinuntergegangen, um zu frühstücken. Da muss es so etwa Viertel nach sieben gewesen sein. Unser Mädchen hat Anweisung, alles um sieben Uhr fertig zu haben. Normalerweise ist Alastair, mein Mann, ein Frühaufsteher und meist schon vor mir im Esszimmer. Da er sich über Weihnachten aber eine Woche freigenommen hatte, war ich nicht sofort beunruhigt, als ich ihn nicht am Tisch sitzen sah.«

»Fahren Sie fort«, sagte ich.

»Ich habe also gefrühstückt, und erst als ich fertig war und er noch immer ausblieb, fing ich an, mir Sorgen zu machen. Ich dachte, er wäre vielleicht über Nacht krank geworden. Kalkutta ist ein solch schauderhafter Ort – so viele Infektionen gehen um, vor allem um diese Jahreszeit.«

Eine wunderliche Einschätzung, aber in einer Hinsicht hatte sie recht: Kalkutta war ein schauderhafter Ort. Bloß war der Winter hier sicher nicht die schlimmste Jahreszeit. Das Risiko, sich mit einer schwerwiegenden Krankheit anzustecken, lag während der Monsunzeit deutlich höher als im Dezember. Im Augenblick interessierte diese Frage jedoch wenig, denn Alastair Dunlop war weder der Cholera zum Opfer gefallen noch der Ruhr, sondern allem Anschein nach einem verdammt großen Messer, das man ihm in die Brust gerammt hatte.

»Ich bin also nach oben und habe an seine Tür geklopft«, sagte sie. »Da er nicht reagierte, habe ich noch lauter geklopft und seinen Namen gerufen. Als ich dann ins Zimmer ging, habe ich ihn so …«

Sie griff nach ihrem Taschentuch und drückte es an die Augen. »Er lag einfach da … und sein Gesicht … völlig entstellt …«

Plötzlich bedauerte ich es, Surrender-not weggeschickt zu haben, um am Ende des Fallrohrs nach Spuren zu suchen. Zwar tat er sich weiterhin schwer, mit Frauen seines Alters zu sprechen, aber zu unserer beider Überraschung hatten wir festgestellt, dass er über beträchtliches Talent verfügte, wenn es darum ging, sich mit älteren Damen, insbesondere älteren britischen Damen, zu unterhalten. Weiß Gott, was sie an ihm fanden. Bisweilen hegte ich den Verdacht, dass es nicht zuletzt der Reiz des Neuen war. Ein kleiner indischer Bursche, der bestes britisches Internatsenglisch sprach – so einem begegnete man nicht häufig bei der hiesigen Polizei. In seiner Abwesenheit erschien es mir jetzt allerdings das Beste, einfach in meinem Stil weiterzumachen.

»Wann haben Sie Ihren Mann denn zum letzten Mal lebend gesehen, Mrs. Dunlop?«, erkundigte ich mich mit allem mir zur Verfügung stehenden Feingefühl.

»Gestern Abend«, antwortete sie. »So um halb zehn muss das gewesen sein. Wir waren zum Abendessen bei einem Arbeitskollegen meines Mannes unten in Alipore und kehrten um diese Zeit heim.«

»Was macht Ihr Mann beruflich?«, fragte ich.

»Er ist … war Direktor an der Hochschule für Tropenmedizin.«

»Ein Arzt?«

»Wissenschaftler«, erwiderte sie knapp. »Den hippokratischen Eid hat er nie abgelegt.«

Es klopfte an der Tür, und Surrender-not trat ein. Er schenkte Mrs. Dunlop ein Lächeln und mir ein Nicken.

»Kommen Sie und setzen Sie sich, Sergeant«, sagte ich und deutete auf das Sofa neben ihr. Dann fuhr ich fort: »Haben Sie in der Nacht irgendetwas Auffälliges bemerkt? Ein ungewohntes Geräusch vielleicht?«

»Nicht dass ich mich erinnern könnte«, sagte sie zögernd. »Aber ich hatte auch einen Schlaftrunk genommen, wie ich es seit einigen Jahren vor dem Zubettgehen zu tun pflege.« Ihr Blick streifte die Fotos auf dem Büfett, und sie begann zu weinen.

Ich sah Surrender-not auffordernd an.

»Soll ich Ihnen ein Glas Wasser holen, Mrs. Dunlop?«, erkundigte er sich sofort mit sanfter Stimme.

Sie schaute auf. Tränen liefen ihr in langen Bahnen über die eingefallenen Wangen. »Sehr freundlich von Ihnen, aber machen Sie sich keine Umstände. Es geht schon.«

Ich wartete, bis sie sich wieder gefasst hatte.

»War außer Ihnen heute Nacht noch jemand im Haus?«

»Neri natürlich, unser Mädchen, und die Köchin, Bhakti. Aber die schliefen beide schon, als Alastair und ich nach Hause kamen. Ich denke nicht, dass sie etwas gehört haben.«

»Haben Sie irgendeine Vorstellung, warum jemand einen Groll gegen Ihren Mann hegen sollte?«, fragte ich.

»Wie bitte?« Ihre Stirn verwandelte sich vor Verwirrung in ein Meer aus Falten – oder vor Schreck?

»Ich suche nach einer Erklärung, warum jemand mitten in der Nacht in Ihr Haus einbricht und einen Mord begeht.« Ich vollführte eine Handbewegung zur Zimmereinrichtung. »Auf

Einbruchdiebstahl scheint jedenfalls nichts hinzudeuten. Oder gibt es etwas, das Sie vermissen?«

»Woher soll ich denn wissen, ob etwas fehlt?«, erwiderte sie scharf. »Mein Mann ist gerade ermordet worden. Entschuldigen Sie vielmals, dass ich noch nicht dazu gekommen bin, eine vollständige Inventur aller Wertgegenstände im Haus anzufertigen.«

Ich beschloss, meine Fragen vorsichtiger zu formulieren. »Wie lange sind Sie verheiratet, Mrs. Dunlop?«

»Fast fünfundzwanzig Jahre«, sagte sie. »Wir haben uns in Oxford kennengelernt. Alastair forschte dort als Postdoktorand zur Übertragung von Krankheiten über die Atemluft, und ich studierte Theologie. Wie allgemein bekannt, war es Frauen damals noch nicht gestattet, einen Abschluss zu machen. Aber wir durften die Vorlesungen hören und die Examensprüfungen ablegen. Wir wurden einander im Haus eines Professors von ihm vorgestellt. Er war sofort stark von mir angetan.«

Ich ließ meinen Blick über die Fotos auf dem Büfett wandern. Außer der Aufnahme vom glücklichen Brautpaar schien keine weitere mit Alastair Dunlop vorhanden.

»Haben Sie irgendein aktuelles Foto von Ihrem Mann?«, erkundigte ich mich. »Es könnte bei unseren Ermittlungen hilfreich sein.«

»Vielleicht in seinem Arbeitszimmer«, sagte sie. »Ich kann nachsehen, wenn Sie möchten.«

»Das wäre ausgesprochen nett von Ihnen«, erklärte ich.

»Ist das dann alles?«

»Jetzt haben wir erst ein paar Fragen an Ihre Hausangestellten, aber danach müsste ich vielleicht noch einmal mit Ihnen reden.«

Ein merkwürdiger Ausdruck huschte über ihr Gesicht und war im nächsten Augenblick schon wieder verschwunden.

Ich verfolgte, wie sie aufstand, ihren Rosenkranz verstaute und langsam zur Tür ging. Die ganze Zeit über fragte ich mich, was dieser Ausdruck bedeutet hatte.

22

Das Hausmädchen wusste überhaupt nichts. So viel war sofort klar. In unserem Gewerbe entwickelt man ein Gespür dafür, wenn jemand lügt oder zumindest dazu fähig ist, einen anzulügen. Auf Neri, ein Bauernmädchen aus irgendeinem Lehmhüttennest im Dschungel südlich von Kalkutta, traf das ganz bestimmt nicht zu. Und als sie Surrender-not in flehendem Ton versicherte, sie habe doch gar nicht gewusst, dass etwas nicht stimmte, bis ihre Herrin morgens schreiend die Treppe heruntergekommen war, sah ich keinen Grund, daran zu zweifeln.

Sie bestätigte Mrs. Dunlops Aussage, derzufolge sie angeboten habe, nach oben zu gehen und Dunlop zum Frühstück zu holen, die Memsahib aber gesagt habe, sie solle ruhig unten bleiben, sie würde selbst nachsehen.

Die Köchin war eine lustige Frau mit grauen Haaren und einigen Speckröllchen, die zwischen der kurzen Sari-Bluse und dem um die Hüften geschlungenen Wickeltuch hervorquollen. Auch sie entpuppte sich auf ganz eigene Weise als große Hilfe, da sie in hingebungsvoller Ausführlichkeit sämtliche ihrer abendlichen Gewohnheiten und morgendlichen Aufgaben schilderte, was unsere Ermittlungen alles in allem keinen Deut voranbrachte.

Womit Mrs. Dunlop unsere einzige brauchbare Informationsquelle blieb. Ihre Geschichte vom Schlaftrunk, der sie völlig betäubt hatte, klang allerdings einen Hauch zu bequem. Außerdem gab es da noch Fragen zu ihrem Mann, die ich ihr stellen wollte.

Ich hatte nicht den geringsten Zweifel daran, dass die drei Morde miteinander in Verbindung standen. Zwei Opfer mit identischen Verletzungen innerhalb von vierundzwanzig Stunden hätte man zur Not noch als außergewöhnlichen Zufall erklären können, aber drei in ebenso vielen Tagen? Das war zu viel.

Nachdenklich machten auch die Wunden selbst. Die fehlenden Augen, die symmetrischen Stichwunden in der Brust – das musste etwas zu bedeuten haben. Waren sie vielleicht ritueller Art? In Bengalen hatte es früher einmal die *Thuggees* gegeben, eine raubende und mordende Bruderschaft, die angeblich Göttin Kali verehrte. Waren diese Morde womöglich die Taten eines religiösen Fanatikers?

Die Jungs von der Fingerabdruckabteilung waren eingetroffen und werkelten gerade emsig in Salon und Schlafzimmer, daher beschlossen Surrender-not und ich nach einem kurzen Rundgang durchs Haus, dass wir am besten in Dunlops Arbeitszimmer Hof halten würden.

Menschen drücken bestimmten Orten ihre ganz persönliche Note auf. Während der Salon mit all dem glänzenden Chintz und den Stickereien eindeutig das Hoheitsgebiet von Mrs. Dunlop war, trug das Arbeitszimmer ebenso klar die Handschrift ihres Mannes.

Dominiert wurde der helle, großzügig geschnittene Raum von einem massiven Schreibtisch und einem Bücherregal, das weniger Bücher enthielt, als ich bei einem Wissenschaftler erwartet hätte. Auf die gleiche Weise, in der eher sportlich veranlagte Männer vermutlich ihre Siegerurkunden ausstellen würden, hingen an den Wänden allerlei Zeugnisse, Diplomurkunden und Gruppenfotos, deren ständige Nähe Dunlop offenbar zur Steigerung seines Selbstwertgefühls gebraucht hatte.

Auf dem Schreibtisch lag ein kleiner Stapel Papiere, der von einem mächtigen Tischfeuerzeug aus grünem Marmor beschwert wurde. Allein schon der Anblick verlockte mich dazu, es auszuprobieren. Ich nahm auf dem ledernen Schreibtischsessel Platz, fingerte eine Capstan aus der Packung und drückte auf den breiten Messingschalter. Sofort schnellte eine Flamme aus der aufspringenden Klappe. Während ich noch den ersten Zug genoss, zog ich die Papiere unter dem provisorischen Briefbeschwerer hervor und überflog sie. Das erste war die Rechnung eines Schneiders vom Hogg-Markt, datiert vom 15. Dezember, der eine Anzahlung einforderte; das zweite ein maschinengeschriebener Brief, der dem Briefkopf zufolge von einer Abteilung des Royal Engineer Corps mit Sitz in Porton, Wiltshire, stammte.

Nach einem kurzen Klopfen trat Mrs. Dunlop ins Zimmer, gefolgt von Mondol nur zwei Schritte dahinter. Ihr aschfahles Gesicht wirkte, als ob alles Leben aus ihr gewichen wäre. Anscheinend begann ihr die Ermordung ihres Mannes erst jetzt so richtig bewusst zu werden. Ich legte die Papiere auf den Schreibtisch, meine Zigarette an den Rand eines Kristallaschenbechers und erhob mich.

Mondol reichte Surrender-not ein blaues Pillenfläschchen, das von hier aus halb leer aussah. Surrender-not nickte und murmelte etwas, woraufhin der Constable kehrtmachte und hinausging.

»Mrs. Dunlop«, sagte ich und bot ihr den Stuhl an. »Bitte, nehmen Sie doch Platz. Ich habe noch ein paar Fragen.«

Anthea Dunlop setzte sich und faltete die Hände im Schoß. Ich betrachtete ihr Gesicht genauer. Die Augen waren geschwollen, aber sie hatte frische Creme oder Puder aufgetragen, um Falten und Tränenfurchen zu kaschieren.

»Wie lange leben Sie schon in Kalkutta?«, fragte ich.

Sie überlegte einen Moment. »Mittlerweile müssen das vier Jahre sein«, sagte sie. »Alastair zog noch während des Kriegs hier raus, und ich bin ihm sechs Monate später gefolgt.«

»Und was genau veranlasste Sie beide, nach Indien zu gehen?«

Sie holte ein Taschentuch aus dem Ärmel und trocknete sich die Augenwinkel. »Der Krieg«, erklärte sie leise. »Alastair wurde 1915 einberufen. Nicht zur kämpfenden Truppe natürlich, dafür war er zu alt, sondern als Biologe. Er verfügte über gewisse Fähigkeiten und Fachkenntnisse, die das Militär benötigte. Irgendwann im Frühsommer 1917 erhielt er dann seine Versetzung nach Kalkutta. Er sagte, sie würden hier nach einem besseren Schutz gegen Malaria forschen.«

»Demnach sind Sie selbst seit Anfang '18 hier?«

»Ganz richtig.«

»Warum so viel später?«

»Mir blieb keine andere Wahl«, antwortete sie, und es klang, als wäre es ihr letztlich so oder so gleichgültig gewesen. »Wir befanden uns im Krieg. Die Armee hatte andere Sorgen, als sich überall auf der Welt auch noch um die Unterbringung und Versorgung von Offiziers- und Soldatenfrauen zu kümmern. Außerdem hatte ich meine Familie in England.«

»Ihre Kinder?«

»Meine Tochter. Wir hatten gehofft, nach dem Krieg wieder zurückzugehen, aber dann wurde Alastair dieser Posten an der Hochschule für Tropenmedizin angeboten, damit er seine Forschungsarbeit fortsetzen konnte. Die größte Ironie des Schicksals ist dabei, dass wir jetzt endlich kurz davorstanden, tatsächlich nach England zurückzukehren. Nächsten Monat sollte es so weit sein.«

»Weil seine Forschungsarbeit hier abgeschlossen war?«

»Nein, das war nicht der Grund. Die Regierung wünschte seine Rückkehr.«

»Die Regierung?«

»Nun ja, zumindest die Armee. Laut Alastair waren Mittel für ein bestimmtes Forschungsprojekt bewilligt worden. Dafür wollten sie ihn wieder verpflichten.«

»Ein Projekt zur Bekämpfung von Malaria?«, fragte ich.

»Das hat er mir jedenfalls gesagt.«

Irgendwie klang die Geschichte komisch. Warum sollte die Armee Malariaforschung finanzieren? Und warum ausgerechnet in England und nicht hier? Immerhin zählten malariaverseuchte Mücken zu den Dingen, die Kalkutta in beträchtlichen Mengen zu bieten hatte.

»Sind Sie da sicher?«, bohrte ich nach.

Einen Wimpernschlag lang verfinsterte sich ihr Gesicht.

»Ich kann Ihnen nur sagen, was mein Mann mir erzählt hat.«

Richtig überzeugend hörte sich das nicht an. Dennoch konnte es natürlich sein, dass Dunlop behauptet hatte, er würde nach England zurückkehren, um seine Malariaforschung weiterzubetreiben, obwohl das Militär ganz andere Pläne mit ihm hatte.

Wie auch immer, Anthea Dunlop würde mir in dieser Frage nicht weiterhelfen. Also wechselte ich den Kurs. »Warum sind Sie heute Morgen selbst Ihren Mann holen gegangen, anstatt das Hausmädchen damit zu beauftragen?«

Die Frage traf sie unerwartet.

»Keine Ahnung«, erwiderte sie achselzuckend. »Ich schätze, Neri hatte gerade zu tun.«

Ich blickte rasch zu Surrender-not, der neben der Tür stand. Er schüttelte den Kopf.

»Laut Aussage des Mädchens hat sie Ihnen angeboten, nach oben zu gehen, was Sie jedoch ablehnten, um es dann lieber selbst zu erledigen.«

»Schon möglich«, sagte Mrs. Dunlop. »So genau erinnere ich mich daran nicht mehr.«

Sie zog ihren Rosenkranz aus der Tasche und drückte so fest auf die Perlen, dass ihre Fingerkuppen sich weiß färbten.

»Gibt es da etwas, das Sie uns nicht sagen wollen, Mrs. Dunlop?«, fragte ich.

Die Frage stieß auf hartnäckiges Schweigen.

Bevor ich nachsetzen konnte, brach im unteren Stockwerk ein Tumult aus. Laute Stimmen bellten Anweisungen und verbreiteten Unruhe.

»Finden Sie heraus, was da los ist«, beauftragte ich Surrender-not.

Kaum hatte er die Tür geöffnet, schwoll das Poltern von Stiefeltritten auf der Treppe an, und Sekunden später platzte Allenby, Dawsons Blondschopf fürs Grobe ins Zimmer, begleitet von zwei ziemlich stattlichen Sikhs in Uniform.

Einer der Sepoys packte den in der Tür stehenden Surrender-not und rammte ihn mit dem Gesicht voran gegen die Wand.

»Sofort loslassen«, schrie ich wütend.

Allenby betrachtete mich wie etwas Ekelerregendes, in das er gerade versehentlich getreten war. Surrender-not hatte man den Arm inzwischen in einem unnatürlichen Winkel auf den

Rücken gedreht, während seine Stirn sich in eins der gerahmten Fotos bohrte.

»Hätte nicht gedacht, Sie schon so bald wiederzusehen, Wyndham«, sagte Allenby.

»Lassen Sie meinen Officer los, oder ich sorge selbst dafür.«

»Schon gut.« Auf ein Zeichen von Allenby hin löste der Sikh seinen Griff. Surrender-not atmete tief aus, bevor er sich umdrehte und seinen schmerzenden Arm massierte.

»Was wollen Sie, Allenby«, fragte ich.

»Die Ermittlungen in diesem Fall sind Section H übertragen worden«, erwiderte er. »Die Sache ist nicht länger Angelegenheit der Polizei. Sie und Ihre Officer verschwinden gefälligst sofort.«

»Auf wessen Anordnung?«

»Müssen Sie das wirklich noch fragen?«, schnaubte er. »Hören Sie, Wyndham, ich habe meine Befehle.«

»Die habe ich auch«, sagte ich. »Und ich war gerade im Begriff, diese Frau hier zu verhaften.« Das war zwar eine Lüge, jedoch eine im Dienst der guten Sache.

Allenby warf einen Blick auf Mrs. Dunlop. »Sie werden hier überhaupt keinen verhaften, Wyndham.«

Ich nahm mir einen Moment, um die Situation zu taxieren. Drei von denen gegen zwei von uns. Irgendwo musste zwar auch noch Mondol stecken, aber ich bezweifelte stark, dass der in einer Schlägerei eine große Hilfe war. Nicht dass ich ernsthaft in Erwägung gezogen hätte, mich mit Allenby und seinen Schergen zu prügeln. So etwas war undenkbar. Immerhin hatten wir es hier mit britischen Militärangehörigen zu tun, mal ganz abgesehen davon, dass die beiden Sikhs von wirklich imposanter Statur waren. Mein Blick fiel auf Surrender-not, der drauf und dran schien, sich für eine zweite Runde auf den Sepoy zu stürzen, von dem er so brutal behandelt worden war. Zu ungestümen Aktionen hielt ich meinen Sergeant zwar für fähig, als selbstmörderisch hatte ich ihn bisher allerdings nicht eingeschätzt.

Allenby wandte sich an seine Männer. »Geleiten Sie diese Gentlemen hinaus.«

Doch bevor sie auch nur einen Schritt tun konnten, stürmte Surrender-not mit einem gellenden Schrei auf denjenigen los, der ihm fast den Arm ausgekugelt hatte. Es war ein bemerkenswertes Schauspiel, keine Frage. Eine Art Einpersonenfassung des *Angriffs der Leichten Brigade*. Auch das Ergebnis ähnelte dem historischen Vorbild. Surrender-not knallte in den Mann, offenbar in dem Versuch, ihn aus dem Gleichgewicht zu bringen, prallte jedoch einfach nur von ihm ab. Der Sikh starrte ihn ungläubig an. Es schien ihm wohl unvorstellbar, was der kleine Bengale da gerade getan hatte, und um ehrlich zu sein, hatte ich ebenfalls Schwierigkeiten, es zu glauben. Surrender-not wiederum sah aus, als wäre er mit dem Kopf voran gegen eine Mauer gerannt. Der Sikh gewann als Erster von uns die Fassung zurück. Er holte aus und schlug mit einer Faust von der Größe einer Schweinshaxe zu. Mein Sergeant krachte mit solcher Wucht ein zweites Mal gegen die Wand, dass er benommen zusammenklappte und dabei mehrere der gerahmten Urkunden und Fotos mit sich zu Boden riss. Dort verpasste ihm der Sikh einen Tritt in die Rippen, und Surrender-not krümmte sich vor Schmerz. Ich trat dazwischen, bevor der Sikh noch schlimmeren Schaden anrichten konnte.

Auch Allenby pfiff seinen Kampfhund mit einem gebrüllten Befehl zurück. »Hauen Sie ab, Wyndham, bevor ich Sie beide verhaften lasse«, fauchte er dann.

Surrender-not hatte Schwierigkeiten, auf die Beine zu kommen. Wie in Zeitlupe kroch er inmitten der zahllosen Glasscherben und zerbrochenen Rahmen herum, so als müsste er erst all die Einzelteile einsammeln, die sich von ihm gelöst hatten. Ich bückte mich, half ihm hoch und führte ihn vorsichtig zur Tür hinaus und die Stufen hinunter. Die ganze Zeit über hielt er sich mit einer Hand die Rippen und konnte nur gebeugt laufen. Selbst auf der Straße ließ er seine Seite nicht einen Moment los, während er in kleinen Schritten zum Auto schlurfte. Der Fahrer eilte herbei und öffnete ihm die Tür. Surrender-not stieg mit schmerzverzerrtem Gesicht ein.

»Interessanter Auftritt, Sergeant«, sagte ich und nahm neben ihm Platz. »Ihnen ist schon klar, dass er Sie leicht hätte umbringen können?«

Er schüttelte den Kopf. »Er wurde bereits müde, da bin ich mir sicher, Sir.«

»Vorbildliche Einsatzbereitschaft jedenfalls. Wie geht's den Rippen?«

Surrender-not blickte auf seine Brust hinab und verzog den Mund zu einem breiten Grinsen. »Prima«, sagte er und knöpfte die Jacke auf.

Unter dem Stoff kam etwas Schimmerndes zum Vorschein. Surrender-not zwängte die Finger dahinter und zog ein leicht zerknittertes Foto von der Größe einer überdimensionalen Postkarte heraus.

Ich musterte ihn erstaunt. »Was ist das?«

»Eins der Fotos von Dunlops Wand. Mir ist etwas aufgefallen, als dieser *Goonda* mich dagegen presste. Wir sollten ihm daher wirklich dankbar sein dafür, dass …«

»Was?«, unterbrach ich ihn. »Was ist Ihnen aufgefallen?«

Er reichte mir das Foto. »Sehen Sie selbst.«

Ich nahm das Bild und betrachtete es aufmerksam. Es war eine Gruppenaufnahme von Armeeleuten, die sich vor einem Gebäude aufgereiht hatten. Einige standen, die Wichtigen saßen auf Stühlen, und alle Indischstämmigen bildeten den Hintergrund. Das Gebäude kam mir irgendwie bekannt vor. Dann fiel es mir ein. Ich war schon dort gewesen. Es war das Militärkrankenhaus in Barrackpore. Noch einmal studierte ich die Gesichter – und plötzlich wusste ich, was Surrendernot meinte. In der Mitte der Aufnahme thronten auf ein paar Korbstühlen Dunlop und der Krankenhausleiter Colonel McGuire. In der Reihe hinter ihnen standen unter anderem zwei britische Offiziere, die weiße Arztkittel über ihren Uniformen trugen. Womit ich jedoch nie gerechnet hätte, war die Person, die ich ganz rechts, am Rand des Fotos, unter den indischen Mitarbeitern entdeckte. Ein eisiger Schauer lief mir den Rücken hinab, denn es war Ruth Fernandes, die mir dort direkt in die Augen blickte.

23

»Ach du Schande …«, murmelte ich.

»Jetzt verstehen Sie auch, warum ich mir das Foto unbedingt holen musste, ohne dass Allenby und seine Leute es bemerkten«, sagte Surrender-not. Er betupfte seine aufgeplatzte Lippe mit einem Taschentuch.

»Mittlerweile weiß ich das durchaus zu schätzen«, sagte ich. »Dennoch hätte es mir ein schlechtes Gewissen bereitet, wenn der Sikh Sie dabei umgebracht hätte.«

»Überaus freundlich von Ihnen«, erwiderte er mit einem Nicken.

Ich drehte das Foto um. Auf der Rückseite stand in blauer, verblasster Tinte geschrieben: *Barrackpore, Januar 1918.*

»Hier hätten wir also die Verbindung zwischen Schwester Fernandes und Alastair Dunlop«, verkündete Surrender-not. »1918 arbeiteten sie gemeinsam im Militärkrankenhaus von Barrackpore.«

Ich schüttelte den Kopf. »Da stimmt etwas nicht«, sagte ich. »Wenn die Angaben in ihrer Personalakte korrekt sind, kann Ruth Fernandes unmöglich auf diesem Foto sein.«

Auf der Rückfahrt nach Lal Bazar erklärte ich Surrender-not, was ich damit meinte.

»Rawalpindi«, sagte ich. »In ihrer Akte steht, dass sie ab September 1917 ein Jahr dort stationiert war. Wie kann sie dann auf einmal tausend Meilen entfernt in Barrackpore zu einem Gruppenfoto auftauchen?«

Surrender-not brauchte eine Weile, um zu antworten, vermutlich nicht zuletzt weil seine anschwellende Backe inzwischen aussah, als wäre eine Tüte Murmeln darin versteckt.

»Könnte nicht das angegebene Datum falsch sein?«, überlegte er.

»Unwahrscheinlich«, antwortete ich. »Aber dazu können wir natürlich McGuire oben in Barrackpore befragen. Gut möglich, dass er selbst einen Abzug der Aufnahme hat.«

Surrender-not blickte mich an. »Wenn ich mich recht erinnere, hat Section H uns eben in unmissverständlicher Form zu verstehen gegeben, dass wir mit den Ermittlungen in dieser Sache nicht länger betraut sind. Ich denke nicht, dass sie begeistert davon wären, wenn wir trotzdem noch einmal da hochfahren. Immerhin ist es ein Stützpunkt des Militärs.«

»Zwei der Opfer kannten einander, und Barrackpore stellt die Verbindung dar«, sagte ich. »Und da wir Anthea Dunlop nicht weiter befragen dürfen, bleibt uns gar nichts anderes übrig, als noch einmal da raufzufahren.«

»Könnten wir nicht genauso gut Section H mitteilen, was wir herausgefunden haben, und ihnen dann die weiteren Schritte überlassen?«

»Ich denke nicht, dass die das interessiert. Als ich Allenby eben erzählte, wir würden Mrs. Dunlop verhaften, hat er nicht mal gefragt, warum. Außerdem wollen *Sie* die Sache in Wahrheit genauso wenig Section H überlassen wie ich. Aus dem Grund haben Sie doch eben die kleine Nummer mit Ihrem Turban tragenden Freund aufgeführt. Sie hätten Allenby die Leute auf dem Foto auch einfach zeigen und sich selbst damit einige Prügel ersparen können, aber das haben Sie nicht. Abgesehen davon würde es mich nicht wundern, wenn Allenbys Vorgesetzten die Verbindung zwischen Dunlop und Fernandez längst bekannt ist. Warum sonst hätten sie uns so flott vom Tatort verscheucht? Was immer hier los ist, es muss mehr sein als irgendein aufgebrachter Nationalist, der ein paar Ausländer umbringt. Und mein Bauchgefühl sagt mir, dass Section H bereits weiß, was läuft. Darum tauchen sie auch überall so blitzschnell auf. Sie wollen verhindern, dass irgendwas publik wird.«

»Aber wie passt Ihr ermordeter Drogendealer aus Tangra ins Bild?«, fragte Surrender-not. »Sind Sie sicher, dass er dazugehört?«

»Er war auf exakt dieselbe Weise zugerichtet. Und warum eigentlich«, fuhr ich fort und gab dem Fahrer ein Zeichen anzuhalten, »sehen Sie es sich nicht endlich selbst an?«

Nach einem kurzen Zwischenstopp in der Premchand Boral Street für ein Fläschchen zähflüssigen *Kerdū*-Saft und unter fortwährenden Warnungen von Surrender-not, wie wenig ratsam eine weitere Verärgerung von Section H wäre, näherten wir uns eine halbe Stunde später den ersten Häusern von Tangra.

»Irrsinn ist das«, sagte er. »In ein Gebäude einzudringen, das mit Sicherheit noch unter Beobachtung steht, dem Sie sich genau genommen nicht einmal nähern dürfen und bei dessen unberechtigtem Betreten man Sie bereits erwischt hat. Kompletter Irrsinn.«

»Die Diskussion darüber ist beendet«, sagte ich.

Es dämmerte bereits, als wir ankamen. In der Luft hing der Geruch von frisch entzündeten Feuern. Surrender-not und ich stiegen aus. Die letzte Meile des Wegs würden wir zu Fuß und im Schutz der einbrechenden Dunkelheit hinter uns bringen.

Uns dicht an den Häuserwänden haltend gingen wir eine schmale *Gullee* entlang. »Wie sollen wir uns denn Eintritt verschaffen, ohne dabei bemerkt zu werden?«, lamentierte Surrender-not weiter. »Sämtliche Türen und Fenster werden sie unter Beobachtung haben.«

»Sie sollten mehr Vertrauen in mich setzen, Sergeant«, erwiderte ich. »Ich habe bereits einen Plan.«

»Ach ja? Und wie sieht der aus, wenn ich fragen darf?«

»Übers Dach«, sagte ich. »So bin ich unbemerkt rausgekommen, als die Vice Division den Laden vor ein paar Tagen nachts stürmte. Und so ist auch unser Mörder in das Haus von Alastair Dunlop eingedrungen. Ich hoffe, dass unsere Freunde von Section H entweder nicht daran gedacht haben oder personell zu dünn besetzt sind, um jemanden dafür abzustellen.«

»Und wenn sie doch jemanden dafür abgestellt haben?«

Ich klopfte ihm beschwichtigend auf die Schulter. »Dann haben *Sie* den wenigsten Grund zur Besorgnis. Es wird stockfinster sein, bis wir da sind, und ich bin das weit größere Ziel von uns beiden. Dank Ihrer Fähigkeit, gleichsam wie eine Stabschrecke mit der Umgebung zu verschmelzen, sind Sie vollkommen ungefährdet. Wahrscheinlich wären die Aufpasser so damit beschäftigt, auf mich zu schießen, dass Sie überhaupt keiner bemerkt.«

Meine Worte mussten seine Bedenken in erhofftem Maße zerstreut haben, denn den Rest des Weges blieb er weitgehend stumm. In den Straßen herrschte kaum Betrieb. Heute war Heiligabend, und ich konnte mir vorstellen, dass all die gottesfürchtigen Chinesen von Tangra, die von Jesuiten, Baptisten oder sonst einem konkurrierenden Ableger des einzig wahren Glaubens erfolgreich Bekehrung erfahren hatten, sich jetzt gerade zu Hause in Schale warfen, um später die Mitternachtsmette zu besuchen und dort die Geburt ihres Heilands zu feiern – weswegen die Straßen im Moment allein den Hunden und den Notleidenden gehörten.

»Da hinten«, sagte ich und deutete auf einen Berg Müll, der an der Seitenwand einer kleinen Lehmziegelhütte aufgerichtet war. »Unsere Treppe.«

Das niedrige Dach war mit roten Tonziegeln gedeckt, die auf einer Konstruktion aus Bambusstangen ruhten, und der gesamte Bau neigte sich gefährlich schief gegen das größere, zweigeschossige Haus daneben. Surrender-not beäugte die Hütte misstrauisch.

»Sind Sie sicher, dass die unser Gewicht trägt? Der Anblick von zwei Polizisten, die durch ihr Dach brechen, dürfte bei den Bewohnern wenig Begeisterung auslösen.«

»Wird schon klappen«, beruhigte ich ihn und begann, den Müllhaufen zu besteigen. »Und sollten wir tatsächlich durchs Dach krachen, können wir uns immer noch für Engel ausgeben und das Ganze als weihnachtliches Wunder verkaufen.«

Der Gestank auf dem Müllhaufen hätte mich fast dazu gebracht, es mir anders zu überlegen. Doch ich kletterte weiter, bekam schon bald die Dachkante zu fassen und zog mich hoch. Oben drehte ich mich um und streckte meine Hand Surrender-not entgegen, dessen Miene vermuten ließ, dass er gerade in etwas sehr Unappetitliches getreten war. Er mühte sich hinauf und setzte sich neben mich auf die Mauerkante. Unter uns waren gedämpfte Stimmen zu hören. Welche Sprache gesprochen wurde, ließ sich nicht ausmachen, aber vom Tonfall her unterhielt sich hier eine Familie ganz normal miteinander, jedenfalls ohne die aufgeregten Spitzen, mit denen man rechnen würde, hätten sie den Lärm von zwei Polizisten bemerkt, die auf ihr Dach kletterten. Vorsichtig begannen wir, auf allen vieren über das Dach zur Wand des angrenzenden Gebäudes zu krabbeln. Dort ging diesmal Surrender-not voran. Mit einem großen Schritt überwand er die Lücke zwischen den Gebäuden und stand nun auf dem Sturz eines vergitterten und mit Brettern verrammelten Fensters. Ich folgte, verschränkte die Hände zur Räuberleiter und half dem Sergeant, sich über den Rand aufs Dach zu schwingen, wo er mit einem dumpfen Geräusch landete. Einen Moment lang blieb er verschwunden, dann baumelte auf einmal sein Kopf über der niedrigen Brüstung, so als hätte der sich unvermutet vom Körper gelöst. Lächelnd schaute er mich an, beugte sich vor und streckte eine Hand aus. Ich packte zu und fing an hochzuklettern. Doch dann geriet Surrender-not plötzlich ins Rutschen, und für eine Sekunde hatte ich das Gefühl, als würde ich meine ganze Kraft nur dazu einsetzen, den kleinen Kerl wieder heraufzuziehen. Zum Glück gelang es ihm im letzten Augenblick, an dem Dachmäuerchen neuen Halt zu finden. Mit viel Mühe half er mir anschließend so weit hinauf, dass ich mit meiner freien Hand die Dachkante ergreifen konnte. Sobald ich mich über die Einfassung gekämpft hatte, brachen wir beide schwer schnaufend auf dem flachen Dach zusammen.

»Also gut, Pause vorbei«, sagte ich nach einer Weile. »Weiter geht's.«

Ich stand auf, lief zum anderen Ende und sprang auf das nächste Nachbardach. In einiger Entfernung konnte ich den schmalen Holzverschlag ausmachen, in dem ich mich vor Callaghans Männern versteckt hatte. Unmittelbar vor uns musste das Bestattungsinstitut sein. Sollten die Dächer observiert werden, war das jetzt die gefährlichste Passage. Tief gebückt schlichen wir geräuschlos weiter, bis wir hinter der niedrigen Mauerbegrenzung zum Nachbargrundstück kauerten. Der Zugang zur Treppe, die ins Haus hinabführte, lag etwa in der Mitte des Dachs. Ich deutete mit dem Finger auf unser Ziel. Surrender-not nickte und legte mir dann die Hand auf den Arm.

»Warten Sie hier, Sir«, flüsterte er. »Ich werde nachsehen, ob die Luft rein ist.«

»Eigentlich sollte das meine Aufgabe sein«, wandte ich ein.

»Aber ich kann die Stabschrecke besser.«

Mit diesen Worten schob er sich über das Mäuerchen und robbte langsam in Richtung Tür.

Ich machte mich darauf gefasst, jeden Moment ein drohendes »Halt!« zu hören oder schlimmstenfalls gleich das Krachen von Schüssen, doch abgesehen von einer Taube, die bei seinem Näherkommen erschrocken aufflatterte, unterbrach nichts die wundervolle Stille.

Als Surrender-not die Tür erreicht hatte, drückte er sanft dagegen. Die zusammengenagelten Bretter klapperten im Rahmen, sonst tat sich nichts. Ich stieg ebenfalls auf die andere Seite und huschte zu ihm hinüber.

»Zwecklos«, sagte er. »Abgeschlossen.«

»Dann müssen wir eben einen anderen Weg ins Haus finden.«

Ich legte mich an die Dachkante und lugte nach unten. Links von mir verlief ein Stock tiefer ein Balkon. Nirgends eine Menschenseele, die Fenster dahinter lagen im Dunkeln. Etwa in der Mitte gab es eine Tür. Ich winkte Surrender-not zu mir.

»Sehen Sie den Balkon da?«, sagte ich. »Auf den gehen Sie jetzt runter.«

Er starrte mich fragend an.

»Ich werde Sie runterlassen, und dann versuchen Sie, die Tür dort zu öffnen. Ich hoffe einfach, dass Callaghans Leute nicht so geistesgegenwärtig waren, auch noch eine simple Balkontür zu verriegeln, nachdem sie das Stockwerk durchsucht hatten. Sollte sie offen sein, marschieren Sie einfach durch bis zur Treppe und kommen nach oben, um mich reinzulassen.«

»Und wenn sie verschlossen ist?«, fragte er.

»Dann entschuldige ich mich schon jetzt in aller Form bei Ihnen. Und nun los.«

Ich umfasste seine Handgelenke und begann, ihn behutsam über die Kante hinabzulassen. Erst suchten seine Füße noch an der glatten Wand nach Halt, aber dann hing er ausgestreckt über dem Balkon. Ich ließ los, und er fiel das letzte Stück. Ganz in der Nähe bellte irgendwo ein Hund. Surrender-not erstarrte, und ich hielt den Atem an. Schließlich hörte das Bellen auf, und ich stieß einen erleichterten Seufzer aus. Unter mir verschwand der Sergeant Richtung Balkontür. Ich hörte das Klicken eines Schnappers, gefolgt von einem leisen Quietschen. Plötzlich kam Surrender-nots Kopf wieder zum Vorschein. Der Sergeant winkte mir mit breitem Grinsen zu.

»Beeilung«, zischte ich, und er verschwand erneut.

Ich schlich zurück zur Tür und wartete. Bald hörte ich seine Schritte auf den steinernen Stufen und dann das Kratzen, als er den dicken Balken aus den Eisenwinkeln hob. Ich drückte vorsichtig, und die Tür schwang auf.

»Das Haus scheint unbewohnt zu sein«, erklärte Surrender-not, während wir die Treppe zur oberen Etage hinunterstiegen. Es dauerte einen Moment, bis ich mich orientiert hatte.

»Da lang«, sagte ich und bog in einen Flur ein, an dessen Ende es zwei Stockwerke tief in den Keller ging. Der kalten Luft hier unten haftete dieser unverwechselbare Verwesungsgeruch an. Ich ging weiter zum Leichenraum und öffnete die Tür. Der Geruch wurde strenger. Ich tastete nach den Streichhölzern in meiner Tasche, zog sie heraus und zündete eins an. Sobald der Schwefelkopf aufflammte, lief ich zu der Reihe von Wandfächern und zog das auf, in dem der tote Chinese gelegen hatte. Wieder starrte mir sein verunstaltetes augenloses Gesicht entgegen. Das Streichholz erlosch, und der Raum versank abrupt in Dunkelheit.

Ich fingerte ein zweites heraus und zündete es an.

»Hier«, sagte ich zu Surrender-not und reichte es ihm. »Sehen Sie ihn sich an.«

Während er die Leiche untersuchte, nahm ich zwei Zigaretten aus der Packung, zündete sie an und gab eine an Surrender-not weiter.

»Na, glauben Sie mir jetzt?«

Der Sergeant nickte langsam. »Ihm fehlen ebenfalls die Augen, so viel steht fest.«

»Untersuchen Sie die Brust, und Sie werden auch die beiden Einstichwunden finden.« Ich zog an der Zigarette. Der Rauch half, den Gestank zu überdecken.

»Und hier«, sagte Surrender-not und deutete auf die linke Hand des Opfers. »Ihm fehlt ein Finger.«

Ich betrachtete die Hand genauer. Der Sergeant hatte recht. Dieses Detail hatte ich völlig übersehen. Die Wunde war frisch, was dafür sprach, dass die Abtrennung des Fingers ihm etwa zeitgleich mit den anderen Verletzungen zugefügt worden war. Sofort musste ich an den gebrochenen Finger bei Ruth Fernandes denken.

»Was hat das zu bedeuten?«, überlegte Surrender-not laut.

»Folter womöglich«, antwortete ich. »Vielleicht wollte der Mörder an irgendeine Information kommen und hat auf diese Weise versucht, ihn und Schwester Fernandes zum Reden zu bringen. So ein wichtiges Detail hätte mir nicht entgehen dürfen.«

»Da ist noch etwas«, sagte Surrender-not hinter mir. »Ein Chinese ist dieser Mann nicht.«

»Was?«

»Meiner Ansicht nach ist das die Leiche eines Inders.«

Das Streichholz war abgebrannt, und er ließ es auf den Boden fallen. Ich wollte schon das nächste anzünden, aber er hielt mich davon ab und zog sein Feuerzeug aus der Tasche.

Er hielt die Flamme an das Gesicht des Toten und winkte mich heran. »Hier, sehen Sie. Ich kann schon verstehen, warum Sie geglaubt haben, das Opfer wäre Chinese. Die Form der Augenhöhlen und der Wangenknochen lassen das vermuten, aber achten Sie auf die Nase und die blasse Haut. Der Mann ist Assamese oder Nepalese, eventuell auch Burmese.«

Ich studierte die entstellte Leiche genauer. Vielleicht hatte Surrender-not recht. Vollkommen überzeugt war ich zwar noch nicht, da ich die Unterschiede weiterhin nicht klar erkennen konnte, aber ich hatte längst begriffen, dass es klug war, dem Urteil des Sergeants in solchen Fragen zu vertrauen. Außerdem war ich bei meiner ersten Begegnung mit der Leiche vom Opium benebelt gewesen, und da ich in einer Opiumhöhle eher Chinesen anzutreffen erwartete, hatte ich ihn sofort für einen gehalten. Als ich ihn dann später in diesem Raum wiedersah, war es dunkel gewesen, und ich hatte mir über seine Herkunft überhaupt keine Gedanken gemacht. Damals hatte ich nur unbedingt die Leiche ohne Augen wiederfinden wollen.

Neben mir hatte Surrender-not sich erneut tief über den Kopf des Toten gebeugt und inspizierte ihn interessiert. Ich kannte diesen eigentümlichen Gesichtsausdruck bei ihm bereits. Den bekam er immer, wenn sein Gehirn auf Hochtouren lief.

Plötzlich schaute er auf und lächelte mich an.

»Was ist?«, fragte ich.

»Diese alte Narbe auf seiner Wange! Die habe ich schon mal gesehen!«

»Wo?«

»Auf dem Foto, das wir aus Dunlops Arbeitszimmer gestohlen haben.«

Es schien tatsächlich zu stimmen. Zumindest sprach viel dafür. Ich hatte das Foto flach auf meine Hand gelegt, und Surrender-not hielt die Flamme seines Feuerzeug darüber. Am linken Rand der Aufnahme war ein Einheimischer zu sehen, der im Schneidersitz auf dem Boden hockte. Den Shorts und dem kakifarbenen Hemd nach zu urteilen handelte es sich um einen Krankenwärter. Selbst auf dem körnigen Foto war schwach, aber zweifelsfrei eine lange Narbe zu erkennen, die sich seine linke Gesichtshälfte vom Haaransatz bis fast zum Kinn hinabzog. Auch die restlichen Gesichtszüge boten trotz der nicht vergleichbaren Augen eine starke Ähnlichkeit mit der Leiche vor uns.

Mir wurde schwindlig, und der Boden unter meinen Füßen schien zu schwanken. »Er ist gar kein Drogenbaron, sondern Krankenhausmitarbeiter.«

»Da haben wir unsere Verbindung«, erklärte Surrender-not. »Alle drei Opfer kannten einander. Sie sind alle auf diesem Foto.«

Ich betrachte noch einmal die Aufnahme, musterte die Gesichter von Dunlop, Ruth Fernandes und der Leiche, die vor uns lag. Surrender-nots Theorie machte Sinn. Aber da waren noch mehr Leute auf dem Bild. Was, wenn es der Mörder auch auf sie abgesehen hatte?

Rasch überflog ich die anderen in der Gruppe. Zunächst hatten wir da natürlich Colonel McGuire, der direkt neben Alastair Dunlop saß, sowie Ruth Fernandes und Anthea Dunlop, die verschont geblieben war. Dann sah ich noch einmal genauer hin, und ein eiskalter Schauer überfiel mich. Auf dem Bild gab es ein weiteres bekanntes Gesicht, ein jüngeres, das in der hinteren Reihe teilweise im Schatten lag. Es war das Gesicht von Mathilde Rouvel.

24

»Wir müssen sofort nach Barrackpore!«, rief ich, schob das Fach zu und eilte in Richtung Treppe.

Zuerst wollte ich wieder unsere Route zurück über die Dächer nehmen, aber die Zeit drängte, und so entschloss ich mich für die direkte Variante: Zum Vordereingang hinaus und im Vollsprint bis zum Auto. Scherereien mit Section H zu vermeiden erschien mir jetzt nicht mehr ganz so wichtig. Drei Menschen waren in ebenso vielen Nächten umgebracht worden, was bedeutete, dass unser Mörder nicht beabsichtigte, viel Zeit zu verschwenden. Dunkel war es bereits, daher hielt ich es für denkbar, dass er sein nächstes Opfer längst im Visier hatte. Um wen es sich dabei handelte, ließ sich natürlich nicht zweifelsfrei sagen, aber da alle bisherigen Opfer auf diesem Foto aus Barrackpore von 1918 abgebildet waren, lag die Vermutung nahe, dass auch das nächste darauf zu sehen war. Blieb die Frage, warum ausgerechnet Anthea Dunlop noch lebte. Hatte sie dem Mörder womöglich die verlangte Information gegeben und ihr Mann nicht? Was sonst konnte der Grund sein?

Von den anderen, die noch am Leben waren, kannte ich zwei. Die Frage, wen der beiden wir zuerst aufsuchten, würden wir auf dem Weg nach Barrackpore klären.

Der Wagen wartete dort, wo wir ausgestiegen waren. Als der Fahrer uns um die Ecke biegen sah, stieg er sofort aus, um den Motor anzukurbeln. Auch er schien keine Lust zu haben, länger als unbedingt nötig zu bleiben.

Für die Fahrt nach Barrackpore benötigten wir zwar eine volle Stunde, dennoch kamen Surrender-not und ich der Klärung, was zum Teufel hier eigentlich vor sich ging, keinen Schritt näher. Meine anfänglichen Theorien, dass der Mord in der Opiumhöhle in irgendeinem Zusammenhang mit Drogenschmuggel stand und es sich bei dem Mord an Ruth Fernandes um eine Beziehungstat handelte, waren offenbar ein wenig voreilig gewesen. Die erste hatte ich allein auf die Annahme gegründet, dass der Tote im Beerdigungsinstitut tatsächlich ein Drogenbaron aus Shanghai namens Fen Wang war. Für diese Annahme wiederum hatten zwei Argumente gesprochen. Zum einen die Auskunft von Callaghan, der mir gegenüber erklärt hatte, sie hätten in dieser Nacht nach dem besagten Drogenschmuggler gefahndet. Zum anderen meine unsinnige Schlussfolgerung, dass der Mann mit den asiatischen Gesichtszügen zwangsläufig Chinese sein musste. Mich ärgerte, wie ich derart nachlässig hatte sein können. Schon der Fehler, ihn automatisch für einen Chinesen zu halten, war schlimm genug, ließ sich aber immerhin noch mit dem benebelten Zustand entschuldigen, in dem ich ihn gefunden hatte. Weit mehr erschütterte mich die Selbstverständlichkeit, mit der ich daraus geschlossen hatte, dass es Fen Wang war. Ein solcher Schnitzer hätte mir nicht unterlaufen dürfen. Immerhin gab es Tausende von Chinesen in der Stadt. Aber es fällt eben immer schwer, dem verführerischen Sirenengesang zu widerstehen, der schnelle und einfache Lösungen verheißt. Ich hatte *gewollt*, dass es Fen Wang war. Es passte zu der vorgefassten Meinung, die ich über die laufenden Ereignisse hatte, und deshalb hatte ich sofort danach gegriffen wie ein Ertrinkender nach dem rettenden Strohhalm.

Wenn die Morde aber nichts mit Auseinandersetzungen im Drogenmilieu zu tun hatten, womit dann? Auffallend waren natürlich die sonderbaren Verletzungen der Opfer – die ausgestochenen Augen und die beiden Stichwunden in der Brust, stets an der gleichen Stelle. Anfänglich hatte ich es für eine Art Warnung gehalten, war mir da jedoch inzwischen nicht mehr so sicher. In dieser Häufung machten sie eher einen rituellen, vielleicht sogar religiös motivierten Eindruck. Immerhin hatte sich nun meine Überzeugung bewahrheitet, dass eine Verbindung zwischen dem Toten in Tangra und dem Mord an Ruth Fernandes in Rishra bestand. Zwar war es höchst bedauerlich, dass Alastair Dunlop erst sterben musste, damit meine Hypothese Bestätigung fand, aber so liefen die Dinge eben zuweilen.

Wichtig war, dass wir jetzt zum ersten Mal irgendwohin fuhren, noch bevor dort etwas geschehen war, und nicht mehr bloß den Ereignissen hinterherhechelten. Die Antworten auf unsere Fragen, zumindest auf einige, mussten in Barrackpore liegen, und ich war fest entschlossen, sie zu finden.

»Wir reden zuerst mit Schwester Rouvel«, sagte ich.

Surrender-not schien meine Wahl zu überraschen. »Sollte nicht eigentlich Colonel McGuire unser erster Ansprechpartner sein, Sir?«

»Kommt darauf an.«

»Worauf?«

»Ob wir den Fall lösen wollen oder nicht. McGuire ist Soldat. Er wird nichts preisgeben, was er nicht vorher mit vorgesetzten Stellen abgeklärt hat. Und wenn den Agenten von

Section H wundersamerweise tatsächlich entgangen sein sollte, wie wir eben aus dem Beerdigungsinstitut gestürmt sind, dann wird es mit Sicherheit keine fünf Minuten bei unserem braven Colonel brauchen, bis sie wissen, wo wir stecken.« Ich warf einen kurzen Blick auf meine Uhr, bevor ich fortfuhr: »Außerdem wird er um diese Zeit schon nicht mehr im Dienst sein, und ihn aufzuspüren, könnte eine Weile dauern. Schwester Rouvel hingegen dürfte durchaus bereit sein, uns Auskunft zu geben, und wahrscheinlich wohnt sie direkt im Schwesternhaus. Von ihr erfahren wir bestimmt auch die Adresse des Colonels.« Ich sah durch die Scheibe nach draußen. »Und sollten sie beide in unmittelbarer Lebensgefahr schweben, würde ich wohl auch lieber zuerst die Schwester retten.«

Die Quartiere der Krankenschwestern waren ein ganzes Stück entfernt vom eigentlichen Hospital in einem schmucklos funktionalen Nebengebäude untergebracht. Der Fahrer hatte kaum gehalten, da sprangen Surrender-not und ich schon aus dem Wagen und eilten auf die Stufen zum offen stehenden Vordereingang zu. Die Nacht war kalt, und das Zirpen der Grillen vermischte sich mit dem Knacken des abkühlenden Motors.

Auf einer Seite der Lobby saß ein Pförtner in einem verblichenen blauen Hemd hinter einem klapprigen Anmeldepult und las Zeitung. Ich zog meinen Dienstausweis heraus und hielt ihn zwischen die Zeitung und seine Nase.

Träge hob er den Kopf. »Ja?«

»Das Zimmer von Schwester Rouvel«, bellte ich. »Schnell!«

»Zweiter Stock«, sagte er und deutete mit der Nase in Richtung des Treppenaufgangs. »Zimmer 6 … oder 7.«

Zwei Stufen auf einmal nehmend rannten Surrender-not

und ich die Treppe hinauf – zumindest bis in den ersten Stock. Danach stieg ich weiter, so schnell ich noch konnte. Die Zimmer 6 und 7 lagen einander gegenüber am Ende eines schmalen, senffarben gestrichenen Flurs. Wir verteilten uns auf die Türen und klopften. Als nirgends eine Reaktion erfolgte, klopften wir erneut.

Im nächsten Moment ging die Tür zu Nummer 7 auf, und eine kräftig gebaute Frau in einem verknitterten Baumwollnachthemd starrte uns an.

»Wir suchen nach Schwester Rouvel«, sagte ich.

Hinter mir öffnete sich die Tür von Nummer 6. »Was machen Sie denn hier um diese Uhrzeit, Captain?«, erkundigte sich eine vertraut klingende Stimme. Ich schnellte herum. Mathilde Rouvel musterte mich, als wäre ich der Geist von Napoleon.

»Miss Rouvel, ich muss mit Ihnen reden.«

Die Frau von Zimmer 7 stand noch immer in der offenen Tür und traf keinerlei Anstalten, sich wieder um ihre eigenen Angelegenheiten zu kümmern.

»Vielleicht sollten wir das besser in Ihrem Zimmer besprechen.«

»Ihr Verhalten ist wirklich höchst ungewöhnlich, Captain«, protestierte sie. Sie wirkte müde und hatte dunkle Ränder um die Augen.

»Da haben Sie recht. Die ganze Situation ist höchst ungewöhnlich. Deshalb müssen wir auch unbedingt sofort mit Ihnen sprechen. Dürften wir also …?« Ich machte eine Handbewegung in Richtung ihres Zimmers.

Sie wurde sichtlich nervös. »Tut mir leid, aber das widerspricht den Vorschriften. Männerbesuch auf den Zimmern ist nicht gestattet.«

»Wir sind doch keine Männer«, entgegnete Surrender-not. »Wir sind Polizisten!«

Sie dachte einen Moment darüber nach. »Na gut, kommen Sie herein.«

Ich schüttelte den Kopf über Surrender-nots Argumentation, und folgte ihr ins Zimmer.

Der Raum war winzig, und die Einrichtung beschränkte sich auf ein Tischchen mit Stuhl, einen Schrank und ein Einzelbett mit bereits aufgespanntem Moskitonetz. Ich sah auf die Uhr. Es war noch nicht einmal acht.

»Wir haben Sie doch hoffentlich nicht geweckt?«

Sie schüttelte den Kopf. »Allerdings wollte ich gerade zu Bett. Meine Schicht beginnt um fünf.«

Plötzlich kam mir in den Sinn, dass es nicht unbedingt zwei Polizisten brauchte, um Miss Rouvel zu befragen.

»Haben Sie vielleicht die Adresse von Colonel McGuire?«

»Danach hätten Sie mich aber auch draußen im Flur fragen können.«

»Ich habe noch weit mehr Fragen an Sie«, erwiderte ich. »Und wenig Zeit. Wenn Sie also bitte so freundlich wären, zu antworten, damit wir weitermachen können.«

Sie nannte eine Adresse samt Wegbeschreibung, die Surrender-not in sein kleines Notizheft eintrug.

»Dann los, Sergeant. Ich komme nach, sobald ich hier fertig bin.«

Surrender-not nickte und wandte sich zum Gehen.

»Also schön«, sagte sie, sobald er die Tür hinter sich geschlossen hatte. »Würden Sie mir jetzt bitte erklären, was Sie von mir wollen.«

Die Angst stand ihr ins Gesicht geschrieben. Ob sie die Tatsache, einen fremden Mann auf ihrem Zimmer zu haben, so stark beunruhigte, oder ob ihr etwas anderes zu schaffen machte, war jedoch unklar.

Ich zeigte ihr das Foto, das Surrender-not in Dunlops Haus stibitzt hatte, und deutete auf Alastair Dunlop.

»Kennen Sie diesen Mann?«

Sie starrte mich an. »Woher haben Sie das?«

»Braucht Sie nicht zu kümmern. Würden Sie mir jetzt bitte sagen, wer dieser Mann ist?«

»Monsieur Dunlop. Er war hier während des Kriegs, wenn ich mich recht erinnere.«

»Und was hat er hier getan?«

Sie zuckte auf diese typisch französische Art mit den Schultern. Auch wenn sie in Indien geboren war, wirkte sie in vielerlei Hinsicht mindestens so gallisch wie eine Packung Gauloises. »Da fragen Sie besser *le directeur*. Colonel McGuire.«

»Ich frage aber Sie.«

»Und ich sage Ihnen, dass ich es nicht weiß.« Ihr Ton war entschieden, doch der Ausdruck in ihren Augen sprach für eine Ausflucht, und mir fehlte die Zeit für Spielchen.

»Er ist tot«, erklärte ich. »Ermordet. Auf eine Weise, die erstaunlich stark dem Mord an Ihrer Freundin Ruth Fernandes gleicht.« Mein Finger tippte auf die tote Schwester im Foto. »Und auch dem Mord an diesem Mann hier.« Ich tippte auf den Pfleger, der im Schneidersitz auf dem Boden hockte. »Alle drei wurden innerhalb der letzten zweiundsiebzig Stunden auf dieselbe Art umgebracht. Also einer pro Nacht. Was bedeutet, der nächste sollte …«, ich sah dramatisch auf die Uhr, »jetzt irgendwann erfolgen.« Ich hielt ihr das Foto entgegen. »Sie sind auch auf diesem Foto. Die Chancen stehen also eins zu fünf, dass Sie als Nächste an der Reihe sind. Nicht unbedingt schlecht, die Quote, aber auch nicht besonders toll, wenn das eigene Leben davon abhängt. Und nun würde ich vorschlagen, dass Sie sich etwas kooperativer verhalten.«

Ich konnte sehen, wie sie meine Worte verarbeitete und ihr deren Tragweite klar zu werden begann. All die forsche Tapferkeit schmolz dahin, und übrig blieb eine verängstigte junge Frau.

Sie wankte zum Bett und plumpste so schwerfällig darauf, dass das Moskitonetz sich verschob. Sie schien bis ins Mark erschüttert. Ich nahm den Schreibtischstuhl und setzte mich ihr gegenüber.

»Was hat Dunlop hier im Krankenhaus gemacht, Miss Rouvel?«

»Geforscht«, antwortete sie mit gesenktem Blick. »Mehr kann ich Ihnen nicht sagen. Sie haben mich gezwungen, eine Erklärung zu unterschreiben, dass ich nie darüber reden werde.«

»Sie müssen es mir erzählen. Es könnten Menschenleben davon abhängen.«

Sie wischte sich eine Träne aus dem Augenwinkel. »Ich kann nicht. Sie werden darüber mit Colonel McGuire sprechen müssen.«

Ich entschloss mich, es anders zu versuchen. »Wer sind diese Leute?«, frage ich und hielt das Foto hoch.

»Möchten Sie ihre Namen wissen?«

»Auch das. Aber es handelt sich um eine Gruppenaufnahme. Was für eine Gruppe war das?«

Miss Rouvel schob sich eine Haarsträhne aus dem Gesicht. »Die Leute waren alle abgestellt, um Dunlop bei seiner Arbeit zu unterstützen ... Abgesehen natürlich von *le directeur*, Colonel McGuire. Als Leiter des Krankenhauses ist er auf sämtlichen Gruppenaufnahmen.«

»Und wer ist dieser Mann?« Ich deutete auf den Mann, der in Tangra umgebracht worden war.

Sie betrachtete das Bild genauer. Offenbar kannte sie den Mann, hatte aber Schwierigkeiten, sich an den Namen zu erinnern.

»Tamang«, sagte sie endlich. »Prio Tamang. Wenn ich mich nicht irre, kümmert er sich inzwischen beim Quartiermeister um Materialversorgung und Lagerbestände. Begegnet bin ich ihm allerdings schon eine Weile nicht mehr.«

»Was macht jemand aus der Versorgungsstelle auf diesem Foto?«

Sie schüttelte den Kopf. »Damals war er noch einfacher Krankenpfleger. In dieser Zeit waren hier eine Menge Gurkhas einquartiert. Tamang war Nepalese. Vermutlich ist er uns überstellt worden, weil er deren Sprache beherrschte.«

Irgendetwas ließ mich aufmerken. »Warum brauchte Dunlop für seine Forschung jemanden, der Nepali sprach?«, bohrte ich nach.

»Wie gesagt, darüber darf ich nicht sprechen.«

Ich drehte das Foto um und zeigte ihr die Angabe auf der Rückseite. »›Barrackpore, Januar 1918‹. Ist das korrekt?«

Sie nickte bedächtig. »Wenn das da steht, habe ich keinen Grund, daran zu zweifeln.«

Ich klappte das Foto zurück und zeigte auf Ruth Fernandes. »Der Haken ist, dass Schwester Fernandes sich laut ihrer Personalakte im Januar 1918 überhaupt nicht in Barrackpore aufhielt. Sie war nicht mal in Bengalen. Wie kann sie dann auf diesem Foto sein?«

Rouvel runzelte die Stirn. »Was meinen Sie damit, sie war nicht mal in Bengalen. Wo sonst soll sie denn gewesen sein?«

»In Rawalpindi.«

Alle Farbe wich aus Rouvels Gesicht. Sie stieß ein bitteres Lachen aus. »Wie wollen Sie denn diesen Killer stoppen, wenn Sie von nichts eine Ahnung haben?«

»Dann helfen Sie mir!« Ich beugte mich vor und fasste sie am Arm. »Erzählen Sie!«

Sie riss sich los. »Mehr kann ich Ihnen nicht sagen.« Sie erhob sich vom Bett, trat an die Tür und zog sie weit auf. »Und jetzt gehen Sie bitte.«

Ich stellte den Stuhl zurück und folgte ihrer Bitte.

»Der Einzige, der Ihre Fragen beantworten kann, ist Colonel McGuire«, sagte sie. »Ich schlage vor, Sie fragen ihn.«

25

Ich verließ Mathilde Rouvel und versprach zurückzukommen, sobald ich mich mit McGuire unterhalten hatte. Sie sollte in der Zwischenzeit eine Tasche packen und klären, bei welcher Bekannten im Stützpunkt sie die Nacht verbringen konnte. Ich würde sie dann später persönlich dorthin begleiten, nicht weil ich den ritterlichen Beschützer spielen wollte, sondern um mich zu vergewissern, wohin sie ging.

In Gedanken versunken stieg ich die Treppe hinab. Die Widersprüche wollten sich einfach nicht auflösen. Miss Rouvel hatte Ruth Fernandes schon während des Krieges gekannt, und sie beharrte darauf, dass Fernandes 1917 und 1918 in Barrackpore gewesen war. Dennoch hatte das Wort »Rawalpindi« eine merkwürdige Reaktion bei ihr ausgelöst, für die ich keine Erklärung fand.

Ich trat aus dem Gebäude in die kalte Nacht. An die Wand gelehnt stand ein indischer Sepoy, der einen weißen Kittel über seiner Uniform trug, und rauchte eine billige Bidi. Der Rauch des glimmenden Tendublatts besänftigte meine Synapsen wie Balsam, und ich konnte nicht widerstehen, mir selbst eine Zigarette anzuzünden, bevor ich eilig der Wegbeschreibung folgte, die Mathilde Rouvel uns gegeben hatte.

Ich hatte noch keine zweihundert Meter zurückgelegt, als Surrender-not mir aus der Dunkelheit entgegenkam.

»Er ist nicht da«, meldete der Sergeant.

»Was meinen Sie damit, er ist nicht da?«, fragte ich. »Wo ist er denn?«

»Keine Ahnung, Sir. Seinem Burschen zufolge hatte der Colonel keine Pläne für den Abend, erhielt dann aber vor etwa einer Stunde einen Anruf. Fünfzehn Minuten später ist ein Auto vorgefahren, und er ist gemeinsam mit seiner Frau weg.«

»Und wohin sie wollten, hat er nicht gesagt, nehm ich mal an.«

»Nein, Sir. Auch nicht, wann sie wieder zurück sind.«

»Haben Sie ihn gefragt, wie der Colonel auf den Anruf reagiert hat?«

»Habe ich, Sir. Er meinte, das würde mich nichts angehen. Sollen wir noch mal hin und ihm Druck machen?«

»Ist er Brite oder Inder, dieser Bursche von McGuire?«

»Inder.«

Ich rauchte und dachte nach. In Ermangelung sinnvoller Alternativen war ich tatsächlich stark versucht, dem Kerl mal so richtig auf den Zahn zu fühlen. Auch wenn er wahrscheinlich eh nicht viel wusste, wirkte die Aussicht, meinen Frust an jemandem abreagieren zu können, überaus verlockend. Aber wir bewegten uns hier auf dünnem Eis. Section H hatte uns bereits ermahnt, die Finger von der Sache zu lassen. Stattdessen waren wir direkt in die Höhle des Löwen gestürmt und hatten mitten auf einer Militärbasis einen Colonel vernehmen wollen. Dass sie bei derartigen Einmischungen wenig Spaß verstanden, hatte ich in der vergangenen Nacht am eigenen Leib erfahren. Ich war mir ziemlich sicher, dass der unerwartete Anruf samt anschließender überstürzter Flucht auf ihr Konto ging. Ihre Agenten mochten nicht persönlich vorgefahren sein, aber der Auftrag hatte garantiert von ihnen gestammt.

»Wir lassen's«, entschied ich schließlich. »Ich glaube nicht, dass sich da was Brauchbares herausbekommen lässt.«

Surrender-not nickte. »Haben Sie denn von Miss Rouvel etwas erfahren können?«

»Ein wenig«, antwortete ich. »Den Namen des Toten in Tangra zum Beispiel. Prio Tamang. Offenbar ein Nepalese. Arbeitete in der Materialverwaltung des Krankenhauses, war aber in den Kriegsjahren noch Krankenpfleger. Der Aussage von Rouvel zufolge fungierte er als Kontaktperson zu den verletzten Gurkhas, die hier behandelt wurden.«

»Sonst noch etwas?«

»Bloß dass Dunlop hier 1917 irgendeine Art Forschungsprojekt geleitet hat, zu dessen Team auch Schwester Fernandez und Schwester Rouvel gehörten.«

»Demnach war Miss Fernandes gar nicht in Rawalpindi?«

»Anscheinend nicht. Jemand muss die Angaben in ihrer Personalakte gefälscht haben.«

»Aber wer?«, fragte er. »Und warum sich die Mühe machen, ihre Dienstakte zu fälschen? Sie war doch nur Krankenpflegerin. Was sollten sie da vertuschen wollen?«

»Was auch immer es sein mag, ich denke, Miss Rouvel weiß es und hat nur zu viel Angst, es mir zu sagen. Angesichts der Art, wie Colonel McGuire gerade Hals über Kopf für den Abend getürmt ist, sollten wir vielleicht zurückgehen und es noch einmal bei ihr versuchen.« Ich schnippte meinen Zigarettenstummel in die Dunkelheit, wandte mich um und lief wieder in Richtung Schwesternhaus. Surrender-not folgte einen halben Schritt hinter mir.

Der Pförtner saß noch immer auf seinem Platz in der Lobby. Er schaute auf, als wir vorbeigingen, und sagte etwas zu Surrender-not auf Bengali. Der Sergeant blieb wie angewurzelt stehen, wirbelte dann herum und feuerte eine Salve Wörter zurück. Der Betonung nach zu schließen, war es eine Frage. Der Pförtner zögerte einen Moment, antwortete, und sofort raste Surrender-not auf die Treppe zu.

»Kommen Sie!«, rief er. »Wir müssen uns beeilen.«

Ich rannte ihm hinterher. »Was ist los? Was ist passiert?«

»Miss Rouvel«, schnaufte er zwischen zwei Atemzügen. »Der Pförtner sagt, es habe sich noch jemand nach ihrer Nummer erkundigt.«

»Wann?«

»Vor zwei Minuten.«

»Aber wer? An uns ist doch keiner vorbeigekommen.«

Dann fiel es mir ein. Der Sepoy im weißen Kittel, der draußen geraucht hatte. Es war dunkel gewesen, und ich hatte ihm kaum Beachtung geschenkt, hatte ihn für einen Krankenpfleger gehalten, der ebenfalls im Haus untergebracht war. Wie dämlich von mir. Die Wahrscheinlichkeit, dass ein indischer Sepoy im selben Gebäude wie eine weiße Krankenschwester untergebracht war, betrug genau null Prozent.

Als wir den Absatz im ersten Stock erreichten, hörten wir von oben einen Schrei.

»Verdammt«, zischte ich und tauschte einen raschen Blick mit Surrender-not, bevor wir die restlichen Stufen hochstürmten.

Oben auf Rouvels Etage öffneten bereits die ersten vom Lärm aufgeschreckten Mitbewohner ihre Türen. Auch die stämmige Krankenschwester aus Nummer 7 reckte am Ende des Gangs den Kopf nach draußen und schnaubte erregt wie ein Erdmännchen, das eine mögliche Bedrohung sondierte. Ihr Blick richtete sich auf die Tür gegenüber, und plötzlich kreischte auch sie laut auf.

Die nächsten Sekunden wirkten endlos. Wir liefen den Flur hinunter. Hinter mir hörte ich Surrender-not schreien, alle sollten zurück in ihre Zimmer und die Türen verriegeln.

Plötzlich sprang ein Mann aus Miss Rouvels Zimmer. Er war kaum größer als ein Meter fünfzig, doch die Selbstgewissheit und unbedingte Entschlossenheit, mit der er sich bewegte, kamen mir irgendwie bekannt vor. Etwas blitzte in seiner Hand auf. Eine breite, gekrümmte Klinge. Er drehte sich in meine Richtung, und ich erhaschte einen Blick auf sein Gesicht, der jeden Zweifel ausräumte. Diese glatte, straffe Haut mit dem bronzefarbenen Ton, der entschlossen heraustretende Kiefer, das Feuer in den Augen. Der Mann war ein Gurkha.

Sobald er mich sah, machte er kehrt und rannte auf eine Doppeltür am Ende des Flurs zu.

»Stehen bleiben, Polizei!«, schrie ich. Als ob das jemals funktioniert hätte. Der Mann vor mir hatte inzwischen die Türen erreicht und stürmte hindurch. Ich bremste vor Schwester Rouvels Zimmer ab, bereitete mich auf den Anblick vor, der mich dort vermutlich erwartete, und steckte den Kopf hinein. Wie in Stupor verfallen stand die junge Frau vor mir und rührte sich nicht. Ihre Arme hielten einen Handkoffer umschlungen.

»Alles in Ordnung mit Ihnen?«

Ihre Augen sahen durch mich hindurch. Sie schien gar nicht wahrzunehmen, was um sie herum geschah. Ich packte sie an den Armen.

»Mathilde.«

Ihr Blick gewann an Schärfe. Ein Anflug von Wiedererkennen flackerte auf.

»Alles in Ordnung.«

Währenddessen hatte Surrender-not die Verfolgung des Angreifers übernommen, und blitzartig wurde mir bewusst, dass ich ein neues Problem hatte. Wenn der Mann tatsächlich ein voll ausgebildeter Gurkha war, besaß Surrender-not nicht den Hauch einer Chance. Zumindest nicht auf engem Raum. Nicht einmal mit einem Revolver. Ich kannte Geschichten von Gurkhas, die durch Dauerbeschuss deutscher Maschinengewehre gestürmt waren, um sich dann nur mit ihren Kukri-Messern bewaffnet auf den Feind zu stürzen. Es wurde erzählt, dass sie mit diesen Klingen den Kopf eines Mannes mit einem einzigen Hieb vom Rumpf trennen konnten.

Ich sprintete also den beiden hinterher, rammte die Türen aus dem Weg und fand mich in einem stockdunklen Treppenhaus wieder. Während meine Augen sich an die Dunkelheit zu gewöhnen versuchten, tasteten meine Finger an der Wand nach einem Lichtschalter. Unvermittelt polterten nicht weit entfernt Füße die Betonstufen hinab. Dann krachte ein Schuss. Ich gab meine Suche nach einem Lichtschalter auf und hastete auf die Treppe zu. Von unten drang das scheppernde Geräusch von Metall auf Metall herauf, gefolgt von einem erstickten Schrei.

Ich griff nach meinem Revolver und stürmte hinunter bis zum ersten Absatz, dann bis zum zweiten. Dort blieb ich abrupt stehen. Im fahlen Lichtschein, der durch ein Fenster fiel, sah ich zwei eng verschlungen miteinander ringende Körper. Ich hob meine Waffe und zögerte. Es gab keinerlei freie Schussbahn.

»Aufhören!«

Der Angreifer umklammerte inzwischen mit einem Arm Surrender-nots Hals. In der einen Hand hielt er das Kukri, dessen gebogene Klinge im Dämmerlicht schimmerte, in der anderen Surrender-nots Revolver. Langsam hob er ihn und zielte auf meinen Kopf.

»Lassen Sie die Waffe fallen«, sagte ich so ruhig, wie das eben möglich ist, wenn das Herz sich anfühlt, als würde es gleich aus der Brust springen.

Ich bemühte mich, meine Atmung zu kontrollieren. Surrender-not sah aus, als hätte er ebenfalls Probleme beim Luftholen. Der Mann taxierte mich kurz und schüttelte den Kopf.

»Ich möchte Ihren Freund nicht umbringen.« Er sprach mit tiefer Raucherstimme.

»Dann lassen Sie ihn los.«

»Und dann? Erschießen Sie mich.« Seine Waffe war noch immer direkt auf mein Gesicht gerichtet.

»Nein«, sagte ich. »Wenn Sie ihn loslassen, werde ich nicht schießen. Darauf gebe ich Ihnen mein Wort.«

»Ihr Wort?« Er lachte eisig. »Sie sind von der Polizei. Ihr Wort ist überhaupt nichts wert.«

»Ich war auch in der Armee«, erwiderte ich in der Hoffnung, dass er der Soldatenehre mehr vertraute.

»Welches Regiment?«

»10th Fusiliers.« Streng genommen stimmte das zwar nicht, da ich die meiste Zeit beim militärischen Geheimdienst verbracht hatte, aber unsere Uniform und Abzeichen waren die der Fusiliers, und im Moment war nicht die Zeit für lange Erklärungen.

»Von Ihnen beiden will ich nichts«, sagte er. »Aber wenn Sie nicht tun, was ich sage …« Er schnürte Surrender-not den Hals noch fester zu. »Und jetzt legen Sie Ihre Waffe auf den Boden. Schön langsam.«

Ich überlegte einen Moment, welche Optionen mir blieben, und fand keine.

»Wird's bald!« Seine Stimme hatte auf einmal einen nervösen Unterton.

»Schon gut«, sagte ich. Mit ausgestreckten Armen und ohne ihn aus den Augen zu lassen, ging ich langsam in die Hocke und legte meinen Webley vor mir auf den Boden.

»Kicken Sie ihn rüber.«

Ich richtete mich auf und folgte der Anweisung.

»Schön«, sagte er, ließ den Revolver sinken und steckte ihn in die Tasche. Dann beugte er sich vor, wobei er Surrender-not einfach mitzog, und hob meine Waffe auf. Einen Wimpernschlag später hatte er Surrender-not in meine Richtung gestoßen und war selbst den Flur hinabgeschossen.

Der Sergeant kam auf mich zugesegelt. Ich packte ihn an den Schultern. »Sind Sie verletzt?«

»Nein, alles okay«, sagte er und massierte sich mit einer Hand die Kehle.

»Gut. Bleiben Sie hier.« Ich rannte an ihm vorbei in den Flur. Der Gurkha hatte bereits fast die Lobby am anderen Ende erreicht.

Ich spurtete los, ohne einen Gedanken darauf zu verschwenden, was ich tun würde, wenn ich ihn auf wundersame Weise tatsächlich einholen sollte. Mit einem Messer bewaffnet hatte er das Gebäude betreten, und nun war er darüber hinaus – dank Surrender-not und mir – im Besitz von zwei Webley-Sondermodellen für den Polizeidienst. Sollte dieser Irre mich gleich umbringen, würde mir das allerdings immerhin den Ärger ersparen, Lord Taggart den Verlust der beiden Waffen erklären zu müssen.

Als ich es gerade bis in die Lobby geschafft hatte, war der Gurkha schon an dem geschockten Pförtner vorbei zur Tür hinaus und die Treppe hinunter. Ich stürzte ihm nach und nahm die Verfolgung über den nächtlichen Stützpunkt auf. Es ging um eine Ecke in eine Gasse, die vom Fluss fort zu führen schien. Während ich noch darüber spekulierte, wuchs der Abstand zwischen uns mit jeder Sekunde. Als er am Ende der Gasse erneut abbog, verlor ich ihn aus den Augen. Trotzdem lief ich weiter. Meine Beine waren bleischwer, die Lunge drohte mir jeden Augenblick zu platzen. An der Ecke blieb ich völlig außer Atem stehen. Die Straße war leer. Nicht die geringste Spur von dem Gurkha.

26

Die nächsten zehn Minuten verschwendete ich damit, erfolglos nach dem Gurkha zu suchen. Ich rüttelte an verschlossenen Türen und drückte gegen Parterrefenster, bevor ich aufgab und niedergeschlagen zum Schwesternhaus zurücktrottete.

Meine Atmung hatte sich inzwischen wieder beruhigt, aber die Strapazen der Verfolgungsjagd steckten mir noch mächtig in den Gliedern.

Surrender-not wartete an der Eingangstreppe. Daumen und Zeigefinger umklammerten eine Zigarette. Der Schock hatte sich tief in sein Gesicht gegraben.

Ich stellte mich neben ihn, und eine ganze Weile sprach keiner von uns ein Wort. Es war nicht nötig. Wir wussten beide, was der andere gerade dachte. Ihn plagten zweifellos Schuldgefühle. Weil er sich hatte überwältigen lassen, hatte ich klein beigeben müssen, um sein Leben zu retten, und damit war nun vermutlich unsere letzte Chance dahin, diesen Verrückten zu stoppen, bevor er sein nächstes Opfer fand. Natürlich hätte ich ihm versichern können, dass es nichts gab, für das er sich schämen muss. Mal erwischst du eben den Stier, und mal erwischt der Stier dich. Wirklich wichtig war allein, dass wir Mathilde Rouvel das Leben gerettet hatten und dass wir beide uns morgen durch einen weiteren Tag plagen durften. Und immerhin wussten wir jetzt, wie unser Widersacher aussah.

Zurück in der Lobby fanden wir das Schwesternhaus in heller Aufregung vor. Eine große Schar Krankenschwestern, manche in Uniform, andere im Nachthemd, hatte sich mittlerweile hier unten versammelt und schnatterte wild durcheinander. Erst als sie unsere Anwesenheit bemerkten, ebbte das Stimmengewirr langsam ab.

»Wo ist der Pförtner?«, fragte ich.

»Er ist los, um die Polizei zu holen«, erklärte eine der älteren Schwestern, die ihrem Akzent nach Engländerin zu sein schien. »Und wer sind Sie?«

»Wir sind die Polizei«, antwortete ich und begann, die Treppe hinaufzusteigen.

Irgendwo in der Nähe hörte man das Jaulen von Sirenen. Gleich würde die Militärpolizei eintreffen, und ich war nicht sonderlich erpicht darauf, ihnen zu begegnen. Ich musste nur noch Miss Rouvel abholen, dann konnten wir uns aus dem Staub machen.

Noch einmal rannte ich bis in den zweiten Stock und den mittlerweile bestens vertrauten Korridor hinunter. Rouvels Tür stand offen, ihr Zimmer war leer. Kein Anzeichen von ihr oder ihrem Handkoffer.

»Wo ist sie?«, fragte Surrender-not hinter mir.

»Fort«, sagte ich.

Um den Militärpolizisten nicht in die Arme zu laufen, benutzten wir für unseren Abgang das rückwärtige Treppenhaus, in dem wir beide eine halbe Stunde zuvor noch ganz formlos einem eins fünfzig großen Nepalesen unsere Waffen ausgehändigt hatten. Im Erdgeschoss waren die meisten Zimmer jetzt leer, und die Türen standen offen, da ihre Bewohner es vorgezogen hatten, sich zu den anderen in die Lobby zu flüchten. Wir wählten also einfach eins aus, das zur Rückseite des Gebäudes lag, und stiegen durchs Fenster nach draußen.

»Und jetzt?«, fragte Surrender-not auf dem Weg zu unserem Wagen.

Ich versuchte, mich in die Lage von Mathilde Rouvel zu versetzen. Welchen Überlegungen folgte sie? Sie war mit knapper Not einem Mordanschlag entgangen. Statt auf ihrem Zimmer zu bleiben und auf uns zu warten, war sie lieber getürmt. Vielleicht weil sie befürchtete, wir könnten sie nicht beschützen, oder weil es da etwas gab, das sie uns nicht erzählen wollte.

Bloß wohin sollte sie flüchten? Im Grunde war Barrackpore ein einziger Armeestützpunkt, die Stadt praktisch nichts anderes als eine Militärbasis. Nach Fort William war kein Ort in der gesamten Gegend besser bewacht.

Und unser Mörder war Armeeangehöriger. Die Tatsache hatte uns der kleine Zusammenstoß mit ihm eindeutig vor Augen geführt. Damit war Barrackpore in diesem Fall ungefähr so sicher wie die Strände von Gallipoli bei der Invasion 1915. Miss Rouvel musste das ebenfalls klar sein, weshalb sie meiner Ansicht nach derzeit wohl eher beabsichtigte, sich so weit wie möglich von Barrackpore zu entfernen.

»Ich denke, sie haut ab«, sagte ich.

»Sie meinen, zusammen mit McGuire?«

»Nein. Der Anrufer bei McGuire hat ihm bestimmt von dem Mord an Dunlop erzählt. Und ich vermute, dass dieselbe Stelle ihm dann auch den Wagen geschickt hat, der ihn abholte. In der Unterkunft der Schwestern gibt es kein Telefon. Wenn Miss Rouvel also den Aufenthaltsort von McGuire kennen sollte, müsste sie schon vor unserem Eintreffen in dessen Pläne eingeweiht gewesen sein. Die Variante halte ich für eher unwahrscheinlich, vor allem da sie von Dunlops Tod offenbar noch nichts wusste. Außerdem hat sie ihren Handkoffer mitgenommen. Ich schätze, dass McGuire abgeschirmt an einem sicheren Ort untergebracht wurde. Miss Rouvels Aktion kommt mir dagegen mehr wie ein verzweifelter Fluchtversuch vor. Ich denke, sie will einfach von der Bildfläche verschwinden.«

»Soll das heißen, sie will nach Kalkutta?«, fragte Surrender-not.

»Kann sein«, antwortete ich. »Oder nach Hause.«

So oder so hatte sie höchstens zwanzig Minuten Vorsprung und war ohne Transportmittel. Der nächste Rikscha-Halteplatz, der um diese Uhrzeit noch in Betrieb war, lag etwa eine Meile entfernt an der zentralen Durchgangsstraße. Ich bezweifelte, dass sie auf diesem Weg weit kommen würde.

Wer aus Barrackpore hinauswollte und kein Auto besaß, dem blieben zwei Möglichkeiten: Eisenbahn oder Fluss. Wenn sie nach Kalkutta wollte, war der Zug zum Bahnhof Sealdah im Norden von White Town die günstigste Verbindung. Sollte sie jedoch tatsächlich vorhaben, heim nach Chandannagar zu flüchten, setzte sie am besten mit dem Boot nach Serampore über und nahm von dort einen Zug Richtung Norden, der sie direkt ins französische Territorium brachte.

Zugverbindungen würden heute Nacht reichlich bestehen. Schließlich war Heiligabend, und eine Menge Leute wollten über die Festtage nach Hause. Da setzte die Bahn sicherlich Sonderzüge ein.

Welche Richtung auch immer sie eingeschlagen hatte, sobald sie erst einmal in einem Zug saß, würde ich sie so schnell nicht mehr erwischen, und da McGuire derzeit nicht greifbar war, blieb sie die Einzige, die mir die dringend benötigten Antworten auf meine Fragen geben konnte.

»Wir sollten zum Bahnhof«, erklärte Surrender-not.

»Übernehmen Sie das«, sagte ich. »Fahren Sie mit dem Wagen. Sollte sie da sein, bieten Sie ihr Polizeischutz an. Notfalls verhaften Sie sie einfach. Ich komme nach, sobald ich die Fähranleger unten am Fluss überprüft habe.«

Kurz darauf waren wir in unterschiedliche Richtungen unterwegs. Auf den ersten Blick sprach zwar einiges gegen eine Flucht über den Fluss, da ein Boot langsam und ohne Versteckmöglichkeiten war, doch letzten Endes schien es die cleverere Wahl zu sein. So erreichte sie nicht nur den Anschluss nach Chandannagar auf direktem Weg, am Ghat war man zu Fuß auch viel schneller als am Bahnhof, und die Gefahr, unterwegs jemandem zu begegnen, war erheblich geringer. Und ein Boot zu nehmen hatte noch andere Vorteile. Barrackpore war nicht sonderlich groß und der Bahnhof bestens zu überblicken. Wenn sie dort wartete, bestand das Risiko, rasch von jemandem bemerkt zu werden, der sie kannte. Nicht so am anderen Flussufer. Auf bekannte Gesichter zu treffen stand dort nicht zu befürchten. Sie würde in aller Ruhe in Serampore einen Zug nehmen können, ohne Angst zu haben, dabei gesehen zu werden.

Ich rannte in Richtung des Ghats, an dem wir gestern mit dem Boot aus Rishra angelegt hatten. Je länger ich darüber nachdachte, desto überzeugter war ich davon, dass Rouvel diese Option gewählt hatte.

Eine niedrige Mauer zog sich oben die Uferböschung entlang. Die in der Ferne funkelnden Lichter von Rishra und Serampore tanzten auf dem schwarzen Wasser. Unmittelbar vor mir konnte ich das Ghat erkennen. Bis auf ein einsames Licht, das vor einer Hütte an der Anlegestelle brannte, herrschte völlige Dunkelheit. Nirgends eine Menschenseele. Die Stille der Nacht wurde nur vom Plätschern der sanft gegen das matschige Ufer schlagenden Wellen und von meinem angestrengten Schnaufen unterbrochen.

Ich lief weiter das menschenleere Ufer hinauf, und mit jedem Schritt wuchs die Angst, dass ich mich geirrt hatte. War sie doch lieber zum Bahnhof oder sogar zur Straße nach Kalkutta geflohen?

Die Mauer endete an einer Treppe, deren steile Stufen bis zu dem Fährhäuschen und dem Anlegesteg führten. Unter mir auf der Schlammbank lagen einige kleine *Naukas*, die man an Land gezogen hatte. Andere waren wie aneinandergekettete Häftlinge in einer Reihe am Ghat vertäut. Nichts deutete darauf hin, dass irgendeins der Boote demnächst den Betrieb aufnehmen würde. Erschöpft hielt ich an, um zu Atem zu kommen.

Ich musste mich entscheiden. Entweder weitere kostbare Minuten darauf vergeuden, die Stufen hinabzusteigen und die Hütte zu überprüfen in der vagen Hoffnung, sie dort anzutreffen, oder der Zeitverschwendung ein Ende bereiten und so schnell wie möglich zum Bahnhof laufen. Ich wollte mich bereits zum Gehen wenden, da fiel mir auf, wie das Geräusch der schwappenden Wellen sich veränderte. Es wurde unregelmäßiger, als würde die Bewegung der Wellen von einem Boot gestört. Ich lehnte mich an die Mauer und starrte in die Dunkelheit. Es dauerte eine ganze Weile, aber dann konnte ich knapp hundert Meter entfernt auf dem Fluss ein kleines *Nauka* erkennen, das sich der Anlegestelle näherte. Ein Licht hatte das Boot nicht, aber die Silhouette seines massiven Rumpfs zeichnete sich gegen die gekräuselte Wasseroberfläche ebenso deutlich ab wie die ausgezehrte Gestalt, die sich im Heck ans Steuerpaddel lehnte. Plötzlich trat unten jemand aus der Hütte. Der nächtliche Fahrgast hatte Kopf und Schultern unter einem Tuch verborgen und trug einen Handkoffer.

Ich stieg die Treppe hinab, wobei ich mit einem Auge auf die tückisch glitschigen Stufen achtete und mit dem anderen auf das näher kommende Boot. Als ich die unterste Stufe erreichte, legte das Boot gerade am anderen Ende des Kais an. Ich sprintete los und verlor die Kapuzengestalt für einen Moment aus dem Blick, da sie auf die Rückseite der Hütte gegangen war. Sekunden später bog ich ebenfalls um die Ecke, wo der Fährmann bereits ein Seil um den Eisenpoller geschlungen und das Boot längsseits gezogen hatte.

Die Frau mit Tuch sagte etwas. Die Worte konnte ich nicht verstehen, aber ich erkannte die Stimme.

»Miss Rouvel!«, rief ich. »Warten Sie!«

Sie drehte sich um und schien kurz zu zögern. Dann bestieg sie vorsichtig das Boot.

»*Chalo*«, wies sie den Fährmann eindringlich an und wedelte dabei mit einem Bündel Rupien.

Ich zog meinen Polizeiausweis heraus und hielt ihn hoch. »Hier geblieben«, sagte ich. »Dieses Boot fährt nirgendwohin.«

Jetzt begann es in der Hütte hinter mir unruhig zu werden. Der Lärm hatte die anderen Fährmänner aufgeschreckt, die nun nachsehen wollten, was los war. Ärger mit einer Hütte voller umherziehender Schiffer, die glaubten, ich würde einen ihrer Kollegen bedrohen, war nun wirklich das Letzte, was ich gebrauchen konnte. Ich wandte mich um und erklärte mit aller Autorität, die ich aufbringen konnte: »Dies ist eine Polizeiangelegenheit. Alle sofort zurück ins Haus.«

Ich sprang auf das Boot und hob kurz die Arme, um das Gleichgewicht nicht zu verlieren. Ihren Handkoffer vor die Brust gepresst, stand Schwester Rouvel vor mir wie ein verängstigtes Kind.

»Ich kann Ihnen nicht mehr erzählen. Bitte, lassen Sie mich gehen.«

»Sie sagen mir, was hinter der ganzen Sache steckt, und ich lasse Sie vielleicht gehen.«

»Begreifen Sie denn nicht?« Ihre Stimme wurde drängender. »Ich weiß es nicht. Andernfalls hätte ich mich doch schon direkt nach dem Mord an Ruth Fernandes aus dem Staub gemacht, oder halten Sie mich für blöd? Wieso hätte ich in Barrackpore bleiben sollen, wenn ich gewusst hätte, dass er es auf mich abgesehen hat?«

»Wer ist der Mann?«, bohrte ich nach.

»Keine Ahnung. Ich bin ihm noch nie zuvor begegnet.«

»Bestimmt?«

»Ja.«

In ihrer Stimme schwang leichte Unsicherheit mit.

»Könnte er nicht einer der Soldaten gewesen sein, die während des Krieges in Ihrem Krankenhaus behandelt wurden?« Ich bemerkte eine Sturmlaterne, die im Bauch des *Nauka* lag, und forderte den Fährmann auf, sie anzuzünden. In ihrem schwachen Lichtschein zeigte ich der jungen Frau erneut das Foto, für das sie sich neben Dunlop, McGuire, Fernandes und all den anderen im Januar 1918 vor dem Krankenhaus aufgestellt hatte. »Ist er auf diesem Bild?«

Sie schüttelte den Kopf. »Nein.«

»Sind Sie da ganz sicher?«, fragte ich und ging selbst noch

einmal die Reihen der Gesichter durch. Briten, Inder, Nepalesen … Da waren Miss Rouvel und Dunlop, der Tote aus dem Beerdigungsinstitut, von dem ich inzwischen wusste, dass er ein Nepalese namens Prio Tamang war, dann Anthea Dunlop, die verschont geblieben war, und Ruth Fernandes, die eigentlich in Rawalpindi hätte sein sollen.

»Absolut.«

»Ich brauche Ihre Hilfe, Mathilde«, sagte ich. »Geben Sie mir irgendwas, das mich weiterbringt, und ich lasse Sie laufen. Ich verspreche es Ihnen.«

Wir standen uns eine gefühlte Ewigkeit stumm gegenüber. Dann brach sie das Schweigen.

»Rawalpindi.«

»Was ist damit?«

Sie deutete auf das Foto. »Sie schauen direkt drauf.«

Da wurde es mir schlagartig klar. Rawalpindi. Wie hatte ich bloß so begriffsstutzig sein können?

Ich streckte ihr das Foto entgegen. »Mit Rawalpindi war überhaupt nicht die Stadt gemeint, hab ich recht?«

Sie schluckte schwer, antwortete aber nicht.

»*Das hier* ist Rawalpindi, stimmt's?«, fuhr ich fort und schlug mit dem Handrücken gegen das Foto. »Diese Leute hier, Dunlops Arbeit, all das – Rawalpindi war der Codename für sein Forschungsprojekt.«

»Bitte, ich kann Ihnen wirklich nicht mehr sagen«, flehte sie.

»Sterben Menschen wegen dem, woran Dunlop geforscht hat?«

Sie schüttelte den Kopf. »Rawalpindi war teuflisch, aber wenn ich noch mehr sage, werden sie mich einsperren. Und Sie haben versprochen, mich gehen zu lassen.«

»Die Polizei kann Sie beschützen. Ich werde persönlich für Ihren Schutz sorgen.«

Sie lachte bitter auf. »Nicht vor diesen Leuten, Captain. Nicht vor der Armee. Wenn Sie mehr über Rawalpindi erfahren möchten, müssen Sie mit Colonel McGuire sprechen.«

Aus freien Stücken würde Section H mich jedoch nicht einmal in die Nähe von McGuire lassen. Es gab nur einen, der mir rasch Antworten auf meine Fragen geben konnte, und das war die arme verängstigte Krankenschwester mir gegenüber.

»Miss Rouvel«, begann ich behutsam. »Ich habe da womöglich eine Lösung.«

27

Ich stand am Kai und verfolgte, wie das Boot in die Dunkelheit abdrehte. Erst als es schon fast die Mitte des Flusses erreicht hatte, ging ich zurück in Richtung Ufertreppe. Mit ein wenig Glück würde Miss Rouvel bei Sonnenaufgang französischen Boden unter den Füßen haben. Ich hatte sie gehen lassen. Allerdings nicht weil sie mir alles verraten hatte, was sie wusste – oder auch nur die Hälfte davon –, sondern weil das, was sie mir erzählt hatte, ausreichte, um zu begreifen, dass sie recht hatte. Ich wäre niemals in der Lage gewesen, in Kalkutta für ihren Schutz zu sorgen. Nicht gegen die Armee und deren Kampfhunde von Section H. Nicht angesichts dessen, was sie wusste. Da war es entschieden besser, sie flüchtete aus deren Zuständigkeitsbereich in die relative Sicherheit von Chandannagar.

Während ich die Stufen hochstieg, wurde mir erst langsam bewusst, welche Tragweite diese neuen Informationen hatten. Es klang unglaublich, aber die Logik dahinter war einfach erdrückend. Mit Rawalpindi war nie der Ort im Punjab gemeint gewesen, sondern eine Reihe von Experimenten, die allesamt unter der Leitung von Alastair Dunlop in Barrackpore durchgeführt worden waren. Experimente, die einige der Versuchspersonen getötet hatten. Andere waren im Lazarett gelandet, und Brand- und Ätzwunden zeichneten sie für ihr ganzes Leben.

Aber so wirkte Senfgas nun einmal.

Die Deutschen hatten es als Erste benutzt. Im Juli 1917 hatten sie fünfzigtausend Granaten mit dem Zeug auf unsere Stellungen abgefeuert, und uns war sofort klar gewesen, dass wir es hier mit etwas ganz Neuem zu tun hatten. Giftgas hatten sie auch schon früher eingesetzt – ebenso wie wir übrigens. Hauptsächlich waren dabei Chlor und Phosphor verwendet worden. Doch während diese Mittel ausschließlich Augen und Lungen angriffen, verbrannte das neue Gift die Menschen innerlich und äußerlich.

Wer Glück hatte, kam mit Hautläsionen, dauerhaft schmerzenden, unheilbaren Blasen am ganzen Körper, davon. Die meisten Opfer erblindeten. Andere erstickten langsam.

Zu Anfang nannten wir es Yperit, nach der Stadt Ypres, in der es zum ersten Mal im Krieg zum Einsatz kam, und weil wir ansonsten rein gar nichts darüber wussten. Später erfuhren wir dann: Es ist eine komplexe Verbindung von Ethen und Schwefeldichlorid. Eine zähflüssige bräunliche Flüssigkeit, die nach Meerrettich riecht, und ein Stoff, der jede lebende Zelle schädigt, mit der er in Verbindung kommt.

Mathilde Rouvel zufolge hatten die Experimente im August 1917 begonnen. Dunlop war mit seinen Assistenten nach Barrackpore gekommen, um dort an der Entwicklung einer noch giftigeren Senfgasversion für unsere Streitkräfte zu arbeiten.

In der Annahme, dass asiatische Truppen widerstandsfähiger gegen Giftgas wären als europäische, wollte das Militär nach dem Debakel an den Dardanellen eine Waffe in die Hand bekommen, die gegen alle feindlichen Kräfte, einschließlich der Turkvölker, effektiv eingesetzt werden konnte. Ich hatte die Wirkung von Senfgas im Krieg selbst gesehen.

Ich hatte miterlebt, wie Männer qualvoll starben, wenn sich das Gas durch Augen und Lunge fraß, oder wenn sie sich die eigene Kehle aufschlitzten, weil sie die Schmerzen nicht länger ertrugen. Dunlops Aufgabe bestand darin, die Mindestmenge zu ermitteln, bei der das Gas noch tödlich wirkte. Wir hatten schließlich Krieg, und Mangel herrschte an allem, daher sollte auch hier vermieden werden, etwas von dem Stoff zu verschwenden. Als Laborratten, an denen die Versuche durchgeführt werden sollten, hatte man Soldaten der zähesten Sorte aus den Regimentern der Gurkhas und Sikhs ausgewählt, denen gesagt wurde, dass das Gas sie noch stärker machen würde. Ihr anschließendes Schweigen hatte man sich mit dem Versprechen auf ein paar lumpige Rupien erkauft.

Nun endlich ergaben die Zusammenhänge Sinn. Wegen Rawalpindi hatten Dunlop, Ruth Fernandes und Prio Tamang sterben müssen. Wegen Rawalpindi rannte Mathilde Rouvel derzeit um ihr Leben, hatte das Militär Hals über Kopf Colonel McGuire an einen sicheren Ort verfrachtet. Es erklärte auch, warum Section H unbedingt wissen wollte, was ich in der Nacht, in der Tamang getötet wurde, in der Opiumhöhle zu suchen hatte, und weshalb sie mich mit solchem Feuereifer davon abgehalten hatten, Anthea Dunlop zu befragen. Ein paar offene Fragen blieben allerdings: Wer war dieser Gurkha, der die Verantwortlichen von Rawalpindi umbrachte? Worin bestand seine Verbindung zu dem Forschungsprojekt? Warum diese rituellen Stichverletzungen und das Ausstechen der Augen? Und vor allem: Wer war der Nächste auf der Liste?

Oben auf der Uferböschung hielt ich an und zog noch einmal das Foto aus der Tasche. Im Licht einer Straßenlaterne studierte ich die Gesichter. Neben den sechs bereits identifizierten Personen gab es noch zwei weitere weiße Offiziere, die unmittelbar hinter Dunlop standen. Die beiden waren bestimmt seine Assistenten gewesen. Meine erste Aufgabe bestand also darin, ihren Aufenthaltsort herauszufinden.

Ich steckte das Foto zurück in meine Jackentasche und schlug den Weg zum Bahnhof ein, wo Surrender-not bestimmt schon auf mich wartete.

»Nirgends eine Spur von ihr«, sagte Surrender-not, als er die Stufen vom Bahnsteig herunterstieg.

»Schon gut. Ich habe sie gefunden.«

Die Überraschung war der Miene des Sergeants deutlich abzulesen. »Wo?«, fragte er.

»Unten am Fluss. Am Ghat.«

»Und wo ist sie?«

»Auf dem Weg nach Chandannagar«, erklärte ich.

»Sie haben Sie laufen lassen?«

Ich nickte. »Wir haben eine Vereinbarung getroffen. Sie erzählt mir, was ich wissen muss, und ich lasse sie gehen.«

Surrender-not sah mich mit großen Augen an. »Und? Was hat sie gesagt?«

»Das ist eine lange Geschichte, und uns läuft die Zeit fort. Ich erzähle es Ihnen im Wagen.«

»Eine Vendetta«, sagte ich und fasste die Einzelheiten von Miss Rouvels Aussage zusammen, während der Wolseley stadteinwärts raste. »Unser Mörder hat offenbar Rache geschworen gegen jeden, der an einer Reihe von Giftgasexperimenten beteiligt war. Diese Experimente wurden hier in Barrackpore 1917 unter dem Codenamen Rawalpindi durchgeführt.«

»Meinen Sie etwa, er ist einer der damaligen Versuchspersonen?«

»Könnte ich mir gut vorstellen. Weshalb wir unbedingt die Listen aller an den Tests Beteiligten überprüfen müssen.«

Tiefe Ackerfurchen zogen sich über die Stirn des Sergeants, und eine Weile grübelte er stumm vor sich hin.

»Keine Bange«, sagte ich. »Wir werden nicht in das Krankenhausarchiv einbrechen, um sie uns zu besorgen. Section H ist genau so stark wie wir daran interessiert, diesen Kerl zu schnappen, und langsam wird's Zeit, dass die auch mal einen Teil der Arbeit erledigen. Außerdem bin ich müde.«

Surrender-not wirkte noch immer nicht beruhigt. »Das ist es gar nicht, Sir.«

»Was dann?«

»Warum so lange warten?«

»Wie bitte?«

»Wenn die Experimente schon 1917 stattgefunden haben, warum sollte der Mörder fast fünf Jahre damit warten, Rache zu üben?«

Eine gute Frage. Ich blickte aus dem Fenster und versuchte, eine Antwort darauf zu finden, spürte aber nur, wie Übelkeit und Gliederschmerzen meinem Körper immer stärker zusetzten. Ich kramte nach dem Fläschchen *Kerdū*-Brei und trank einen Schluck.

Irgendwann während all der lustigen Spielchen in Barrackpore war wieder einmal meine Uhr stehen geblieben, aber der frischen Nachtluft nach zu urteilen musste es schon weit nach Mitternacht sein. Natürlich hätte ich Surrender-not fragen können, doch das hätte mir bloß eine neuerliche Diskussion darüber eingebrockt, warum ich das verfluchte Ding nicht endlich reparieren ließ oder, sollte das unmöglich sein, mir einfach eine neue kaufte. Die Sache war, dass diese Uhr der einzige persönliche Gegenstand war, den ich von meinem Vater geerbt hatte. Sie hatte mich in Frankreich den gesamten Krieg hindurch begleitet und war danach nie mehr die alte gewesen. Nicht einmal den besten Londoner Uhrmachern in Hatton Garden war es gelungen, sie wiederherzustellen, und unter gar keinen Umständen würde ich irgendeinem Uhren-Wallah in Kalkutta erlauben, in ihrem Innenleben herumzupfuschen.

Ich rieb mir die Müdigkeit aus den Augen, während der Wagen in das Viertel um die College Street bog. Vor unserer Wohnung in der Premchand Boral Street lauerte eine große schwarze Limousine, so bedrohlich wie eine sprengbereite Bombe. Sie ähnelte verblüffend dem Wagen, den Section H benutzt hatte, um mich am Abend zuvor in Tangra rauszuwerfen, nachdem ich meinen restlichen Mageninhalt in Dawsons Büro verteilt hatte. Sollte mir erneut eine Tour quer durch die Stadt dahin bevorstehen, war es hoffentlich inzwischen gereinigt worden.

Kaum hatte unser Wolseley hinter dem Wagen geparkt, öffnete sich eine der Türen, und Allenby stieg aus, derselbe Kerl, der mich beim letzten Mal um Feuer gebeten hatte, nur um mir dann seine Waffe in die Rippen zu drücken. Er kam herüber und wartete, bis ich ebenfalls ausstieg.

»Lassen Sie mich raten«, sagte ich. »Sie brauchen wieder Feuer.«

»Der war gut«, antwortete er und verzog seine schmalen Lippen zu einem sichelförmigen Grinsen. »Die Art von Humor werden Sie noch bitter nötig haben, bevor die Nacht vorbei ist.«

Ich fürchtete, noch einmal zehn Stunden in einer Zelle unter Fort William verbringen zu müssen. Vermutlich hatten sie mich so lange in das Loch gesperrt, weil sie dachten, jede

Verschlimmerung meiner Entzugssymptome würde mich bei der anschließenden Befragung gefügiger machen. Das Problem war bloß, dass wir es uns diesmal nicht leisten konnten, zehn Stunden Zeit zu verschwenden.

»Wie wär's, wenn wir den Austausch von Freundlichkeiten überspringen, und Sie bringen mich einfach gleich zum obersten Puppenspieler?«, fragte ich.

Kopfschüttelnd führte er mich zu der schwarzen Limousine. »*Puppenspieler*«, wiederholte er langsam und genüsslich. »Na ja, die Fäden in Hand hält Major Dawson tatsächlich gern. Den Schlagstock schwinge ich allerdings lieber höchstpersönlich.«

Er beugte sich vor und stieß mich auf die Rückbank.

Surrender-not war uns nachgeeilt.

»Warten Sie«, rief er. »Wenn Sie den Captain mitnehmen, müssen Sie mich auch mitnehmen.«

Allenby richtete sich auf und betrachtete Surrender-not in etwa so interessiert wie einen gammeligen Fisch. »Na schön«, sagte er schließlich. »Je mehr Püppchen der Chef tanzen lassen kann, desto lustiger wird's.«

Er nickte zur offenen Fondtür. »Rein da.«

Der Sergeant setzte sich folgsam neben mich und lächelte mich so breit an, als würde er die ganze Sache für ein amüsantes Abenteuer halten.

Surrender-not und ich bereiteten uns auf eine Fahrt nach Fort William vor, doch es dauerte nicht lange, bis ich merkte, dass etwas nicht stimmte. Statt einfach die College Street weiterzufahren, bremste der Wagen ab und bog rechts in die Bow Bazar ein.

»Sie wissen aber noch, wie man zu Fort William kommt, oder?«, fragte ich.

»Wir fahren nicht zum Fort William«, antwortete Allenby vom Beifahrersitz, ohne sich umzudrehen.

»Sondern?«

»Zu Ihnen.«

Kurz darauf winkten uns die Wachposten bei Lal Bazar durch, und die Limousine hielt im Innenhof direkt neben dem Gebäude mit Dienstunterkünften. Der Mann von Section H stieg aus und öffnete die hintere Wagentür.

»Ich dachte, wir treffen uns mit Major Dawson?«, sagte ich, während ich mir die Beine dehnte, in denen sich Krämpfe ankündigten.

»Tun wir auch«, erwiderte er. »Er ist schon bei Ihrem Boss.«

Schweißperlen liefen mir den Rücken hinab. Wenn Dawson hier mitten in der Nacht bei Taggart hockte, hatte er sich offenbar entschieden, seine Drohung wahr zu machen. Wahrscheinlich fürchtete er, ich könnte jeden Moment sein Rawalpindi-Geheimnis knacken, also war er zum Commissioner gekommen, um ihn über meine Opiumsucht zu informieren.

»Beeilung«, sagte Allenby und schob mich in Richtung Seiteneingang. »Wir haben nicht die ganze Nacht Zeit.«

Wir betraten das Hauptgebäude und begannen, zu Taggarts Büro im obersten Stock hochzusteigen. Mein Gehirn arbeitete weiter fieberhaft. Einen Weg zurück gab es nicht. Drogenabhängigkeit war ein Vorwurf, der das berufliche Aus bedeutete. Ich fasste einen Entschluss: Wenn das jetzt das Ende meiner Laufbahn bei der Imperial Police Force und damit auch jeder anderen Polizeilaufbahn sein sollte, dann würde ich alles daransetzen, Dawson und seine Armeekameraden mitzureißen.

Nach dem letzten Treppenabsatz hatte die eisige Wirklichkeit meinen Zorn aber schon wieder gedämpft. Wutausbrüche brachten jetzt genauso wenig wie Selbstmitleid. Nicht, solange draußen ein Gurkha frei herumlief, der die Absicht hatte, noch mehr Menschen zu töten.

»Warten Sie hier«, sagte ich zu Surrender-not, als wir den Gang hinunterliefen. »Was auch immer mit mir passiert, erzählen Sie Taggart auf jeden Fall alles über den Gurkha. Er muss gestoppt werden, bevor es noch mehr Opfer gibt.«

Lord Taggarts Büro lag am Ende des Flurs. Der Zugang führte durch ein kleines Vorzimmer, in dem gewöhnlich der Sekretär saß, das um diese Uhrzeit aber leer war. Eine der Flügeltüren zum Allerheiligsten stand offen, und Licht fiel in den Vorraum. Aus dem Büro des Commissioners drang die Stimme von Dawson.

Ich hielt kurz vor der Türschwelle noch einmal inne, um mich zu sammeln. Zweieinhalb Jahre war ich mittlerweile in Kalkutta. Für meine Verhältnisse ein hübsch langes Inning. Vor allem da ich niemals damit gerechnet hatte, auch nur den ersten Monat zu überstehen. Übermäßig traurig würde ich jedenfalls nicht sein, von hier zu verschwinden und dieser verfluchten Stadt mit dem grässlichen Klima und ihren durchgeknallten Bewohnern zu entfliehen – Briten wie Indern. Dennoch hatte ich das Gefühl, einen Teil von mir hier zurückzulassen, dessen Verlust für den Rest meines Lebens an mir nagen würde. In dieser Hinsicht konnte Kalkutta überaus heimtückisch sein. Immerhin wäre mit der Abreise ein Schlussstrich gezogen unter das Debakel mit Annie Grant, die ich schon fast genauso lang kannte. Über all diese Zeit hatte sich unsere Beziehung mit der Geschwindigkeit eines Berggletschers entwickelt, was dafür sprach, dass meine geniale Strategie von Feldmarshall Haig persönlich hätte stammen können. Ich würde sie mit Sicherheit erheblich mehr vermissen als sie mich.

Irgendwie schien diese Vorstellung etwas in mir anzuspornen. Nichts Nobles wohlgemerkt, eher die starrsinnige Seite meines Wesens. Wenn mich etwas antrieb, es hier noch länger zu versuchen, dann der Trotz, dass ich einfach noch nicht bereit war, mich bei Annie endgültig geschlagen zu geben.

Ich atmete tief ein, klopfte an die offene Tür und trat ein.

28

25. Dezember 1921

Taggart und Dawson standen vor der langen Reihe tiefer Fenster, die eine Seite des Büros einnahm. Der bedrohlich finsteren Miene Taggarts nach zu urteilen, musste ihn das, was Dawson ihm eröffnet hatte, gehörig in Rage versetzt haben, und sicher würde sich das Gewitter gleich über mir entladen.

Ich verspürte ein gewisses Verständnis für den Commissioner. Immerhin kannten wir einander schon sehr lange. Im Krieg waren wir beide beim militärischen Geheimdienst gewesen. Im Unterschied zu Dawson hatten wir allerdings unmittelbar an der Front gedient und nicht in Indien eine ruhige Kugel geschoben. Und jetzt stand Dawson hier neben ihm, raunte ihm Gift ins Ohr und erzählte ihm von meiner Drogensucht. Über Jahre hinweg hart erworbenes Vertrauen zerbrach so in Sekundenschnelle.

Beide Männer schauten mich an. Taggarts Gesichtsausdruck blieb ernst. Der von Dawson war nicht lesbar.

»Da sind Sie ja, Wyndham«, sagte Taggart. Er deutete auf eins der Sofas, die rechts und links um einen kleinen Couchtisch standen. »Nehmen Sie doch bitte Platz.«

Ich ging hinüber und wappnete mich für den bevorstehenden Keulenschlag.

»Colonel Dawson hat mich gerade über einige äußerst besorgniserregende Dinge in Kenntnis gesetzt«, hob er an. »Wo steckt übrigens dieser Sergeant von Ihnen?«

»Sir?«

»Soweit ich weiß, ist er doch mitgekommen. Er sollte das auch hören.«

Mir wurde schlecht. Schlimm genug, dass Dawson dabei war, wenn der Commissioner mir das Fell über die Ohren zog. Musste jetzt unbedingt auch noch Surrender-not das Schauspiel mitansehen?

»Er wartet draußen.«

»Sergeant Banerjee«, rief Taggart in Richtung Tür. »Kommen Sie doch bitte herein.«

Surrender-not trat ein, salutierte und nahm verlegen neben mir Platz. Taggart setzte sich auf das Sofa gegenüber, während Dawson weiter hinter ihm herumlief.

»Also, wie ich höre, sind Sie beide heute Nacht ziemlich aktiv gewesen«, begann Taggart.

»Sir?«

»Oben in Barrackpore. Dawson hat mir berichtet, dass Sie den Mord an einer Frau verhindern konnten.«

Ich war beeindruckt, wie schnell Dawson auch davon wieder erfahren hatte. Nicht klar war mir jedoch, weshalb er das jetzt erwähnte.

»Wir hatten Glück«, sagte ich. »Per Zufall zur falschen Zeit am richtigen Ort, mehr nicht.«

»Und dieser Angriff steht Ihrer Meinung nach in Zusammenhang mit dem Mord an der anderen Krankenschwester? Ruth Fernandes?«

»Nicht nur mit diesem, sondern auch mit den Morden an einem Wissenschaftler namens Dunlop in der gestrigen Nacht und dem vor vier Tagen an einem gewissen Prio Tamang, der in der Materialverwaltung des Krankenhauses gearbeitet hat.«

Bei dem Namen von Tamang blitzten die Augen von Dawson kurz auf.

»Wir haben den Angreifer verfolgt«, fuhr ich fort, »ihn aber leider in der Umgebung des Krankenhauses verloren.«

»Konnten Sie einen Blick auf sein Gesicht werfen?«, fragte Dawson.

»Ja.«

»Wie sah er aus?«

»Wie ein Gurkha.«

»Alter?«

»Keine Ahnung«, sagte ich und massierte mir den Nacken. »Anfang vierzig vielleicht. Bei Asiaten erkennt man das nie so genau … zumindest ich nicht. Außerdem war es dunkel.«

»Woher wussten Sie, dass er es auf Krankenschwester Rouvel abgesehen hatte?«, fragte Taggart.

Langsam wandelte sich meine Verwirrung in Erleichterung, denn inzwischen hatte ich nicht mehr den Eindruck, wegen meiner Drogensucht vorgeladen worden zu sein. Ich zog das Foto aus der Tasche und hielt es ihm hin.

»Ich glaube, er will die Menschen auf diesem Gruppenbild töten. Oder wenigstens die meisten davon. Eine Person hat er bislang verschont. Und sein nächstes Ziel wird meiner Ansicht nach dieser Mann hier sein.« Ich zeigte mit dem Finger auf Colonel McGuire.

»Wie kommen Sie darauf?«, wollte Dawson wissen.

»Die Antwort dürften Sie bereits kennen«, sagte ich. »Schließlich waren Sie es doch wohl, der den Befehl gab, ihn an einen sicheren Ort zu bringen.« Ich sah zu Taggart und nahm Anlauf, die Bombe platzen zu lassen. »Alles hängt mit einem Forschungsprojekt aus den letzten Kriegsjahren zusammen, Sir. Eine Serie von Tests unter dem Codenamen Rawalpindi. Dabei wurden in Barrackpore Experimente mit Senfgas an nichts ahnenden indischen Soldaten durchgeführt. Vermutlich gehörte unser Mann zum Kreis dieser Versuchspersonen. Nun übt er Rache an den Leuten, die an seinen Misshandlungen beteiligt waren.« Zu Dawson gewandt, fuhr ich fort: »Sie müssen rasch die Akten aller Männer durchgehen, die Opfer dieser Test dort geworden sind. Finden Sie heraus, wer von ihnen es sein könnte.«

Ich brach ab und ließ die Worte einwirken. Taggart und Dawson wechselten einen kurzen Blick, dann kam Dawson an den Tisch und setzte sich neben den Commissioner.

»Erzählen Sie es ihm«, sagte Taggart.

Dawson nickte fast unmerklich. »Der Commissioner ist bereits umfassend über Rawalpindi informiert«, begann er. »Darunter auch über einige Details, die Sie noch gar nicht wissen. Es stimmt, dass unter Dunlops Federführung gewisse Experimente in Barrackpore durchgeführt wurden. Und was die Akten betrifft: Durch die arbeiten sich meine Leute bereits, sind aber bislang auf nichts Brauchbares gestoßen.«

»Den Rest auch«, knurrte Taggart.

Dawson zögerte. »Aus Großbritannien trafen 1917 mehrere Lieferungen Senfgas hier ein, die aber in den Tests nicht vollständig aufgebraucht wurden. Die überschüssigen Bestände wurden im Depot von Barrackpore unter Verschluss gehalten. Kürzlich erging die Anweisung, das Zeug zurück nach Großbritannien zu transferieren. Im Zuge dieser Operation wurden die verbliebenen Vorräte nach Fort William gebracht, wo sie für den Rücktransport vorbereitet werden sollten.«

Er verstummte und rutschte unbehaglich auf seinem Sitz hin und her.

»Erzählen Sie es ihm«, wiederholte Taggart, diesmal etwas energischer.

Dawson räusperte sich. Sein Gesicht schien alle Farbe zu verlieren. »Wie es aussieht, sind während der Überführung nach Fort William vor zwei Wochen einige Kanister Gas abhanden gekommen …«

Die Worte trafen mich mit der Wucht einer abgefeuerten Haubitze, und für eine Weile saß ich nur da, ohne einen Ton herauszubringen. Bislang war ich davon ausgegangen, dass wir es mit einem durchgeknallten Gurkha zu tun hatten, der mit einem Kukri-Messer bewaffnet war. Jetzt stellte sich heraus, dass er womöglich auch noch über ein Arsenal an Giftgas verfügte. Ich spürte, wie mir die Galle hochkam. Im Krieg hatte ich mitangesehen, wie Giftgas ganze Regimenter der abgehärtetsten Frontsoldaten dezimiert hatte, und hier saß Dawson und berichtete, dass eine solche Waffe wahrscheinlich in die Hände eines von Rachegedanken besessenen Irren geraten war.

»Wie konnte das passieren?«, fragte ich schließlich. »Die Überführung fand doch bestimmt unter strengsten Sicherheitsmaßnahmen statt.«

»Natürlich«, antwortete Dawson. »Wie genau sie gestohlen wurden, wissen wir noch nicht. Klar ist nur, dass von den hundertsechsundzwanzig Kanistern, die Barrackpore verließen, nur hundertdreiundzwanzig bei der Einlagerung in Fort William registriert wurden. An diesem Punkt wurde Section H hinzugezogen. Unsere Ermittlungen konzentrierten sich auf das Personal, das mit der Überführung beauftragt gewesen war. Die britischen Offiziere sowohl in Barrackpore wie in

Fort William konnten wir rasch ausschließen, und unser Hauptverdacht fiel auf Tamang, den Assistenten des Quartiermeisters im Krankenhaus. Wir nahmen an, dass er versuchen würde, die Kanister zu verkaufen, entweder an die Russen – hier in Kalkutta laufen Agenten der Roten wie der Weißen herum, die nach allem gieren, was ihnen in ihrem Bürgerkrieg von Nutzen sein kann – oder im schlimmsten Fall an eine der lokalen Terrorgruppen.

Wir beschatteten ihn also und konnten ihn vor vier Tagen nachts dabei beobachten, wie er eine Opiumhöhle in Tangra aufsuchte. Unser Mann vor Ort glaubte, dass der Verdächtige dort seinen Kontaktmann treffen würde, womöglich für die Geldübergabe, und forderte Verstärkung an. Gandhis dämlicher Agitation wegen sind wir derzeit leider knapp an Einsatzkräften und sahen uns daher nicht in der Lage, sofort eine Razzia auf die Beine zu stellen. Also baten wir Ihre Vice Division um Unterstützung. Sie trafen rechtzeitig genug ein, um Tamangs Leiche zu finden, nicht aber seinen Kontaktmann. Wir fürchteten bereits, damit die Spur verloren zu haben und die Kanister vielleicht nie wiederzufinden. Aber dann folgte der Mord an Ihrer Krankenschwester oben in Rishra und später der an Dunlop hier in der Stadt.«

»Wie schwierig wäre es denn für ihn, das Gas einzusetzen?«, fragte ich.

»Nicht sonderlich kompliziert«, erklärte Dawson. »Jeder der Kanister verfügt über eine Kappe mit Drehverschluss, unter der eine kleine mit Gummi versiegelte Öffnung liegt. Ein findiger Mann mit militärischer Ausbildung könnte darauf kommen, das Gas in kleinere, selbst gebastelte Bomben umzufüllen oder …«

»Oder was?«

»Wir sind nicht sicher, was womöglich sonst noch herausgeschmuggelt wurde. Er könnte über Sprengkapseln verfügen.« Er presste die Hände zusammen. »Wir müssen ihn aufhalten, bevor er diese Kanister einsetzt. Unsere einzige Hoffnung ist, dass er zuerst noch McGuire und die anderen Beteiligten auf dem Foto ausschalten will.«

Ungläubig schüttelte ich den Kopf. Ich konnte kaum fassen, was Dawson uns da erzählte. »Vor zwölf Stunden haben Sie uns noch jede Beschäftigung mit dem Fall verboten. Warum jetzt auf einmal dieser Mitteilungseifer?«

Dawson zog eine angewiderte Miene. »Uns bleibt nichts anderes übrig«, sagte er leise. »Wir müssen ihn aufhalten, bevor er das Gas benutzt, und Sie und Ihr Sergeant sind die Einzigen, die ihn identifizieren können.«

»Und Sie wussten darüber Bescheid?«, fragte ich Taggart.

»Über die Tests im Krieg, ja. Über den Diebstahl der Gaskanister, nein.«

Surrender-not beugte sich vor. »Aber wenn er das Gas besitzt, warum hat er es dann nicht längst benutzt?«, fragte er.

Dawson sah auf seine Uhr. »Prinz Edward, der Prince of Wales, wird in vier Stunden in Haora eintreffen. In weniger als zwölf Stunden wird er bei einem Empfang in der Town Hall sprechen, gefolgt von einer Gartenparty im Government House. Jeder zweite Brite in Kalkutta wird sich aufmachen, um ihn zu begrüßen …«

Er brach ab, so als wäre er nicht in der Lage, den Gedanken zu Ende zu führen. Ich konnte es ihm nicht verdenken. Ein Mann, der einen gewaltigen Groll gegen die Briten hegte, lief mit mehreren Granatenfüllungen Senfgas frei herum. Die Folgen eines Giftgasanschlags mitten in einer Menge von Zivilisten wollte man sich lieber nicht vorstellen.

»Sagen Sie alle öffentlichen Auftritte des Prinzen ab.«

»Ausgeschlossen«, widersprach Taggart. »Überlegen Sie doch nur, was es für einen Aufschrei verursachen würde, wenn wir eingestehen müssten, dass der Thronfolger des britischen Empire nicht einmal in der wichtigsten Stadt von Britisch-Indien sicher ist. Die Kongresspartei schlachtet so etwas doch sofort mit größer Begeisterung aus, und die internationale Presse verbucht es dann prompt als Sieg für Gandhi und Das. Damit würde ihrer dahinsiechenden Nichtkooperationsbewegung bloß neues Leben eingehaucht.«

»Dann melden Sie, er sei erkrankt«, schlug ich vor.

Dawson schüttelte den Kopf. »Auch das würde man nur als Zeichen der Schwäche deuten. Gestern in Benares noch bei bester Gesundheit, und kaum überschreitet er die Stadtgrenze von Kalkutta, schon ist er krank? Kein Mensch würde das glauben. Die Inder würden behaupten, der Prince of Wales hätte zu viel Angst, um sich öffentlich in der Stadt zu zeigen. Dabei ist es nicht mal vorrangig der Prinz, der in Gefahr schwebt. Ihn können wir beschützen, sowohl an der Town Hall als auch bei der Gartenparty im Government House. Das eigentliche Problem sind die Menschenmassen, die zur Town Hall kommen werden.«

»Und nicht nur die vielen Weißen«, fügte Lord Taggart düster hinzu. »Bestimmt wird Das seine Kongress-Wallahs dazu aufrufen, in Massen gegen den Besuch zu demonstrieren. Die werden also auch da sein.«

»Keine Frage«, bestätigte Dawson. »Unsere Quellen berichten, dass er eine Zusammenkunft auf dem Maidan plant, mit einem anschließenden Protestmarsch zur Town Hall.«

Taggart fixierte mich beschwörend. »Sie müssen zu Das gehen und mit ihm reden. Erinnern Sie ihn daran, dass er unter

Hausarrest steht. Sollte er den Versuch unternehmen, das Grundstück zu verlassen, wird er umgehend verhaftet und nach Lal Bazar gebracht. Verdoppeln Sie am besten das Wachpersonal am Haus. Seine Nichtkooperationsbewegung ist so gut wie tot. Wenn wir den Besuch des Prinzen irgendwie überstehen, dürfte sie unter der Last ihrer eigenen uneingelösten Versprechungen zusammenbrechen. Sobald Sie damit fertig sind, fahren Sie nach Fort William. Hiermit unterstelle ich Sie und Sergeant Banerjee für die nächsten vierundzwanzig Stunden dem Kommando von Major Dawson.«

Ich wollte schon protestieren, aber der Commissioner brachte mich mit einer energischen Handbewegung zum Schweigen. »Diese Anordnung ist nicht verhandelbar, Captain. Sie bewegen sich derzeit sowieso auf äußerst dünnem Eis.«

Ich sank gegen die Rückenlehne.

»Schon besser«, fuhr er fort. »Der Major hat einen Plan, mit dessen Hilfe wir Ihren Gurkha hoffentlich aus der Deckung locken.«

Aus der Innentasche der Uniformjacke fischte Dawson seine Pfeife. Er brauchte einige Zeit, sie mit einem Streichholz in Gang zu setzen, und als der Tabak endlich zu glimmen begann, paffte er genüsslich. »Wir werden Colonel McGuire als Köder benutzen«, sagte er.

29

Den ganzen Weg von Taggarts Büro bis zum Wagen beschäftigten mich Dawsons Worte. Als Plan war sein Vorhaben zumindest verwegen, was nichts anderes hieß als ein Akt purer Verzweiflung. Aber da nur noch wenige Stunden blieben bis zur größten Versammlung britischer Bürger, die Kalkutta seit dem Besuch des Königs und Kaisers vor zehn Jahren gesehen hatte, und einem Verrückten genügend Senfgas zur Verfügung stand, um ein veritables Massaker zu veranstalten, wurde es Zeit, selbst die waghalsigsten Ideen in Erwägung zu ziehen.

Auf der Fahrt wanderten meine Gedanken zu Taggart. Er hatte also von Rawalpindi gewusst. So schockierend die Nachricht sich anfühlte, eigentlich hätte es mich nicht überraschen dürfen. War das nicht bloß ein weiteres Beispiel für diese Heuchelei, die uns von indischer Seite stets vorgeworfen wurde: dass wir uns einerseits in ihrem Land als die großen Beschützer aufspielten, während wir sie andererseits kaum besser als Leibeigene behandelten? Manchmal konnte ich es ihnen nicht verdenken, dass sie uns am liebsten losgeworden wären. Und was Taggart betraf, so neigte der nun einmal dazu, nicht zuzugeben, was er alles wusste. Während des Kriegs war er ein hochrangiger Offizier im militärischen Geheimdienst gewesen. Durchaus denkbar, dass er von Rawalpindi schon seit der ersten Planungsphase Kenntnis gehabt hatte. Heute gehörte er allerdings nicht länger dem Militär an, sondern war

Polizeichef von Bengalen, was dazu führte, dass sein Verhältnis zur Armee, insbesondere zu dessen Geheimdienstabteilung, häufig in einen Wettstreit mündete, wer die Stadt letzten Endes kontrollierte. In der Vergangenheit hatte er mich schon öfter als nützliches Werkzeug benutzt, um in Sachen herumzustochern, von denen Section H viel lieber gehabt hätte, dass er sie nicht erfuhr, und ich fürchtete, dass dies wieder ein solcher Fall war. Wahrscheinlich hatte er bereits in dem Augenblick, als oben in Rishra die Leiche der Krankenschwester entdeckt worden war, etwas geahnt. Immerhin sprach seine verärgerte Miene dafür, dass er von dem fehlenden Senfgas tatsächlich nichts gewusst hatte.

Taggart befahl uns, nach Hause zu fahren, um noch ein wenig Schlaf zu bekommen. Um sieben Uhr sollten wir bei Das sein und ihn eindringlich ermahnen, den Demonstrationsmarsch abzusagen – was er zweifellos ablehnen würde. Irgendetwas sagte mir, dass dadurch Dinge in Bewegung und auch rasch völlig außer Kontrolle geraten würden. Aber um dieses Problem würden wir uns am nächsten Morgen kümmern. Jetzt wollte ich einfach nur in mein Bett.

Surrender-not saß stumm neben mir. Vermutlich war der Schock inzwischen so weit abgeklungen, dass er realisierte, wie knapp er dem Tod heute Abend von der Schippe gesprungen war.

»Alles in Ordnung mit Ihnen, Sergeant?«, erkundigte ich mich.

Er nickte kurz und starrte dann weiter hinaus auf die menschenleeren Straßen.

Es folgten noch einige Minuten der Stille, dann brachte er heraus: »Wir hätten ihn heute Nacht schnappen können. Es ist meine Schuld, dass er entwischt ist. Wer weiß, wie viele

Menschen jetzt noch sterben werden. Wegen meines Fehlers!«

»Unsinn«, erwiderte ich. »Sie haben getan, was in Ihrer Macht stand. Und Sie haben Dawsons Plan gehört. Wir werden ihn auch so erwischen.«

»Glauben Sie denn, der Plan funktioniert?«, fragte er in einem Ton, der auf die Versicherung hoffte, dass sich der gemachte Fehler ausbügeln ließ, und in einer derartigen Situation war es an mir, ihm nicht meine aufrichtige Meinung zu sagen, sondern die erhoffte Bestätigung zu geben.

»Da bin ich mir sicher. Der Mann ist ganz eindeutig verrückt. Sehen Sie sich doch nur an, wie er seine Opfer zurichtet. Ich kann mir nicht vorstellen, dass er sich die Gelegenheit entgehen lässt, auch McGuire noch umzubringen, selbst wenn er die Falle wittert.«

Surrender-not grübelte eine Weile über meine Worte. »Da liegen Sie meiner Ansicht nach falsch«, sagte er schließlich. »Verrückt ist er nicht. Wenn er das wäre, hätte er uns beide heute Abend umgebracht. Aber das hat er nicht.«

Ich blickte ihn an. »Was wollen Sie damit sagen?«

Surrender-not sah erneut hinaus in die Stadt. »Er hat einen festen Plan, und an den wird er sich halten. Fehler unterlaufen einem solchen Mann nicht. Wir können nur beten, dass er sich mit McGuire zufriedengibt und nicht noch Tausende unschuldiger Zivilisten mit in den Tod reißt.«

Als der Wagen vor unserer Wohnung hielt, war es so spät, dass selbst die Prostituierten in der Premchand Boral Street schon Feierabend gemacht hatten. Mit Beinen schwer wie Blei schleppte ich mich die Treppe hoch, schloss die Wohnungstür auf und schaltete das elektrische Licht im Flur an. Surrender-not marschierte an mir vorbei zu seinem Zimmer. Im Wohnzimmer hörte man Sandesh aufstehen. Kurz darauf tappte unser Hausdiener barfuß in den Flur.

»*Kerdū*, Sahib?«

Ich nickte nur und ging durch das Wohnzimmer auf den Balkon, während er in der Küche verschwand, um den zähflüssigen Saft zuzubereiten. Draußen tauchte der Mond alles in fahles Licht, und vom Fluss her wehte eine leichte Brise. Es war eine lange Nacht gewesen. Erste Puzzlesteine fügten sich nun immerhin zusammen. So hatte ich herausgefunden, worin die Verbindung zwischen den Morden an Alastair Dunlop, Ruth Fernandes und dem Toten in Tangra, diesem Prio Tamang, bestand. Außerdem hatten wir den Mord an Mathilde Rouvel vereiteln können, dem Mörder direkt in die Augen gesehen und das Geheimnis der Operation Rawalpindi erfahren. Die Bilanz der Nacht wäre ganz gut ausgefallen, wäre an diesem Punkt Schluss gewesen, aber dann hatte Dawson mit der Schreckensnachricht von dem gestohlenen Senfgas alles erst richtig schlimm gemacht.

Und identifiziert hatten wir den Mörder auch noch nicht. Ich hatte genug von ihm gesehen, um zu wissen, dass er ein Gurkha war, der offenbar noch immer dem Militär angehörte. Aber das galt für Tausende von Gurkhas, und der Kreis wuchs auf Zehntausende, wenn man all jene miteinrechnete, die im Krieg gekämpft hatten und inzwischen demobilisiert waren. Die Chancen, dass Dawsons Leute ihn noch rechtzeitig herausfiltern konnten, waren verschwindend gering. Doch als Sandesh mir den *Kerdū*-Trunk brachte, beschäftigte mich bereits eine ganz andere Frage, nämlich die von Surrender-not aufgeworfene nach der Ursache für die große zeitliche Verzögerung.

Die Tests hatten 1917 stattgefunden. Warum hatte der Gurkha über vier Jahre gewartet, bevor er Rache nahm? Vielleicht hing es irgendwie mit der Überführung der Giftgasreste von Barrackpore nach Fort William zusammen. Ich verstand bloß nicht, wie. Irgendetwas entging mir. Es war fast zum Greifen nah, blieb aber gestaltlos und ein winziges Stück außerhalb meiner Reichweite. Was auch immer es sein mochte, ich würde es definitiv nicht herausfinden, indem ich weiter in die tiefschwarze Nacht hinausstarrte. Also nahm ich lieber das Glas *Kerdū* von Sandesh entgegen, trank es aus und ging ins Bett.

In meinem Zimmer Licht anzumachen erübrigte sich, da ich genau wusste, wo alles stand. Ich kickte meine Schuhe fort, streifte die Socken ab, knöpfte Hemd und Hose auf, ließ sie liegen, wo sie hinfielen, und ging geradewegs zum Bett. Dort hob ich an einer Seite das festgesteckte Moskitonetz an und kletterte hinein. Eine der Konstanten im Alltagsleben von Kalkutta war der unaufhörliche Kampf gegen die Moskitos. Irgendjemand hatte es für eine gute Idee gehalten, die Stadt auf Sumpfgebiet zu errichten, und damit Kalkuttas Schicksal besiegelt. Der Ort war zwar die ideale Brutstätte für alle möglichen unangenehmen Lebewesen, aber die Malaria übertragenden Moskitos waren die schlimmsten. Absolut jeder in der Stadt, vom Lieutenant-Governor bis hinunter zum niedrigsten Rikscha-Wallah, war ihnen ausgeliefert, und zu Sandeshs Aufgaben zählte es, allabendlich die Moskitonetze über unsere Betten zu hängen und sie morgens wieder herunterzunehmen und fortzuräumen.

Ich steckte das Netz sorgfältig wieder zwischen Matratze und Bettkasten und machte es mir gemütlich. Innerhalb des Netzes zu sein, verlieh einem ein gewisses Gefühl der Unverletzlichkeit, so als wäre es ein Schild, das gegen alle Gefahren schützte, die von Kalkutta drohten. Ich schloss die Augen.

Ein paar Sekunden später saß ich kerzengerade im Bett.

Ich griff nach dem Netz, zerrte es hoch, stemmte mich aus dem Bett und schaltete das Licht an. Rasch sammelte ich Hemd und Hose vom Boden auf, schlüpfte hinein und eilte zur Tür.

Ich hastete den Flur hinunter und hämmerte gegen Surrender-nots Tür. Ohne auf Antwort zu warten, stürmte ich ins Zimmer und schaltete das Licht an. »Raus aus den Federn!«, rief ich.

Surrender-not setzte sich auf und rieb sich erschöpft den Schlaf aus den Augen.

»Ziehen Sie sich an. Wir müssen noch einmal Mrs. Dunlop befragen.«

Er machte eine verwunderte Miene. »Jetzt?«

»Unbedingt jetzt. Uns bleibt keine Zeit.«

»Und der Grund?«

»Das Moskitonetz«, erklärte ich atemlos. »Wenn Dunlop in seinem Bett ermordet wurde und niemand etwas am Tatort verändert hat, warum hing dann kein Moskitonetz über seinem Bett?«

Surrender-not blickte mich wenig überzeugt durch das dünne weiße Geflecht seines eigenen Moskitonetzes an.

»In zehn Minuten«, sagte ich. »Wir treffen uns an der Wohnungstür. Ich muss erst noch ein paar Telefongespräche führen.«

30

Mein erster Anruf galt dem Fahrdienst in Lal Bazar, den ich anwies, uns sofort einen Wagen zu schicken. Der zweite ging an die Thana in der Park Street mit dem Befehl, noch einmal mit einigen Officern zum Wohnhaus der Dunlops zu kommen. Ich bat ausdrücklich um die Anwesenheit von Constable Mondol, der am Morgen bereits dabei gewesen war. Gewöhnlich wohnten Constables in Polizeiunterkünften, die neben oder in der Nähe ihrer Thana lagen, und das Gute an Indien war, dass die hiesigen Officer in der Regel nicht lang fragten, wenn ein Sahib etwas anordnete, selbst wenn es bedeutete, mitten in der Nacht aufstehen zu müssen.

Die Abordnung der Park Street Thana war bei unserem Eintreffen schon vor Ort, und so dauerte es nicht lange, und wir standen erneut in der Tür zu Dunlops Arbeitszimmer.

Mondol untersuchte auf allen vieren den Boden. Er schaute hoch und deutete dann grinsend auf einen bräunlichen Fleck an den Fransen des Teppichs.

»Hier«, sagte er fast triumphierend.

»Das kann alles Mögliche sein«, erwiderte Surrender-not streng.

Mondol beugte sich vor, hob die Ecke des Teppichs an und schlug sie zurück. Die Lackschicht auf den Dielen war dünn und an verschiedenen Stellen bereits abgenutzt. Eine dieser

Stellen war etwa handtellergroß, und hier wiesen die Dielen ebenfalls Flecken auf.

Ich kniete mich neben ihn und strich mit dem Finger darüber.

»Jemand hat versucht, es wegzuschrubben«, sagte ich und stand auf. »Constable, bringen Sie Mrs. Dunlop her. Anschließend durchsuchen Sie jeden Winkel des Gebäudes.«

Mondol schaute mich fragend an. »Und wonach, Sir?«

»Nach allem, was zum Saubermachen benutzt worden sein kann«, bellte Surrender-not. »Putzlappen, Kleidung oder Tücher, die Blutflecken aufweisen. Kontrollieren Sie den Abfall. Und sämtliche Feuerstellen.«

Der Constable nickte und machte auf dem Absatz kehrt.

Allem Anschein nach war Dunlop hier in seinem Arbeitszimmer getötet worden. Ich setzte mich an den Schreibtisch des Toten und betrachtete die Fotos an der Wand. Alle Bilder, die Surrender-not bei seiner Neuinterpretation des sterbenden Schwans heruntergerissen hatte und die unversehrt geblieben waren, hingen wieder an ihrem Platz, und die Scherben waren aufgefegt. Dennoch blieben einige Lücken, wo verfärbte Umrisse nun an die fehlenden Rahmen erinnerten.

Knarrend öffnete sich die Tür, und Anthea Dunlop trat in Begleitung eines Constables ein. Sie hatte sich einen Morgenmantel übergeworfen und machte einen höchst erbosten Eindruck.

»Was soll der Unfug, Captain? Ihnen dürfte doch wohl bewusst sein, wie spät es ist. Ihr Verhalten grenzt an Schikane! Aber seien Sie versichert, dass ich mich gleich morgen früh bei Ihrem Vorgesetzten über Sie beschweren werde.«

»Entschuldigen Sie, Mrs. Dunlop«, antwortete ich. »Aber

worüber wir reden müssen, kann nicht bis morgen früh warten.«

Sie musterte mich misstrauisch. »Ich hatte es eher so verstanden, als wären Sie gar nicht mehr befugt, über irgendetwas mit mir zu reden.« Sie machte eine Handbewegung zu Surrender-not neben der Tür. »Ich bin sicher, Ihr Sergeant hat diese Tatsache nicht vergessen.«

»Im vorliegenden Fall werden unsere Freunde von der Armee gewiss keine Einwände haben«, entgegnete ich und führte sie zum Stuhl vor dem Schreibtisch. »Im Gegenteil. Sie zeigen inzwischen sogar größtes Interesse, uns bei den Ermittlungen zu unterstützen. Sie haben doch ein Telefon, wenn ich mich nicht irre. Wenn Sie wollen, können wir sie gerne anrufen.«

Schweigend und vor Wut kochend stand sie da und schien einen Moment ernsthaft mit dem Gedanken zu spielen, auf das Angebot einzugehen. Dann überlegte sie es sich anders und nahm Platz. »Was wollen Sie wissen?«

»Wie wäre es, wenn Sie erst einmal erzählen würden, warum Sie uns belogen haben?«

»Wie bitte?«

Ich fixierte sie aufmerksam. »Ihr Mann ist nicht in seinem Bett ermordet worden, habe ich recht?«

Ein kurzes Flackern in ihren Augen. Genau wie bei meinem ersten Gespräch mit ihr. Angst war es nicht unbedingt, eher etwas anderes. Trotz? Ich bemerkte, wie ihre Hand in die Tasche des Morgenrocks glitt, aber leer wieder herauskam. Suchte sie ihren Rosenkranz? Ein Taschentuch schien sie jedenfalls nicht zu benötigen.

Sie seufzte schwer. »Wie kommen Sie darauf, so etwas zu behaupten?«

»Weil es die Wahrheit ist. Weil ich stark bezweifle, dass zu seiner Malariaforschung gehörte, selbst ohne Moskitonetz zu schlafen. Ich denke, Sie wissen, wer Ihren Mann umgebracht hat. Ich denke, Sie decken ihn. Ich verstehe nur nicht, warum.«

Der Frontalangriff sollte schockieren. Welche Alternativen hätte ich auch gehabt? Für Freundlichkeiten fehlte die Zeit, und ehrlich gesagt war ich viel zu müde, um mich mit solchen Fragen zu beschäftigen. Bei einer frisch verwitweten Frau hätte man erwartet, dass sie das heulende Elend bekam, doch Anthea Dunlop vergoss nicht eine einzige Träne. Stattdessen schaute sie mich nur an.

»Ich weiß nicht, wovon Sie sprechen, Captain. Wie ich Ihnen bereits sagte, habe ich ein Schlafmittel genommen. Morgens habe ich dann Alastair in seinem Zimmer tot aufgefunden.«

Die Antwort passte nicht. Vielleicht war es auch nur die Art, wie sie es sagte. Wie auch immer, sie log. Sie verlangte von mir, ihr abzunehmen, dass ein Mörder in ihr Haus eindrang, ihren Ehemann umbrachte, die Leiche nach oben schleppte, die ganze Sauerei aufwischte, einen Teppich über die Stelle legte, die nicht sauber geworden war, und dann wieder verschwand, ohne dass irgendjemand im Haus etwas gehört hatte. Sogar für Kalkutta-Verhältnisse stank diese Geschichte zum Himmel. Auch wenn ich sie selbst nicht eine Sekunde lang für die Mörderin hielt, bedeutete das keineswegs, dass sie unschuldig war.

»Bedroht Sie jemand?«, fragte ich. »Ist das der Grund, warum Sie denjenigen decken? Sollte das der Fall sein, können wir Sie beschützen.« Damit bot ich nun schon zum zweiten Mal in dieser Nacht einer Frau Polizeischutz an. Mathilde

Rouvel hatte nicht geglaubt, dass ich in der Lage sein würde, mein Versprechen einzulösen. Diesmal war die Reaktion eine andere. Anthea Dunlop hatte offenkundig überhaupt nicht das Gefühl, Schutz zu benötigen.

»Wie bereits gesagt, Captain, ich habe keine Ahnung, wovon Sie sprechen.«

Ihr Ton war beiläufig, fast schnippisch. So klang ganz sicher keine Frau, die verzweifelt darum bemüht war, mich vom Wahrheitsgehalt ihrer Geschichte zu überzeugen.

Und dann wurde es mir plötzlich klar. Sie hielt den Tod ihres Mannes für gerechtfertigt. Sie war eine fromme Frau, eine strenggläubige Katholikin mit einem ausgeprägten Gefühl für Richtig und Falsch. Hatte ihr Mann vielleicht etwas getan, das sie nicht verzeihen konnte? Schuldgefühle im Zusammenhang mit seinem Tod plagten sie zwar offensichtlich nicht, aber wenn ihr Gesichtsausdruck nicht täuschte, fiel es ihr sehr wohl schwer, mich zu belügen. Sie wollte es mir gern erzählen, wollte erklären, warum ihr Ehemann hatte sterben müssen und warum es gerechtfertigt war, den Mörder zu schützen.

Alles, was ich tun musste, war die richtige Frage zu stellen.

»Senfgas«, sagte ich.

Sie starrte mich erschrocken an. »Wie bitte?«

»Wann haben Sie herausgefunden, dass Ihr Mann gar nicht nach einem Heilmittel für Malaria forschte, sondern nach einer noch tödlicheren Form von Senfgas für das Militär?«

»Ich habe nie …«

»Wussten Sie es etwa schon, bevor Sie England verließen? Spätestens als Sie nachkamen und im Krankenhaus von Barrackpore anfingen, als Krankenschwester zu arbeiten, muss Ihnen klar geworden sein, woran er tatsächlich forschte. Für eine gottesfürchtige Frau wie Sie ist das gewiss hart gewesen. Unter einem Dach mit einem Mann zu leben, der an der Erforschung von Massenvernichtungswaffen arbeitet.«

»Davon wusste ich doch nichts«, widersprach sie heftig. Tränen der Wut standen ihr in den Augen. »Er behauptete, an der Entwicklung von Gegenmitteln zu forschen. Und das habe ich ihm auch geglaubt, bis …«

»Bis was?«

»Bis Colonel McGuire mir die Wahrheit erzählt hat.«

»McGuire?«, wiederholte ich ungläubig. »Der Leiter des Krankenhauses? Aus welchem Grund sollte er Ihnen das anvertrauen?«

»Aus Trauer«, antwortete sie. »Wir sprechen hier von Ende 1917. Sein Sohn war kurz zuvor in Passendale schwer verwundet worden. Der Junge hatte bei einem Giftgasangriff schreckliche Verbrennungen davongetragen, an deren Folgen er eine Woche später im Lazarett starb. Und hier war er, der Vater, und leitete eine Einrichtung, in der gerade ein Forschungsprogramm zu Senfgas durchgeführt wurde. Die bittere Ironie blieb ihm keineswegs verborgen. Zuerst ging er noch recht gefasst damit um, aber einmal hatte ich etwas in seinem Büro zu erledigen, und da war er vollkommen betrunken. Er brabbelte vor sich hin und brüllte ständig etwas vom Zorn Gottes. Er begriff den Tod seines Sohnes als Strafe für sein Mitwirken bei der Verbreitung des Bösen.

Natürlich habe ich Alastair sofort damit konfrontiert. Er behauptete, ihm sei keine Wahl geblieben und dass er damit nur dem Wohl von König und Vaterland diene. Ich zwang ihn, mir zu versprechen, dass er nach dem Krieg sofort mit dieser Arbeit aufhört. Das tat er auch und übernahm diesen Posten an der Hochschule für Tropenmedizin.« Zornig wischte sie sich die Tränen aus den Augen. »Dann traf dieser Brief aus London ein, der ihn nach Porton Down zurückbeorderte, um dort seine Forschungen fortzusetzen. Ich flehte ihn an, das Angebot abzulehnen, aber er weigerte sich. Er hat das Schlechte in dem, was er da tat, nie erkannt. Für ihn war es eine wissenschaftliche Herausforderung, ein immer noch effizienteres Gift zu entwickeln. Und als er dann zusagte, begriff ich, dass er nicht mehr der Mann war, den ich einst geheiratet hatte. Allerdings weiß ich nicht, ob ich deswegen etwas unternommen hätte, wäre nicht vor ungefähr einem Monat dieser Mann aufgetaucht.«

»Welcher Mann?«, fragte ich.

Sie verstummte.

Ich versuchte es anders. »Keine Ahnung, weswegen Sie sich dem Mann gegenüber verpflichtet fühlen, doch Sie sollten wissen, dass er unseren Informationen zufolge eine beträchtliche Menge Senfgas in seinen Besitz gebracht hat und dass er beabsichtigt, es gegen unschuldige Zivilisten einzusetzen. Unser letzte Hoffnung, ihn noch rechtzeitig aufzuhalten, besteht darin, dass Sie mir alles erzählen, was Sie wissen.«

Ihre Augen spiegelten den Kampf wider, den sie in ihrem Innern austrug.

»Dieser Mann wird in Kürze unzählige Menschen umbringen, Mrs. Dunlop«, fuhr ich leise und eindringlich fort. »Sie haben die Chance, etwas von dem wiedergutzumachen, was Ihr Mann mit seiner Arbeit angerichtet hat.«

Wieder wischte sie sich eine Träne aus dem Augenwinkel.

»Gurung«, sagte sie. »Sein Name ist Lacchiman Gurung. Er ist Rifleman in einem der Gurkha-Regimenter.«

»Wissen Sie, in welchem?«

»Nein.«

Ich sah zu Surrender-not, der bereits sein Notizbuch gezückt hatte und die Angaben festhielt. »Rufen Sie Dawson an. Sagen Sie ihm, der Mann, den wir suchen, ist Rifleman Lacchiman Gurung.«

»Schon unterwegs, Sir«, sagte er und lief zur Tür.

Ich wandte mich wieder zu Anthea Dunlop. »Warum ist er vor einem Monat zu Ihnen gekommen? Gehörte er zu den Personen, an denen Ihr Mann Experimente durchgeführt hatte?«

Sie schüttelte den Kopf. »Nein, er ist der Vater von einer dieser Versuchspersonen. Sein Sohn Bahadur hatte sich schon mit fünfzehn zum Kriegsdienst gemeldet. Bobby nannten wir ihn. Er war selbst für nepalesische Verhältnisse ungewöhnlich klein. Hätte nicht Krieg geherrscht, wäre er vermutlich abgelehnt worden. Für die Versuche hat ihn dann Prio angeworben. Prio Tamang, meine ich. Tamang war Krankenpfleger, fungierte aber nebenher noch inoffiziell als Galla-Wallah, der in den nepalesischen Bergdörfern nach jungen Gurkhas für den Armeedienst suchte.« Sie lächelte wehmütig. »Wäre Bobby doch nur nicht ganz so klein gewesen, dann hätte es den Vorfall gar nicht gegeben.«

»Was ist denn passiert?«, fragte ich.

»Diese Versuche«, sagte sie. »Alastairs Versuche. So wie er mir das erklärte, verlangt die Entwicklung von Gegenmitteln unter anderem auch, dass Versuchspersonen geringen Dosen des Gifts ausgesetzt werden. Er sagte, diese Mengen seien harmlos, und wenn sie doch einmal tödliche Konzentrationen verwendeten, erhielten die Männer Gasmasken. Zu dem Unfall kam es dann bei einer dieser Versuche mit hochkonzentrierten Giftgasdosen. Bei den Gasmasken handelte es sich um gewöhnliche Armeemodelle, müssen Sie wissen, und selbst die kleinsten passten nicht richtig auf Bobbys Kinderkopf. Prompt verrutschte seine Maske während des Versuchs.« Sie verstummte kurz und sah an mir vorbei ins Leere. »Ich weiß noch, wie sie ihn auf die Station brachten. Wir hatten schon viele Verwundungen gesehen, aber nichts wie das. Seine Augen waren beide bis zu den Höhlen durchgebrannt, und sein Atem ging rau und stoßweise. Fast drei Tage litt er Höllenqualen, bis er endlich Frieden fand.

Während dieser Zeit habe ich mich um ihn gekümmert wie um einen eigenen Sohn. Und danach hatte ich das Gefühl, es seiner Familie schuldig zu sein, mich zu melden. Sein Vater war an der Westfront stationiert. Ich schrieb ihm einen Brief und informierte ihn über den Tod seines Sohnes. Bestimmt hat die Zensurstelle so einiges darin geschwärzt, aber zumindest in Teilen muss mein Brief Lacchiman erreicht haben. Er schrieb nämlich zurück und dankte mir für die mitfühlende Versorgung seines Sohnes. Damit war die Sache beendet. Jedenfalls bis letzten Monat, als er plötzlich vor der Tür stand. Sein Regiment sei gerade nach Kalkutta verlegt worden, erzählte er mir, und bei dieser Gelegenheit wolle er mir noch einmal persönlich danken für alles, was ich für seinen Sohn getan hatte. Er wirkte scheu, schien sich unbehaglich zu fühlen, war dabei aber von ausgesuchter Höflichkeit. Mir wurde rasch klar, dass er keine Ahnung hatte, wie sein Sohn wirklich gestorben war.«

»Also haben Sie ihn darüber aufgeklärt?«, fragte ich.

Sie blickte mich an. »Alle Eltern haben das Recht zu erfahren, wie ihr Kind gestorben ist, Captain. Es ihm zu verschweigen wäre ein Verbrechen gewesen – wenn nicht vor dem Gesetz, so doch vor Gott.«

»Wie hat er die Nachricht aufgenommen?«

»Stoisch. Was für eine Reaktion erwarten Sie denn von einem Inder, wenn eine Memsahib ihm so etwas mitteilt? Alles andere hätte er als beschämend empfunden.«

»Nun, seine anschließenden Handlungen wirken jedenfalls nicht sonderlich stoisch. Drei Menschen hat er seitdem umgebracht, darunter Ihren Ehemann.«

»Alastair hat sein Schicksal verdient. Mein Mann wollte noch mehr Waffen entwickeln, bessere Waffen. Waffen, die noch mehr Söhne töten. Und alles bloß, weil ihn die wissenschaftliche Herausforderung reizte.«

»Was geschah nach Gurungs Besuch?«

»Vor etwa zwei Wochen kam er erneut vorbei. Er habe den Mann getroffen, der seinen Sohn zur Teilnahme an den Tests überredet hatte, erzählte er. Also diesen Prio Tamang. Er habe Tamang mit Schnaps abgefüllt, und der habe ihm die Namen der Leute genannt, die für die Tests damals verantwortlich gewesen waren. Jetzt, da er wisse, was mein Mann in den Kriegsjahren getan hatte, würde er Rache nehmen. Ich wandte ein, dass Vergeltung zu üben allein Gott zusteht, woraufhin er natürlich das alttestamentarische ›Auge um Auge, Zahn um Zahn, Hand um Hand, Fuß um Fuß‹ vorbrachte – ein Lieblingsvers von allen Heiden, wie es scheint –, und ich ihm entgegenhielt, was Jesus, unser Herr, darauf antwortete: ›Wenn dich einer auf die rechte Backe schlägt, dann halte ihm auch die andere hin.‹ Ich dachte, ich hätte ihn überzeugt.« Sie blickte zur Seite. »Anscheinend habe ich mich da geirrt.«

Und wie sie sich da geirrt hatte. Die andere Backe hinzuhalten war meiner Erfahrung nach keine Philosophie, der die Gurkhas großes Vertrauen schenkten. Viel näher lag ihnen da sicherlich die Doktrin, jemandem, der einen auf die rechte Backe geschlagen hat, mit solcher Gewalt die Faust ins Gesicht zu rammen, dass er nie wieder auf die Idee kommen würde, Ohrfeigen zu verteilen. Ihr Motto lautete weniger *Auge für Auge*, sondern eher *Wer mir das Auge nimmt, dem reiß ich den Kopf ab*. Nicht zuletzt dieses rauschhaften mörderischen Zorns wegen schätzten wir sie ja so als Soldaten.

Dennoch traf eine ihrer Bemerkungen genau ins Schwarze. *Auge für Auge*.

»Was haben Sie Gurung über die Verletzungen erzählt, die sein Sohn erlitten hat?«

Anthea Dunlop senkte den Blick.

»Mrs. Dunlop, welche Verletzungen erlitt Bahadur Gurung, und was haben Sie seinem Vater darüber erzählt?«, fragte ich mit mehr Nachdruck.

Sie schaute auf. In ihren Augen standen Tränen. »Ich habe ihm die Wahrheit gesagt!«

»Dass Bahadur Gurung durch das Gas sein Augenlicht verlor?«

Sie nickte.

»Hat es auch seine Lungen geschädigt?«

»Letztlich waren es sogar die Lungenschäden, die ihn getötet haben«, sagte sie.

»Und das alles haben Sie seinem Vater erzählt, richtig? Deshalb hat er Ihren Mann und alle anderen Opfer mit denselben Verletzungen gezeichnet. Auge für Auge. Lunge für Lunge.«

Die Frau antwortete nicht. Es war auch nicht nötig.

Doch ich stellte mir vor, dass für einen Mann wie Gurung die Vergiftung seines Sohnes ausgerechnet durch die britische Armee, die er stets so bewundert und in der er selbst gedient hatte, seit er alt genug dazu war, den denkbar schlimmsten Verrat bedeuten musste. Allein mit der Ermordung der unmittelbar Verantwortlichen ließ sich eine solche Teufelei womöglich nicht vergelten.

Noch einmal malte ich mir aus, wie sich die Sache abgespielt haben musste: Zuerst spürt Gurung Prio Tamang auf, den Mann, der seinen Sohn für Rawalpindi angeworben hat. Er macht ihn betrunken in der Hoffnung, Genaueres über die Personen in Erfahrung zu bringen, die für den Tod seines Sohnes verantwortlich sind. Dabei entdeckt er, dass Prio Tamang inzwischen nicht mehr nur arglose nepalesische Jungs in den Armeedienst lockt, der Mann arbeitet jetzt auch in der Materialverwaltung von Barrackpore. Im Verlauf ihres Gesprächs prahlt Tamang mit der Überführung der verbliebenen Senfgasbestände von Barrackpore nach Fort William, und Gurung erkennt sofort, was für eine Chance auf eine angemessene Form der Rache sich ihm hier bietet. Er bezahlt Tamang dafür, ein paar Senfgasbehälter auf dem Weg nach Fort William zu »verlieren«. Und Tamang liefert tatsächlich. Doch statt ihm in der Opiumhöhle in Tangra dafür sein Geld zu geben, bringt ihn der Gurkha um. Tamang ist damit das erste Opfer in der Serie von Rachemorden, die Gurung danach an Ruth Fernandes, Alastair Dunlop, Mathilde Rouvel und Colonel McGuire zu verüben plant, bevor es am ersten Weihnachtstag zur ultimativen Vergeltungsaktion kommen wird: ein Giftgasanschlag auf eine riesige Menge von Zivilisten mitten in Kalkutta.

»Und bis gestern Nacht haben Sie ihn nicht mehr getroffen?«, fragte ich.

»Richtig«, antwortete sie und wirkte jetzt wieder gefasster. »Er ist kurz nach Mitternacht eingebrochen. Ich lag im Bett, und Alastair war hier in seinem Zimmer und arbeitete.« Ihre Stimme hatte einen bitteren Unterton angenommen. »Arbeiten, etwas anderes kannte er nicht. Lacchiman muss gewusst haben, dass sich die Unterkünfte der Bediensteten im Erdgeschoss befinden, denn er wählte den Weg übers Dach. Zuerst drang er in mein Zimmer ein.«

»Haben Sie nicht geschrien?«

»Ich wollte, aber er presste mir die Hand auf den Mund, bevor ich überhaupt registrierte, was geschah. Er sagte, er würde mir nichts tun. Er sei nur hier, um meinem Mann ein paar Fragen zu stellen.«

»Und Sie sagten ihm, dass er Alastair im Arbeitszimmer findet?«

»Ja.«

»Was geschah dann?«

»Er fesselte und knebelte mich, dann verschwand er. Ich habe gehört, wie er über den Treppenabsatz zum Arbeitszimmer gegangen ist. Alastair hat einmal kurz aufgeschrien, das war alles. Ich dachte, Gurung würde ihn mit einem Revolver bedrohen. Dann weiß ich erst wieder, wie Gurung in mein Zimmer zurückkam. Er sah aus wie der leibhaftige Teufel … oder wie ein Racheengel Gottes. Heißt es nicht, dass Satan in Wahrheit nur ein gefallener Engel Gottes ist? Er beugte sich über mich und begann, mich loszubinden. Ich fragte ihn, was er getan hatte, aber er antwortete nicht.«

Die Tür öffnete sich, und Surrender-not trat ein. Er nickte kurz und bezog wieder seinen Posten hinter Mrs. Dunlop.

Ich holte das Foto aus der Tasche, legte es auf den Schreibtisch und zeigte auf die Stelle mit ihrem Gesicht. »Er hat es auf alle abgesehen, die an der Operation Rawalpindi beteiligt waren. Selbst auf die Krankenschwestern, die sich um die Verletzten und Sterbenden gekümmert haben. Warum hat er Sie verschont?«

Erneut starrte sie zur Wand. »Würden Sie mir glauben, wenn ich Ihnen sage, dass ich ihn sogar darum gebeten habe, mich zu töten? Ich habe selbst Kinder verloren und schon mehr als einmal mit dem Gedanken gespielt, meinem Leben ein Ende zu bereiten. Nur … Hand an sich zu legen ist eine Sünde, für die Gott keine Vergebung gewährt. Hätte Gurung mich getötet, hätte er mir also einen Gefallen getan. Aber er weigerte sich. Er sagte, er wolle meinen Tod nicht auf dem Gewissen haben.«

»Und dennoch ist er bereit, unschuldige Zivilisten zu vergiften?«

»*Ihrer* Behauptung nach«, schränkte sie ein. »Ich kann dafür nirgends einen Beweis sehen. Bislang hat er lediglich diejenigen getötet, die er für den Tod seines Sohnes verantwortlich macht.«

Auf den ersten Blick klang ihr Einspruch durchaus nachvollziehbar. Auf den zweiten stand leider außer Zweifel, dass der Mann mehrere Behälter Senfgas gestohlen hatte. Da sie ihn weiter derart vehement in Schutz nahm, kam mir eine neue Vermutung.

»Haben Sie Gurung darum gebeten, Ihren Mann zu töten?«

»Nein«, erklärte sie ausdruckslos. »Aber ich habe auch nicht versucht, ihn daran zu hindern. Mein Mann wollte noch verheerendere Chemiewaffen entwickeln als die, denen Bahadur Gurung zum Opfer gefallen ist. Wenn Sie wissen, dass jemand vorhat, Tod über die Menschen zu bringen, würden Sie nicht auch versuchen, ihn aufzuhalten, Captain?«

Ich erwiderte ihren Blick. »Genau das versuche ich gerade zu tun, Mrs. Dunlop.«

31

Fünf Uhr. Erster Weihnachtstag. Eigentlich hätte dies ein Tag der Freude, der Hoffnung und Neugeburt sein sollen. Vielleicht war es das ja sogar. Immerhin kannten wir jetzt den Namen unseres Killers – Lacchiman Gurung –, und damit verband sich die wenn auch minimale Hoffnung, ihn aufzuhalten, bevor er erneut tötete.

Im Osten wurde es bereits langsam hell. Wir stiegen die Treppe vor Anthea Dunlops Haus hinunter und gingen zum Wagen. Unser Fahrer hatte den Kopf gegen das Seitenfenster gelehnt und schlummerte hinter dem Steuer. Er schreckte hoch, als Surrender-not an die Scheibe klopfte.

»Fort William«, sagte ich beim Einsteigen. »*Chalo!*« Dann wandte ich mich an Surrender-not. »Was hat Dawson gesagt, als Sie ihn anriefen?«

»Er wollte alle zuständigen Behörden alarmieren und sämtliche militärischen Einrichtungen in der Stadt und der näheren Umgebung durchkämmen lassen.« Surrender-not lächelte. »Er zeigte sich höchst erfreut über die Information und brachte es sogar fertig, sich zu bedanken.«

»Und Sie dachten schon, wir würden den Tag nie erleben«, sagte ich. »Mit ein wenig Glück haben Dawsons Leute ihn bald aufgespürt und verhaftet. Dann ist der Spuk vorbei.« In Wahrheit zweifelte ich stark daran, dass die Ergreifung des Rifleman Gurung so unkompliziert über die Bühne gehen würde. Zum einen verlief nichts in Kalkutta jemals unkompliziert, zum anderen handelte es sich bei dem Mann, nach dem wir fahndeten, um einen in vielen Kämpfen gestählten Gurkha.

»Er hatte selbst auch ein paar Neuigkeiten«, fuhr Surren-der-not fort. »Die anderen britischen Ärzte auf dem Foto, Dunlops Assistenten, sind beide mit Kriegsende nach England zurückgekehrt. Wenn Gurung denen ans Leder will, muss er erst eine kleine Schiffsreise unternehmen.«

Damit blieb McGuire der einzige Brite auf dem Bild, dem der Gurkha noch keinen Besuch abgestattet hatte. Die Möglichkeiten für den nächsten Mordversuch schrumpften deutlich, und meine Laune hatte sich im Vergleich zur Herfahrt vor zwei Stunden leicht gehoben. Ich wusste nun, wie mein Gegenspieler hieß, wie er aussah und vor allen Dingen: Ich kannte sein Motiv. Zwar standen die Chancen weiter gegen uns, und die Gefahr blieb akut, dass er gerade einen schweren Giftgasangriff mit hoher Opferzahl vorbereitete, aber immerhin hatte sich unser Blatt ein wenig verbessert.

Der Wagen raste auf der Outram Road durch den Maidan Richtung Fluss. Während links von uns im Dämmerlicht das Exerziergelände mit dem Victoria Memorial vorbeiflog, begann vor uns Fort William wie ein Koloss aufzuragen. Der bereits hellwach wirkende Posten am Chowringhee-Tor winkte uns eilig durch, und wenig später hielten wir vor der Zentrale von Section H.

Am Ende eines großen Raums im zweiten Stock war mit Milchglas- und Holzelementen eine quaderförmige Kabine abgetrennt, die Dawson als Büro diente. Ungeachtet der frühen Uhrzeit herrschte hier oben ein Betrieb wie auf dem Bow Bazar bei den Feierlichkeiten für Göttin Durga. Zahllose

Männer und Frauen in Uniform arbeiteten emsig an ihren Schreibtischen, telefonierten oder liefen mit Akten bepackt herum. Mitten im Trubel erblickte ich das vertraute Gesicht von Dawsons Sekretärin Marjorie Braithwaite.

Marjorie war eine respekteinflößende Erscheinung mit dauermürrischer Miene, dem resoluten Temperament einer Schulrektorin und dem Ruf, die vertrauenswürdigste Vorzimmerdame in ganz Kalkutta zu sein – alles unabdingbare Voraussetzungen für jemand, der die rechte Hand eines der gefürchtetsten Geheimpolizisten in ganz Indien war. Erfahrungsgemäß versetzte allein der Klang ihrer Stimme Untergebene derart in Angst und Schrecken, dass ich sie im Verdacht hatte, zumindest an einigen der Verhörkurse teilgenommen zu haben, die Agenten der Section H absolvieren mussten. Während Surrender-not vor ihr graute, mochte ich sie irgendwie, und obschon ihre Loyalität unerschütterlich ihrem Boss galt, schien sie mir eine gewisse resignative Toleranz entgegenzubringen.

Wir bahnten uns einen Weg bis zu ihrem Schreibtisch.

»Marjorie, wir sind hier, um mit Torquemada zu sprechen. Es ist dringend.«

Sie schüttelte seufzend den Kopf. »Gehen Sie durch, Captain Wyndham. Er erwartet Sie schon.«

Ich dankte ihr und wandte mich zu Dawsons Tür.

»Und, Captain«, rief sie mir hinterher. »Reden Sie ihn lieber nicht so an. Er mag das nämlich nicht, und mir täte es leid, wenn er Ihnen wegen eines kleinen Ulks die Fingernägel rausreißt.«

Ich schenkte ihr ein Lächeln und klopfte an.

Dawson saß, die Pfeife fest zwischen die Kiefer geklemmt, an seinem Schreibtisch und hielt sich den Telefonhörer ans

Ohr. Es war noch keine achtundvierzig Stunden her, da war ich in diesem Raum verhört worden und hatte ihm den Boden vollgekotzt. Jetzt begegnete er mir plötzlich fast freundlich, wobei ich keineswegs so blöd war, darin mehr als einen vorübergehenden Burgfrieden zu sehen. Die Feindseligkeiten lagen einfach auf Eis, solange es einen wichtigeren gemeinsamen Gegner gab. Er nickte kurz zu den beiden Stühlen ihm gegenüber.

»Irgendwas Neues?«, sagte ich, als er den Hörer auflegte.

Er zog ein paar Mal energisch an seiner Pfeife, und mächtige Qualmwolken stiegen zur Decke auf.

»Rifleman Lacchiman Gurung«, erklärte er und tippte auf den braunen Kartondeckel einer dünnen Akte vor ihm. »Private First Class, 4th Regiment der Prince of Wales Own Gurkhas. Alter zweiundvierzig. Militäreintritt 1897. Kampfeinsätze an der afghanischen Grenze, dann in Frankreich und Palästina während des Kriegs. Lehnte 1920 Angebot zur Demobilisierung ab, blieb Berufssoldat. Wurde letzten Monat mit seinem Regiment nach Kalkutta verlegt. Auf genau diesen Stützpunkt hier.«

»Haben Sie ihn verhaftet?«

Dawson fabrizierte eine weitere Rauchwolke. Seine Augen waren blutunterlaufen. »Noch nicht. Der Mann hat sich vor gut einer Woche unerlaubt von der Truppe entfernt. Etwa zu dem Zeitpunkt, als die Gaskanister verschwanden.«

»Irgendeine Idee, wo er sich versteckt halten könnte?«

»Wir überprüfen gerade, ob er irgendwelche familiären Verbindungen in die Gegend hat. Außerdem wurden alle Agenten und Quellen verständigt, über die wir in den indischen Vierteln verfügen. Sobald er sich aus seinem Unterschlupf traut, werden wir es erfahren.«

Nichts als Wortgeklingel. Genau wie ich war Dawson viel zu lange im Geschäft, um den eigenen schönen Phrasen zu glauben. Gurung war untergetaucht. Die einzige Chance, ihn zu schnappen, bestand darin, ihm zuvorzukommen. Man musste durchschauen, wohin er wollte, und dann vor ihm dort sein.

»Was ist mit Ihrem Plan, McGuire als Köder zu benutzen? Wird der noch verfolgt?«

Dawson rieb sich die Stirn. »Uns bleibt nichts anderes übrig. In ein paar Stunden wird auf dem Stützpunkt in Barrackpore ein Weihnachtsmarkt stattfinden. Anlässlich des Besuchs von Prinz Edward hat ein Großteil der Mannschaften dienstfrei. Colonel McGuire wird den Vormittag auf dem Weihnachtsmarkt verbringen und sich dabei betont auffällig verhalten.«

»Und Sie denken, das wird Gurung aus seinem Versteck locken?«

»Ich hoffe es.«

»Warum malen Sie McGuire nicht gleich eine Zielscheibe auf den Rücken?«

»Das würde ich tun, wenn ich es für hilfreich hielte, glauben Sie mir.« Er befreite die Pfeife aus seinen Kiefern. »Ach, übrigens, woher kannte Mrs. Dunlop eigentlich seinen Namen?«

»Sie hat ihn schon zweimal getroffen. Sein Sohn zählte zu den Opfern der Rawalpindi-Experimente, und sie hat ihn in den Tagen vor seinem Tod gepflegt. Er hatte sein Augenlicht verloren, und seine Lungen waren verbrannt. Jetzt ist der Vater losgezogen, um Rache zu nehmen.«

Dawson steckte die Pfeife zurück in den Mund. »Dann wollen wir mal hoffen, dass sein Rachedurst groß genug ist, um es auch bei McGuire zu versuchen.«

Nach einer Tasse Kaffee in der Kantine nebenan saßen Surrender-not und ich zwanzig Minuten später wieder im Wagen und steckten irgendwo auf der Strand Road fest. Da die Ankunft des Prince of Wales unmittelbar bevorstand, war die schnellste Verbindung zurück in die Stadt – über die Red Road und am Government House vorbei – bereits gesperrt, und der gesamte Verkehr wurde am Fluss entlang umgeleitet. In der Ferne schimmerte vage die Brücke nach Haora durch den Frühnebel. Die Sonne war inzwischen aufgegangen, und mit ihr erwachte an diesem Weihnachtsmorgen nun auch die Stadt zum Leben. Markthändler hatten ihre Karren mit frischen Waren beladen, drängelten Richtung Innenstadt und verstopften die Einfallstraße. Deren Ansturm wurde heute noch durch einen ganz anderen Menschenstrom vervielfacht. Weiß gekleidete Demonstranten strebten mit ihren Plakaten Richtung Fluss, vermutlich um am Ufer entlang den Bahnhof in Haora zu erreichen.

Da das Militär die vordersten Kongress-Wallahs eingekesselt hatte, um sie von der Brücke und den dahinterliegenden Boulevards zur Innenstadt fernzuhalten, war der Verkehr auf unserer Straße zum Erliegen gekommen. Auch an den Ghats am Fluss hatten sich lange Schlangen gebildet, da die Soldaten den Zugang zu den Fähranlegern beschränkten und jeden kontrollierten, der wie ein potenzieller Störenfried aussah.

»So viel zum Vorhaben, den Prince of Wales unauffällig in die Stadt zu schleusen«, bemerkte Surrender-not.

Dass ein solcher Plan scheiterte, konnte nicht wirklich verwundern. Selbst die bestgehüteten Geheimnisse neigten in Indien dazu, sich irgendwie herumzusprechen, und wie gewöhnlich lag die Ursache für das Problem bei den Indern selbst. Es war einfach zu schade, dass das Land nicht ohne sie funktionierte, dass man sie in den Ämtern, bei der Eisenbahn oder an den für Ruhe und Ordnung zuständigen Stellen nach wie vor benötigte. Und wo immer Inder Posten innehatten, ob nun als unscheinbarer *Peon* oder als wohlgenährter *Babu* Aktenstempler, stets ging damit die Gefahr einher, dass Informationen an die Gegner der britischen Herrschaft durchsickerten. Jede Neuigkeit machte rasch die Runde, und in diesem Fall genügte es bereits, wenn irgendeinem mit dem Kongress sympathisierenden stellvertretenden Bahnhofsvorsteher in Benares, Patna oder sonst wo auf der Strecke, aufgefallen war, dass der VIP in dem gerade vorbeifahrenden Sonderzug Seine Königliche Hoheit der Prince of Wales war. Schon erfolgte ein kurzer Anruf beim örtlichen Parteikader und sorgte dafür, dass die Nachricht noch vor dem Prinzen in Kalkutta eintraf.

Auf der gegenüberliegenden Seite näherte sich ein langer Konvoi der Brücke. Vorneweg fuhr ein olivgrüner gepanzerter Wagen, gefolgt von zwei großen schwarzen Limousinen, die erste ein Rolls, die zweite wahrscheinlich ein Crossley – auf diese Entfernung war das schwer zu erkennen. Beide hatten das Verdeck hochgeklappt. Dahinter kam ein weiterer Wagen der Armee und mit ein wenig Abstand erst ein Bus, der vermutlich die Entourage des Prinzen beförderte, dann einer mit den Herren der Presse und schließlich noch ein Lastwagen mit den Wochenschau-Technikern von Pathé, die dem Zirkustross ebenfalls angehörten.

Die Fahrzeuge überquerten zügig die Brücke, passierten die Demonstranten und den sich stauenden Verkehr an der linken Uferseite und rasten dann über die Harrison Road davon. Surrender-not renkte sich den Hals aus in der Hoffnung, einen Blick auf den Prinzen zu erhaschen, aber das war aussichtslos. Auf diese Entfernung hätte jeder der verschwommenen bleichen Kleckse im Fond des vorbeirauschenden Rolls-Royce Prinz Edward sein können.

»Dürfte noch eine Weile dauern, bis sie die Straße wieder öffnen«, sagte er und lehnte sich wieder zurück. »Wir vertrödeln hier bloß unsere Zeit.«

»Ganz richtig«, stimmte ich zu und tippte dem Fahrer auf die Schulter. »Wir laufen den Rest.«

Unser Ziel war das Government House mit seiner markanten Kuppel über dem Südeingang. Zu Zeiten, da Kalkutta noch die Hauptstadt von Britisch-Indien gewesen war, hatte der Vizekönig vom Government House aus dieses ganze Land mit seinen Aberhundert Millionen Einwohnern regiert. Das Machtzentrum mochte sich inzwischen nach Delhi verlagert haben, aber der Bau selbst zählte bis heute zu den prächtigsten im ganzen Land, weshalb er auch als angemessene Unterkunft für einen Prinzen auf Kurzbesuch betrachtet wurde.

Auf Dawsons Befehl hin sollten wir Verbindung aufnehmen mit den Attachés des Prinzen und den Militäroffizieren, die sämtliche Sicherheitsmaßnahmen während seines Aufenthalts koordinierten.

Auf der Eingangstreppe kam uns bereits ein groß gewachsener, bebrillter Edelbürokrat aus dem India Office in Nadelstreifenhosen und Cut samt breiter Ascotkrawatte entgegen. Er stellte sich mit »Beaumont« vor und führte uns anschließend ganz geschäftsmäßig über die Marmorböden einiger Flure.

»Wenn Sie den Prinzen ansprechen, tun Sie das beim ersten Mal mit ›Eure Königliche Hoheit‹«, erklärte er uns das Protokoll. »Anschließend können Sie dann einfach ›Sir‹ sagen.«

»Klingt ja gar nicht so kompliziert«, bemerkte ich nickend.

Wir erreichten den Westflügel, wo wir der Obhut eines uns wohlbekannten Mannes übergeben wurden – Allenby, Dawsons Adlatus.

»Seine Königliche Hoheit wird dem Briefing beiwohnen«, referierte Allenby, während er uns voran eine Treppe hinaufstieg. »Teilnahme ist auf Leitungsebene beschränkt, daher muss Ihr Sergeant draußen warten.«

Ich wandte mich an Surrender-not. »Geht das für Sie in Ordnung, Sergeant?«

»Muss wohl, Sir.«

»Braver Kerl«, sagte ich. »Sonst träte womöglich noch die Katastrophe ein, dass der Prinz auf seiner Reise durch das Land einem richtigen Inder begegnet.«

Allenby warf mir einen scharfen Blick zu.

»Weiß er schon etwas über die Bedrohung?«, fragte ich.

»Nein«, erwiderte Allenby, als wir den Absatz erreichten und in einen mit Teppich ausgelegten Gang bogen. »Und ich wäre Ihnen dankbar, wenn Sie es ihm gegenüber auch nicht erwähnen.«

»Meinen Sie nicht, er sollte es wissen?«

»Was wissen? Uns liegen keinerlei Drohungen vor, die sich direkt auf ihn beziehen. Und Kalkutta ist ganz sicher nicht Sarajewo.«

Geografisch hatte er damit gewiss recht. Was jedoch die Bedrohungslage betraf, so hatte man die auch in Sarajewo für nicht sehr bedenklich gehalten, bis der Thronfolger eines der größten europäischen Königreiche dort einem Anschlag zum Opfer fiel.

Wir ließen Surrender-not in einem Vorzimmer zurück und betraten einen großen Raum, der von einem Kronleuchter beherrscht wurde und von einem Gemälde, das die Niederlage von Tipu Sultan in der Schlacht um Mysore zeigte. Doppelflügelige Glastüren führten auf einen langen Balkon hinaus und boten das, was man für gewöhnlich einen hübschen Ausblick nannte. Doch in einem Prachtbau wie diesem gab es eigentlich nur hübsche Ausblicke.

Auf einem Chesterfieldsofa in der Mitte des Raumes saß der Prinz, während um ihn herum alle anderen standen. Er hielt einen Drink in der linken Hand und hatte den freien Arm auf die Rückenlehne gelegt. In den fünf Jahren seit unserer letzten Begegnung war er richtig erwachsen geworden. Hier musste nicht länger ein Junge vorgeben, bereits ein Mann zu sein, hier empfing in lässiger Souveränität ein Gentleman mit dem Aussehen und der Ausstrahlung eines Leinwandidols.

Allenby verbeugte sich und machte uns miteinander bekannt. »Eure Königliche Hoheit, gestatten Sie, dass ich Ihnen Captain Wyndham von der Imperial Police Force vorstelle. Er fungiert als unser Verbindungsmann bei den örtlichen Polizeikräften.«

Der Prinz erhob sich. »Freut mich, Sie kennenzulernen, Captain«, sagte er und reichte mir den Hand.

»Eure Königliche Hoheit«, sagte ich. »Wir sind uns bereits begegnet, Sir. 1917 in Frankreich war das. Sie haben die Fronttruppen besucht.«

»Tatsächlich? Sie müssen verzeihen, wenn ich mich nicht daran erinnere. Ich bin so vielen Soldaten auf diesen Reisen begegnet. Ich hoffe nur, die Besuche haben ein wenig geholfen.«

»Da bin ich mir sicher«, log ich.

Der Prinz wies auf einen seiner Berater, einen Ordonnanzoffizier in Marineuniform. »Archie hier war gerade dabei, uns zum x-ten Mal den Ablaufplan für den heutigen Tag zu erklären.«

Archie verzog das Gesicht. »Sir, es ist von höchster Bedeutung, dass alles glatt über die Bühne geht.« Er klang, als wollte er einem bockigen Kind etwas Unangenehmes verständlich machen.

»Bestimmt wird alles perfekt ablaufen«, sagte der Prinz. »Hat man mir nicht auch in Lucknow einen begeisterten Empfang bereitet?«

»Bei allem Respekt, Sir, Lucknow ist nicht Kalkutta«, erwiderte der Ordonanzoffizier.

»Ach, kommen Sie, Archie. Seit Beginn dieser Rundreise erzählt mir jeder, wie schrecklich es in Kalkutta ist. Aber wir haben Weihnachten. Wie schlimm soll es da schon sein? Außerdem wird überall Militär aufmarschieren, um darauf zu achten, dass die Dinge nicht außer Kontrolle geraten.« Er sah zu einem seiner Armeeoffiziere, einem korpulenten Mann mit grauen Haaren und gestutztem Schnurrbart. »Ist es nicht so, General?«

»Wir sollten den Plan wirklich straff durchziehen, Sir«, antwortete der angesprochene Offizier. »Wir brechen hier exakt um Viertel nach zwölf auf. Statt einer offenen Kutsche werden wir eine geschlossene Limousine nehmen, und wir werden nicht den direkten Weg zur Town Hall wählen. Etwa fünfzehn Minuten späten sollten wir an der Esplanade Row eintreffen.«

»Die Vorderseite der Town Hall liegt direkt an der Straße, und zu beiden Seiten stehen höhere Gebäude«, wagte ich zu bemerken. »Eure Königliche Hoheit müssten vom Wagen zu Fuß bis zur Treppe und die Stufen hinauf. Zwar werden gewiss allerlei Sicherheitsmaßnahmen getroffen worden sein, ein paar Minuten aber wären Sie dennoch in offenem Schussfeld. Vielleicht sollte der Konvoi daher besser an der Rückseite des Gebäudes halten. Der Zugang dort wäre einfacher zu schützen.«

Stille legte sich über die Versammelten. Archie, der Berater des Prinzen, hüstelte verlegen. Schließlich brach der Prinz selbst das Schweigen.

»Herrgott noch mal, ich bin der Prince of Wales. Ich werde mich ganz bestimmt nicht durch die Hintertür hineinschleichen, Captain. Ganz egal, wie gefährlich es ist.«

Es mochte nicht die vernünftigste Entscheidung sein, aber ich war sicherlich der Letzte, der seine Unerschrockenheit kritisiert hätte. Wahrscheinlich wäre ich an seiner Stelle in diesem Punkt ebenso trotzig gewesen.

»Jawohl, Sir«, sagte ich.

Neben mir meldete Allenby sich zu Wort. »Der Hinweis des Captains ist aber durchaus nützlich. Einige Hitzköpfe von der Kongresspartei planen nämlich einen Protestmarsch zur selben Zeit, in der Sie Ihre Rede in der Town Hall halten. Der Verkehr auf den großen Straßen könnte zum Erliegen kommen. Für den Fall, dass ihnen das gelingen sollte, werden wir einen Wagen auf der Rückseite der Town Hall bereitstellen, der Sie nach Ende der Veranstaltung hierher zurückbringt.«

Kurz schien der Prinz auch dagegen Einwände erheben zu wollen, dann aber überlegte er es sich offenbar anders und schwieg.

»Eure Königliche Hoheit wird auf der Treppe zur Town Hall von einem Kind mit Blumenstrauß begrüßt werden und anschließend vom Bürgermeister und ausgewählten Würdenträgern der Stadt. Der Bürgermeister wird Sie dann nach drinnen geleiten. Ihre Rede beginnt um dreizehn Uhr und dürfte etwa dreißig Minuten in Anspruch nehmen. Es folgt der Fototermin für die Presse, und spätestens um vierzehn Uhr sollte das Ganze vorbei sein, sodass mit einer Rückkehr hier ins Government House so gegen halb drei gerechnet werden kann, was uns ausreichend Zeit lässt für den Empfang im Park um fünfzehn Uhr.«

»Wie lange dauert der?«, erkundigte sich der Prinz.

»Bis fünf, Sir«, antwortete Archie. »Um zwanzig Uhr steht dann noch das festliche Dinner an, das die Bengal Chamber of Commerce Ihnen zu Ehren gibt.«

»Schon wieder ein Dinner? Können wir das nicht absagen? Wir behaupten einfach, ich wäre krank oder so.«

»Die Stadt lebt vom Handel, Sir«, wandte der Ordonanzoffizier ein. »Einige der einflussreichsten Männer des Landes werden anwesend sein.«

»Aber es ist Weihnachten, verdammt noch mal«, beschwerte sich der Prinz. »Kann ich denn nicht wenigstens diesen einen Abend für mich allein haben?«

»Es ist die letzte offizielle Veranstaltung Ihrer Rundreise, Sir«, erklärte Archie in beschwichtigendem Tonfall. »Morgen besuchen Sie noch das alljährliche Pferderennen zum Boxing Day, und übermorgen besteigen wir das Schiff Richtung Heimat.«

Die Aussicht auf die Rennbahn schien den Prinzen zu besänftigen. »Wie sieht es denn hier bei den Pferden so aus? Kein besonders hohes Niveau, wie?«

»Ich denke, Sie werden angenehm überrascht sein, Sir«, mischte sich ein anderer der Generäle ein. »Einige der Maharadschas besitzen ganz exquisite Rennställe.«

Die Besprechung endete, als ein Hausdiener mit Turban und in rot-goldener Livree erschien und verkündete, dass das Frühstück des Prinzen bereitet sei. Sofort verabschiedeten sich alle Anwesenden, und ich wollte ihnen schon zum Ausgang folgen, als der Prinz mir nachrief.

»Einen Moment, Captain.«

Ich kehrte zurück. »Ja, Sir?«

»Wo genau sind wir uns in Frankreich begegnet?«

»Ypres, Sir«, sagte ich und achtete darauf, den Namen korrekt auszusprechen. Im Krieg hatten wir Tommys den Ort immer nur *Wipers* genannt, wie die Scheibenwischer an einem Auto.

»Wir haben damals furchtbare Verluste in Ypres erlitten«, sagte er nachdenklich. »Ich nehme an, auch Sie haben Freunde dort verloren.«

»Das habe ich, Sir«, antwortete ich, ohne anzumerken, wie wenige Freunde mir damals zum Verlieren geblieben waren.

Auf dem Weg durch das Vorzimmer sammelte ich Surrender-not wieder ein. »Kommen Sie, wir müssen los.«

»Wohin?«, fragte er.

»In den Norden. Nach Barrackpore.«

Wir liefen die Treppen hinunter und Richtung Ausgang.

»Und wie ist der Prinz so?«, erkundigte sich Surrender-not, als wir wieder ins Sonnenlicht traten.

»Nicht so schlimm wie erwartet«, sagte ich.

»Aus Ihrem Mund ein echtes Kompliment, Sir. Aber wie dem auch sei, eines Tages wird er König und Kaiser sein.«

»Kommt darauf an.«

»Worauf?«

»Ob er den heutigen Tag überlebt oder nicht.«

32

Der Bungalow von Colonel McGuire lag ganz am Rand von Barrackpore. Der unspektakuläre weiße Bau mit den grünen Fensterläden und den eingetopften Begonien auf der Veranda unterschied sich nicht wesentlich von denen daneben. Auf der Rückseite senkte sich der Garten langsam bis zum Flussufer, während vorne ein Zugangsweg den makellosen Rasen in zwei Hälften teilte. In gewisser Weise entsprach dies der Traumvorstellung von Britisch-Indien: sauber, ordentlich und – einmal abgesehen vom Dienstpersonal – frei von Einheimischen.

McGuire saß auf dem Sofa in einem Wohnzimmer, dessen schweren Teakmöbeln und dunklen Teakdielen zweifellos ein beträchtliches Stück burmesischer Dschungel zum Opfer gefallen war. Die Frau an seiner Seite trug einen Rock aus Harris-Tweed und solide Laufschuhe. Sie hatte glattes, leicht ergrautes Haar und den bronzenen Teint einer Engländerin, die schon zu lange unter südlicher Sonne lebte. Und so wie sie sich ständig mit einem Taschentuch die Augen tupfte, machte sie einen reichlich verzweifelten Eindruck. Der Dritte auf dem Sofa war ein Agent von Section H, sicherheitshalber einer von der massiveren Sorte, die erfahrungsgemäß die Fäuste mit größerem Geschick einsetzte als den Verstand. Offen blieb indes die Frage, ob er McGuire beschützen oder ihn eher davon abhalten sollte, schnurstracks aus dem Haus zu stürmen, um den erstbesten Dampfer heim nach Großbritannien zu nehmen. Den blassen Wangen des Colonels und den dunklen Flecken in den Achseln seines Hemds nach zu urteilen schien Letzteres wahrscheinlicher.

Ihnen gegenüber saß Dawson, der verglichen mit den Gastgebern Gelassenheit pur verkörperte – zumindest bis zu unserer Ankunft. Ab diesem Moment sah es mehr danach aus, als hätten ihn plötzlich schwere Verdauungsstörungen befallen. Zwar entsprach das durchaus seiner normalen Reaktion bei meinem Anblick, überrascht war ich aber dennoch, da ich gedacht hatte, heute käme ihm unsere Anwesenheit gelegen.

Kurz wirkte er unschlüssig, ob er sich um uns kümmern oder erst seine Unterhaltung mit McGuire zu Ende führen sollte, dann entschied er, dass es im Augenblick dringlicher war, McGuires kollabierendes Selbstvertrauen aufzupäppeln.

»Sie stehen unter ständiger Beobachtung«, versicherte Dawson ihm. »Unsere Männer sind überall in der Menge verteilt. Wo Sie auch hingehen, nie ist jemand mehr als ein, zwei Schritte entfernt. Das Risiko für Sie ist also verschwindend gering.« Er unterließ es, das Gas zu erwähnen. Warum sollte er auch? Vom Diebstahl der Kanister wusste McGuire offenkundig nichts, und ihm noch mehr Angst einzujagen hatte wenig Sinn.

Dawsons Ton stellte klar, dass der Plan keinen Widerspruch duldete. McGuire, der nicht nur Arzt, sondern auch Offizier der Armee war, hatte Widerspruch wohl ohnehin nie in Erwägung gezogen. Was auch immer er von dem Plan halten sollte, McGuire war ein Soldat, dessen Ehre ihn verpflichtete, Befehlen zu gehorchen.

Er schluckte und griff nach der Hand seiner Frau.

»Wenn Sie uns einen Moment entschuldigen würden«,

setzte Dawson nach kurzer Pause hinzu. Er führte Surrender-not und mich in den Flur hinaus und ließ die McGuires mit ihrem Aufpasser allein.

»Sie werden hier nicht länger benötigt, Wyndham«, sagte er und wollte uns schon weiter Richtung Haustür treiben.

Ich blieb stehen und drehte mich um.

»Sie haben ihn doch nicht etwa geschnappt, oder? Der Gesichtsausdruck von McGuire spricht jedenfalls dagegen.«

Dawson griff in seine Tasche, zog ein zusammengefaltetes Blatt Papier heraus und klappte es auf. »Nein, geschnappt haben wir ihn nicht. Noch nicht. Aber wir haben ein paar seiner Vorgesetzten einbestellt und diese Phantomzeichnung von ihm anfertigen lassen, die an all unsere Leute und sämtliche Wachposten an den Eingängen des Stützpunkts verteilt wurde.«

Ich begutachtete das Porträt, rümpfte die Nase und reichte es weiter an Surrender-not. In Wahrheit hatte der Zeichner ihn gar nicht schlecht getroffen, aber das würde ich Dawson ganz sicher nicht bestätigen. »Was meinen Sie, Sergeant?«, fragte ich.

Surrender-not studierte die Zeichnung betont aufmerksam. »Könnte jeder sein«, sagte er dann. »Jeder Gurkha zumindest.«

»Genau«, sagte ich, nahm das Blatt von Surrender-not und warf es zu Dawson zurück. »Viel Glück, wenn Sie ihn damit finden wollen. Ich vermute mal, Sie haben irgendein englisches Zeichengenie damit beauftragt, das auf die Schnelle zu fabrizieren, irgendjemand, der wahrscheinlich nicht einmal einen Nepalesen von einem Chinesen unterscheiden kann. Bei allem Respekt, Major, dieser Stützpunkt hat die Dimensionen einer Kleinstadt. Sollte Gurung vorhaben, hier aufzutauchen, werden Sie schon mehr brauchen als ein paar Section-H-Agenten und Wachposten, die ihn anhand eines rasch hingekritzelten Porträts aufzuhalten versuchen. Da brauchen Sie Leute, die ihn kürzlich selbst aus der Nähe gesehen haben, und wenn ich mich nicht irre, sind Sergeant Banerjee und ich die einzigen Zeugen, die Sie haben.«

Dawsons Miene nahm denselben gequälten Ausdruck an wie in der Nacht, als ich in sein Büro gekotzt hatte. »Kehren Sie lieber nicht den Besserwisser heraus, Wyndham«, sagte er. »Es steht Ihnen nicht. Mag schon sein, dass Sie Gurung identifizieren können, aber er hat umgekehrt auch Sie gesehen. Wenn er also Sie oder Ihren Sergeant hier bemerkt, bevor Sie ihn entdecken, wird er sofort abhauen, und wir finden ihn nie wieder. Dies ist unsere letzte Chance, ihn zu erwischen, bevor … weiß Gott was passiert. Ich will nicht, dass Sie das vermasseln.«

In diesem Moment dämmerte mir etwas. »All die hübschen Worte, mit denen Sie eben McGuire und seine Frau beruhigt haben, dass überhaupt keine echte Gefahr besteht, das war alles bloß Mumpitz, stimmt's? Sie wissen genau, dass Sie Gurung nur zu fassen bekommen, wenn er McGuire tatsächlich angreift. Ob der Colonel überlebt oder nicht, interessiert Sie gar nicht. Hauptsache, Sie schnappen Gurung.«

Dawson fixierte mich mit finsterem Blick. »McGuire ist aktiver Soldat. Er weiß selbst, was das bedeutet, und ja, ich würde ihn bereitwillig opfern, wenn wir auf diesem Weg Gurung davon abhalten können, das gestohlene Senfgas einzusetzen.«

»Und was, wenn er das hier in Barrackpore tut?«

»Wenn wir ihn nicht daran hindern können, es zu benutzen, dann ist es mir weitaus lieber, er macht es hier als in einer Menschenmenge inmitten von Kalkutta. Dies ist ein Militärstützpunkt. Die meisten Besucher des Weihnachtsmarkts sind

Soldaten und ihre Familien. Es gibt Gasmasken in Hülle und Fülle, und vor allem findet der Markt unter freiem Himmel statt. Die Chancen stehen also gut, dass die meisten ohne ernsthafte Verletzungen davonkommen. Ich fürchte nur, dass Gurung clever genug ist, das in seiner Planung zu berücksichtigen. Die Opferzahlen, die er erreicht, wenn er das Gas auf einer großen offenen Flächen unter fünfhundert Menschen freisetzt, sind nichts gegen die, zu denen es in engen Straßen bei fünfzigmal mehr Menschen kommen würde.«

Selbst für Dawsons Verhältnisse klangen diese Überlegungen reichlich gefühllos.

»Sie sind bereit, all diese Menschen hier einfach zu opfern?«, fragte ich.

»Wenn's dem übergeordneten Ziel dient«, erwiderte er. »Sie etwa nicht?«

Unvermittelt meldete sich Surrender-not zu Wort: »Entschuldigen Sie, Major Dawson, aber vermutlich haben Sie doch irgendwo eine Zentrale für die Überwachung eingerichtet.«

Dawson musterte ihn misstrauisch. »Und was genau geht Sie das an?«

»Ich … Ich meine ja nur, dass es irgendein Ort sein dürfte, der einen guten Blick über den Markt bietet, richtig?«

»Im obersten Stockwerk des Verwaltungsgebäudes, das zu den Sportplätzen hinaus liegt.«

»Vielleicht könnten der Captain und ich Sie ja von dort aus unterstützen.«

Der Major dachte eine Weile darüber nach. Augenscheinlich war er es nicht gewohnt, dass Inder eigenständige Gedanken äußerten – wenigstens nicht die Inder, die auf unserer Seite standen.

»Geben Sie uns einfach zwei Feldstecher, und lassen Sie uns oben aufs Dach«, sagte ich. »Auf diese Weise sind wir selbst aus dem Blickfeld und haben dennoch eine gute Chance, ihn zu entdecken, bevor er zu dicht an McGuire herankommt.«

»Also schön«, erklärte er endlich. »Folgen Sie mir .«

Eine fröhliche Melodie drang aus der mechanischen Verbeeck-Orgel auf dem Weihnachtsmarkt und schwebte empor bis zu unserem Ausguck auf dem Dach des Verwaltungstrakts. Ihre künstliche Heiterkeit wirkte hier mitten in Bengalen ebenso deplatziert wie die gigantische Apparatur selbst, die besser auf die Uferpromenade von Brighton gepasst hätte.

Prompt musste ich bei den Klängen zurückdenken an die wenigen gemeinsamen Tage, die ich mir während eines Fronturlaubs mit Sarah in Eastbourne hatte stehlen können. Im Juli oder August 1916 war das gewesen. In diesen Stunden hatte sich das Leben echter und intensiver angefühlt als jemals davor oder danach. Die Zeit hatte sich so eindringlich in meinen Kopf gebrannt, dass die Bilder noch immer strahlend hell leuchteten.

Im Jahr zuvor hatten wir geheiratet, und zwei Wochen nach der Hochzeit war ich bereits in den Krieg gezogen. Daher kamen diese Tage in Eastbourne für uns der glücklichen Verliebtheit Frischverheirateter am nächsten, und wir genossen einen Hauch jener Flitterwochen, die den meisten Paaren vor dem Krieg als Selbstverständlichkeit erschienen waren. Wir freuten uns damals schon auf den Tag, an dem der Krieg vorbei sein würde und wir als Mann und Frau zusammenleben könnten. Doch dazu sollte es nie kommen, und der Zorn, den ich angesichts ihres Verlusts empfand, hatte seitdem nie nachgelassen. Bittersüß waren diese Erinnerungen inzwischen geworden. Ich drängte sie aus meinem Bewusstsein und blickte konzentriert durch meinen Feldstecher auf die Jahrmarktsattraktionen, die unten auf dem Sportgelände der Militärbasis errichtet worden waren.

Vom Dach hatte ich eigentlich eher im Scherz gesprochen, doch Dawson war sofort darauf eingegangen und hatte Surrender-not und mich lieber mit einem einzigen Feldstecher oben auf das Gebäude geschickt, als uns im zweiten Stock in seiner Kommandozentrale zu dulden. Natürlich wäre es auf einem Militärstützpunkt dieser Größe ein Leichtes gewesen, einen zweiten Feldstecher aufzutreiben, aber diesen letzten Akt von Engstirnigkeit hatte er sich offenbar nicht verkneifen können. Vermutlich war es seine Art zu demonstrieren, wer hier das Sagen hatte. Ich protestierte nicht. Nach dem Vorfall mit Rifleman Gurung in der vergangenen Nacht besaß die ganze Sache für Surrender-not wie für mich etwas Persönliches, und hier auf dem Dach hocken zu dürfen war allemal besser, als gar nicht an der Fahndung beteiligt zu sein.

Mit den steigenden Vormittagstemperaturen begann sich auch der Platz zu füllen. Britische, indische und ein paar nepalesische Soldaten schlenderten mit ihren Frauen und Kindern zwischen den Ständen und Fahrgeschäften umher. Ich blieb an McGuire dran. Gemeinsam mit seiner Frau verfolgte er gerade eine Darbietung, bei der ein Affe in einer roten Weste zu der Musik tanzte, die sein Besitzer, ein ausgemergelter Inder mit mahagonifarbener Haut, dazupassender Weste und schmalem Oberlippenbärtchen auf seiner *Shehnai* machte. Um den Hals des Affen war ein Drahtseil geschlungen, das im Sonnenlicht glänzte und dessen anderes Ende der dünne Mann ums Handgelenk gebunden hatte. McGuire wirkte nervös und schaute sich immer wieder suchend in der Menge um.

»Etwas entdeckt?«, erkundigte sich Surrender-not.

»Noch nicht.«

Ich richtete meine Aufmerksamkeit auf die Menschen in McGuires Nähe und suchte nicht nur nach Gurung, sondern auch nach den Agenten der Section H. Dawson hatte uns gegenüber von vier Mitarbeitern vor Ort gesprochen, und in den zwanzig Minuten, die wir mittlerweile auf Posten lagen, glaubte ich wenigstens zwei davon identifiziert zu haben. Einer war ein Inder, der keine drei Meter von dem Militärarzt entfernt stand und der zwar auch so tat, als würde er die Affennummer verfolgen, dessen Blick aber ständig zu McGuire hinüberhuschte.

Der andere, ein Engländer, war vorgeblich damit beschäftigt, an einem Zuckerrohrstand einen Becher Saft zu kaufen. Der in Unterhemd und Lungi gekleidete Händler führte Zuckerrohrstangen durch eine Presse, die ein wenig an einen Wäschewringer erinnerte. Während er oben das Antriebsrad drehte, fing ein Gefäß auf dem Boden den austretenden Saft auf. Auch hier verriet den Agenten, dass er mehr den Colonel im Auge behielt als den Saftverkäufer.

Beim dritten war ich mir weniger sicher, aber mein Verdacht fiel auf einen hünenhaften Sikh, der sich an dem Weg herumdrückte, der vom Sportgelände zum Flussufer führte. Er mied zwar jeden Seitenblick zu McGuire, aber bei ihm erregten seine Größe und sein offenkundiges Desinteresse an jeglichen Jahrmarktsvergnügungen mein Misstrauen.

Ich reichte den Feldstecher an Surrender-not weiter.

»Sie sind dran«, sagte ich. »Sehen Sie mal, ob Sie jemanden entdecken, der Gurung ähnelt.«

Eine Dreiviertelstunde verging, und der Sergeant spähte immer noch durch das Glas. Die Sonne stand inzwischen hoch über uns, und auf dem Dach wurde es langsam richtig heiß, während die Temperaturen am Boden sicherlich noch angenehm waren. Die Zahl der Besucher hatte weiter zugenommen, und an einigen Ständen war das Gedränge so groß, dass sich die Menschen aneinander vorbeischieben mussten.

Ich streckte den Arm aus. »Jetzt bin ich wieder an der Reihe.«

Surrender-not senkte den Feldstecher und gab ihn mir. »McGuire steht drüben an der Schießbude«, sagte er und deutete links auf einen Stand.

Ich richtete das Fernglas in die entsprechende Richtung und stellte es scharf. McGuire hatte eins der spielzeugartigen Gewehre in die Hand genommen und versuchte sein Glück. Ich verfolgte, wie er auf eine Reihe von Blechscheiben zielte und dann den Abzug drückte. Die Entfernung war zu groß, um den Schuss zu hören, und so kam ich mir vor wie beim Betrachten eines Stummfilm in einem dieser Mutoskope, die man auf den Promenaden der Seebäder überall findet. Eine der Blechfiguren klappte um. McGuire lud durch und zielte erneut. Wieder drückte er auf den Abzug, und noch eine Zielscheibe kippte nach hinten. Er schoss nicht schlecht, das musste man ihm lassen. Meist waren die Gewehre an diesen Buden manipuliert – das Korn leicht schief oder die Züge im Lauf so verändert, dass die Kugel nicht ganz gerade austrat –, aber McGuire schien das alles einberechnet zu haben. Für einen Arzt war er ein wirklich guter Schütze. Der Budenbesitzer neben ihm verzog das Gesicht, als er noch einmal durchlud und sich auf den nächsten Schuss vorbereitete. In diesem Moment trat ein kleiner indischer Junge an ihn heran und zupfte an seinem Uniformrock. McGuire wirkte kurz, als hätte ihn der Blitz getroffen. Dann senkte er das Gewehr und wandte sich dem Jungen zu.

»Hallo«, sagte ich. »Irgendwas ist los.«

Das Kind war vielleicht zehn oder elf, und seiner spindeldürren Gestalt und der zerlumpten Kleidung nach zu urteilen, gehörte er eher zu den umherziehenden Schaustellern als zu einer Familie vom Stützpunkt. Kaum hatte es McGuire einen Zettel überreicht, rannte es auch schon davon und war in der Menge verschwunden. McGuire entfaltete den Zettel, überflog ihn und sah sich dann vergeblich nach dem Jungen um. Rasch zerknüllte er das Papier, steckte es in die Tasche und stürzte sich prompt ebenfalls in die Menge, als würde er nach etwas suchen.

»Was ist?«, wollte Surrender-not wissen.

»Ein Junge hat McGuire einen Zettel gegeben, und jetzt sucht der Colonel plötzlich nach etwas – oder jemandem.«

McGuires Aufpassern war sein verändertes Verhalten nicht entgangen. Zwei von ihnen verließen ihren Posten und drängten sich hinter ihm durch das Besuchermeer. Ein dritter – ein kleiner Inder in weißem Hemd und kakifarbener Hose, den ich zuvor nicht bemerkt hatte – gab ebenfalls seine Tarnung auf. So folgten sie McGuire jetzt zu dritt so dicht auf den Fersen, dass es Gurung, falls er in der Nähe war, unmöglich entgehen konnte.

Plötzlich blieb der Arzt abrupt stehen, machte kehrt und lief direkt auf das Gebäude zu, auf dessen Dach wir saßen.

»Was hat er bloß vor?«, murmelte ich, gab den Feldstecher an Surrender-not weiter und zeigte auf McGuire.

»Vielleicht will er mit Major Dawson reden«, spekulierte der Sergeant. »Es könnte Dawson gewesen sein, der ihm die

Nachricht zukommen ließ. Womöglich hat es eine Entwicklung gegeben.«

Unter uns waren die Agenten von Section H jetzt so nahe, dass man ihre Gesichter klar ausmachen konnte. Alle drei hatten ihren Schritt verlangsamt und blieben ein wenig auf Distanz, da sie mit sichtbarer Erleichterung erkannten, dass McGuire offenbar nur zu einem Treffen mit ihrem Chef wollte.

Ich wartete einen Moment für den Fall, dass er sofort wieder zurückkam, dann stand ich auf und streckte meine verspannten Beine. »Sie bleiben hier«, sagte ich. »Suchen Sie weiter in der Menge nach Gurung. Ich werde runtergehen und mal hören, was McGuire und Dawson zu besprechen haben.«

Ich rannte über das Dach und die Stufen in den zweiten Stock hinunter. Es dauerte eine Weile, den Raum zu finden, in dem Dawson seine Zentrale eingerichtet hatte, obwohl ich doch eigentlich nur dem Pfeifengeruch in der Luft folgen musste. Dawson stand mit dem Rücken zum Fenster, das Gesicht im Schatten, sodass sich nur seine Silhouette abzeichnete. Der Major war gerade dabei, zwei seiner Männer zusammenzustauchen, von denen ich einen als Beschatter des Colonels wiedererkannte.

»Wo ist McGuire?«, fragte ich.

»Verschwunden«, sagte Dawson.

»Was? Ist er nicht hochgekommen?«

»Schauen Sie sich doch um, Wyndham«, fauchte Dawson zurück. »Sehen Sie ihn hier irgendwo?«

»Stammte die Nachricht denn nicht von Ihnen? Der Zettel, den dieser indische Knirps überbracht hat?«

»Natürlich nicht. Warum zum Teufel sollte ich das Kind von irgendeinem Jahrmarkts-Wallah schicken?«

»Soll das heißen, Sie haben ihn verloren? Aber er ging doch ins Haus. Ich habe ihn gesehen.«

»Genau wie meine Leute. Und dann blieben sie schön draußen stehen und plauschten erst einmal in aller Ruhe wie Gemeindedamen beim Kaffeekränzchen. Auf meine Anordnung hin durchkämmen sie jetzt das Gebäude, aber …«

Nachdem der erste Schreck verpufft war, begann ich, mir die Abfolge der Ereignisse noch einmal in Erinnerung zu rufen.

»Im Haus werden Sie ihn nicht finden«, sagte ich. »Der Trick ist uralt. Er geht vorne rein und hinten sofort wieder raus. Ihre Leute sollen den Stützpunkt absuchen. Weit kann er noch nicht sein.«

Dawson starrte mich mit einer Feindseligkeit an, die von der Ahnung, dass ich recht hatte, nur noch gesteigert wurde. Er nickte einem seiner Officer zu, der aus dem Raum eilte, um den Befehl auszugeben.

»Und wohin will er?«, fragte Dawson, wieder zu mir gewandt.

»Keine Ahnung«, gestand ich achselzuckend. »Aber alles spricht dafür, dass es in Verbindung mit dieser Nachricht steht, die der Junge ihm überbracht hat.«

Was auch immer es gewesen sein mochte, es hatte McGuire einen Riesenschreck eingejagt. Vor lauter Entsetzen hatte er ja sogar die ersten Minuten versucht, den Kleinen wiederzufinden, der ihm den Zettel gegeben hatte. Plötzlich kam mir ein Gedanke.

»Vielleicht war es gar nicht der Junge, nach dem er gesucht hat.«

»Wie bitte?«, fragte Dawson, aber da war ich schon halb zur Tür hinaus auf meinem Weg zur Treppe.

Dicht gefolgt von Dawson raste ich die Stufen wieder hinauf und platzte durch die Tür zum Dach. Surrender-not senkte den Feldstecher und fuhr zu uns herum.

»McGuires Frau?«, rief ich ihm zu. »Sehen Sie sie irgendwo?«

Surrender-not hob das Fernglas und suchte rasch die Menge nach ihr ab. Während die Sekunden verstrichen, schwoll in meinem Magen eine finstere Angst immer stärker an, und nach einer endlosen Minute wurde es mir klar.

»Nach Hause«, sagte ich. »Er ist auf dem Weg nach Hause.«

In Windeseile spurteten wir zu dritt die Treppe hinunter und aus dem Gebäude hinaus ins Sonnenlicht. Dawson brüllte seinen Leuten irgendwelche Befehle zu, aber Surrender-not und ich kümmerten uns nicht darum und jagten sofort weiter zu McGuires Haus. Fünf Minuten später waren wir dort. In der Ferne konnte ich das Heulen einer Sirene hören. Vernünftiger wäre es natürlich gewesen, auf Dawsons Leute zu warten, aber dafür fehlte uns die Zeit. Also zog ich meinen Revolver und stieg vor Surrender-not die Eingangstreppe hoch.

33

Die Tür war aufgebrochen und schwang leicht in der sanften Dezemberbrise. An der Stelle, wo der Riegel ins Schließblech griff, hingen Splitter vom Rahmen. Ich schob die Tür leise mit der Fußspitze auf und rechnete schon damit, die ersten Schüsse zu hören. Aber nichts geschah. Das Haus empfing uns mit Totenstille, während hinter uns das Sirenengeheul anschwoll. Selbst die Vögel schienen verstummt zu sein.

Die aufgesprengte Tür bewies, dass meine Ängste mich nicht getrogen hatten. Gurung war hier und McGuire mittlerweile bestimmt in seiner Gewalt. Ich spielte den vermutlichen Ablauf im Kopf durch. Gurung war auf dem Weihnachtsmarkt gewesen und hatte bemerkt, dass McGuire beobachtet wurde. Ein Mann wie er musste solche Schutzmaßnahmen für den Krankenhausleiter sogar erwartet haben. Also war er einem bereits ausgetüftelten Plan gefolgt. Statt selbst zu McGuire zu gehen, sorgte er einfach dafür, dass der Mann zu ihm kam. Und dazu benötigte er Mrs. McGuire. Irgendwann musste sie sich auf dem Markt von McGuire getrennt haben. Da die Aufpasser ihre gesamte Aufmerksamkeit auf ihn konzentrierten, war es Gurung gewiss nicht schwergefallen, sie in einem günstigen Moment mit dem Messer zu bedrohen und sie zu zwingen, mit ihm zusammen hierherzukommen. Dann hatte er das Schaustellerkind angeheuert, McGuire die Nachricht zu überbringen, und der wiederum hat keine andere Alternative gesehen, als den Anweisungen auf dem Zettel Folge zu leisten.

Den Revolver im Anschlag, schob ich mich Zentimeter für Zentimeter vor. In meinem Rücken spürte ich Surrender-not. Die Eingangshalle war unbeleuchtet, und es dauerte eine Weile, bis sich meine Augen an die Dunkelheit gewöhnt hatten. Endlich erkannte ich die Türen, die in den Salon und ins Esszimmer führten, und den Flur, an dem vermutlich die Schlafzimmer lagen.

Zwei unterschiedliche Vorgehensweisen waren in dieser Situation denkbar. Entweder langsam und methodisch, oder geradewegs rein und drauf. Inzwischen waren knapp zwanzig Minuten vergangen, seit McGuire durch das Verwaltungsgebäude marschiert und uns entwischt war. Angenommen, Gurung hatte ihn tatsächlich ins Haus bestellt und McGuire war auf direktem Weg hergekommen, dann musste er vor etwa zehn Minuten hier eingetroffen sein. Damit fiel die Wahl nicht schwer. Zehn Minuten konnten ein kurzer Augenblick, aber auch eine Ewigkeit sein. Um einen Mann zu töten, reichte die Zeit bequem, allerdings wurde es etwas knapp, wenn man auch noch die Augen ausstechen und ihm diverse rituelle Wunden zufügen wollte. McGuire war vielleicht bereits tot, es bestand jedoch die Möglichkeit, sogar die sehr gute Möglichkeit, dass Gurung sich noch im Haus befand.

Kurz entschlossen sprang ich zur Tür, die ins Wohnzimmer führte, trat sie auf und stürzte mich hinein. Drinnen blieb es still. Nur eine Uhr tickte. Hinter mir hörte ich Surrender-not bereits zur nächsten Tür laufen. Er war unbewaffnet – es mussten eine Unmenge Formulare ausgefüllt und Fragen beantwortet werden, bevor ein indischer Officer einen neuen Revolver erhielt –, weshalb sein Ungestüm wahlweise verdammt mutig oder ausgesprochen idiotisch war. Gurung konnte direkt hinter der Tür auf ihn lauern und ihn mit einer Ladung Blei empfangen. Doch Surrender-not schien das nicht sonderlich zu kümmern. Ich wappnete mich bereits gegen den Lärm von Schüssen, aber erneut blieb er aus. Manchmal unterschätzte ich den jungen Mann einfach. Ich atmete durch und ging zurück in die Halle.

»Leer«, meldete Surrender-not.

»Die Schlafzimmer«, sagte ich. »Er hat die Leiche von Dunlop im Bett abgelegt. Vielleicht macht er es hier genauso.«

Wir eilten den Gang hinunter zur Rückseite des Hauses. Irgendwo in der Nähe hörte man einen dumpfen Schlag wie von einem umfallenden Möbelstück.

»Hier drin.« Surrender-not deutete auf eine Tür.

»Na, dann los«, sagte ich und holte noch einmal tief Luft, bevor ich den Knauf drehte und die Tür aufwarf.

Auf den ersten Blick schien niemand im Raum zu sein. Aber dann entdeckte Surrender-not zwischen Bett und Frisierkommode das Bein eines umgekippten Stuhls. Er rannte hinein, und ich folgte. Auf dem Boden lag Mrs. McGuire, geknebelt und an den Stuhl gefesselt. Ich half Surrender-not, ihn aufzustellen. Der Sergeant befreite ihren Mund von dem Knebel.

»Alles in Ordnung, Mrs. McGuire?«, fragte er.

Die Frau stand offenbar unter Schock.

Ich legte ihr eine Hand auf die Schulter. »Mrs. McGuire?«

Beim Klang meiner Stimme schaute sie auf und versuchte, sich auf mein Gesicht zu konzentrieren.

»Wissen Sie, wo Ihr Mann ist?«

Sie schüttelte nur stumm den Kopf.

Ich überließ es Surrender-not, sie loszubinden, und lief zurück in den Flur. Jede Tür bis zu seinem Ende stieß ich auf und fand stets nur einen leeren Raum vor.

Hinter mir wurden Stimmen laut. Stiefel polterten die Eingangstreppe hinauf. Major Dawsons Leute waren eingetroffen. Ich kehrte rasch in die Eingangshalle zurück, wo Soldaten bereits die abgehenden Räume durchsuchten.

»Sagen Sie mir, dass er da ist«, schnaufte der Major mit hochrotem Kopf. Unter anderen Umständen hätte ich vergnügt seine missliche Lage genossen, aber nicht jetzt. Nicht an diesem Tag.

»Wir haben ihn nicht gefunden«, erklärte ich. »Allerdings lag seine Frau gefesselt in einem der Schlafzimmer.«

Dawson gab einen Schwall Flüche von sich. »Wie zum Teufel konnten wir ihn verlieren?«, schrie er so laut, dass seine Stimme von den Wänden hallte.

»Mrs. McGuire wird uns erzählen können, was passiert ist, aber ich denke, Gurung hat gezielt nur sie überfallen. Ihm dürfte nicht verborgen geblieben sein, dass McGuire überwacht wird, bei seiner Frau dagegen standen die Chancen besser. Also schnappte er sie sich, ließ McGuire die Nachricht bringen und zwang ihn so, nach Hause zu kommen.«

»Und wo sind sie jetzt?«, fragte Dawson, während seine Männer ihre Suche im Haus fortsetzten.

»Fort«, sagte ich.

»Fort? Fort wohin?«

»Woher soll ich das wissen?«

»Na ja, weit können sie noch nicht gekommen sein«, überlegte er. »Wahrscheinlich halten sie sich noch immer irgendwo auf dem Gelände des Stützpunkts auf.«

»Sie können natürlich versuchen, die Basis abzuriegeln«, erklärte ich. »Aber es ist anzunehmen, dass Gurung alles bestens durchdacht hat. Offenbar kennt er Wege, wie er hier rein- und rauskommt, ohne bemerkt zu werden. Außerdem grenzt da unten an den Garten ein verdammt großer Fluss. Sollte ihm ein Boot zur Verfügung gestanden haben, ist er vermutlich schon kurz vor Kalkutta.«

Dawson kramte in seiner Tasche nach der Pfeife. »Wir können nicht bloß hier rumstehen und nichts tun«, knurrte er. »Ich werde anordnen, den Stützpunkt sofort komplett abzuriegeln und den Fluss genau im Auge zu behalten.«

Natürlich klangen die Maßnahmen alle sinnvoll. Bloß war es inzwischen reichlich spät, um die offene Pferdekoppel zu schließen. Nicht nur hatte unser Pferd sich längst aus dem Staub gemacht, es hatte das wertvollste Fohlen gleich mitgenommen und war womöglich bereits gerade dabei, die ganze Farm in Brand zu stecken.

»Tun Sie, was Sie tun müssen, aber wenn Sie wirklich eine Katastrophe verhindern wollen, streichen Sie alle öffentlichen Auftritte des Prinzen für heute«, sagte ich.

Dawson stöhnte. »Sie wissen doch, dass das nicht geht. Dem Vizekönig sind in diesem Punkt die Hände gebunden.«

»Dann beten Sie mal dafür, dass Gurung sich als Racheakt für seinen Sohn damit begnügt, McGuire mit dem Messer zu bearbeiten. Wenn es ihm gelingt, völlig unbehelligt in ein Militärlager wie Barrackpore einzudringen, wie sollen wir ihn dann davon abhalten, irgendwo mitten in White Town unschuldige Zivilisten umzubringen? Und ich meine nicht nur Briten. Auch Inder.«

Der Major starrte mich finster an. »Die Briten lassen Sie ruhig meine Sorge sein. Sorgen Sie lieber dafür, dass die Inder zu Hause bleiben.«

34

Der Wagen raste in Richtung Bhowanipore, dem Viertel, in dem Das wohnte. Surrender-not und ich saßen auf der Rückbank und leckten unsere Wunden. Zweimal hatten wir nun die Gelegenheit gehabt, Gurung zu schnappen, und zweimal hatten wir den Kürzeren gezogen. Ich war viel zu fatalistisch veranlagt, um mir einzubilden, dass wir eine dritte Chance erhalten würden. Hätte Dawson doch nur meine Bedenken geteilt. Die einzige vernünftige Vorgehensweise wäre gewesen, die Termine des Prince of Wales abzusagen, um auf diese Weise die unmittelbare Bedrohung für Tausende von Zivilisten abzuwenden und die nötige Zeit zu gewinnen, den Gurkha zu verhaften. Aber das wurde nicht einmal in Erwägung gezogen. Lord Taggart hatte mir klar und deutlich zu verstehen gegeben, dass jede Planänderung als Sieg der gegen uns verbündeten Kräfte ausgelegt würde. Gandhi, Das und das Chaos hätten gewonnen. Und so liefen uns die Minuten davon, während wir, statt unsere Anstrengungen zu verdoppeln, um Gurung zu finden, hier von einem Ende der Stadt zum anderen hetzten, in der vagen Hoffnung, unsere Gegner davon zu überzeugen, ihrerseits alle Pläne umzuwerfen. Ein vollkommen unnützer Aufwand, aber wir hatten keine andere Wahl.

Neben mir zeigte das Gesicht von Surrender-not wieder diesen ganz besonderen Ausdruck, an dem ich ablesen konnte, dass sein Hirn gerade unter Überlast arbeitete und einen gordischen Knoten zu entwirren suchte, den es vermutlich selbst geschlungen hatte.

»Was ist?«, fragte ich.

»Sir?«

»Was beschäftigt Sie diesmal?«

Er dachte kurz über die Frage nach, bevor er antwortete. »McGuire«, sagte er schließlich. »Warum sollte Gurung ihn entführen? Warum hat er ihn nicht einfach an Ort und Stelle umgebracht?«

»Vielleicht fehlte es ihm an Zeit«, sagte ich. »Sie wissen doch, er will, dass seine Opfer die gleichen Verletzungen davontragen wie sein Sohn, und für ihn war schwer abzuschätzen, wie lange wir brauchen würden, um herauszufinden, wohin McGuire verschwunden war.«

»Was bedeuten würde, dass er McGuire tötet, sobald er Zeit dazu hat.«

»Höchstwahrscheinlich.«

»Andererseits hat er in allen vorangehenden Fällen mit dem Töten der Opfer erst noch gewartet. Wir wissen, dass er Dunlop Fragen stellte, bevor er ihn ermordete. Und auch die Verletzungen an den Händen von Ruth Fernandez und Prio Tamang sprachen dafür, dass man Informationen aus ihnen herausfoltern wollte. Könnte er bei McGuire nicht genauso vorgehen?«

»Schon möglich«, sagte ich. »McGuire war Leiter der Einrichtung. Er stand an der Spitze von allem. Aber verlassen können wir uns darauf nicht. In der Zwischenzeit wäre es gewiss hilfreicher, Sie würden McGuire für einen Moment vergessen und sich stattdessen überlegen, wie Sie Das dazu bringen, die Demonstrationen abzusagen.«

»Jawohl, Sir. Und was, wenn er sich weigert?«

»In diesem Fall wird er am Ende des heutigen Tages entweder wieder im Gefängnis hocken oder tot sein, gemeinsam mit vielen seiner ergebensten Anhänger.«

Der Hausdiener von Das öffnete zögernd die Tür und bedachte uns mit einem Blick, der annehmen ließ, dass er lieber einer Bande von Dacoits gegenübergestanden hätte, die zum Plündern vorbeischauten. Angesichts der an allen Eingängen postierten bewaffneten Polizisten standen die Chancen dafür derzeit jedoch eher schlecht.

Wir wurden in den überdimensionierten Salon mit seinen riesigen Spiegeln und Gemälden gebracht, wo wir warteten, während der Diener verschwand, um den Hausherrn zu holen. Weder Surrender-not noch ich verspürten Lust, es uns gemütlich zu machen. Solange draußen der Rifleman Gurung weiter frei herumlief, hätte kaum etwas überflüssiger sein können, als hier im Salon eines überbezahlten Anwalts mit Märtyrerkomplex herumzusitzen, um ihm bei einer Tasse Tee die Feinheiten einer Senfgasvergiftung zu erläutern und zu verdeutlichen, warum er seine Massenproteste absagen musste.

Die Tür öffnete sich, und Das trat in Begleitung seiner Frau und seiner rechten Hand Subhash Bose ein. Basanti Das trug einen kakifarbenen Sari, fast als wäre sie ein weibliches Mitglied der Congress Volunteers.

Das legte die Handflächen zum *Pranam* zusammen.

»Bitte«, sagte er und deutete auf das Sofa.

Ich folgte seiner Einladung. Mir schien es sinnlos, die Dinge noch schwieriger zu machen, als sie sowieso schon waren. Surrender-not schloss sich mir an. Das und seine Frau nahmen auf dem Sofa gegenüber Platz, während Bose sich auf dessen Armlehne setzte. Im Hintergrund begann eine goldene Kaminuhr leise zu schlagen.

»Darf ich Ihnen eine Tasse Tee anbieten?«, fragte Mrs. Das.

Aber für noch mehr höfliches Geplänkel war jetzt wirklich nicht die Zeit.

»Es gibt da eine Sache von größter Dringlichkeit, die wir mit Ihnen besprechen müssen«, sagte ich kurz angebunden.

»Selbstverständlich.« Das nickte. »Fahren Sie bitte fort.«

»Soweit wir wissen, haben Sie für drei Uhr heute Nachmittag zu einer Zusammenkunft auf dem Maidan aufgerufen.«

Das blieb stumm.

»Ich bin hier, um Sie mit größter Eindringlichkeit dazu aufzufordern, diese Demonstration abzusagen. Sollten Sie das nicht tun, würde dies gegen die Auflagen Ihres Hausarrests verstoßen, und Sie müssten ins Gefängnis zurück.«

Das nahm seine Brille ab und putzte die Gläser an einer Falte seines Dhoti. »Sie sind also nicht der Meinung, dass wir Inder als Angehörige des britischen Empire hinausgehen sollten, um den Prince of Wales, unseren zukünftigen König und Kaiser, zu begrüßen?«, fragte er.

Die typische Reaktion eines Bengalen – weder ein Ja noch ein Nein, sondern die Eröffnungssalve zu einem endlosen Wortgefecht, das auszutragen ich nicht geringste Lust hatte.

»Wir haben zuverlässige Geheimdienstinformationen darüber erhalten, dass ein Angriff auf die Menschenmenge geplant ist, die am Nachmittag den Prinzen willkommen heißen will, Mr. Das«, sagte ich. »Ein Angriff, der zahllose Menschen das Leben kosten kann. Wenn Sie Ihre Demonstranten nicht zurückrufen, werden die Folgen womöglich noch katastrophaler ausfallen.«

»Es ist wahr, *kakū*«, fügte Surrender-not beschwörend hinzu. »Der Captain und ich haben die Beweise gesehen. Es ist kein Trick.«

Das hörte aufmerksam zu und wechselte einen kurzen Blick mit Bose. Dann legte er die Finger zu einem spitzen Dach zusammen. »Erzählen Sie mir doch bitte mehr über diese Geheimdienstinformationen, die Sie erhalten haben.«

»Darüber Auskunft zu geben bin ich nicht befugt«, erklärte ich.

»Wie ungeheuer bequem«, ätzte Bose von seinem Platz auf der Lehne. »Wenn wir marschieren, begeben sich unsere Anhänger in unmittelbare Gefahr, doch welcher Art diese Gefahr ist, dürfen Sie leider nicht verraten. Da könnte man den Eindruck bekommen, Sie wollten uns bloß von der Straße haben, weil Sie überhaupt nicht mehr wissen, wo Sie uns einsperren sollen. Aber zum Glück haben wir ja die Versicherung von Surendranath, dass alles seine Richtigkeit hat.«

Ich spürte, wie sich neben mir der Oberkörper von Surrender-not versteifte. Bevor er etwas erwidern konnte, meldete sich Mrs. Das zu Wort.

»Dieser Angriff, von dem Sie sprechen … würde er nicht auch eine Gefahr für die vielen Briten bedeuten, die zur Begrüßung kommen? Unter diesen Umständen haben Sie gewiss bereits die Auftritte des Prinzen abgesagt und alle Anwesenden informiert, oder nicht?«

»Meines Wissen sind solche Maßnahmen bislang noch nicht ergriffen worden«, sagte ich. »Allerdings wurden die Sicherheitsvorkehrungen erheblich verstärkt.«

Das tat überrascht. »Ich muss zugeben, dass es schon höchst ungewöhnlich ist, wenn Ihre vorgesetzten Behörden sich stärker um das Wohlbefinden indischer Demonstranten besorgt zeigen als um eine Gefährdung der britischen Einwohner Kalkuttas, ganz abgesehen von der des Prinzen selbst.«

»Zu diesem Punkt kann ich nichts sagen«, erwiderte ich. »Ich kann Ihnen lediglich versichern, dass die Bedrohung real existiert und dass ihr Gefahrenpotenzial extrem groß ist. Sollten Sie sich weigern, den Demonstrationszug abzusagen, habe ich Befehl, Sie und Ihren Assistenten erneut in Gewahrsam zu nehmen.«

Das dachte eine Weile darüber nach. »Ich werde Ihnen nichts vormachen, Captain. Ich weiß tatsächlich Bescheid über die Proteste, die für den Nachmittag geplant sind, und ich unterstütze sie ausdrücklich. Aber Sie gehen falsch in der Annahme, dass es in meiner Macht liegt, sie zu stoppen, selbst wenn ich es wollte.«

»Ich darf Sie noch einmal daran erinnern, dass Sie hier unter Hausarrest stehen. Sollten Sie versuchen, die Grenzen dieses Grundstücks zu überschreiten, werden Sie sofort festgenommen.«

»Draußen sind ein Dutzend Ihrer Leute postiert, Captain. Jeder Wagen, der kommt und fährt, wird kontrolliert. Wie soll es mir Ihrer Meinung nach gelingen, dieses Grundstück zu verlassen?«

Der Einwand wäre vielleicht berechtigt gewesen, hätte ich nicht vor einer knappen Stunde erst tatenlos mitansehen müssen, wie ein anderer Inder unseren Wachposten gleich mehrfach durch die Finger geschlüpft war.

»Bitte, Das *kakū*«, sagte Surrender-not. »Es kann doch nichts Gutes dabei herauskommen. Die ständigen Protestaufrufe dauern einfach schon zu lange. Die Menschen sind müde.«

Das ergriff die Hand seiner Frau und seufzte. »Wir werden

sehen, Suren. Möglicherweise hast du recht. Aber vielleicht werden wir dich ja auch überraschem. So oder so, mein Kurs steht jedenfalls fest. Ich muss dem Weg folgen, den Gandhi-ji mir vorgezeichnet hat.«

Mit diesen Worten erhoben er und seine Frau sich vom Sofa. Auch Bose stand auf.

Zu dritt begleiteten sie uns bis zur Tür und die Eingangstreppe hinunter. Am Tor wandte ich mich in einem letzten Versuch an Das.

»Sind Sie wirklich sicher, dass Sie das tun wollen?«

»Was bleibt mir für eine Wahl, Captain? Uns allen ist unsere Rolle vom Allmächtigen vorbestimmt.«

»Wenn heute Menschen sterben, tragen Sie dafür die Verantwortung«, erklärte ich.

Er sah mich an. In der Woche, die ich ihn nun kannte, schien er um zehn Jahre gealtert. »Selbst wenn Ihre Angaben der Wahrheit entsprechen, Captain, würde ich Sie bloß darum bitten, gemeinsam mit diesen Menschen demonstrieren und sterben zu dürfen.«

»Erlauben Sie mir …«, hob Surrender-not an, aber Das unterbrach ihn sofort.

»Bitte nicht.« Zum ersten Mal schien der alte Mann seine Beherrschung zu verlieren. »Es wurde bereits genug geredet. Würdest du weniger Zeit damit verbringen, mit mir zu reden, und dafür mehr mit den Angehörigen deiner eigenen Familie, dann wüsstest du, dass auch dein Vater plant, sich der heutigen Demonstration anzuschließen.«

35

Während der Wolseley vorfuhr und Bose und das Ehepaar Das sich wieder ins Haus zurückzogen, stand Surrender-not vor Schrecken erstarrt da.

»Sie müssen mit Ihrem Vater sprechen«, sagte ich. »Überreden Sie ihn, zu Hause zu bleiben. Wir können von hier aus anrufen.«

»Es würde nichts bringen«, sagte er nach einer langen Pause. »Sie haben selbst gesehen, wie Das reagiert hat. Mein Vater würde mit den gleichen Worten ablehnen.«

Ich schlug mit der flachen Hand auf die Kühlerhaube. Wir hatten strikte Anweisung, weder Das noch sonst jemandem gegenüber etwas von dem verschwundenen Senfgas zu erwähnen. Aber Familie war Familie, und über direkte Befehle hatten wir uns bei Bedarf auch schon früher hinweggesetzt.

»Sie müssen ihm sagen, welche Gefahr tatsächlich existiert. Erzählen Sie ihm von dem verschwundenen Gas.«

Surrender-not schüttelte den Kopf. »Dafür ist es zu spät. Die Veranstaltung am Maidan beginnt in weniger als einer Stunde. Sollte mein Vater wirklich daran teilnehmen wollen, ist er wahrscheinlich schon fort.«

»Trotzdem …«

»… sollte ich es versuchen. Ich weiß.«

Die Haustür stand noch offen, und Surrender-not eilte zurück ins Innere.

Ich zündete mir eine Zigarette an und versuchte, das krampfartige Zucken zu ignorieren, das meine Arme und Beine jetzt immer häufiger erfasste. Meine Gedanken kehrten zu Gurung zurück. Er war irgendwo da draußen, vermutlich nur ein paar Meilen entfernt, und plante gerade den letzten Akt seines Rachefeldzugs, diesmal an einer Vielzahl nichts ahnenden Menschen. Nein, er plante nicht. Ein Mann von Gurungs Herkunft und Erfahrung hatte sämtliche Pläne natürlich schon längst fertig ausgearbeitet. Jetzt musste er sie nur noch in die Tat umsetzen. Ich musste an das Schicksal von McGuire denken, und blanke Wut stieg in mir auf. Hoffentlich hatte Gurung ihn wenigstens schnell getötet, auch wenn seine bisherigen Morde etwas anderes befürchten ließen. Was blieb, war diese bohrende, vorwurfsvolle Stimme in meinem Hinterkopf, die mein eigenes Handeln beständig in Zweifel zog. Als der Junge McGuire die Nachricht überbrachte, hätte ich schneller erkennen müssen, dass etwas nicht stimmte. Und warum hatten wir nicht auf McGuires Frau geachtet?

Surrender-not trat wieder aus dem Haus ins helle Sonnenlicht. Seine Miene verriet alles, was ich wissen musste. Sein Vater war bereits auf dem Weg zur Demonstration am Maidan.

»Steigen Sie ein«, sagte ich und schnippte meinen Zigarettenstummel weg. »Ich habe Taggart versprochen, ihm in Lal Bazar Bericht zu erstatten, aber das bedeutet ja nicht, dass Sie dabei sein müssen. Wir setzen Sie am Maidan ab. Versuchen Sie, Ihren Vater zu finden.«

Die Straßen waren verstopft, wie es in diesen Tagen andauernd der Fall zu sein schien, und der Wagen kroch im

Schneckentempo auf den Maidan zu. Ich redete fast permanent, einfach um Surrender-not von den Gedanken an seinen Vater abzulenken. Dennoch verbrachte er die meiste Zeit damit, aus dem Fenster zu starren und einmal mehr die Karmeliternonne mit Schweigegelübde zu mimen.

Die Massen strömten auf dem flachen, offenen Gelände des Maidans zusammen, und es wurde rasch klar, dass diese Demonstration ein völlig anderes Niveau hatte als die der letzten Monate. Abertausende weiß gekleidete Inder drängten von Norden oder von den Fähranlegern im Westen heran. Einige von ihnen waren in ausgelassener Stimmung, plauderten und sangen beim Gehen. Die meisten jedoch blieben still, und die Anspannung stand ihnen deutlich in die Gesichter geschrieben.

Regierungstruppen waren auf großen Pritschenwagen herangekarrt worden und hatten an den Rändern des Parks Position bezogen, von wo aus sie das Treiben zwar misstrauisch beäugten, aber keine Anstalten machten einzugreifen. In Anbetracht der sich sammelnden Menschenmassen war auch unklar, in welcher Form die Soldaten überhaupt hätten eingreifen können, sofern sie nicht sofort das Feuer eröffnen wollten.

Surrender-not befahl dem Fahrer, kurz vor der Kreuzung Outram und Chowringhee Road zu halten.

»Viel Glück«, rief ich ihm hinterher, bevor ich Anweisung gab, noch in der Premchand Boral Street vorbeizufahren. Ich brauchte dringend eine Aufbesserung meines *Kerdū*-Spiegels, bevor ich mich in Lal Bazar sehen ließ.

Die fahlen Gesichtszüge von Lord Taggart besaßen die unheilverkündende Düsternis einer Monsunwolke. Nichts erinnerte mehr an seine sonst so stoische Gelassenheit. Nervös und unsicher wie ein werdender Vater marschierte er im Zimmer auf und ab, während ich für ihn die Katastrophen des Vormittags zusammenfasste. Natürlich wusste er bereits, dass uns Gurung entwischt war und wir McGuire aus den Augen verloren hatten – darüber hatte ihn Major Dawson in einem Kurzanruf grob informiert –, aber die Einzelheiten durfte ich ihm nun mitteilen.

»Und jetzt?«, fragte er.

Zum ersten Mal in den fünf Jahren, die ich ihn mittlerweile kannte, erlebte ich ihn ratlos. Ohne Vorstellung, wie es weitergehen sollte. Diese Erfahrung war für uns beide verwirrend. Schließlich war Taggart der weitblickende Analytiker, der mit dem Geschick eines Schachmeisters viele Züge vorausdachte und stets die großen Zusammenhänge im Blick behielt, wo andere lediglich das Chaos direkt vor ihrer Nase wahrnahmen. Aber konfrontiert mit Gurung und seinem Senfgas tappte er genauso im Dunkeln wie der Rest von uns.

Ich wiederholte, was ich bereits Dawson geraten hatte: »Sagen Sie die Termine des Prinzen ab.«

»Sie wissen, dass ich das nicht kann.«

»Die einzige Alternative ist, die Demonstrationen aufzulösen. Notfalls mit Gewalt.«

Er brach sein Herumlaufen ab und sah mich an. Der Kampf, der in ihm tobte, war seiner Miene deutlich abzulesen.

»Also gut«, erklärte er leise. »Ich schätze, für alles andere fehlt uns die Zeit. Ich werde also den Beraterstab des Vizekönigs darüber informieren, dass wir die Demonstrationen auflösen müssen. Ich werde ihnen sagen, dass ich dafür die volle Verantwortung übernehme.«

Es war eine mutige Entscheidung, die ihn – wie wir beide wussten – seinen Job kosten würde. Die Anwesenheit der internationalen Presse in der Stadt garantierte, dass Aufnahmen von unbewaffneten Demonstranten, die von britischen Ordnungskräften mit Gewalt auseinandergetrieben werden, schon am zweiten Weihnachtstag weltweit in den Gazetten und Wochenschauen landen würden. Da London und Delhi genau dieses Szenario unter allen Umständen hatten vermeiden wollen, würde es den dafür Verantwortlichen teuer zu stehen kommen. Sicherlich war es die richtige Entscheidung, dennoch …

»Warten Sie«, sagte ich. »Ich bin über den Maidan gekommen. Die Menge ist viel zu groß. Wir haben gar nicht genug Leute, um sie auseinanderzutreiben. Dafür braucht es schon das Militär. Mit anderen Worten, Dawson muss das erledigen.«

Taggart ging zurück zu seinem Schreibtisch und sank auf seinen Stuhl. Er sammelte sich einen Moment, dann nahm er den Hörer in die Hand.

»Ich werde mit ihm sprechen«, erklärte er.

Ich atmete erleichtert auf. Was auch immer Gurung plante, wenn es gelang, die Menschenmenge zu zerstreuen, konnte ihn das zumindest aus dem Konzept bringen. Der Anblick von Soldaten, die eine Demonstration gewaltsam auflösten, würde zwar hässliche Bilder produzieren, war aber allemal besser als der von Giftgasopfern, die von Sanitätern auf Krankenbahren davongetragen werden.

Taggart wählte die Zentrale an und bat darum, mit Fort William verbunden zu werden. Im Lautsprecher war ein Knacken zu hören, dann erklärte der Commissioner der dortigen Vermittlung, dass er Major Dawson zu sprechen wünsche. Ich wartete, während der Anschluss von Dawson klingelte. Und dann, gerade als Dawson abhob, schoss mir eine schreckliche Vorstellung durch den Kopf. Plötzlich sah ich verschwommen das Bild von einer Explosion vor mir und von Soldaten, die vor lauter Panik in die von einer dichtem Gaswolke eingehüllten Menschenmenge schossen. Eine apokalyptische Vision.

Noch bevor Taggart den Mund öffnen konnte, sprang ich zum Schreibtisch und drückte die Gabel des Telefons herunter. Die Verbindung war gekappt. Taggart schaute mich wütend an.

»Was soll das nun wieder, Sam?«

»Wir dürfen die Demonstration nicht auflösen.«

»Aber eben haben Sie doch selbst …«

»Gurung wird genau damit gerechnet haben. Er weiß, dass wir Das und seine Demonstranten nur unter Einsatz von Gewalt auseinandertreiben können. Einen günstigeren Augenblick, das Senfgas einzusetzen, als den, wenn die Weltpresse gerade aufmerksam beobachtet, wie unsere Armee unbewaffneten Demonstranten zu Leibe rückt, kann es doch gar nicht geben! Die Soldaten werden denken, dass man sie angreift. Einige werden anfangen zu schießen, und schon haben wir ein regelrechtes Blutbad. Selbst wenn niemand schießt, wird es aussehen, als hätten wir das Gas freigesetzt.«

Nun, da ihm der ganze Horror bewusst wurde, legte Taggart in Zeitlupe den Hörer zurück auf die Gabel. Er beugte sich vor und stützte den Kopf in die Hände. Als er endlich etwas sagte, klang er wie ein gebrochener Mann. »Was sollen wir tun?«

Meine Kehle war staubtrocken.

»Wir müssen denken wie Gurung.« Ich kontrollierte die Uhrzeit. »In einer knappen Stunde soll der Prince of Wales in der Town Hall seine Ansprache halten. Die Kongress-Wallahs, die sich auf dem Maidan versammeln, werden dorthin marschieren, um zu protestieren. Der heikelste Moment ist also, wenn der Prinz seine Rede beendet hat und die Anwesenden in der Town Hall nach draußen strömen, wo sie den Demonstranten so nahe wie sonst nie kommen. Wenn ich Gurung wäre, würde ich genau dann das Gas freisetzen. Wir müssen alle erdenklichen Vorkehrungen treffen.«

»Glauben Sie im Ernst, er ist bereit, auch Inder zu töten?«

»Vergessen Sie nicht, dass Gurung kein Inder ist«, sagte ich. »Er ist Nepalese, und die Gurkhas haben noch nie ein Problem damit gehabt, Inder umzubringen. Dafür ist das Massaker von Amritsar vor gut zwei Jahren Beweis genug. Ich glaube nicht, dass für ihn irgendein Unterschied zwischen indischen und britischen Opfern besteht.«

Die Überlegung schien den Commissioner regelrecht wachzurütteln. »Der umzäunte Bereich der Town Hall ist mehrfach nach Sprengkörpern jeglicher Art abgesucht worden«, sagte er. »Und was den Prinzen betrifft: Der wird das Gebäude durch den Hintereingang verlassen und sofort zum Government House gebracht. Der Wagen wird nicht den direkten Weg nehmen, die Strecke ist bestens bewacht, und identische Wagen zur Ablenkung werden auch eingesetzt.«

»Bleiben also die Straßen vor der Town Hall, wo der Demonstrationszug enden soll. Vermutlich wird Gurung versuchen, sich unter die Menge zu mischen.«

»Ich werde sowohl unsere als auch Dawsons Leute anweisen, jeden anzuhalten und zu kontrollieren, der auch nur vage nach Nepalese aussieht.«

Ich nickte nachdenklich. Die Maßnahme überzeugte mich

nicht sonderlich, aber viele Optionen blieben uns nicht. »Ich werde selbst runter zur Town Hall gehen«, sagte ich. Mein Bauchgefühl sagte mir, dass die Sache sich so oder so an diesem Ort entscheiden würde.

36

Die Town Hall war ein typisches Beispiel für Kalkuttas Kolonialstil. Ein weiß getünchtes, neoklassizistisches Bauwerk mit dorischen Säulen, mächtigen Fensterläden und von einer verblichenen Pracht, die den Abstieg der gesamten Stadt von ihrer einstigen Größe als Hauptstadt zum provinziellen Außenposten widerspiegelte. Losgelöst von seiner Umgebung, hätte man es womöglich als schönes, vielleicht sogar imposantes Gebäude bezeichnen können. Aber so, in unmittelbarer Nachbarschaft des prunkvollen High Court und kaum einen Steinwurf entfernt vom Government House, wirkte es nicht eben überwältigend. Eher wie ein ganz gewöhnliches Mädchen, das zwischen zwei attraktiveren Schwestern saß.

Vor exakt fünfzig Jahren, als in der Town Hall eine Zeit lang die Gerichtsbarkeit residierte, war einer der Richter auf den Eingangsstufen von einem puritanischen Mohammedaner attackiert und getötet worden. Ich hoffte inständig, dass sich an dieser Opferzahl in den nächsten Stunden nichts änderte.

Die Esplanade Row war bereits voller Menschen. Oben auf der Treppe der Town Hall bildeten Soldaten der Black Watch in ihren schottischen Kilts eine lange Reihe, während unten eine stattliche Zahl von Sepoys in kakifarbenen und Officern der städtischen Polizei in weißen Uniformen die Demonstranten auf Abstand hielt und die Einladungen der vielen Hundert Briten kontrollierte, die zu Ehren ihres Prinzen erschienen waren. Herausgeputzt im feinsten Sonntagsstaat und viele mit kleinen Union-Jack-Flaggen in der Hand drängten sie nach vorn. Die glücklichen Besitzer von Tickets bemühten sich, Einlass ins Gebäude zu finden, und die Kartenlosen säumten den Zugang oder verrenkten sich die Hälse in der Hoffnung, in einem der offenen Fenster einen Blick auf den Mann erhaschen zu können, dessen Gesicht in den vergangenen zwei Wochen ununterbrochen von den Titelseiten sämtlicher britischer Zeitungen der Stadt gelächelt hatte.

Eine merkwürdig euphorische Stimmung herrschte unter den Weißen. Seit mittlerweile einem Jahr schien *ihr* Kalkutta, dieses ordentliche, berechenbare und klar hierarchisch aufgebaute Fleckchen Erde, von Mächten überrannt zu werden, die sich ihrer Kontrolle entzogen. Braune Menschen vergaßen einfach den ihnen angestammten Platz und nahmen die Straßen in Beschlag. Heute jedoch war ihr Prinz und künftiger König und Kaiser in der Stadt, und plötzlich hatten diese Menschen wieder das Gefühl, hier das Sagen zu haben. Angesichts des drohenden Wandels hofften ganz offenkundig viele unter ihnen, dass dieser reiche, dandyhafte Mann, der nichts von ihnen und ihrem Leben verstand, die Uhr dennoch zu jenen glanzvollen Zeiten zurückdrehen konnte, als Kalkutta noch bedeutend gewesen war und die Braunhäutigen gewusst hatten, wer ihr Herr und Meister war.

Die Ängste dieser Menschen waren verständlich, und sie waren gerechtfertigt. Das Problem war bloß, dass der Mann, den zu sehen sie gekommen waren, meiner Ansicht nach gar nichts daran ändern konnte.

Selbst in diesem Augenblick waren die kleinen braunen Männer mit ihren weißen Kappen und der selbst gesponnenen Kleidung, die für all die Königstreuen eine solch furchteinflößende Bedrohung darstellten, gerade dabei, sich zu Tausenden auf dem Maidan zu versammeln, um anschließend die Red Road hinaufzulaufen und direkt vor ihren Augen zu protestieren.

Ich wollte ihnen schon entgegengehen, da hielt eine Droschke unmittelbar vor der Absperrkette der Soldaten. Die lackierte Tür schwang auf, und zum Vorschein kaum dieser Amerikaner, Schmidt. Er drehte sich um, streckte die Hand ins Innere und half Annie beim Aussteigen.

Ich stieß einen Fluch aus. Dann schlenderte ich hinüber. Der Yankee bemerkte mich und ließ diese absurd weißen Zähne aufblitzen.

»Schauen Sie mal, wen wir da haben, Miss Grant«, sagte er lächelnd. »Ihr Freund Mr. Wyndham.«

Annie reagierte auf meinen Anblick so erfreut wie auf eine ansteckende Krankheit.

»Sind Sie auch gekommen, um den Prinzen zu treffen, Wyndham?«, fragte der Amerikaner und reichte mir seine Hand, was ich ignorierte.

»Annie, hier ist es nicht sicher«, sagte ich. »Du musst weg.«

Annie verdrehte die Augen. »Der Prince of Wales wird gleich hier sein, Sam. Einen sichereren Ort gibt es vermutlich in ganz Kalkutta nicht.«

»Das stimmt nicht«, widersprach ich. »Du musst hier weg. Sofort!«

»Keine Bange, Wyndham«, mischte Schmidt sich ein. »Ich werde schon auf sie aufpassen und dafür sorgen, dass sie unbeschadet wieder nach Hause kommt. Da können Sie sich ganz auf mich verlassen.«

Ich spielte mit dem Gedanken, dass einzig Angemessene

zu tun und ihm meine Faust ins Gesicht zu rammen, doch für so etwas war jetzt keine Zeit. Außerdem hätte ich es mir niemals leisten können, für seine Zahnarztrechnung aufzukommen. Daher ignorierte ich ihn lieber erneut.

»Ich meine es ernst, Annie. Geh nach Hause. Nimm von mir aus deinen George Washington hier mit, aber bitte geh.«

Es machte den Eindruck, als würde sie es sich durch den Kopf gehen lassen. Der Amerikaner an ihrer Seite schüttelte energisch den Kopf.

»Sollten wir nicht vielleicht auf Sam hören?«, wandte sie sich an ihn.

In diesem Moment brach die Menge in frenetischen Jubel aus, da ein Trupp Bengal Lancers sich näherte. Ihm folgte eine offene Kutsche mit goldenem Seidenbaldachin, die von vier Pferden gezogen wurde. Dahinter kam eine weitere Kutsche ohne Baldachin und zum Abschluss ein weiterer Trupp Lancers.

»Also, ich gehe nicht, bevor ich nicht dem Prinzen vorgestellt wurde, Honey«, erklärte Schmidt.

Der Soldatenkordon teilte sich, um die Kolonne durchzulassen, und schloss danach sofort wieder die Reihen. Die Kutsche hielt am Fuß der Treppe, und Prinz Edward in ordenbehangener weißer Galauniform, auf dem Kopf einen Tropenhelm mit genügend Straußenfedern, um ein halbes Dutzend Kissen zu stopfen, stieg unter Jubelrufen der Menge aus. Ein etwa sechs Jahre altes Mädchen überreichte ihm zur Begrüßung eine Blumengirlande.

Nun trat eine Reihe von Würdenträgern, angeführt vom Lieutenant Governor, aus der Town Hall. Flankiert von zwei hochrangigen Offizieren stieg der Prinz die Stufen hinauf und schüttelte den VIPs der Stadt die Hände.

»Sieht aus, als würden wir bleiben, Sam«, sagte Annie.

Die Vorstellung, dass so viele unschuldige Menschen mit Senfgas vergiftet werden könnten, war schon kaum zu ertragen. Aber Annie unter den Opfer zu wissen überstieg meine letzten Kräfte. Ich dachte schon daran, sie notfalls einfach zu packen und von hier fortzuschleppen, doch das hätte ihr bestimmt gar nicht gefallen. Außerdem hätte sich Schmidt dann mit Sicherheit eingemischt, und auch wenn mich das grundsätzlich nicht schreckte, so wäre doch eine Schlägerei direkt vor den Augen des Prince of Wales und einer Abteilung Kiltträger der Black Watch eher kontraproduktiv gewesen. Selbst in Uniform muss ein Schotte schon extrem diszipliniert sein, um sich vorsätzlich aus einer Balgerei herauszuhalten. Meine einzige Hoffnung, die totale Katastrophe noch abzuwenden, blieb somit, Gurung rechtzeitig zu finden.

»Wenn du unbedingt bleiben willst, dann versprich mir wenigstens eins«, sagte ich. »Bleib im Innern der Town Hall, bis die Menge draußen sich aufgelöst hat. Beim ersten Anzeichen von Ärger versteck dich und warte dort. Ich komm dich holen.«

Da sie mir sowieso nur vorgeworfen hätte, wieder einmal melodramatisch zu übertreiben, ersparte ich es mir, auf eine Antwort zu warten. Stattdessen machte ich kehrt, lief zur Absperrkette der Sepoys und weiter in Richtung Maidan.

Seit ich Surrender-not dort abgesetzt hatte, war die Menge bereits um das Zwanzigfache gewachsen. Der Maidan war jetzt ein einziges Meer aus Weiß, über dem das Brausen Zehntausender Stimmen hing. Die Soldaten standen noch immer auf ihrem Posten und beäugten das Treiben argwöhnisch, aber die Aussichtslosigkeit ihrer Aufgabe lag auf der Hand.

Diese Menschenmassen davon abzuhalten, zur Town Hall zu marschieren, war etwa so, als wollte man bei Flut einen Wasseranstieg verhindern. Für einen kurzen Moment mochte es gelingen, doch am Ende würde man unweigerlich ertrinken. Ganz in der Nähe bemerkte ich eine Gruppe Männer mit hochgekrempelten Ärmeln, die aussahen wie Haie in gieriger Erwartung eines Fressrauschs, und auch ohne die Blitzlichtlampen und die Kameras auf ihren Stativen war mir klar, dass dies die Gentlemen von der internationalen Presse sein mussten.

Wie bei der Demonstration, die Das vor der Brücke nach Haora veranstaltet hatte, war auch hier eine Bühne samt Lautsprecheranlage errichtet und im Weiß-Grün-Rot der Kongresspartei geschmückt worden. Noch stand niemand darauf. Aus den Lautsprechern drangen Lieder, deren Texte ich zwar nicht verstand, deren schneidender, kämpferischer Ton aber vermuten ließ, dass mit ihnen der Widerstandsgeist gestärkt werden sollte.

Surrender-not in dieser gigantischen Menge zu finden wäre sicherlich schwierig gewesen, daher hatten wir uns vorher auf die vielversprechendere Vorgehensweise verständigt, dass er nach mir Ausschau halten sollte. Schließlich war ich das einzige weiße Gesicht in einem Meer von braunen, und eine Nadel im Heuhaufen mag schwer zu finden sein, aber immer noch leichter als ein Grashalm.

Wir hatten verabredet, dass ich um halb drei wiederkommen und nahe der Bühne auf ihn warten würde. Während ich mir einen Weg durch die dicht gedrängt stehenden Männer – und es waren fast ausschließlich Männer – hin zu der Musik bahnte, zog ich eine Menge verwunderter Blicke an. Erneut fiel es mir schwer, die Friedfertigkeit des Ganzen zu begreifen.

Auf mich wirkte es irgendwie absurd: Diese in Leibeigenschaft hineingeborenen Männer zeigten keine persönliche Feindseligkeit gegen jemanden wie mich, einen Vertreter ebenjener Herrschenden, die sie zu Bürgern zweiter Klasse in ihrem eigenen Land machten. Tatsächlich hätte ich mich an einem Freitagabend auf der Whitechapel Road in London unsicherer gefühlt, als ich es hier tat.

Ich erreichte den Bühnenrand und suchte im Gesichtermeer nach Surrender-not. Ein paar Minuten später sah ich ihn zu meiner Erleichterung aus der Menge auftauchen und auf mich zusteuern.

»Haben Sie Ihren Vater gefunden?«, fragte ich.

»Ja«, antwortete er knapp. »Er ist zusammen mit meinem ältesten Bruder hier.«

»Dem, der Sie nicht mag?«

»Derzeit mag mich keiner von ihnen.«

»Ich nehme an, Sie konnten ihn nicht dazu bewegen, nach Hause zu gehen.«

Surrender-not schüttelte nur kurz den Kopf.

»Haben Sie ihnen von dem Gas erzählt?«

»Ja. Sie haben mir nicht geglaubt. Sie verstehen nicht, wie ein indischer Terrorist an eine solche Waffe kommen und warum er sie ausgerechnet inmitten von Indern einsetzen sollte.«

»Sie haben Ihr Möglichstes getan«, sagte ich, was selbst in meinen eigenen Ohren so hohl klang, dass ich ihm eine Zigarette anbot, um es zu überspielen. Er nahm sich eine, und ich gab uns Feuer.

»Hoffentlich verlief Ihr Treffen mit Lord Taggart fruchtbarer«, sagte er nach dem ersten Zug.

»Dreimal dürfen Sie raten. Den Empfang des Prinzen in der Town Hall abzusagen kommt natürlich nicht in Frage.

Taggart wollte die kleine Party hier gewaltsam auflösen lassen, aber davon konnte ich ihn abhalten.«

Surrender-not warf mir einen überraschten Blick zu. »Und warum haben Sie das getan?«

»Weil das Gurung bloß die perfekte Gelegenheit geliefert hätte, sein Senfgas freizusetzen und uns die Schuld dafür in die Schuhe zu schieben.«

»Unsere letzte Hoffnung ist also, ihn irgendwie in dieser Menschenmenge aufzuspüren, richtig?«

Ich rauchte schweigend. Eine Antwort erübrigte sich.

Mehrere Fahrzeuge näherten sich auf der Straße, die an den Maidan grenzte. Das erste war ein offener Wagen mit einem Inder am Steuer und drei in ihre kakifarbene Kluft gekleideten Congress Volunteers auf der Rückbank. Dahinter folgte ein größerer, schwarzer mit starrem Dach und verhängten Fenstern. Das Schlusslicht bildete ein alter Laster, auf dem eine ganze Gruppe Volunteers hockte. Die kleine Kolonne rumpelte die Bordsteinkante hoch auf den Bürgersteig, fuhr quer über den Rasen auf die Versammlung zu und hielt neben der Bühne.

Die drei Passagiere aus dem ersten Wagen stiegen aus. Zwei von ihnen eilten in Richtung Podest, der andere trat an das Fahrzeug mit den Vorhängen an den Scheiben. Von den beiden, die zur Bühne kamen, erkannte ich den mit der Brille sofort. Die jungenhaften Gesichtszüge gehörten eindeutig Subhash Bose, der rechten Hand von Das.

»Was zum Teufel macht Bose hier?«, fragte ich. »Wie ist der denn an unseren Wachposten vorbeigekommen?«

»Glauben Sie etwa, die Männer der Bhowanipore Thana wären immun gegen Bestechung?«, erwiderte Surrender-not.

Ich sah zu den in der Nähe postierten Soldaten hinüber.

Deren befehlshabender Offizier, ein junger Mann mit gebräuntem Gesicht und Lieutenantabzeichen auf den Schultern, wirkte ebenso nervös, wie ich mich fühlte. Für Bose galten dieselben Hausarrestregeln wie für Das, und seine Anwesenheit hier konnte nur eins bedeuten.

Die Congress Volunteers kletterten von ihrem Laster und bildeten eine Reihe bis zu den Stufen zur Bühne. Die hintere Tür des schwarzen Wagens öffnete sich, und Das stieg in makellos weißem Dhoti und Chador aus. Wenn die verantwortlichen Wachposten bei Bose mal kurz weggeschaut hatten und er aus dem Hausarrest hatte entwischen können, war das schon übel genug, sollten sie es aber auch bei Das getan haben, wog das weit schwerer. Damit setzten sie die Existenzgrundlage ihrer Familien aufs Spiel, und schlimmstenfalls würde es ihnen noch dazu eine Anklage wegen Verletzung der Dienstpflicht eintragen. Ich hatte meine Zweifel, dass einer von ihnen so dämlich gewesen sein sollte, ein derartiges Risiko einzugehen. Blieb die Frage: Wie hatte der alte Mann es dann bewerkstelligt, seinen Bewachern zu entschlüpfen? Bei genauerem Nachdenken kam mir eine ziemlich simple Lösung in den Sinn. Sein Haus hatte die Ausmaße eines kompletten Wohnblocks und besaß etwa ebenso viele Ein- und Ausgänge. Vermutlich existierte auch ein Kellergeschoss, das wie bei dem Beerdigungsinstitut in Tangra mit benachbarten Kellern verbunden war. Auf diesem Weg war Das wahrscheinlich einfach unter den Füßen seiner Bewacher hinausspaziert.

Der junge Lieutenant am Rand des Platz schien nicht recht zu wissen, wie er reagieren sollte, und diese Unsicherheit fing an, sich auf seine Leute zu übertragen. Zwar hatte ich bis zuletzt gehofft, jemand anders würde im Auto sitzen, aber eigentlich war die Sache klar gewesen. Wenn ich so darüber nachdachte, hatte ich genau das kommen sehen, seit Taggart mich vor vier Tagen in sein Büro beordert hatte: Am Ende würde es doch an Surrender-not und mir sein, Das zu verhaften. Ich hätte die Situation liebend gern vermieden, nicht weil sie *mir* Probleme bereitete, sondern wegen Surrender-not. Dass ausgerechnet er einen Mann verhaften sollte, der in ganz Bengalen enormes Ansehen genoss, einen Mann, den er selbst mit *Onkel* ansprach, musste eine Belastung darstellen, von der ich nicht wusste, ob er ihr gewachsen war.

Abgeschirmt von dem Spalier aus Volunteers schritt Das in Richtung Bühne.

»Verschwinden Sie hier«, wies ich Surrender-not an. »Ich muss dem ein Ende bereiten, bevor die Sache völlig aus dem Ruder läuft.«

Er stand einfach nur da, unbeweglich wie eine Statue, und sagte keinen Ton.

»Ich muss Das von dieser Bühne holen, bevor unsere Freunde vom Militär da drüben etwas Unüberlegtes tun«, erklärte ich mit mehr Nachdruck. »Dabei können Sie mir nicht helfen. Und jetzt hauen Sie ab!« Ich hoffte, ihm mit dem barschen Befehl die Entscheidung abzunehmen.

Langsam, fast wie in Trance, schüttelte Surrender-not den Kopf. »Ich kann nicht, Sam. Nicht, solange Gurung noch frei herumläuft.«

Für lange Diskussionen fehlte mir die Zeit. Also begnügte ich mich mit einigen Flüchen und befahl ihm, sich nicht von der Stelle zu rühren. Dann zwängte ich mich durch die Reihe der Volunteers und rannte die Treppe hinauf. Inzwischen stand Das bereits vorne auf der Bühne am Mikrofon, während Bose unten am Fuß der Treppe geblieben war. Kaum wurde ich auf Bühne sichtbar, brach die Menge in laute Buh- und

Pfuirufe aus, als wäre ich der auftretende Bösewicht in irgendeinem Märchenspiel. Das schaute mich an und lächelte.

»Tut mir leid, Captain Wyndham«, sagte er. »Mir ist bewusst, dass Ihnen mein Verhalten erhebliche Umstände verursachen muss. Ich hoffe nur, Sie begreifen, dass mein Tun ausschließlich moralischer Notwendigkeit entspringt und keineswegs dem Wunsch, Ihnen Schwierigkeiten zu bereiten.«

Ich hätte ihm zwar erklären können, dass auch mein Handeln ausschließlich moralischen Notwendigkeiten folgte, nämlich der Notwendigkeit, einen verheerenden Anschlag zu verhindern, der ihm und seinen gewaltfreien Anhängern auf qualvollste Weise den Tod bringen würde, aber das machte keinen Sinn.

»Mr. Das, ich verhafte Sie wegen Verstoßes gegen die Auflagen Ihres Hausarrests«, erklärte ich stattdessen. »Ich kann Ihnen nicht gestatten, hier zu reden.«

Meine Stimme wurde über das Mikrofon für alle hörbar verstärkt. Prompt schwollen die Missfallensrufe aus der Menge an.

Das sah kurz zu Bose, dann wieder zu mir. »Wenn Sie mich verhaften, wird ein anderer meinen Platz einnehmen«, rief er theatralisch, und das Publikum jubelte.

»Ich werde jeden verhaften, der hier zu reden versucht«, erwiderte ich.

Inzwischen hatte der Lieutenant mit seiner Truppe die Bühne erreicht und stieg nun mit zwei seiner Leute die Stufen hinauf.

»Nehmen Sie diesen Mann in Gewahrsam«, sagte ich. »Und stellen Sie sicher, dass er unbeschadet hier rauskommt.«

Der Lieutenant hatte bestimmt nicht die geringste Ahnung, wer ich war. Dennoch schien er froh, ja regelrecht erleichtert, meinen Anordnungen Folge leisten zu können.

Das streckte die Arme aus wie ein Inhaftierter, der darauf wartet, in Ketten gelegt zu werden. Die Proteste aus dem Publikum wurden noch lauter.

»Keine Handschellen«, wies ich den Lieutenant an.

Unter wildem Protestgeschrei aus den Reihen seiner Anhänger wurde Das die Stufen hinunter abgeführt. Ich kehrte zu Surrender-not zurück. Die Soldaten marschierten auf dem Weg zu ihren Kameraden gerade an dem schwarzen Wagen vorbei, als Das zu einem von ihnen etwas sagte und die kleine Prozession anhielt. Die Autotür öffnete sich, und eine winzige Gestalt in einem weißen Sari stieg aus.

»Basanti Devi«, keuchte Surrender-not erschrocken.

»Was macht die denn hier?«

Ich verfolgte, wie sie sich zu Boden neigte und die Füße ihres Mannes berührte. Sie richtete sich wieder auf, hob den *Anchal* ihres Sari so weit, dass er ihren Hinterkopf bedeckte, und stieg langsam die Stufen zur Bühne hinauf, vorbei an dem jungen Lieutenant, der sie sprachlos anstarrte.

»Verdammter Mist«, entfuhr es Surrender-not.

»Was denn?«, fragte ich.

»Sie wird reden«, erklärte er besorgt. »Und Sie haben gerade vor allen Leuten gesagt, Sie würden jeden verhaften, der zu ihnen spricht. Nur wenn die Armee auch sie verhaftet, gibt's kein Halten mehr.«

Als mir die volle Bedeutung dessen, was der Sergeant gesagt hatte, dämmerte und ich verstand, welches Spielchen Das mit mir gespielt hatte, wurde mir schlecht vor Wut. Er hatte es von Beginn an darauf abgesehen, dass wir seine Frau verhafteten. *Ihn* festzunehmen war schon heikel, aber längst nicht so dramatisch, wie diese Frau aus einer hohen Kaste abzuführen. Ich wusste nicht einmal, wann zuletzt eine Frau ihres Ranges in Kalkutta verhaftet worden war. Die Menge würde vor Wut schäumen, und die Anwesenheit unserer Freunde von der Presse garantierte, dass die Sache schon bald in Stadt, Region und dann im ganzen Land für Gesprächsstoff sorgen würde. Genau diese Art von Schmähung war dazu angetan, dem schwindenden Rückhalt für die Nichtkooperationsbewegung neuen Schwung zu verleihen. Ich fühlte mich, als hätte man mir einen Schlag in die Magengrube verpasst.

Bis ich wieder einen klaren Gedanken fassen konnte, war es zu spät, sie aufzuhalten. Basanti Das hatte das Mikrofon bereits erreicht, und ringsum wurde es mucksmäuschenstill. Sie begann auf Bengali zu sprechen. Ihre vom Lautsprechersystem verstärkte Stimme schien erst ein wenig zu zittern, aber schon bald hatte sie einen sicheren Rhythmus gefunden.

»Was sagt Sie?«, fragte ich.

»Sie erklärt, dass sie den Demonstrationsmarsch stellvertretend für ihren Mann anführen wird, da dieser verhaftet worden ist. Wenn man auch sie verhaftet, sollen alle weiter zur Town Hall ziehen und dort wie geplant die nicht indische Kleidung verbrennen.«

Die Menge brach in heftigen Jubel aus, was den Lieutenant wiederum veranlasste, die sofortige Festnahme der Rednerin anzuordnen. Prompt eilten erneut zwei Soldaten auf die Bühne, um den Befehl auszuführen.

Eine Weile herrschte große Konfusion. Wüste Beschimpfungen prasselten auf die Soldaten, von denen einige noch wie Pennäler aussahen. Aus Angst vor möglichen Aktionen der Demonstranten packten sie im Gegenzug ihre Gewehre merklich fester. Gerade als die Situation außer Kontrolle zu geraten drohte, stieg Bose auf die Bühne und besänftigte die Menge.

»Er ermahnt sie, die Worte von Das nicht zu vergessen«, übersetzte Surrender-not, ohne dass ich etwas gesagt hatte. »Sie alle seien Soldaten des Friedens. Es dürfe nicht zu Gewalttätigkeiten kommen. Er fordert sie auf, jetzt geschlossen zur Town Hall zu marschieren.«

Wie ein zu neuem Leben erwachtes Riesentier setzte die Menge sich langsam in Bewegung, und steuerte mit den Volunteers vorneweg die zur Town Hall führende Red Road an.

37

Surrender-not und ich schlossen uns dem Demonstrationszug an und zwängten uns kreuz und quer durch die Reihen auf unserer verzweifelten Suche nach jedem, der auch nur die entfernteste Ähnlichkeit mit Gurung hatte. Natürlich bestand die Möglichkeit, dass der Gurkha sich verkleidet und sein Aussehen irgendwie verändert hatte, aber Surrender-not hielt das für unwahrscheinlich. Die Art und Weise, wie er bei ihrer Begegnung in der Nacht zuvor aufgetreten war, brachte den Sergeant zu der Überzeugung, dass er jegliche Maskerade für unter seiner Würde betrachtete. Ich erinnerte ihn allerdings daran, dass Gurung sich auch als Krankenwärter verkleidet hatte, um Zugang zu Schwester Rouvels Unterkunft zu bekommen, und dass Fragen der persönlichen Würde letztlich bei ihm wohl hinter dem brennenden Wunsch zurückstehen würden, seine Rache zu vollenden.

Die Verhaftung von Basanti Das hatte bewirkt, was sich ihr Mann zweifellos im Vorfeld davon erhofft hatte. Die Demonstranten zogen die Red Road entlang und skandierten dabei ihre Sprechchöre mit einer Wucht, wie ich sie so nur in den Anfängen der Nichtkooperationsbewegung erlebt hatte.

Um Glockenschlag vier Uhr erreichten die ersten Reihen der Congress Volunteers die Esplanade Row. Die Wintersonne stand bereits tief am Himmel, als sie gefolgt von Zehntausenden Mitstreitern zu der Sperre kamen, die stahlhelmtragende Armeeeinheiten gezogen hatten, um einen Weitermarsch zur Town Hall zu verhindern.

Die Volunteers wirkten ebenso entschlossen und straff organisiert wie die Soldaten, und so herrschte die nächsten fünf Minuten eine angespannte Pattsituation. Die nachdrängenden Massen brüllten weiter ihre Losungen »British out« und »Long live Gandhi-ji« mit einer solchen Lautstärke, dass sie für den Prince of Wales und sein Publikum durch die offenen Fenster der Town Hall bestens zu hören sein mussten.

Die paar Hundert Briten und Anglo-Inder, die nicht mehr in den Saal gepasst und sich auf dem Rasen versammelt hatten, um dem Prinzen zu lauschen, schwankten nun in ihrer Aufmerksamkeit zwischen der Rede und dem Aufruhr auf der Straße. Einige junge Hitzköpfe unter ihnen entschieden sich dafür, den Indern die Stirn zu bieten.

»Die Menschen beginnen, die Nerven zu verlieren«, rief mir Surrender-not über das Gebrüll um uns herum zu. »Wenn das in dem Tempo weitergeht, wird auf den Straßen Blut fließen, bevor Gurung überhaupt in Aktion getreten ist.«

Er hatte recht. Ohne die ordnende Führung von Das gerieten die Dinge langsam, aber sicher außer Kontrolle.

»Bose«, sagte ich. »Wo steckt der?«

»Auf der Rückbank eines Polizeiwagens in der Red Road«, antwortete Surrender-not und deutete nach hinten. »Sie haben ihn verhaftet, sobald er von der Bühne kam.«

»Na, dann gehen Sie hin, verhaften Sie ihn und bringen ihn her«, rief ich. »Und beeilen Sie sich.«

Surrender-not nickte und zog los, um sich erneut durch die Menge zu kämpfen. Der Druck der nachströmenden Demonstranten auf die vorderen Reihen wurde immer mächtiger, und ich begriff, wie aussichtslos die Hoffnung war, Gurung irgendwo in diesem Gewühl zu entdecken. Mehr als die nächsten fünf oder sechs Gesichter um mich herum konnte ich bei dem Gedränge sowieso nicht sehen. Gurung hätte zwei Meter von mir entfernt stehen können, ohne dass ich ihn bemerkt hätte. Ich brauchte einen höher gelegenen Punkt, von dem aus ich die Menge überblicken konnte.

Ich drängelte mich durch die Reihen der Volunteers bis zur Absperrkette der Soldaten, zeigte meinen Dienstausweis vor und wurde nach einiger Überzeugungsarbeit ins Innere des Bollwerks aus Menschenleibern durchgelassen. Die Treppe zur Town Hall war zwar nicht sonderlich hoch, aber etwas Besseres fiel mir auf die Schnelle nicht ein. Also rannte ich über den Vorplatz und die Stufen hinauf.

Oben drehte ich mich um und suchte das Gesichtermeer der Demonstranten ab. Wenn Gurung jetzt sein Senfgas einsetzte, hätte das eine Kettenreaktion zur Folge, die sich nicht aufhalten ließ. Panik bräche aus. Die Menschenmassen würden in alle Richtungen losstürmen, auch in die der aufgereihten Soldaten. Aus deren Sicht käme der Ansturm einem Angriff gleich, weshalb sie das Feuer eröffnen würden, und allein der Teufel wusste, was für katastrophale Folgen das haben würde.

Im Innern der Town Hall hob jetzt eine Musikkapelle zu spielen an, und wenig später schallte ein von Hunderten Kehlen geschmettertes »God save the King« nach draußen. Die Rede des Prinzen war demnach zu Ende. Wahrscheinlich musste er noch einige Minuten lang ausgewählten lokalen Würdenträgern die Hand schütteln, dann würde man ihn über den rückwärtigen Ausgang zum Auto bringen und rasch ins Government House zurückfahren.

Hinter mir öffnete sich die Tür, und Dawson erschien. Er

sah aus, als hätte ihm jemand einen nassen Putzlappen ins Gesicht geklatscht.

»Was haben Sie Neues, Wyndham?«

»Nichts Gutes«, sagte ich. »Das hat versucht, auf dem Maidan zu den Demonstranten zu sprechen. Wir haben ihn verhaftet.«

»Er war auf dem Maidan? Wie ist er aus dem Haus gekommen?«

»Interessiert im Moment nicht. Viel wichtiger ist, dass er seine Frau dabeihatte. Als wir ihn verhafteten, versuchte sie an seiner Stelle zu reden. Prompt haben Ihre Leute auch sie verhaftet. Natürlich war die Menschenmenge darüber mächtig erbost, genau wie der Rest von Indien es sein wird, wenn es morgen in der Zeitung steht.«

Dawson fluchte. »Die Neuigkeit wird dem Vizekönig gar nicht schmecken.«

»Glauben Sie mir, wenn das die schlimmste Nachricht bleibt, die Sie ihm heute überbringen müssen, dann können wir uns alle glücklich schätzen.«

»Was ist mit Gurung?«, fragte er.

Ich schüttelte den Kopf. »Keine Spur von ihm.«

Der Augenblick der höchsten Gefahr war jetzt ganz nah. Wenn der Prinz aufbrach und die Besucher das Gebäude verließen, würden sie keine fünf Meter von den Demonstranten trennen. Dies war der Moment der größten Verwundbarkeit. Der ideale Moment für das größtmögliche Chaos. Plötzlich fühlte ich mich ohnmächtig, wie paralysiert von der Angst, in der bevorstehenden Situation zu versagen. Zu versagen nicht nur in Bezug auf die Hunderte, vielleicht Tausende von Bürgern dieser Stadt, Briten wie Inder, die zu beschützen meine Aufgabe war und denen der Tod drohte, sondern auch gegenüber Surrender-not und dessen Vater und Bruder – und vor allen Dingen gegenüber Annie. Würde ich bei dem Versuch, sie zu schützen, scheitern, wäre das eine Schuld, die keine Sühne und keine Vergebung kannte.

Immer mehr Demonstranten trafen ein. Der Druck auf die vordersten Reihen war bis zur Unerträglichkeit gestiegen, und die Disziplin der Congress Volunteers schien ins Wanken zu geraten. Tatsächlich brach an einer Stelle ihre Reihe auf, und ich sah schon vor mir, wie Soldaten in die anstürmende Menge feuerten und sich das Weiß der selbst gesponnenen Kleidung tiefrot färbte. Aber statt einer Flut wütender Demonstranten schlüpften lediglich Surrender-not und Bose durch die Lücke. Unter großer Anstrengung gelang es den Volunteers, die Reihen hinter ihnen wieder zu schließen und einstweilen einen Durchbruch zu verhindern.

Ich ließ Dawson einfach auf der Treppe stehen und rannte hinunter, um dafür zu sorgen, dass Surrender-not und Bose sicher über den schmalen Streifen Niemandsland zwischen Volunteers und Armee und durch die Absperrung auf unsere Seite gelangten.

»Sie müssen Ihre Leute auffordern, die Demonstration zu beenden«, schrie ich Bose zu. »Sie haben doch Ihr Ziel erreicht und den Protest bis unmittelbar zum Prinzen gebracht. Jetzt sagen Sie ihnen, sie sollen nach Hause gehen. Die Soldaten werden nicht nachgeben und von ihren Waffen Gebrauch machen, wenn man sie noch stärker bedrängt.«

»Sie haben Basanti Devi gehört«, erwiderte er. »Die Demonstration wird erst aufhören, wenn wir alle nicht indische Kleidung verbrannt haben.«

Ich schüttelte fassungslos den Kopf. »Das kann doch nicht Ihr Ernst sein. Wir stehen hier kurz vor dem Ausbruch von

Straßenkämpfen, und Sie wollen ein paar alte Hemden verbrennen?«

»Es wird keine Straßenkämpfe geben«, sagte er ruhig. »Zumindest nicht von unserer Seite.«

»Dann beeilen Sie sich gefälligst«, sagte ich. »Verbrennen Sie das dämliche Zeug, und bereiten Sie der Sache ein rasches Ende.«

Während Surrender-not ihn zurück durch den Militärkordon und die Reihen der Volunteers begleitete, kehrte ich auf meinen Beobachtungsposten auf der Eingangstreppe zurück. Entgegen aller Wahrscheinlichkeit hoffte ein winziger Teil von mir, dass ich mich irrte und Gurungs Rachedurst mit der Entführung und Ermordung McGuires doch bereits gestillt war.

Unten erteilte Bose indessen Anweisungen. Kurz darauf näherten sich zwei Volunteers mit einer Kiste und einem Sprachrohr und stellten die Kiste vor Bose ab. Er stieg hinauf, nahm das Sprachrohr und wandte sich an die Menge. Innerhalb von Sekunden legte sich das allgemeine Geschrei, und alle versuchten zu verstehen, was er zu sagen hatte.

Er sprach Bengali, und sein hastiger Ton und die vielen verschluckten Silben ließen darauf schließen, dass er sich mit seiner Rede tatsächlich beeilte. Da die Bengalen für kurze Wortmeldungen nicht eben berühmt waren, fürchtete er wohl trotz all seiner Großtuerei inzwischen selbst, dass die Situation bald außer Kontrolle geriet.

Nach und nach begann die Menge, auf seine Worte zu reagieren. Einige drehten sich um und riefen seine Anweisungen denen zu, die weiter hinten standen, und der Druck auf die vordersten Reihen ließ allmählich nach. Einige Minuten später gelang es den Volunteers, einen drei Meter breiten Streifen zwischen den Demonstranten und Dawsons Truppen zu schaffen.

Bose erteilte weitere Befehle, woraufhin sich aus der Menge eine Menschenschlange formierte, die in feierlichem Ernst zur Mitte der geräumten Fläche schritt. Dort warf einer nach dem anderen Kleidungsstücke auf den Boden: der erste ein Hemd, der nächste eine Jacke, der dritte ein Umhängetuch und immer so weiter, bis der Berg an ausländischen Textilien etwa auf Mannshöhe angewachsen war. So wie Das ein paar Tage zuvor hielt nun Bose eine brennende Fackel an den Fuß des Haufens.

In diesem Moment öffneten sich hinter mir die Türen der Town Hall, und die ersten Gäste des Empfangs zu Ehren des Prinzen traten nach draußen. Sofort lief ich hinüber und versuchte, sie zurück ins Gebäude zu dirigieren. Nach anfänglichen Protesten erklärten sie sich schließlich bereit, meinen Instruktionen zu folgen, wobei der Anblick von einigen Tausend Indern, die nur wenige Schritte entfernt einen Stoffberg in Brand steckten, sowie meine Hand an der Dienstwaffe ihren Sinneswandel zweifellos beschleunigten.

Goldgelbe Flammen züngelten inzwischen durch den Haufen an weggeworfener Kleidung und erleuchteten den trüben Himmel. Schon bald brannte der ganze Berg lichterloh, und eine Säule aus dichtem schwarzem Qualm reckte sich in die Luft. .

Da erfolgte die Explosion.

38

Es klang wie ein Feuerwerkskörper oder die Fehlzündung bei einem Auto. Menschen, die in der Nähe standen, schrien erschrocken auf. Dann begann irgendwo vorne in der Menge, nur wenige Meter von den Reihen der Congress Volunteers entfernt, weißer Rauch aufzusteigen, und die Leute wichen instinktiv zurück.

»Bringen Sie sofort den Prinzen von hier weg«, schrie ich Dawson zu. Er nickte und verschwand wieder durch die Tür, während ich mich daranmachte, die Besucher auf dem Rasen zusammenzutreiben und ins Gebäude zu scheuchen.

Ich glaubte, das Geräusch von startenden Motoren zu hören, und schloss daraus, dass zumindest der Prince of Wales gleich im Government House in Sicherheit sein würde, was auch immer hier noch geschehen mochte.

Der Rauch trieb langsam in unsere Richtung und umhüllte bereits das Feuer, das Bose entfacht hatte. Surrender-not musste irgendwo dort unten stecken. Ich riss mein Taschentuch heraus, presste es auf Mund und Nase und stürmte erneut die Stufen hinab zur Absperrung. Kaum war ich unten, erschütterte eine zweite Explosion die Luft und eine weitere direkt im Anschluss. Aus Richtung des Government Place sah ich weißen Rauch in den Himmel quellen. Drei Explosionen. Drei Gaskanister. Gurung hatte zugeschlagen. Sollte er jedoch gehofft haben, den Prinzen mit einer dieser Explosionen zu erwischen, war er gescheitert. Noch konnte der Wagen Seiner Königlichen Hoheit den Government Place unmöglich erreicht haben.

Weißer Nebel hing inzwischen über der ganzen Straße, und in der Menge machte sich Panik breit. Ich durchbrach den Kordon und rannte zu der Stelle, wo ich glaubte, Surrender-not und Bose zuletzt gesehen zu haben. Meine Augen brannten, dennoch konnte ich Surrender-not plötzlich durch den Rauch erkennen. Er und Bose schienen unverletzt. Gemeinsam wiesen sie die Volunteers an, die Demonstration aufzulösen. In diesem Augenblick wurde mir klar, dass irgendetwas nicht stimmte.

Surrender-not, Bose, die Volunteers – sie alle hätten inzwischen Symptome einer Senfgasvergiftung zeigen müssen. Doch sie schienen keinerlei Probleme mit dem Atmen zu haben. Dasselbe galt für meine Augen. Sie brannten zwar vom Qualm, verätzt waren sie aber nicht.

Ich nahm das Taschentuch vom Mund und atmete ein.

Rauch. Ganz gewöhnlicher Rauch.

Surrender-not entdeckte mich und eilte herüber. Er wirkte gleichermaßen verblüfft. »Irgendwas hat das Gas verwandelt«, sagte er. »Es ist ein Wunder!«

Nur dumm, dass ich nicht an Wunder glaubte. »Er hat Rauchbomben gezündet«, sagte ich, »Keine mit Senfgas.«

Auch den Demonstranten, die das Knallen der Explosionen aufgeschreckt hatte, fiel mehr und mehr auf, dass der Qualm harmlos war.

Über Surrender-nots Gesicht legte sich ein breites Grinsen. »Wir hätten wissen müssen, dass er keine unschuldigen Zivilisten umbringt«, sagte er. »Er hat doch in der vergangenen Nacht auch mein Leben verschont. Damit stand eigentlich fest: Sein Rachefeldzug wird mit McGuire beendet sein.«

Auch ich fühlte mich fürs Erste erleichtert, hielt eine Entwarnung jedoch für verfrüht. Die Sache ergab einfach keinen Sinn.

Warum Rauchbomben zünden, wenn man Senfgas hat? Und warum Senfgas stehlen, wenn man es nicht benutzen will?

»Wenn es vorbei ist, warum dann die Rauchbomben?«

»Was meinen Sie damit?«, erwiderte Surrender-not.

»Wenn seine Rache vollendet ist, warum verschwindet er nicht einfach? Warum dann noch Rauchbomben zünden?« Ich schüttelte den Kopf. »Nein, dieser Mann würde so etwas nie ohne Grund tun. Er ist uns bislang immer drei Schritte voraus gewesen. Hier ist das nicht anders. Es *muss* Teil seines Plans sein.«

»Und der wäre?«

Ich ging noch einmal die Fakten durch. Eine Explosion hier, dann zwei vor dem Government House, und nichts als harmloser Rauch.

Dann wurde es mir schlagartig klar.

»Der Prinz.«

Surrender-not starrte mich verständnislos an.

»Nicht an der Menge will er Rache üben. Auf den Prince of Wales hat er es abgesehen! Deshalb hat er auch die anderen beiden Rauchbomben gezündet. Damit blockiert er den Weg zum Government House und zwingt Dawson und seine Männer, von ihrem Plan abzuweichen. Er lenkt den Prinzen an einen Ort, wo er ihn umbringen kann.«

»Aber woher soll er wissen, wohin Dawson den Prinzen bringt?«

»Liegt das nicht auf der Hand? Er bringt ihn an den sichersten Ort der Stadt. Nach Fort William.«

Surrender-not starrte mich ungläubig an. »An den Wachposten wird es Gurung nie vorbeischaffen.«

»Er hat keinerlei Probleme gehabt, nach Barrackpore rein- und wieder rauszukommen.«

»Ja, aber das ist ein weitläufiger Stützpunkt. Wir reden hier von Fort William …«

»Wo derzeit sein Regiment stationiert ist«, unterbrach ich ihn. »Genau dort war er selbst einquartiert, bis er sich letzte Woche unerlaubt von seiner Einheit entfernte.«

Jetzt wirkte der Sergeant überzeugt. »Wir brauchen irgendein Fahrzeug«, sagte er und blickte sich um. Die Straßen Richtung Red Road und Government House waren noch immer abgeriegelt und verstopft mit Menschenmassen. Dann leuchteten seine Augen auf. »Der High Court«, rief er. »Am Gericht wird es bestimmt ein oder zwei Wagen geben.« Schon eilte er die Esplanade Row hinunter.

»Wie können Sie da so sicher sein?«, fragte ich und folgte im Laufschritt.

Über die Schulter zurück antwortete er: »Ist Ihnen jemals ein Richter begegnet, der sich zu Fuß irgendwohin bewegt?«

Zehn Minuten später hatten wir mit einigen barschen Worten, denen ich mit meinem gezückten Revolver dezenten Nachdruck verschaffte, einen verängstigten Gerichtsdiener dazu überredet, uns einen der Wagen der ehrenwehrten Richterschaft zu borgen, und rasten am Ufer entlang auf Fort William zu. Ich saß am Steuer, während Surrender-not aus dem Fenster starrte.

»Wie hat er die beiden Bomben auf der Government Row gezündet?«, fragte er.

»Auf die gleiche Art wie die unter den Demonstranten. Vermutlich bloß eine Konstruktion aus einem Abreißzünder und irgendeiner selbst gemischten Kapsel. Im Grunde ist so etwas ganz simpel. Man braucht nur ein wenig Salpeter, Zucker und eine Flasche.«

Surrender-not schüttelte den Kopf. »Nein, ich meine, wie konnte er sie zur gleichen Zeit an verschiedenen Orten zünden?«

Ich sah ihn an. »Wollen Sie etwa andeuten, dass ihm jemand hilft?«

»Ich will gar nichts andeuten. Ich verstehe es nur nicht.«

»Womöglich hat er den einen Sprengkörper mit irgendeiner Art Zeitzünder versehen und die anderen dann selbst gezündet, sobald der erste hochging. Die wichtigere Frage ist jetzt, auf welchem Weg er plant, das Senfgas ins Fort zu schmuggeln.«

Surrender-not überlegte kurz. »Und wenn es schon längst drin ist?«

»Was?«

»Na, stellen Sie sich die Situation doch mal vor. Der gesamte Vorrat an Senfgas wird vor der Verschiffung nach England zuerst von Barrackpore nach Fort William gebracht. Prio Tamang, unser erstes Opfer, ist an dieser Überführung beteiligt. Er kann Gurung verraten, wann genau der Transport eintrifft. Den offiziellen Berichten zufolge hat der komplette Bestand Barrackpore verlassen, doch bei der Eingangskontrolle in Fort William fehlen plötzlich drei Kanister. Und Gurung ist in der Nacht des Transports bereits in Fort William stationiert. Statt sie umständlich hinauszuschmuggeln, konnte er die drei Kanister viel leichter irgendwo auf der Basis verstecken.«

Von der grandiosen Einfachheit der Idee schwirrte mir der Kopf. Da hatte Dawson eine stadtweite Suche in Gang gesetzt, während die gestohlenen Kanister womöglich die ganze Zeit inmitten seines eigenen Stützpunkts gewesen waren, nur wenige Meter von seinem Schreibtisch entfernt.

Eine rot-weiß gestreifte Schranke und ein Trupp nervös wirkender Sepoys versperrten das *Kalkutta-Tor* des Forts. Während zwei Soldaten unseren Wagen inspizierten und zwei weitere mit dem Gewehr im Anschlag die Szene beobachteten, studierte ihr Kamerad unsere Papiere mit einer Sorgfalt, die zu jeder anderen Zeit bewundernswert gewesen wäre.

»Grund Ihres Besuchs?«, fragte der Wachposten schließlich und beugte sich tief nach unten, um sich davon zu überzeugen, dass Surrender-not und ich waren, wer wir zu sein behaupteten.

Offen die Wahrheit zu sagen, schied von vornherein aus. Dass wir im Fort ein unmittelbar bevorstehendes Senfgasattentat auf den Prince of Wales verhindern wollten, war genau die Art von Auskunft, die uns eine noch längere Wartezeit eingebrockt hätte. Bestimmt wäre erst einmal jemand losgezogen, um einen vorgesetzten Offizier zu holen, während die anderen mit ihren Gewehren auf uns zielten, und für so etwas fehlte uns jetzt wirklich die Zeit. Eine platte Lüge wiederum ließ sich leicht überprüfen und brächte uns womöglich nur noch zeitraubendere Scherereien ein. Was wir brauchten, war etwas möglichst Banales.

»Wir sind hier, um Miss Braithwaite zu sprechen, die Sekretärin von Major Dawson«, erklärte ich. Natürlich existierte ein solcher Termin überhaupt nicht, aber ich war mir ziemlich sicher, dass Marjorie Braithwaite meine Behauptung bestätigen würde, sollten die Wachen bei ihr nachfragen. Vor allem im Interesse des Prince of Wales hoffte ich jetzt, dass sie an ihrem Schreibtisch saß.

Der Sepoy richtete sich auf und verschwand in seinem Wachhäuschen. Durch die offene Tür konnte ich sehen, wie er den Hörer abnahm und etwas zur Vermittlung sagte. Wertvolle Sekunden verstrichen.

»Ich glaube nicht, dass das klappt«, flüsterte Surrender-not.

»Warum so pessimistisch?«, murmelte ich. »Beten Sie lieber dafür, dass es funktioniert, denn sofern wir nicht über die Mauer klettern wollen, fällt mir im Moment kein anderer Weg ein, wie wir reinkommen.«

Der Wachposten legte den Hörer auf und rief einen seiner Kameraden zu sich.

»Ganz ruhig«, sagte ich zu Surrender-not, als der zweite Sepoy ins Wachhäuschen trat. Nach einem kurzen Wortwechsel kehrten beide zurück. Während der erste sich zu meinem Fenster herabbeugte, um mit mir zu sprechen, trat der zweite an die Schranke. »Miss Braithwaite erwartet Sie in Verwaltungsblock 6.«

Die Auskunft musste er mir nicht zweimal geben, und kaum war die Schranke auf halber Höhe, schoss ich bereits unter ihr durch und weiter durch den massiven Steinbogen des *Kalkutta-Tors* von Fort William.

39

Die hektische Betriebsamkeit im Innern verriet schon alles. Die Wachposten waren verdoppelt worden, überall brachten sich Sepoy-Platoons an strategisch wichtigen Verteidigungspunkten in Stellung, und in den Abgaswolken der Lastwagen sammelten sich Soldaten zum Weitertransport. Wir ignorierten das ganze Treiben und steuerten direkt Verwaltungsblock 6 an.

»Sie riegeln das gesamte Fort ab«, sagte ich. »Dawson muss den Prinzen bereits hergebracht haben.«

»Dann haben wir es wohl gerade noch so geschafft«, erwiderte Surrender-not. »Zwei Minuten später, und wir wären nicht mehr durchs Tor gekommen.«

Vor der Zentrale von Section H rammte ich den Fuß aufs Bremspedal und sprang aus dem Wagen. Der Eingang wurde von einem Gorilla in Uniform versperrt, an dessen Gewehrlauf ein hässlich blitzendes Bajonett montiert war.

»Wir haben Befehl, uns bei Major Dawson zu melden«, bellte ich und hielt ihm meinen Dienstausweis unter die Nase. »Es ist von größter Wichtigkeit.«

Der mächtige Stiernacken bewegte sich und fabrizierte ein leichtes Kopfschütteln. »Ausgeschlossen, Sir. Wir haben strikten Befehl. Keiner rein, keiner raus.«

Mir fehlte die Zeit, die Sache auf höfliche Art auszudiskutieren.

»Jetzt hör mir mal zu, mein Junge«, sagte ich. »Keine Ahnung, ob du Major Dawson schon einmal erlebt hast, wenn er einen seiner Wutanfälle kriegt, aber glaub mir, der Anblick hat nichts Schönes an sich. Er erwartet, von mir in den nächsten fünf Minuten Bericht erstattet zu bekommen, und wenn daraus nichts wird, dürfte er erstens stinksauer werden und zweitens wissen wollen, wer daran schuld ist. Sofern du also den Rest deiner Armeezeit nicht damit zubringen willst, Latrinen zu putzen, würde ich dir empfehlen, mich und meinen Kollegen hier vorbeizulassen.«

Nachdem ich ihm die Situation auf die Weise erklärt hatte, brauchte er nicht mehr lange bis zu der Erkenntnis, dass es weiser war, meinen Wünschen zu entsprechen. Er machte Platz und deutete mit einem Kopfnicken in Richtung Treppe, aber da waren Surrender-not und ich schon längst an ihm vorbei.

Zwei Stufen auf einmal nehmend, eilten wir in den zweiten Stock und den langen Flur hinunter bis zum Großraumbüro von Section H. Umgeben von drei seiner Leute stand Dawson mit seiner Pfeife in der Hand vor einem Tisch, auf dem eine Karte ausgebreitet war.

»Wo ist der Prinz?«

Dawson schaute auf. »Wyndham?«, schnaufte er verärgert. »Da wird man ja die Krätze leichter los …« Doch bevor er weitersprechen konnte, brachte eine Explosion sämtliche Glasscheiben im Raum zum Beben.

Als ich zum Fenster stürzte, begann bereits die Sirene für Fliegeralarm zu heulen. Von einem Gebäude ganz in der Nähe stieg eine graue Rauchwolke auf, und schon bald waren die ersten Schreie zu hören, gequälte menschliche Laute, wie ich sie zuletzt in den Schützengräben Frankreichs vernommen hatte.

Dawson war neben mir aufgetaucht.

»Senfgas«, sagte ich. »Bei den Explosionen in der Stadt handelte es sich um Rauchbomben. Der wahre Anschlag ist das hier. Gurung hat es auf den Prinzen abgesehen.«

Dawsons Pfeife fiel klappernd auf den Boden. Nicht willens oder unfähig, die Tatsachen zu akzeptieren, schüttelte er den Kopf.

»Aber wie? Wie ist er reingekommen?«

»Dafür ist jetzt keine Zeit«, sagte ich. »Wir müssen unbedingt sofort zum Prinzen.«

»Er ist drüben in den Offiziersquartieren, ganz in der Nähe des St.-George-Tors«, erklärte Dawson, während wir die Stufen hinab- und zur Tür hinaushetzten. Ich sprang in den Wagen, und Dawson riss die Beifahrertür auf.

»Wir brauchen Gasmasken«, sagte ich. Surrender-not und Dawsons Schatten Allenby schoben sich auf die Rückbank.

Dawson deutete mit dem Finger in Richtung St Patrick's Chapel. »Die Magazine sind da hinten.«

Dass dies tatsächlich der Giftgasanschlag war, wurde schon bald zur Gewissheit. Die Szene erinnerte an ein Schlachtfeld. Vier Männer mit Gasmasken schleppten auf einer Trage einen bedauernswerten Sepoy davon, dessen Augen notdürftig bandagiert waren. Sein Hemd stand bis zum Nabel offen, und seine Brust war mit dunkelroten Verbrennungen der schrecklichsten Art überzogen. Von Schmerzkrämpfen geschüttelt, schrie er so laut, dass man ihn noch lange hörte, bis die Entfernung und der Sirenenlärm schließlich zu groß wurden. Andere Verletzte kämpften sich, gestützt von ihren Kameraden, zu Fuß in Richtung der Lastwagen, die sofort mit ihnen davonrasten, vermutlich zum Lazarett des Forts.

Vor dem Magazin drängten sich zahllose Soldaten, während ein überfordert wirkender Lieutenant versuchte, eine gewisse Ordnung herzustellen. Neben ihm bemühte sich ein Sergeant mit seinen Männern darum, die Verteilung zu organisieren. Dawson und Allenby sprangen aus dem Wagen, rannten zur Spitze der Schlange und kehrten mit fünf Gasmasken zurück – eine für jeden von uns und eine für den Prinzen. Kaum saß jeder wieder auf seinem Platz, erfolgte eine zweite Explosion. Ich sah Dawson fragend an.

Er reichte mir eine Gasmaske. »Die kam aus Richtung der Offiziersquartiere«, bestätigte er.

»Gurung ist dahintergekommen, wo der Prinz sich aufhält«, sagte ich.

Die einzig gute Nachricht war, dass er nur noch wenig Vorsprung hatte. Ich setzte die Gasmaske auf und lenkte den Wagen auf die emporquellende Gaswolke zu.

Wir fuhren direkt hinein in weiße Schwaden aus giftigem Nebel, vorbei an zum Teil bereits verätzten Menschen, die in die entgegengesetzte Richtung flohen.

Die Gasmasken erschwerten die Kommunikation, und ich war auf die Gesten angewiesen, mit denen Dawson mir bedeutete, wie ich zu fahren hatte. Vor einem unscheinbaren dreigeschossigen Gebäude forderte er mich mit erhobener Hand auf anzuhalten. Wir stiegen aus und rannten zur Tür. Zwei Männer lagen mit dem Gesicht nach unten im offenen Eingang. Surrender-not kniete sich neben den ersten und fühlte nach seinem Puls. Dann legte er seine Hand auf die Brust des anderen. Er schaute auf und zeigte seine blutverschmierten Finger.

Die Wachposten waren erschossen worden. Ich zog meinen Revolver. Dawson und Allenby folgten meinem Beispiel.

Surrender-not schnappte sich das Gewehr von einem der toten Wachposten und bildete die Nachhut. Vom Gas war nur sehr wenig durch den Eingang ins Gebäude gedrungen, und sobald wir den Hausflur erreicht hatten, setzte Dawson seine Maske ab.

»Wie ist es ihm gelungen, die beiden Posten zu erschießen?«, fragte er. »Sie waren ausdrücklich ermahnt worden, keinen Gurkha auch nur in die Nähe der Unterkunft zu lassen.«

»Er dürfte eine Gasmaske getragen haben«, sagte ich. »So haben sie gar nicht erkannt, dass es ein Gurkha war.«

Dawson schüttelte den Kopf. »Das hier waren *meine* Männer. Sie hätten sich jedem, der sich nähert, sofort in den Weg gestellt.«

»Die Frage kann warten«, beendete ich die Diskussion. »Wo ist der Prinz?«

»Oberster Stock«, sagte er und deutete auf die Treppe.

Ein Schuss krachte. Direkt hinter mir spritzte Putz von der Wand und regnete auf mich herab. Der Schütze musste irgendwo oben an der Treppe hocken.

Wir sprangen alle vier zur Seite und nahmen Deckung, wo immer wir konnten. Erneut knallte es, und ich versuchte, die genaue Position des Schützen auszumachen.

»Sieht aus, als hätten wir unseren Mann gefunden«, rief ich Dawson zu. »Gibt's noch einen Weg hoch?«

»Zwei Treppenaufgänge«, antwortete er. »Einer an jedem Ende des Gebäudes.«

»Sie und Allenby nehmen den auf dieser Seite«, sagte ich. »Gehen Sie rauf, und sichern Sie die Räume des Prinzen. Wir kümmern uns um Gurung.«

Die beiden Section-H-Agenten rannten den Flur hinunter,

und ich wandte mich an Surrender-not. Der Sergeant hatte hinter einem Türpfosten Deckung genommen. »Können Sie ihn eine Weile beschäftigen?«

Surrender-nots Antwort bestand darin, einen Schuss auf den Absatz im ersten Stock abzufeuern.

»Gut«, sagte ich, als Gurung mit einer weiteren Salve antwortete. Ich bereitete mich darauf vor, aus meiner gebückten Haltung aufzuspringen. »Dann geben Sie mir gleich Feuerschutz.«

Surrender-not schoss noch einmal nach oben. »Wohin wollen Sie?«

»Ich werde ihn über den Flügel in die Zange nehmen. Bereit?«

Surrender-not nickte und feuerte zweimal in kurzer Folge. Ich sprintete an den Stufen vorbei auf den Flur zu, der zum Treppenaufgang am anderen Ende führen musste. Gurung sah mich und schoss. Die Kugel schlug neben mir in die Wand.

Ich erreichte den Flur und rannte weiter. Überall standen die Türen offen, die Zimmer waren verwaist. Hinter mir krachten weitere Schüsse. Ich platzte durch die Tür zum hinteren Treppenhaus und stürmte die Stufen hinauf.

Oben drückte ich vorsichtig die Tür zum ersten Stock auf. Der Gang dahinter würde mich zum zentralen Treppenhaus führen, wo Gurung sich verschanzt hatte. Ich schielte hinein und entdeckte ihn sofort. Er lag bäuchlings auf dem Boden und schoss mit seinem Gewehr nach unten auf Surrender-not.

Den Revolver im Anschlag schlich ich leise in den Flur und hoffte, dass Gurung zu abgelenkt war, um mich zu bemerken. Es gelang mir, die erste offene Tür zu erreichen. Ich schlüpfte hindurch und steckte rasch aus der relativen Sicherheit des Zimmers den Kopf wieder in den Gang. Gurung lag noch immer knapp zwanzig Meter entfernt auf dem Boden.

Ich holte tief Luft, hob den Revolver und trat in den Flur.

»Waffe fallen lassen, Gurung!«, brüllte ich.

Der Gurkha wirbelte herum, rollte sich in einer flüssigen Bewegung auf die Seite und richtete sein Gewehr auf mich. Ich feuerte, bevor er den Abzug drücken konnte, und traf ihn ins Bein. Er verzog überrascht das Gesicht und stieß einen kurzen Schmerzensschrei aus, dann hatte er sich wieder gefangen und feuerte zurück. Ich duckte mich ins Zimmer. Im selben Moment krachte es zum zweiten Mal, und der Türpfosten zersplitterte. Doch bevor er mir noch stärker zusetzen konnte, schoss Surrender-not erneut vom Fuß der Treppe aus.

Ich lehnte mich hinaus und drückte ebenfalls ab, traf aber nur Luft, denn Gurung robbte bereits, eine lange Blutspur hinter sich herziehend, den Flur hinunter, um eins der Zimmer zu erreichen. Rasch gab ich noch einen Schuss ab, und der fand sein Ziel. Die Kugel traf ihn in die Brust, und das Gewehr fiel ihm aus der Hand. Ich ging hinüber, den Revolver fest auf seinen Kopf gerichtet, und trat seine Waffe zur Seite. Er lebte noch – wenn auch kaum. Über das röchelnde Geräusch seines Atems hinweg rief ich nach Surrender-not, der sofort die Treppe hinaufgerannt kam.

»Kümmern Sie sich um ihn«, sagte ich. »Ich gehe Dawson suchen.«

Über uns krachten zwei Schüsse, dann noch einer.

Surrender-not und ich starrten einander entsetzt an.

Gurung versuchte zu sprechen. »Sie sind … zu spät«, krächzte er und spuckte Blut.

Das Treppenhaus schien ins Wanken zu geraten. Eine

schreckliche Angst stieg in mir auf. Wenn Gurung unten war, warum wurde oben geschossen?

»Bleiben Sie hier«, rief ich Surrender-not zu und rannte zur Treppe. »Und halten Sie ihn am Leben!«

Auf dem Absatz im zweiten Stock sah es aus wie nach einem Gemetzel. Drei Männer, alle in Uniform, lagen tot am Boden. Zweien war die Kehle durchtrennt worden. Der dritte lag mit dem Gesicht nach unten, und sein Rücken wies diverse Stichverletzungen auf. Ich trat über die Leichen und eilte weiter. Das Zimmer des Prinzen war nicht schwer zu finden. Zwei tote Wachposten lagen vor der Tür, und neben ihnen hockte Allenby mit einem Loch in der Stirn.

Im Innern hörte man jemanden sprechen. Es klang nicht wie eine Unterhaltung, eher wie ein weitschweifiger Monolog.

Mit erhobenem Revolver trat ich in die offene Tür. Dawson lag verletzt und bewusstlos auf einem Sofa, aber das war noch meine geringste Sorge. Unmittelbar vor mir stand ein britischer Offizier in Uniform über den vor ihm knienden Prinzen gebeugt und presste eine Waffe an dessen Hinterkopf. Die Wangen des Mannes glänzten tränenfeucht, und es machte den Eindruck, als würde er seinem Gefangenen irgendetwas erklären. Der Prinz jedoch schien gar nichts zu hören. Sein schweißnasses Gesicht war wie der Rest des Körpers regelrecht paralysiert vor Schreck. Hier kniete ein Mann, der nicht zu begreifen vermochte, was ihm gerade widerfuhr.

Dann erkannte ich, wer der Offizier war, und wich unwillkürlich einen Schritt zurück. Ich hatte ihn am Vormittag noch ausgiebig beobachtet, die meiste Zeit durch die Linsen eines Fernrohrs.

»McGuire?«, keuchte ich.

Meine Stimme riss ihn aus seinem Selbstgespräch. Sein Kopf schnellte hoch. Seine Augen waren rot unterlaufen und blickten leicht irre. »Nicht näher kommen, Wyndham. Ich warne Sie! Ich bringe ihn um.«

Ich zweifelte nicht daran, dass er es ernst meinte.

»Legen Sie die Waffe weg, Colonel«, sagte ich ruhig. »Wir finden schon eine Lösung.«

Er stieß ein sonderbares Lachen aus. »Bisschen spät dafür, meinen Sie nicht?«

»Warum tun Sie das?«

»Aus dem gleichen Grund wie Gurung. Giftgas hat meinen Sohn getötet, genau wie seinen. Ich habe gesehen, wie sein Sohn – in meinem Krankenhaus – qualvoll sterben musste. Entstellt bis zur Unkenntlichkeit. Umgebracht durch Experimente, die unter *meiner* Aufsicht durchgeführt wurden. Seither habe ich seinen Tod Hunderte von Malen durchlebt. Haben Sie jemals mitangesehen, wie ein junger Mensch krepiert, der Senfgas ausgesetzt war, Wyndham? Mein eigener Sohn muss genauso gelitten haben. Irgendjemand muss einfach dafür bezahlen.«

»Sie haben Ihre Rache doch gehabt«, sagte ich. »Dunlop und die anderen, alle sind tot. Ein weiterer Tod bringt gar nichts.«

»Rache? Wissen Sie, wie es ist, einen Sohn zu verlieren? Meinen Sie, der König hat eine Ahnung davon? Natürlich nicht!« Er packte den Prinzen am Kragen und schüttelte ihn. »Dieser kleine Dreckskerl musste ja nicht einmal an die Front. Sein Leben war viel zu kostbar, um aufs Spiel gesetzt zu werden. Mein Junge dagegen durfte nur zu gerne dienen und sterben. Und in wessen Namen entwickeln solche Massenmörder wie Dunlop ihre verfluchten Waffen? All das geschieht doch bloß für König und Vaterland! Nun, jetzt wird auch der König einmal diesen Schmerz fühlen müssen. Meinen Schmerz. Den Schmerz eines Vaters.«

Der Mann war vollkommen von Sinnen, zerstört von seiner Trauer. Freilassen würde er den Prinzen auf gar keinen Fall. Nicht, solange er noch ein letztes Fünkchen Kraft im Körper hatte. Ich packte meinen Revolver fester und schlang den Zeigefinger eng um den Abzug.

Er musste bemerkt haben, wie sich meine Arme anspannten, denn er trat einen Schritt zur Seite. Zum Vorschein kam ein Metallzylinder mit improvisierter Zündvorrichtung an einem Ende, aus der eine Schnur ragte. Der letzte noch fehlende Gaskanister.

Über das, was dann geschah, habe ich anschließend lange Zeit nachgedacht, habe zu analysieren versucht, was ich anders hätte machen können. Letztlich lief es aber stets darauf hinaus, dass sein Revolver am Schädel des Prince of Wales lag und ich keine Chance hatte. Unversehens zog er an der Schnur, hob im selben Augenblick die Waffe vom Kopf des Prinzen an seinen eigenen und drückte ab. Noch bevor der Zylinder mit einem hässlichen Knall aufplatzte, war McGuire schon tot auf den Boden gesackt. Eine gelbliche Rauchfahne begann aus dem Zylinder zu entweichen und in den Raum zu strömen.

Instinktiv sprang ich zum Fenster, riss einen schweren Vorhang aus den Haken und warf ihn über den Kanister. Dann packte ich den Prinzen, der hustend mit vornübergeklapptem Oberkörper am Boden kauerte, und schleppte ihn aus dem Raum.

»Alles in Ordnung, Eure Königliche Hoheit?«, fragte ich.

Ohne sein Husten zu unterbrechen, blinzelte der Prinz zu mir hoch und nickte.

Ihn ließ ihn dort, holte tief Luft und rannte noch einmal hinein. Diesmal, um Dawson zu retten. Mit schmerzenden Lungen zerrte ich den verletzten Spionagechef in den Flur und schlug sofort die Tür hinter mir zu.

Der Major hatte viel Blut verloren. »Helfen Sie mir, ihn die Treppe runterzubringen«, sagte ich zu dem Prinzen. Wir nahmen ihn zwischen uns und trugen ihn einen Stock tiefer, wo Surrender-not noch immer Gurungs Wunden versorgte.

An die folgenden Minuten habe ich nur verschwommene Erinnerungen. Einzelne Bilder sehe ich noch vor mir. Wie wir dem Prince of Wales halfen, eine Gasmaske anzulegen. Wie wir ihn zum nächsten Checkpoint fuhren und einen Trupp Soldaten samt Sanitätereinheit in Gasmasken zur Offiziersunterkunft zurückschickten. Bis auf das anhaltende Gebell von Befehlen war eine Stunde später alles vorbei.

Surrender-not und ich wurden zur Befragung festgehalten. Nicht in dem Verlies, in das Dawson mich zwei Tage zuvor noch hatte stecken lassen, sondern in einem hübschen walnussgetäfelten Büro mit dicken Teppichen und einem Porträt des Kaisers und Königs an der Wand. Surrender-not musste im Vorzimmer warten, während ein überaus freundlicher Mensch mit akkurat gescheiteltem Haar und makellos gebügeltem Anzug, der sich mit »Smith« vorstellte, mich in betont jovialem Ton deutlich länger befragte, als es angesichts der Tatsache, dass wir auf derselben Seite standen, eigentlich angebracht schien. Nachbesprechung nannte er das Ganze. Allerdings gab es nicht viel, was ich ihm hätte sagen können, da ich selbst noch kaum durchblickte. Ich riet ihm, am besten den Rifleman Lacchiman Gurung zu befragen, der noch am Leben gewesen war, als ich ihn das letzte Mal sah, und der laut Surrender-not fünf Minuten nach Major Dawson ins Lazarett eingeliefert worden war. Gegen Ende nahm die Nachbesprechung dann allmählich Züge einer Warnung an. In unmissverständlichem Ton wurde Surrender-not und mir erklärt, dass wir über die Geschehnisse mit niemanden sprechen durften, nicht einmal untereinander.

»Gibt es noch etwas, das wir für Sie tun können, Captain?«, erkundigte sich Smith zum Abschied.

»Ich würde gerne sobald wie möglich Rifleman Gurung vernehmen«, sagte ich. »Er wird in Verbindung mit einer Mordserie in Kalkutta und Barrackpore gesucht.«

Smith bemühte sich nach Kräften, mir nicht direkt ins Gesicht zu lachen, was überaus freundlich von ihm war. Er stand auf und durchquerte den Raum. »Ich fürchte, das wird nicht möglich sein, Captain«, sagte er und öffnete die Tür. Augenscheinlich war das Gespräch beendet. »Um all diese Fragen wird sich Section H kümmern.«

40

Ein Exekutionskommando erschoss Gurung in Fort William am 31. Dezember um sechs Uhr früh. Es war der kälteste Tag des Jahres, aber als Mann der Berge machten ihm die frostigen Temperaturen wohl nichts aus. Anwesend sein durfte ich an diesem Morgen selbstverständlich nicht, ebenso wenig wie Surrender-not. Aber Dawson war da, und von ihm erfuhr ich davon. Nicht dass wir jetzt die dicksten Freunde gewesen wären – das ganz sicher nicht. Er sah darin vermutlich bloß eine Gegenleistung dafür, dass ich zurückgerannt war, um ihn zu holen, nachdem ich den Prinzen aus der Gefahrenzone gebracht hatte. Nun könnte man natürlich denken, dass ein Mensch seine Ansichten über jemanden einer Neubewertung unterzieht, wenn der ihm gerade das Leben gerettet hat. In Dawsons Fall schien seine Abneigung gegen mich jedoch eher noch gestiegen zu sein, seit er mir das Leben verdankte. Mich selbst kümmerte das nicht weiter. Ob es nun Dawson war, der verletzt in diesem Raum lag, oder Kaiser Wilhelm oder Luzifer höchstpersönlich, ich wäre für jeden von ihnen zurückgegangen, denn man überlässt niemanden dem Gas. Andererseits verweigerte ich, als er mir später zum Dank eine Flasche fünfundzwanzig Jahre alten Glenfarclas ins Büro schickte, durchaus nicht die Annahme. Einen Geheimpolizisten zum Feind zu haben, hat immerhin den Vorteil, dass er nahezu alles über dich weiß, selbst die Marke deines Lieblingswhiskys. Ich lud ihn sogar ein, die Flasche gemeinsam anzubrechen, doch das lehnte er ab.

Stattdessen trafen wir uns eines Morgens früh am Victoria Memorial. Den Ort hatte er gewählt. Eine Bank neben der spiegelnden Wasserfläche des Teichs. Es war ein unverfänglich wirkender Treffpunkt, wie ihn Spionagechefs so sehr liebten, selbst wenn unserer Begegnung überhaupt nichts Konspiratives anhaftete. Alte Angewohnheiten sind einfach schwer abzulegen, schätze ich.

Er war bereits da, als ich kam. In Zivil saß er auf der Bank, einen Gehstock neben sich, die Pfeife im Mund. Auf seinem Schoß eine braune Tüte mit Erdnüssen. Er nahm eine, zerbrach die Schale und warf die beiden rötlichen Kerne auf die Wiese, wo sich erwartungsvoll schon eine kleine Schar Vögel versammelt hatte.

»Was macht das Bein?«, fragte ich und setzte mich neben ihn.

Er brach noch eine Nuss auf und ließ die Schalen auf den Boden fallen. »Beschissen. Dem Arzt zufolge wird das Hinken wohl bleiben.«

»Sehen Sie es von der positiven Seite«, erwiderte ich.

»Ja, ich weiß. Immer noch besser, als tot zu sein.«

»Ich meinte eigentlich, dass der Stock Ihnen eine gewisse Würde verleiht. Spionagechefs brauchen so etwas.«

Er bedachte mich mit einem finsteren Blick.

»Sie wollten mich sprechen?«, wechselte ich das Thema.

Er nahm die Pfeife aus dem Mund und legte sie zwischen uns auf die Bank. »Wir haben Gurung verhört. Er hat uns mit größter Bereitwilligkeit alles erzählt. Als er mit seinem Regiment nach Kalkutta verlegt wurde, stattete er Anthea Dunlop einen Besuch ab, um ihr für die fürsorgliche Pflege seines

Sohnes zu danken. Sie berichtete ihm, wie sein Sohn tatsächlich gestorben war und dass man ihren Mann gerade nach England zurückbeordert hatte, um die Forschungen fortzusetzen. Sonderbare Lady, diese Mrs. Dunlop. Natürlich haben wir auch sie vernommen, aber außer dem Zorn Gottes war kaum etwas aus ihr herauszukriegen. Sie hielt die Arbeit ihres Mannes für Teufelswerk und fand, dass er daran gehindert werden musste. Sie war es auch, die Gurung mit Colonel McGuire bekannt machte. Offenbar ist McGuire nie darüber hinweggekommen, dass sein Sohn in Passendale ausgerechnet einem Giftgasangriff zum Opfer fiel. Er sah darin eine Art göttliche Bestrafung für die Experimente, die zur selben Zeit in seiner Einrichtung durchgeführt wurden. Als er erfuhr, dass die Militärführung Dunlop nach Porton Down zurückbeordert hatte, damit er dort seine Forschung wiederaufnahm, war das zu viel für den Mann.« Dawson schälte noch eine Nuss und warf den Inhalt den Vögeln zu. »Gurung behauptet, ihm selbst hätte es genügt, nur Dunlop umzubringen sowie all jene, die er unmittelbar für den Tod seines Sohnes verantwortlich machte. Die Idee, auch noch den Prince of Wales auf die Liste zu setzen, stammte von McGuire. Der Mann muss vor Trauer völlig irre gewesen sein. Um irgendwie der Observation durch meine Leute zu entrinnen, haben die beiden dann in Barrackpore seine Entführung inszeniert. Anschließend sind sie mit der Menge zur Town Hall beziehungsweise zum Government House gezogen, wo sie ihre Rauchbomben zündeten in der Annahme, wir würden dies für den Giftgasanschlag halten und den Prinzen nach Fort William bringen.«

»Aber warum Schwester Rouvel?«, fragte ich. »Warum wollte Gurung auch McGuires Assistentin umbringen?«

Dawson schüttelte den Kopf. »Gurung ist gar nicht zu Rouvel gegangen, um sie zu töten. Eigentlich wollte er McGuire eine Nachricht bringen, aber der war zu dieser Zeit bereits von meinen Leuten an einen sicheren Ort gebracht worden. Gurung hoffte, Rouvel überreden zu können, die Botin zu spielen, aber die begann bei seinem Auftauchen sofort zu schreien, als stünde der leibhaftige Teufel vor ihr.«

»Das dürfte meine Schuld gewesen sein«, warf ich ein. »Ich hatte keine zehn Minuten zuvor mit ihr gesprochen und ihr erzählt, dass womöglich jemand in der Nacht versuchen würde, sie umzubringen.«

Dawson schälte eine weitere Nuss. Diesmal bot er den Inhalt mir an.

»Nein, danke.«

»Wie Sie wollen«, meinte er achselzuckend und warf sich die beiden Nüsse in den Mund. »Wie ich höre, haben Sie sich für eine Weile beurlauben lassen.«

»Schön zu wissen, dass Ihnen nichts entgeht, selbst wenn Sie eigentlich krankgeschrieben sind.«

»Irgendein hübsches warmes Fleckchen?«

Ich hatte vor, nach Assam zu fahren, zu einem buddhistischen Kloster in der Nähe eines Ortes namens Jatinga, wo mir die Mönche laut Dr. Chatterjee dabei helfen konnten, den Körper vom Opium zu reinigen. Aber ich war sicher, dass Dawson so viel bereits wusste. Und sofern man entzugsbedingte Schweißausbrüche, ständiges Erbrechen und eine aufmerksame Untersuchung des eigenen Stuhls nicht gerade als besonders erbauliche Freizeitbeschäftigungen empfand, würde es ganz sicher nicht *hübsch* dort sein.

»Assam«, antwortete ich.

»Bisschen kalt um diese Jahreszeit, nicht?«

»Schon möglich.«

Ich ließ ihn allein mit seiner Pfeife und seinen Staren und spazierte durch den Park zurück zum Taxistand an der Chowringhee. Ein paar Dinge hatte ich noch zu erledigen, bevor um zwölf mein Zug nach Darjeeling ging. Die Chancen auf eine pünktliche Abfahrt standen allerdings nicht besonders hoch, da dank der nächsten Streikrunde der Bahnwärter derzeit jede Ähnlichkeit zwischen Fahrplan und Realität reiner Zufall war. Tatsächlich hatten sich die Bengalen überall im Land mit frischem Elan darangemacht, uns Briten das Leben nach Strich und Faden zu vermiesen. Schuld daran war Basanti Das. Oder im Grunde eher ich, weil ich zugelassen hatte, dass man sie an diesem Tag auf dem Maidan verhaftete. Wie Surrender-not ganz richtig prophezeit hatte, war es ein großer Fehler gewesen, sie in eine Gefängniszelle zu stecken. Für die Menschen hier war das ein Schock, etwa so wie für einen Engländer, wenn man Queen Victoria in den Tower geworfen hätte. Dass sie bereits kurz danach wieder freigelassen worden war, vermochte an der verheerenden Wirkung nichts mehr zu ändern.

Was den Prince of Wales betraf, so schien er die ganze Angelegenheit mit ein wenig Abstand mehr als erstaunliches Abenteuer zu betrachten, und es bedurfte der geballten Überzeugungskraft von Vizekönig, India Office und – Dawson zufolge – einem Telegramm seines Vaters und Königs, um ihn davon abzuhalten, die Geschehnisse auszuplaudern. Ansonsten hatte der Prinz wie geplant den zweiten Weihnachtstag auf der Rennbahn verbracht und anschließend sein Schiff Richtung Southampton bestiegen. In der Presse war sein Besuch als großer Erfolg gefeiert worden, bei dem die überschwänglichen Inder vor lauter Begeisterung über ihren Prinzen sogar Böller und Rauchbomben gezündet hatten. Einer dieser typischen merkwürdigen Volksbräuche. Der Giftgasanschlag in Fort William fand lediglich in einem knappen offiziellen Bericht Erwähnung, in dem von einem Unfall während eines Transports irgendwelcher toxischen Substanzen die Rede war, bei dem mehrere Soldaten und Offiziere ums Leben kamen oder Verletzungen erlitten. Alles andere wurde unter den Teppich gekehrt und schnell vergessen.

Vom Victoria Memorial fuhr ich mit dem Taxi nicht nach Hause, sondern erst in südliche Richtung nach Alipore. Vor der Zufahrt zu Annies Haus ließ ich den Taxi-Wallah halten. Ich stieg aus, zahlte und wechselte ein paar Worte mit dem Durwan, bevor ich über den geschwungenen Weg die nicht unbeträchtliche Strecke bis zu ihrem Haus zu Fuß bewältigte.

Von Weitem wirkte das Haus fast heiter und lag so gelassen inmitten der von Palmen begrenzten Grünflächen, dass es einer völlig anderen Welt anzugehören schien als das Chaos, das nur wenige Meilen entfernt in den Straßen herrschte. Ich bog um die Kurve und bemerkte zu meiner Freude nirgends den riesigen Hispano-Suiza, der bei meinem letzten Besuch hier geparkt hatte.

Als ich das Ende der Zufahrt erreichte, öffnete sich die Eingangstür, und in einem leicht verblichenen orangefarbenen Sari trat Annies Hausmädchen Anju heraus. Sie trug einen Jutebeutel in der Hand. Nachdem sie die Tür hinter sich zugezogen hatte, schlüpfte sie in Sandalen, die neben ihr auf der Veranda standen.

»Guten Morgen, Anju«, sagte ich.

Erschrocken fuhr das Mädchen herum. »Captain Wyndham, Sahib«, sagte sie und ordnete rasch den *Anchal* ihres Sari, sodass er ihren Kopf bedeckte.

»Na, machst du einen Ausflug?«

»Nur zum Markt«, sagte sie und hielt zur Bestätigung ihren Jutebeutel hoch.

»Ist die Dame des Hauses zu sprechen?«

»Memsahib ist da, Sir«, antwortete sie mit einem Nicken. »Aber Besuch hat sie eigentlich nicht erwartet.«

»Ich war nur zufällig in der Gegend und dachte, ich schau mal vorbei.«

Anju führte mich in den Salon mit seinen brokatbezogenen Sofas und den Hindu-Skulpturen und entfernte sich dann, um ihre Herrin zu informieren. Da ich zum Stillsitzen viel zu nervös war, schlenderte ich zum Fenster, blickte in den Garten hinaus und ging im Kopf zum wiederholten Mal durch, was ich ihr sagen wollte.

In der Ferne spielten zwei Beos unter einer Kokospalme. Clevere Vögel, diese Beos. Manche Leute empfanden sie als Plage, und vor ein paar Jahren hatte es den Versuch gegeben, sie zu dezimieren. Aber die Beos hatten rasch gelernt, die Fallen zu erkennen, und waren ihnen einfach aus dem Weg gegangen. Angeblich haben sie sogar ihrem Nachwuchs beigebracht, wie man die Fallen mied.

Hinter mir öffnete sich die Tür, und ich wandte mich um. In einem pinkfarbenen Morgenmantel betrat Annie den Raum. Sie schien überrascht über meinen Besuch, aber keineswegs verärgert.

»Erzähl bloß nicht, du hast sie geschnappt«, sagte sie ungläubig.

»Wen?«

»Na, die Vandalen, die mein Fenster eingeschmissen haben natürlich. Aus diesem Grund bist du doch wohl um diese Uhrzeit gekommen, oder?«

Ich muss zugeben, dass ich die Sache mit ihrem verfluchten Fenster vollkommen vergessen hatte. Ich spielte mit dem Gedanken, ihr etwas vorzuflunkern – *wir stehen kurz davor, folgen jeder denkbaren Spur* und so weiter –, aber dann überlegte ich es mir anders. Was sollte der Unsinn noch?

»Wir werden die Täter nicht erwischen, Annie«, sagte ich. »Angesichts der aktuellen Lage in der Stadt besitzt deine eingeworfene Scheibe nicht unbedingt oberste Priorität, fürchte ich.«

Sie lächelte. »Das dachte ich mir schon. Was bringt dich also schon so früh hier heraus?«

Jetzt war der Augenblick, es ihr zu sagen, aber plötzlich verließ mich der Mut dazu. Stattdessen begann ich, Zeit zu schinden.

»Ich wollte dich nur fragen, ob du dir meinen Vorschlag, die Stadt für eine Weile zu verlassen, nicht noch einmal überlegen willst.«

Sie seufzte. »Ach, Sam, das sind wir doch alles bereits durchgegangen.«

»Aber sieh nur, was draußen los ist. Immer mehr Demonstrationen, die Situation wird immer schlimmer. Du sollst ja nicht gleich auswandern. Mach einfach einen längeren Urlaub. Fahr ein paar Wochen weg, bis sich die Lage beruhigt hat.«

Ein Lächeln spielte über ihre Lippen. »Wie der Zufall so will, hat Stephen Smith mich in der Tat gebeten, ihn nach London zu begleiten. Er fährt nächste Woche. Offenbar hat er geschäftlich dort zu tun.«

»Ich dache eigentlich mehr an die entgegengesetzte Richtung. Irgendwo im Süden. Da ist es wärmer.«

Schlagartig kam mir unsere letzte Unterhaltung in den Sinn. Sie hatte auf den Stufen zur Town Hall stattgefunden, kurz bevor Gurung und McGuire ihre Rauchbomben gezündet hatten. In diesem Moment war ich noch davon ausgegangen, dass wir es mit Senfgas zu tun hatten. Ich erinnerte mich noch genau, wie panisch und hilflos ich mich gefühlt hatte, weil ich nicht fähig gewesen war, sie zu schützen. Damals war mir klar geworden, dass ich es mir niemals verzeihen würde, wenn sie in der Stadt blieb und ihr etwas zustieß.

»Entschuldige«, sagte ich. »Das war kleingeistig von mir. Schmidt ist gar kein so übler Kerl. Weniger schlimm jedenfalls als die meisten der reichen Schnösel, mit denen du dich in der letzten Zeit so gern umgibst. Du solltest sein Angebot annehmen.«

Sie starrte mich verwundert an. »War das eben eine Entschuldigung, Sam? Fühlst du dich irgendwie nicht wohl? Und dann auch noch eine positive Bemerkung über einen anderen Mann. Ich hätte nie gedacht, diesen Tag zu erleben.«

»Was soll ich sagen?«, erwiderte ich mit einem Achselzucken. »Dieses gewinnende Lächeln hat mich einfach überzeugt.«

Sie musste unwillkürlich lachen. »Willst du mich wirklich so dringend loswerden, Sam?«

»Ich habe nur dein Bestes im Sinn«, erklärte ich. Und das stimmte auch. Schon viel zu lange hatte ich mir eingeredet, dass ihr Bestes sich allein an mir zu orientieren hatte. Die Wahrheit sah anders aus.

»Nun, Captain Wyndham. Ich werde Ihnen dasselbe sagen, was ich Mr. Schmidt gesagt habe. Kalkutta ist mein Zuhause, und ich habe nicht die Absicht, es irgendwann in naher Zukunft zu verlassen.«

Trotz meiner edlen Worte spürte ich, wie mein Herz einen Sprung machte.

»Und außerdem«, fuhr sie fort, »welcher vernünftige Mensch will schon im Januar nach London?«

Eine gute Frage.

»Wie Sie sehen, Captain, wäre es also besser gewesen, Sie hätten die Kerle geschnappt, die meine Scheibe zertrümmert haben, denn ich werde mich nicht von hier fortbewegen.«

»Jawohl, Ma'am«, sagte ich. »Was die Ermittlungen betrifft, da wird es allerdings eine gewisse … Unterbrechung geben. Ich gehe nämlich für ein paar Wochen fort.«

»Wirklich?«, sagte sie. »Du machst Urlaub? Jetzt bin ich mir sicher, dass irgendwas mit dir nicht stimmt.«

Ich holte tief Luft und nahm all meinen Mut zusammen. »Ein Urlaub ist es nicht gerade. Ich fahre in einen Ashram irgendwo oben in Assam. Dort werde ich mich einer Reinigung unterziehen …«

Einen kurzer Augenblick schaute sie mich verständnislos an, dann begriff sie. Ich wartete gespannt, wie sie reagieren würde. Als sie es dann tat, war ich verblüfft. Sie lächelte und schüttelte verwundert den Kopf. Ich hatte das Gefühl, als würde uns beiden eine Last von den Schultern fallen.

»Du weißt, dass das nicht einfach wird, Sam.« Sie kam zu mir und nahm meine Hand. »Es heißt, dass kaum eine Sucht so schwer zu überwinden ist wie die nach *Afeem*.«

Ich hätte ihr sagen können, dass ich so viel bereits selbst herausgefunden hatte, aber manchmal ist es einfach besser, die Klappe zu halten.

»Aber eins verspreche ich dir«, fügte sie hinzu. »Ich werde bei deiner Rückkehr noch hier sein.«

Wir verabschiedeten uns, und als ich ging, stand sie eingerahmt von den beiden Darstellungen des Gottes Shiva am Fenster.

Zwei Stunden später durchquerte ich die Halle des Bahnhofs Sealdah. Mein Koffer, der nicht zuletzt einen großzügig bemessenen Drei-Tages-Bedarf an *Kerdū* enthielt, wippte ein Stück weiter vorn auf dem Kopf eines Trägers in rotem Hemd, den Surrender-not ausgeschickt hatte, den richtigen Bahnsteig zu finden.

Die Tage nach der Verhaftung von Das waren hart gewesen für den jungen Sergeant. Seine bengalischen Landsleute behandelten ihn mehr denn je wie einen Unberührbaren, und gemeinsam mit dem Zorn über die Verhaftung von Basanti Das war bei Surrender-not auch der Zweifel daran gewachsen, ob er Officer in der Imperial Police Force Seiner Königlichen Majestät bleiben sollte. Ich hatte ihm denselben Ratschlag gegeben, den ich Annie gegeben hatte: *Fahr eine Weile fort. Mach Urlaub von Kalkutta.* Der Unterschied war nur, dass er den Rat angenommen hatte.

In zwei Tagen würde er nach Dacca in Ostbengalen reisen und dort eine Tante besuchen. Dacca lag weit genug entfernt vom brodelnden Hexenkessel Kalkutta, um die Dinge in Ruhe und mit mehr Abstand betrachten zu können. Und sollte die Wiederannäherung mit seiner Familie versucht werden, bot eine Vermittlung durch die Schwester seines Vaters doch schon mal einen brauchbaren Ansatz.

»Sicher, dass du alles dabei hast?«, erkundigte er sich wie eine Mutter, deren Kind sich auf den Schulweg macht.

»Ja«, sagte ich und ließ mir vom Träger den Koffer geben.

»Na dann, viel Glück, Sam«, sagte Surrender-not und streckte die Hand aus.

»Dir auch«, antwortete ich und schlug ein. »Und Suren –«

»Ja, ich weiß. Ich soll meine Optionen mit größter Sorgfalt überdenken.«

»Eigentlich wollte ich dich nur warnen, dich nicht auf ein Gespräch mit einem der Mädchen aus der Wohnung unter uns einzulassen«, sagte ich. »Ich möchte nicht, dass sie deine Situation heute Abend ausnutzen. Ich meine, wenn ich nicht für deinen Schutz sorgen kann, wer weiß, wozu die leichten Mädchen dich womöglich verführen.«

»Ja, Sam.«

»Dann mal los, junger Mann. Du weißt, wie sehr ich lange Abschiede hasse. Ab nach Hause, und achte darauf, dass Sandesh nicht ständig herumtrödelt.«

Ich stieg in den Zug und machte mich auf die Suche nach meinem Abteil.

Der Zug verließ den Bahnhof mit gerade mal vierzig Minuten Verspätung, was in meinen Augen einen weiteren Triumph des britischen Empire darstellte. Während wir in nördliche Richtung durch das bengalische Hinterland zockelten und ich einzudösen begann, kehrten meine Gedanken zu Annie zurück. Ich sah sie vor mir, wie sie zwischen den beiden Statuen von Gott Schiwa stand, der gerade seine wilden kosmischen Tänze vollführte. Zerstörer und Schöpfer. Vernichtung und Wiedergeburt.

Vielleicht war am Ende doch etwas dran an dem ganzen Hindu-Mystizismus.

Nachbemerkung

Zahlreiche Ereignisse und Biografien in diesem Roman sind zwar frei der Handlung angepasst, besitzen jedoch historische Bezüge.

So reagierte die britische Regierung auf Gandhis Aufruf zu gewaltloser Nichtkooperation mit dem Ziel, bis Ende 1921 die Unabhängigkeit zu erreichen, tatsächlich mit dem Entschluss, Prinz Edward, den späteren König Edward VIII., der nach kurzer Regentschaft wegen seiner Heirat mit Mrs. Wallis Simpson abdanken musste, auf eine Goodwilltour nach Britisch-Indien zu entsenden. Chitta Ranjan Das war wirklich Gandhis führender Mitstreiter in Bengalen, und Subhash Bose, der es später zum Nationalhelden bringen sollte, war zu dieser Zeit gerade aus England zurückgekehrt und zur rechten Hand von Das aufgestiegen.

Basanti Devi, die Ehefrau von Das, hat tatsächlich auf einer Demonstration in Vertretung ihres Mannes eine Rede gehalten, wofür sie von den Ordnungskräften paragrafengetreu verhaftet wurde, was wiederum der schwächelnden Nichtkooperationsbewegung neuen Auftrieb verlieh.

Porton Down ist seit über hundert Jahren die zentrale Einrichtung des britischen Verteidigungsministeriums zur Erforschung chemischer und biologischer Kampfstoffe. Deren Wissenschaftler führten diverse Tests, darunter auch Experimente mit Senfgas, an ahnungslosen indischen Truppen durch, später auch an britischen und australischen Soldaten. Allerdings fand ein Großteil dieser Experimente erst in den Dreißigerjahren statt und nicht bereits während des Ersten Weltkriegs. Ort dieser geheimen Testreihen war eine Einrichtung in der heute zu Pakistan gehörenden Stadt Rawalpindi. Wer mehr über das Thema erfahren möchte, der sollte am besten versuchen, irgendwo eine Ausgabe des Buchs *Gassed: British Chemical Warfare Experiments on Humans at Porton Down* des Journalisten Rob Evans aufzustöbern.

DANKSAGUNG

Es gibt viele Menschen, ohne die es diesen Roman niemals gegeben hätte, und ich danke jedem von ihnen für ihren Beitrag, sei er groß oder klein.

Zu Dank verpflichtet bin ich insbesondere dem fantastischen Team bei Harvill Secker: meiner Lektorin Jade Chandler, der es gelang, aus einer Gartenhütte ein Gewächshaus zu machen; Anna Redman für ihren unermüdlichen Einsatz seit nunmehr fast vier Jahren; Sophie Painter für ihre großartigen Marketingkampagnen und Kris Potter für die herrliche künstlerische Gestaltung. Bedanken muss ich mich auch bei Katherine Fry für die Adleraugen bei der Durchsicht. Weiterer Dank gilt Jane Kirby, Monique Corless, Sam Coates und Penny Liechti, die sich in der Rechteabteilung dafür einsetzen, dass Sam und Surrender-not immer weiter in der Welt herumkommen. Danke auch an Liz Foley, Rachel Cugnoni, Richard Cable, Bethan Jones, Alex Russell, Tom Drake-Lee und all die anderen bei Vintage für ihre Unterstützung, und natürlich an meinen Agenten Sam Copeland und dessen Team bei Rogers, Coleridge and White für all die harte Arbeit.

Nicht fehlen darf ein ganz besonderes Dankeschön an Christina Ellicott bei Vintage und all die Leute bei Waterstones, die die Serie ungeheuer stark unterstützt haben und die dem ersten Band *Ein angesehener Mann* zu einem solch wunderbaren Start verhalfen.

Tiefen Dank schulde ich zudem Vaseem Khan, Ayisha Malik, Alex Caan, AA Dhand und Imran Mahmood, jeder ein großartiger Autor und gemeinsam bekannt als Team Dishoom, für ihre Hilfe und für die esoterischen Twitter-Gespräche.

Vielen Dank natürlich an all die guten Freunde, die mir erlaubten, ihre Namen zu benutzen, ohne sich davor zu ängstigen, was ich damit anfangen könnte. An Darren Callaghan, Scott Lamont, Mathilde Rouvel, Alastair Dunlop und Iain McGuire.

Dank auch an Darren Sharma für all die kostenfreien Mittagessen und das halbe Dutzend E-Mails, das unter Garantie jeden Morgen in meinem Posteingang landet; an die Mitarbeiter des Idea Store Canary Wharf, die mir Zuflucht boten; und an meine Partner Hash, Alok und Neeraj bei Houghton Street Capital, die so tapfer meine divahaften Anwandlungen und meine fragwürdige Arbeitsmoral ertragen. An beidem dürfte sich in nächster Zeit übrigens nichts ändern.

Herzlichen Dank an Jonny Flint für das Bemühen, ein wenig Ordnung in die chaotischen Verhältnisse im Hause Mukherjee zu bringen; an meine beiden Jungs, Milan und Aran, die einen nicht unbeträchtlichen Beitrag zu diesem Chaos leisten, und zu guter Letzt natürlich an meine Frau, Sonal, die so viel auf sich nimmt und so wenig verlangt. Du bist mein großes Glück.

Glossar

Wie alle Bände mit dem Ermittlerpaar Sam und Surrendernot, so ist auch dieser ein fiktionales Werk, das den Stoff ungeachtet aller historischen Bezüge frei gestaltet. Die folgenden Erläuterungen dienen dementsprechend nicht einem Faktencheck, sondern bieten Informationen, die das Verständnis einiger zeit- und ortstypischer Namen, Wendungen und Anspielungen erleichtern sollen. Liefert der Text bereits ausreichende Erklärungen zu einem Begriff, wurde dieser hier – ebenso wie fiktive Namen, reine Ortsangaben oder beiläufig erwähnte Personen der Zeitgeschichte – nicht zusätzlich aufgenommen.

Anchal – (Hindi) das in der Regel mit Stickereien geschmückte Ende eines Sari, das häufig über den Kopf oder eine Schulter geworfen wird. Der Sari ist ein traditionelles indisches Wickelkleid, bestehend aus einer vier bis neun Meter langen rechteckigen Stoffbahn.

Andamanen – Inselgruppe westlich von Myanmar, von den Briten als Strafkolonie genutzt.

Angriff der Leichten Brigade – opferreiche Attacke einer britischen Kavallerieeinheit im Krimkrieg 1854, deren Chancenlosigkeit ignoriert wurde. Sinnbild für Unternehmungen, die trotz erheblichen Engagements wegen vollkommen unzulänglicher Mittel von vorneherein zum Scheitern verurteilt sind.

Aufstand von 1857 – gemeint ist der Sepoy-Aufstand, der sich vor allem gegen die Herrschaft der East India Company richtete. Aus britischer Sicht wird er häufig als »Mutiny« (Meuterei) der Sepoy bezeichnet. (Vgl. a. den zweiten Band der Serie: »Ein notwendiges Übel«.)

Baba – (Bengali) Vater

Babu – (Hindi) zur Zeit der Romanhandlung überwiegend respektvolle Anrede für einen gebildeten Inder.

Bãpaar – (Bengali) hier etwa: »Angelegenheit«

Benares – Abwandlung von Varanasi und gängiger Name dieser heiligen Stadt am Ganges u. a. während der britischen Herrschaft.

Bhar – hier: kleine Tonschale für Tee.

Blake – gemeint ist William Blake (1757–1827) und dessen Gedicht »And did those feet in ancient time« (ca. 1808), das vor allem in der Liedform »Jerusalem« bekannt wurde. In ihm heißt es: »And was Jerusalem builded here/Among these dark Satanic mills?«

Bungalow – im ursprünglichen Wortsinn von »bengalisches« Haus. Traditionell einfaches eingeschossiges Landhaus mit Veranda, vor allem seit der Kolonialzeit auch oft mit ausgebautem Satteldach oder zweigeschossig.

Chador – auch: Chadar oder Chadoor. Gemeint ist hier ein Umhängetuch, das von Männern und Frauen über Schultern oder auch dem Kopf getragen werden kann, nicht der persische Tschador, mit dem muslimische Frauen Kopf und Oberkörper verhüllen.

Charpai – auch: Charpay oder Charpoy. Indische Pritsche, die zumeist mit Gurten oder Seilen bespannt ist.

da – (Bengali) Suffix, das als Zeichen des Respekts an Namen angehängt wird. Abkürzung von Dada (»älterer Bruder«).

Dacoits – (Hindi, Bengali u. a.) etwa: »Banditen«, »Räuber«.

Dada – (Bengali) älterer, dem Kindesalter entwachsener Bruder.

Dhoti – vier bis fünf Meter lange Stoffbahn, die sich Männer um Taille und Beine wickeln. Gegenstück zum Sari bei den Frauen. Gewöhnlich feiner als ein Lungi *(s. dort)*.

Fez – auch: Fes. Kopfbedeckung in Form eines Kegelstumpfs aus rotem Filz, verziert mit einer Quaste. Früher stark verbreitet vom Balkan über das Osmanische Reich bis nach Marokko sowie in Asien.

Galla-Wallahs – Anwerber, die bis heute gezielt in den Bergdörfern der Gurkhas nach Freiwilligen für den Militärdienst suchen. Oft selbst Gurkhas und ehemalige Soldaten *(s. a. Wallah)*.

Gatling Gun – Repetiergewehr mit einem Bündel rotierender Läufe, verwendet vor allem im 19. Jahrhundert.

Ghat – eine bis an den Fluss führende Treppe. Dhobi Ghat ist das Ghat der Wäscherinnen.

Goonda – im indischen oder pakistanischen Englisch gebräuchlicher Begriff für »bezahlter Schläger« oder »Krimineller«.

Gullee – (Hindi) »Gasse«

Hã – (Hindi, Bengali) »Ja«

Hãin? – (Hindi) hier etwa: »Was?« oder »Hä?«

Hampstead Heath – bekannte Parklandschaft nördlich von London mit Blick auf die Stadt.

Jats – Volksgruppe, die im Nordwesten Indiens und Teilen Pakistans beheimatet ist, vor allem im Punjab.

ji – (Hindi) hier: Suffix, das Respekt ausdrückt. Kann allgemein für Personen, Beziehungen und Dinge benutzt werden.

Kaki-ma – (Bengali) auch: Kakima. Respektvolle Anrede für Tante, speziell die Frau des jüngeren Bruders väterlicherseits.

Kakū – (Bengali) »Onkel«, speziell jüngerer Bruder väterlicherseits.

Kedgeree – Gericht aus Fisch, Reis, hartgekochten Eiern und Butter, das die Briten in Indien aus traditionellen Reisgerichten entwickelten, dann auch im Mutterland populär machten, und das (wohl wegen des leicht verderblichen Fischs) bevorzugt zum Frühstück gegessen wird.

Ki kochho – (Bengali) etwa: »Was tun Sie (da)?«

Lal Bazar – sowohl Straße als auch die dort liegende Polizeizentrale Kalkuttas.

Lathi – Schlagstock aus Bambus.

Lincoln's Inn – eine der vier englischen Anwaltskammern, die alle in London liegen. Die Gebäudekomplexe umfassen jeweils Arbeitsräume, Bibliotheken, Unterkünfte, Speisesäle und Kapellen resp. Kirchen.

Lungi – Wickelrock vor allem für Männer. Die Stoffbahn ist mit etwa zwei Metern deutlich kürzer als beim Dhoti *(s. dort)* und bisweilen röhrenförmig zusammengenäht. Gewöhnlich schlichter als ein Dhoti.

Mali – (Hindi) »Gärtner«, bzw. Kaste der Gärtner.

Masi – (Bengali) Tante, speziell Schwester mütterlicherseits.

Para – (Bengali) »Viertel«, »Nachbarschaft«

Parsen – Anhänger der auf Zarathustra zurückgehenden Religion des Zoroastrismus. Im Persien des 1. Jahrhunderts Staatsreligion. Später flüchteten viele Anhänger nach Indien, daher der Name Parsen (»Perser«), bzw. Parsismus für die Religion.

Pathanen – (Hindi, Urdu) für das Volk der Paschtunen, das vor allem im heutigen Afghanistan und Pakistan lebt.

Pathé – marktbeherrschende europäische Phono- und Filmfirma zu Beginn des zwanzigsten Jahrhunderts, die erst in Frankreich und ab 1910 auch in London unter dem Namen Pathé News damit begann, im großen Stil Wochenschauen zu produzieren und zu verbreiten.

Peon – (urspr. Spanisch) hier: »Bürohelfer«, »Laufbursche«

Prince of Wales – »Prince« hier im Sinne von »Fürst«, nicht »Kronprinz«. Edward ist also sowohl »Prince of Wales« als auch Prinz Edward, der Thronfolger.

Puja – (Sanskrit) etwa: »Verehrung«. Gemeint ist hier das tägliche Gebet- und Opferritual gläubiger Hindus, das meist zu Hause einzeln oder gemeinsam mit anderen einer Gottheit dargebracht wird. Es kann aus wenigen, aber auch aus mehreren Dutzend Schritten bestehen. Außerdem gibt es Pujas zu außergewöhnlichen Anlässen (Geburt, Hochzeit, besondere Unternehmungen, Tod). Pujas können natürlich auch in Tempeln abgehalten werden oder im Rahmen allgemeiner Feste etwa zu Ehren bestimmter Gottheiten *(s. im Text »Kali Puja«)*.

Satrapen – Einzahl: Satrap. Nach den Provinzleitern im

antiken Perserreich. Hier allgemein: (selbstherrliche) Statthalter.

Sepoy – (Persisch) »Soldat«, hier: indischer Soldat in der Britisch-Indischen Armee.

Serpentine – großer See in London, der von Hyde Park bis Kensington Gardens reicht.

Shebeen – aus dem Irischen, ursprünglich »illegal betriebene Kneipe«, »Kneipe mit schwarzgebranntem Whiskey«, heute auch allgemein für einfache Kneipen in Armen- und Elendsvierteln.

Shehnai – nordindische Variante einer Kegeloboe. Das entsprechende südindische Instrument nennt sich Nadaswaram.

Shillum – ein in der Regel zehn bis zwanzig Zentimeter langes Rohr aus Holz, Ton oder Bambus, manchmal auch ein Horn, das zum Rauchen von Cannabis, seltener auch Tabak, benutzt wird.

Tonga – Einspänner, Droschke

Torquemada, Tomás de (1420–1498) – als Vertrauter und Beichtvater der spanischen Königin Isabella I. ein überaus einflussreicher Dominikanerprior, der in Spanien die mächtige Inquisitionsbehörde aufbaute und selbst 1483 erster Großinquisitor des Landes wurde.

Viceregal Lodge – Wohn- und Amtssitz des Vizekönigs in Delhi von 1911–1931. Heute Sitz der University of Delhi.

Wallah – als angefügtes Wort benutzt für eine Person, die eine bestimmte, mit dem vorangestellten Nomen zusammenhängende Tätigkeit ausübt oder Stellung innehat. Etwa

Rikscha-Wallah, Chai-Wallah, Polizei-Wallah oder Kongress-Wallah. Schreibweise mitunter auch als Suffix: Rikschawala, Chaiwala.

Zwei höhnend ausgestreckte Finger – das Victory-Zeichen (auch Peace-Symbol) mit gestrecktem und gespreiztem Mittel- und Zeigefinger wird im angelsächsischen Kulturraum zu einer Beleidigung von der Stärke des »Stinkefingers«, wenn dabei die Handfläche nach innen, d. h. zum Ausführenden, gerichtet ist.

Jeffrey Archer

Die große *Clifton-Saga*

978-3-453-47134-4

978-3-453-47135-1

978-3-453-47136-8

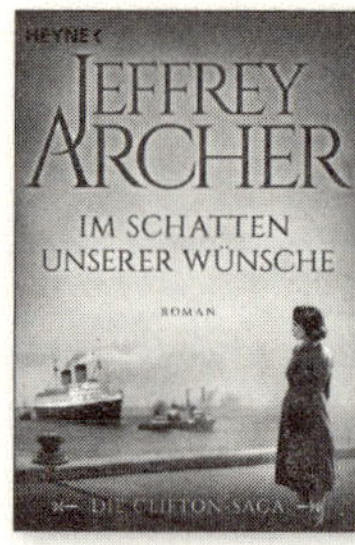

978-3-453-41991-9

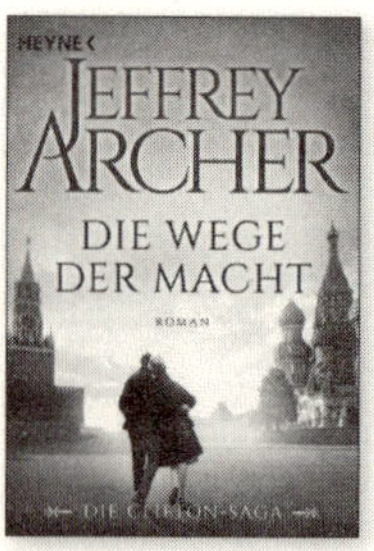

978-3-453-41992-6

978-3-453-42167-7

978-3-453-42177-6

Leseproben unter **www.heyne.de**

HEYNE